APRIL DAWSON

Proof of Faith

Die Romane von April Dawson bei LYX:

Die Proof-of-Love-*Reihe:*
1. Proof of Hope
2. Proof of Faith
3. Proof of Love *(erscheint September 2023)*

Die Dare-to-Trust-*Reihe:*
1. Dare to Trust
2. Dare to Dream
3. Dare to Stay

Die Up-All-Night-*Reihe:*
1. Up All Night
2. Next to You
3. More than This

Die Royals-*Reihe:*
1. Royal Wedding *(exklusiv als E-Book erschienen)*
2. Royal Temptation *(exklusiv als E-Book erschienen)*

Die Boss-*Reihe:*
1. Pick the Boss – Liebe ist Chefsache
(exklusiv als E-Book erschienen)
2. Love the Boss – Ein Chef fürs Leben
(exklusiv als E-Book erschienen)
3. Feel the Boss – (K)ein Chef für eine Nacht
(exklusiv als E-Book erschienen)
4. Kiss the Boss – Eine Chefin zum Verlieben
(exklusiv als E-Book erschienen)

Außerdem erschienen:
Still Broken

Weitere Romane der Autorin sind bei LYX in Vorbereitung.

APRIL DAWSON

PROOF OF *Faith*

ROMAN

LYX

LYX in der Bastei Lübbe AG
Dieser Titel ist auch als E-Book und Hörbuch erschienen.

Die Bastei Lübbe AG verfolgt eine nachhaltige Buchproduktion. Wir verwenden Papiere aus nachhaltiger Forstwirtschaft und verzichten darauf, Bücher einzeln in Folie zu verpacken. Wir stellen unsere Bücher in Deutschland und Europa (EU) her und arbeiten mit den Druckereien kontinuierlich an einer positiven Ökobilanz.

MIX
Papier | Fördert gute Waldnutzung
FSC® C014496

Originalausgabe

Textredaktion: Silvana Schmidt
Covergestaltung: Giessel Design unter Verwendung von Motiven von Shutterstock (© tomertu/© trentemoller/ © chainarongo6/© The Hornbills Studio/© Ninja Artist/ © ChonnieArtwork/© Oleksandr Drypsiak)
Satz: Greiner & Reichel, Köln
Gesetzt aus der Adobe Caslon
Druck und Einband: GGP Media GmbH, Pößneck

Printed in Germany
ISBN 978-3-7363-1907-3

1 3 5 7 6 4 2

Sie finden uns im Internet unter: lyx-verlag.de
Bitte beachten Sie auch: luebbe.de und lesejury.de

Für meine Schwester,
die immer an ihren Herausforderungen wächst,
egal wie hart sie sind.

PLAYLIST

Red Hot Chili Peppers – Californication
Sam Kim – Seattle
Robbie Williams – Feel
Phantom Planet – California
R.E.M. – Shiny Happy People
Green Day – Good Riddance
Alec Benjamin – Devil Doesn't Bargain
Elina – Love Come Around
Faith Hill – This Kiss
Kacey Musgraves – Butterflies
Harry Styles – Sweet Creature
Savage Garden – I Knew I Loved You
Harry Styles – Matilda
Queen – Love of my Life
Rhys Lewis – No Right To Love You
Kacey Musgraves – camera roll
Mariah Carey – Always Be My Baby
Zara Larsson – She's not me Pt.1 & 2
Madonna – Secret
Roxette – Listen to your Heart
Chris Isaak – Wicked Game
James Smith – Tell Me That You Love Me

1. KAPITEL

Sierra

Soundtrack of the Day:
Red Hot Chili Peppers – Californication

Die Over-Ear-Kopfhörer wärmen meine Ohren, während der kalte Wind mir die freie Haut zwischen Schal und Mütze beinahe zu Eis gefrieren lässt. So fühlt es sich zumindest an. Ich beschleunige meine Schritte und versuche so schnell wie möglich vor dem kalt peitschenden Wind zu fliehen. Als ich um die Ecke biege, sehe ich das Ladenschild der Bäckerei hell aufleuchten. Der Bäcker meines Vertrauens ist keine dreihundert Meter von meiner Wohnung entfernt, trotzdem bin ich durchgefroren, als ich die Tür öffne und den warmen Innenraum betrete. Ein Glöckchen kündigt mein Eintreten an, und die Damen aus meiner Nachbarschaft, die ich auch die Mafia-Elite nenne, begrüßen mich freundlich, ehe sie sich wieder ihren hitzigen Gesprächen widmen. Sie sitzen am Tisch direkt neben dem Tresen, sodass es ein Leichtes ist, ihrer Diskussion zu folgen.

Die fünf Damen im Alter zwischen sechzig und achtzig Jahren durchleuchten das Leben der Nachbarschaft ganz genau. Es ist beinahe wie in meiner Heimatstadt Grand Lake in Colorado – auch dort gibt es dieses ganz spezielle Grüppchen, das sich über den Klatsch und Tratsch der Nachbarschaft auslässt. Ich bestelle mir einen Bagel und einen Kaffee, während die Frauen über die Einbrüche sprechen, die sich innerhalb der letzten Wochen in der Nachbarschaft ereignet haben.

Zuerst verfluchen sie die Schuldigen, die hart arbeitende Menschen um ihr Hab und Gut bringen, dann beschweren sie sich darüber, dass die Polizei nicht häufiger in unserer Gegend Streife fährt. Schließlich gehen sie dazu über, der guten alten Zeit nachzutrauern – schließlich war damals alles besser und vor allem sicherer. Während ich auf meinen Kaffee warte, checke ich mein Smartphone, öffne Instagram und swipe mich durch die Beiträge.

Einer meiner Lieblingssänger hat ein Bild von seinem letzten Shooting hochgeladen, das so gut aussieht, dass mir ganz heiß wird. Sein halblanges Haar wurde durch Gel so eingedreht, dass ihm einzelne Strähnen ins Gesicht fallen, während er sexy in die Kamera blickt. Es ist schwer zu verstehen, aber das Foto verschafft mir Herzklopfen, als würde er direkt vor mir stehen. Ich genieße mein Eye Candy in vollen Zügen, als die Damen mich ins Visier nehmen. Hätte mich auch gewundert, wenn sie es nicht getan hätten. Schließlich binden sie mich immer in ihr Gespräch mit ein, wenn ich mich in ihrer Nähe befinde. Als wäre ich ein Teil ihrer Elite.

»Sierra, Liebes. Hast du schon von den Vorfällen der letzten Tage gehört?« Die Sorge in ihrer Stimme ist echt. Und das ist auch der Grund dafür, dass ich mich im Grunde genommen gern mit den Ladys unterhalte: Sie zeigen ehrliches Interesse an mir als Person und wollen mich in Sicherheit wissen.

»Natürlich habe ich das, Mrs Solis. Es ist furchtbar, dass man sich in seiner eigenen Nachbarschaft nicht mehr sicher fühlen kann. Doch egal, wie oft wir es zu Tode diskutieren, wir werden da nichts tun können.« Es tut mir leid, sie enttäuschen zu müssen, aber solange die Polizei sich nicht ins Zeug legt, werden wir nichts ausrichten können.

»Wir können die Augen offenhalten und jeden, der verdächtig wirkt, bei der Polizei melden«, schlägt Mrs Burlington vor, die mittlerweile so schlecht sieht, dass sie vermutlich nicht einmal ihre eigenen Kinder erkennen würde.

»Wir leben in New York City, meine Damen. Jeder Dritte hier verhält sich merkwürdig und begeht deshalb noch lange kein Verbrechen.« Meine Gesprächspartnerinnen werfen sich resignierte Blicke zu, denn sie sehen ein, dass ich recht habe und wir auf der Stelle tappen. Die Ladies der Mafia-Elite waren wohl etwas übereifrig.

»Da hast du wohl recht, das wäre die falsche Vorgehensweise«, räumt Mrs Solis ein und nippt an ihrem Tee. Irgendwie tut es mir leid, ihren Tatendrang im Keim zu ersticken, aber ich möchte ihnen auch nichts vormachen oder sie anstacheln.

»Wie dem auch sei. Pass auf dich auf, Sierra. Diese Gegend scheint immer gefährlicher zu werden, und junge hübsche Dinger wie du sind ein beliebtes Ziel bei den Gaunern.« Die anderen nicken zustimmend, doch ich mache nur eine wegwerfende Geste.

»Keine Sorge, meine Damen. Für gewöhnlich schlage ich jeden Mann in die Flucht, da wird es bei Einbrechern nicht anders sein.« Sie blicken mich mit einer Mischung aus Empörung und Belustigung an, sodass ich mir ein Grinsen verkneifen muss.

»Ach was, so ein hübsches Ding wie du ist mit Sicherheit beliebt bei den Männern.« *Pff, schön wärs.* Die älteren Damen können nicht wissen, dass Dating in den heutigen Tagen so etwas wie der Vorhof der Hölle geworden ist. Dating-Apps sind mir ein Graus, und wenn man in Bars unterwegs ist, trifft man meist auf Männer, die auf eine schnelle Nummer aus sind, und nicht auf einen Mann, mit dem man den Rest seines Lebens verbringen möchte.

»Ladys, ich muss leider schon zur Arbeit, aber es war wie immer eine Freude, mit Ihnen zu plaudern.«

»Pass auf dich auf, Sierra«, meint Mrs Solis fürsorglich, und die anderen stimmen in die Verabschiedung mit ein. Nach dem Bezahlen verstaue ich meinen Bagel im Rucksack, lege die Kopfhörer über meine Ohren und starte *Californication* von den *Red Hot Chili Peppers*. Erst als die vertraute Melodie erklingt, greife ich nach meinem Kaffeebecher und trete wieder hinaus in die Kälte Manhattans.

Während ich zur Metro gehe, kann ich nicht aufhören, selbst über die Einbrüche und ihre Auswirkungen nachzudenken. Ich lebe allein, habe meist Kopfhörer auf, sodass ich es nicht einmal mitbekäme, wenn sich mir jemand nähern würde. Nun lebe ich schon seit fast zehn Jahren in New York City, und bis jetzt habe ich noch keine negativen Ereignisse dieser Art erlebt. Dafür bin ich auch sehr dankbar, trotzdem trage ich immer ein Pfefferspray mit mir herum.

Die Ereignisse der letzten Zeit beunruhigen mich. Ich könnte es in Erwägung ziehen, wieder häufiger mit dem Auto zu fahren, aber ich bin lieber Beifahrerin und fahre nicht gern selbst. In Grand Lake bin ich überall mit meinem Truck hingefahren, doch dort kamen mir nur selten Autos entgegen – kein Vergleich zum Autofahren in einer Großstadt, deren Verkehr mich einschüchtert.

Meine Heimatstadt in Colorado liegt zwischen Wäldern, einem See und Bergen. Verkehr gab es kaum, und jeder kannte jeden, was das Zusammenleben meiner Meinung nach einfacher machte. Dort konnte ich meine Fahrkünste nach und nach verbessern, weil ich langsam und bedacht fahren konnte, allerdings habe ich nicht den Mumm, mich dem New Yorker

Verkehr auszusetzen. Je älter ich wurde, desto mehr nervte es mich, ständig das Gleiche zu sehen, dieselben Menschen zu grüßen und auf dieselbe Aussicht zu blicken.

Als ich mit achtzehn Jahren nach New York zog und aufs College ging, war alles neu, aufregend und genau das, was ich brauchte. Für eine junge Frau wie mich, die das Gefühl hatte, immer im Schatten ihrer Schwestern zu stehen, bot das Leben in New York die Möglichkeit, sich selbst zu finden. Zwar fühle ich mich noch immer nicht, als wüsste ich genau, wer ich bin, aber ich bin auf einem guten Weg dahin. Nun nenne ich seit zehn Jahren diese Weltstadt mein Zuhause und bin glücklich in meinem Leben. An meiner Wahlheimat liebe ich besonders ihre Vielseitigkeit und die Tatsache, dass man immer Zerstreuung findet. Heute habe ich Glück und ergattere in der Metro einen Sitzplatz, sodass ich in Ruhe eine Nachricht an Samuel und seine Schwester Amber tippen kann. Sie sind nicht nur Geschwister, sondern zugleich auch meine Seelenverwandten und neben meiner Familie die wichtigsten Menschen in meinem Leben.

Als ich von der Metrostation zum Büro gehe, fallen mir viele junge Frauen auf, die mit ihren Hunden spazieren gehen und einen zufriedenen und selbstsicheren Eindruck auf mich machen. Die Hunde lassen mich unwillkürlich an die Tiere bei uns zu Hause denken. Seit ich denken kann, halten meine Eltern Hunde, Katzen und Pferde. Donny, einer unserer Hunde, hat eine besondere Beziehung zu meiner ältesten Schwester Chelsea – deshalb hat sie ihn mit nach New York genommen.

Während sie als CEO erfolgreich unsere Treuetest-Agentur leitet, genießt Donny, der schon zwölf Jahre alt ist, das Leben in einer Hundetagesstätte, wo er Auslauf hat und genug Fressen und Streicheleinheiten bekommt. Da Chels ein Arbeitstier ist, wollte sie ihn nicht mit ins Büro nehmen, wo er womöglich unterfordert wäre.

Ich jedoch würde meinen Hund in meiner Nähe haben wollen, zumindest am Anfang. Ich würde die Pausen draußen verbringen und mit ihm spielen, sooft es die Arbeit zulässt. Je länger ich darüber nachdenke, desto schöner finde ich die Vorstellung, tatsächlich ein Tier in meinem Leben zu wissen. Während ich meinen Gedanken nachhänge, vergesse ich die Zeit. Ein Blick auf die Uhr lässt mich innerlich fluchen. Ich habe länger für den Weg gebraucht, als ursprünglich geplant.

Verspätungen sind untypisch für mich, denn ich mag es lieber, mindestens eine halbe Stunde früher auf der Arbeit zu sein, um noch gemütlich meinen zweiten Kaffee zu trinken und mich mit unseren Mitarbeitenden zu unterhalten, ehe ich an den Schreibtisch oder in ein Meeting gehe. Als ich das Gebäude betrete, in dem sich unsere Agentur zurzeit befindet, atme ich erleichtert aus und lockere den Schal um meinem Hals. Bald werden wir in einen größeren Gebäudekomplex wechseln, um mehr Platz und mehrere Büroräume für unsere Mitarbeitenden zur Verfügung zu haben. Auch wenn ich mich auf diese Veränderung freue, werde ich die alten Räumlichkeiten vermissen. Ich trinke den letzten Schluck meines Kaffees, werfe den Becher in den Mülleimer in der Nähe des Fahrstuhls, ehe ich in den Aufzug steige. Die Türen sind dabei, sich zu schließen, als ich ein Rufen höre, das eindeutig zu meiner Schwester gehört. Instinktiv drücke ich auf den Kopf, der die Türen wieder aufgleiten lässt.

»Danke und guten Morgen, Sis«, ruft Rory aus. Sobald sie bei mir im Aufzug ist, stützt sie die Hände auf den Knien ab und ringt nach Luft.

»Na, wieder mal spät dran?«, frage ich und kann mein Grinsen nicht unterdrücken. Seitdem sie glücklich vergeben ist, kommt sie häufig später im Büro an, und ich kann mir schon vorstellen, wieso.

»Eigentlich wäre ich ja pünktlich.«

»Wenn dich Elijah aus dem Bett ließe, oder?« Rory richtet sich mit einem wissenden Grinsen im Gesicht auf und macht sich an den Knöpfen ihres Mantels zu schaffen.

»Na ja, ein wenig recht hast du schon.« Ihr Strahlen stellt den hellsten Scheinwerfer in den Schatten – so sieht eine Frau aus, die bis über beide Ohren verliebt ist. Dass sie ihr privates Glück gefunden hat, freut mich ungemein, weil ich meine Schwester liebe und ihr nur das Beste wünsche, doch wenn ich ehrlich zu mir selbst bin, macht es mich auch ein klitzekleines bisschen neidisch. Oder vielleicht mehr als nur ein bisschen.

»Wenig?«

»Ich war gewillt, heute pünktlich von seiner Wohnung loszufahren.«

»So nach dem Motto: Der Geist ist willig, doch das Fleisch ist schwach?« Wir grinsen uns an.

»In etwa, ja. Also wenn jemand schuld ist, dann Elijah.« Dass sie die Schuld auf ihren Freund schiebt, wenn auch scherzhaft, lässt mich an unsere Kindheit zurückdenken. Auf die Frage, wer die letzten Kekse gegessen hat, wurde immer ich als Sündenbock hingestellt, obwohl ihr Gesicht von Kekskrümeln übersät war. Genauso wenn es darum ging, wer die Wand angemalt hat, als wir vier waren. Sie hat mit dem Finger auf mich gedeutet und hatte doch selbst den Buntstift in der Hand.

Wir betreten gleichzeitig das Büro, begrüßen unsere Empfangslady Lindsay, ehe wir in den Meetingraum gehen, wo wir Schwestern uns gern in der Früh treffen. Dort erwartet uns Chelsea, die diesmal für den Kaffee gesorgt hat und uns unsere Becher reicht. Wenn mich etwas schwach werden lässt, dann sind das Musik und Kaffee.

»Guten Morgen, Boss«, sage ich, ehe ich einen Schluck von meinem zweiten Kaffee nehme und zufrieden aufseufze. Geschmacklich beginnt mein Montag gut, auch wenn ich heute zu spät gekommen bin.

»Guten Morgen, ihr zwei«, sagt Chelsea und blickt auf ihre Armbanduhr. Natürlich hat sie bemerkt, dass wir uns verspätet haben. In Arbeitsdingen entgeht unserer Ältesten kaum etwas.

»Ich weiß, wir sind spät dran«, sagt Rory, zieht ihren Mantel aus, um ihn über die Stuhllehne zu legen, und greift nach ihrem Kaffeebecher. Meine zweieiige Zwillingsschwester trägt ihr schulterlanges, naturblondes Haar wie immer offen, sodass es ihr hübsches Gesicht umrahmt. Bei jeder Bewegung schwingt das seidig aussehende Haar mit, wie auch jetzt, als sie sich auf einen der Stühle fallen lässt und die Beine übereinanderschlägt.

»Und wieso habt ihr es nicht pünktlich geschafft?«, fragt Chelsea ohne jeglichen Vorwurf in der Stimme. Sie ist immer überpünktlich und scheint in ihrem Büro zu leben. Doch auch wenn sie rund um die Uhr arbeitet, verlangt sie das nicht von uns. Wir sind Teilhaberinnen an der Treuetest-Agentur, wenn auch zu kleineren Teilen als Chelsea, doch sie hat uns noch nie dazu belehrt, wie wir unsere Arbeit zu erledigen haben.

Sie gibt uns Tipps, doch sie lässt uns die Freiheit, unsere Arbeitsbereiche so zu leiten, wie wir es für richtig halten.

»Elijah und ich haben uns heute verquatscht, und ich habe die Zeit vergessen«, meint Rory, woraufhin sich ein Lächeln auf Chelseas Gesicht ausbreitet.

»Und das war sicher ein wichtiges Gesprächsthema, oder?«, fragt sie sarkastisch, da sie wie ich schon ahnt, dass die beiden herumgeturtelt haben, wie es manche verliebte Paare eben tun.

»Sehr wichtig«, meint Rory grinsend, was mich dazu bringt, belustigt den Kopf zu schütteln. *Verliebt müsste man sein.*

»Ich habe mich einfach mit der Zeit verschätzt«, stelle ich klar und lenke das Thema damit wieder auf die Arbeit. Auch ich ziehe meinen Mantel aus, lege ihn ab und setze mich.

»Was steht an? Ist etwas Wichtiges vorgefallen?« Am Freitag war ich aufgrund eines Kontrolltermins bei meiner Gynäkologin nicht im Büro und habe das Wochenende früher eingeläutet als sonst. Da unsere Großmutter an Brustkrebs gestorben ist, lassen sich alle Madigan-Frauen jedes halbe Jahr durchchecken. Zum Glück hat es bis jetzt keinerlei Anzeichen auf eine Krankheit bei uns gegeben, und ich hoffe, dass dies auch nie passieren wird.

»Am Freitag kam eine neue Klientin ins Büro. Mindy Clayton, eine Kuratorin, die an der Treue ihres Verlobten zweifelt. Die Aufnahme sowie die Notizen zur Akte habe ich dir bereits gemailt. Hast du derzeit eine laufende Prüfung zur Treuetestung?«, will meine Schwester wissen und tippt mit den perfekt manikürten Fingern auf ihrem iPad herum, ehe sie wieder zu mir aufsieht. Ihre moosgrünen Augen mustern mich interessiert, und mir wird wieder einmal klar, wie ehrgeizig sie ist. Sie lässt keine Gelegenheit aus, um unsere Agentur voranzutreiben und gute Arbeit abzugeben. Wenn sie könnte, würde sie wohl sogar auf Schlaf verzichten, um noch mehr arbeiten zu können. Und obwohl ich ihren Eifer bewundere, mache ich mir auch Sorgen um sie.

»Ich warte noch auf die Antwort einer weiblichen Zielperson bezüglich eines Dates. Wenn sie dem Date zustimmt, haben wir die Bestätigung der Untreue schwarz auf weiß. Danach kann ich den Abschlussbericht schreiben und die Beweise für den letzten Termin zusammenstellen.« Insgeheim hoffe ich immer, dass die Zielpersonen, deren Treue wir testen, ehrlich und loyal in ihren Beziehungen sind. Doch leider sieht die Wahrheit oft anders aus.

»Okay, dann erwarte ich den Bericht im Laufe der Woche von dir. Ich werde die Klientin anrufen und einen Termin vereinbaren.« Mit ihren schlanken, manikürten Fingern fliegt sie beinahe über das Display und nimmt die entsprechenden Anpassungen in ihrem Terminkalender vor.

»Ich hoffe, wir können die Zweifel an ihrer Partnerin zerstreuen«, sage ich und streiche mit dem Daumen über den warmen Pappbecher.

»Hoffen wir das nicht alle?«, meint Rory, während ich stumm nicke. Chelsea ist die Rationale von uns und lässt sich nicht von ihren Gefühlen leiten. Sie nimmt die Dinge so, wie sie kommen, und hat immer klare Ziele vor Augen. Auch bei Testungen scheint sie stets davon auszugehen, dass die Zielpersonen betrügen. Rory und ich wünschten uns, alle Menschen wären loyal und treu, doch die Auswertungen sprechen eine andere Sprache, was mich als Romantikerin manchmal abschreckt. Der Prozentsatz der treuen Zielpersonen ist besorgniserregend niedrig. Es lässt einen manchmal den Glauben an die wahre Liebe verlieren.

Aber wir sind eine Treuetest-Agentur, die ihren Job sehr ernst nimmt, und wir gehen professionell und systematisch vor. Wir nehmen uns ausreichend Zeit, um alle Fakten zu prüfen, die Zielperson genau zu analysieren und die Testung durchzuführen. Nur so können wir uns das Vertrauen derjenigen verdienen, die an uns herantreten und für die wir meist der letzte Strohhalm sind.

»Wie waren die Reaktionen auf den Sonntagspost?«, fragt Chelsea unsere Jüngste, die für den Social-Media-Auftritt unserer Agentur zuständig ist.

»Durchweg positiv. Wieder haben ehemalige Testpersonen

negative Dinge gepostet, die wir sofort gelöscht und deren Accounts wir blockiert haben. Aber die Reichweite war angemessen.«

»Sie probieren es immer wieder, was?«, murmelt Chelsea und schüttelt den Kopf. Wir leisten gute Arbeit, aber die untreuen Personen, die wir haben auffliegen lassen, wollen den Tatsachen selten ins Auge sehen und suchen einen Sündenbock. Und dieser sind dann wir. Wir haben bei Lindsay am Infopult eine Person aus dem Sicherheitsbereich eingeteilt, die unerwünschten Besuch nach draußen eskortiert, was zum Glück nicht häufig passiert. Da sind sie im Internet mutiger.

»Sie versuchen es, aber wir sind dran.«

»Danke. Dein Team und du leistet sehr gute Arbeit.« Rory bedankt sich im Namen ihres Teams, und während wir weiter unseren Kaffee trinken, sprechen wir über unsere Ziele nach der Investition von Elijah James, unserem Hauptinvestor und Rorys Freund. In den letzten Monaten haben wir an unserem Vorhaben gearbeitet, das Unternehmen zu erweitern und zu expandieren, indem wir unsere Räumlichkeiten erweitern, unsere Technik verbessern und unser Marketing vorantreiben.

Als wir auf der Suche nach Investorinnen und Investoren waren, bekamen wir einige Angebote, doch es war Elijah, der die größte Summe geboten hat und mit dem auch die Chemie stimmte. Er arbeitete sogar ein paar Wochen in unserem Unternehmen, um unsere Agentur genauer unter die Lupe zu nehmen, und durch die gemeinsame Zeit, die wir alle miteinander verbracht haben, lernten wir einander besser kennen. Bei meiner Schwester Rory ging es übers Kennenlernen hinaus, und die beiden verliebten sich unsterblich ineinander. Mit ihm haben wir nicht nur einen Investor gefunden, der das Beste aus unserem Unternehmen rausholen will, sondern auch ein neues Familienmitglied, das unsere Schwester glücklich macht.

»Ist zur neuen Akte noch etwas zu erwähnen?«, frage ich, nachdem wir die wichtigsten Punkte abgehakt haben. Chelsea hat ein gutes Gespür dafür, wo man bei einer Prüfung am besten ansetzen sollte, weshalb ich auf ihren Rat vertraue.

»Die Zielperson ist einer der Guten, zumindest war er das am Anfang. Er ist Arzt, für seine Freundin ist er allerdings nur selten ansprechbar. Neuerdings versteckt er sein Smartphone, und es ploppen immer wieder Mails auf, die sie stutzig machen, also solltest du eher per Mail mit ihm kommunizieren.«

»Verstehe. Sind die Daten komplett? Dann schaue ich sie mir gleich an.«

»Leider konnte aus technischen Gründen noch kein Foto von ihm hochgeladen werden, aber das wird im Laufe des Tages passieren. Die Verlobte hat einen ausführlichen Bericht abgeliefert, sodass es für dich ein Leichtes sein sollte, Kontakt mit ihm aufzunehmen.« Während meine Schwester mich auf den neuesten Stand bringt, mache ich mir auf meinem iPad händisch Notizen zu dem Fall. Als ich das digitale Bullet Journal für mich entdeckt habe, wuchs meine Liebe zu handschriftlichen Notizen. Mittlerweile benutze ich kaum noch die Tastatur meines iPads, sondern schreibe alles per Hand. Ich nicke, als ich fertig bin, und wende mich meiner zweieiigen Zwillingsschwester zu.

»Okay. Rory? Was steht diese Woche im Marketing noch an?« Sie hat ein gutes Gespür für neue Marketingstrategien und tut alles in ihrer Macht Stehende, um unsere Agentur zu bewerben und unseren Ruf zu schützen.

»Wir casten diese Woche Models für den neuen Werbespot, und *Good Morning America* ist durch das Investment auf uns zugekommen. Sie wollen ein Interview mit dir, Chelsea.«

»Mit mir?«, fragt sie überrascht und versteift sich augenblicklich. Unsere ältere Schwester mochte Live-Interviews noch nie. Sie ist lieber die Strippenzieherin im Hintergrund und lächelt nur bei offiziellen Anlässen in die Kamera, die von uns ausgerichtet werden. Im Fernsehen aufzutreten hat sie stets abgeschreckt und die Aufgabe lieber auf eine von uns abgewälzt.

»Ja, du bist die Inhaberin und das Gesicht der Agentur, wenn man es so sieht.«

»Das Unternehmen gehört uns dreien«, antwortet sie meiner Zwillingsschwester, die daraufhin die Augen verdreht. Jedes Mal beharrt unsere Älteste darauf, dass die Agentur uns Schwestern gehört, was nur zum Teil stimmt.

»Wir sind Teilhaberinnen, aber sechzig Prozent gehören dir. Und auch wenn du es nicht wahrhaben willst, Schätzchen, du bist der Kopf dieses Unternehmens.«

»Ich will es aber nicht sein. Kannst du nicht das Interview machen? Du kennst mich, ich bleibe lieber produktiv und motiviert im Verborgenen.« Chels ist medienscheu und zeigt das offen und ehrlich. Dabei kann sie sich ruhig voller Stolz der Öffentlichkeit zuwenden, denn sie hat ein Unternehmen gegründet, das sich mittlerweile zur bekanntesten Treuetest-Agentur der Ostküste entwickelt hat.

»Nein, das werde ich nicht. Ich wurde schon genötigt, die Investierenden anzulocken, damit sie uns finanziell unter die Arme greifen.« Rory schmollt, auch wenn ich weiß, dass sie es liebt, solche Präsentationen zu halten. Aber ich denke, dass sie mit ihrer Weigerung Chelsea aus ihrem Schneckenhaus locken möchte. Chelsea ist kühl geworden, seit ihr Exverlobter sie über einen langen Zeitraum hinweg betrogen hat. Dieser Verrat hat tiefe Narben hinterlassen, die wir zwar erahnen können, über die sie aber nicht sprechen möchte.

Sie flüchtet sich in die Arbeit und unternimmt nur etwas mit uns, wenn wir sie bewusst daran erinnern. Diese Tatsache bereitet uns Sorgen, die wir aktuell noch für uns behalten. Wenn wir mit ihr über die Veränderung, die sie durchgemacht hat, sprechen wollen, geht sie nicht darauf ein und wechselt sofort das Thema. Wir geben ihr die Zeit, die sie braucht, da sie weiß, dass wir immer an ihrer Seite sein werden. Das macht es aber trotzdem nicht leichter, wenn sie sich wieder kühl gibt – schließlich wissen wir, dass sie das damals nicht war.

»Hey! Immerhin hast du durch das Expansionsvorhaben deinen Freund getroffen«, meint Chelsea. Offensichtlich ist dieser Hinweis der letzte Strohhalm, nach dem sie zu greifen versucht, um nicht vor die Kamera treten zu müssen. Ich muss unweigerlich lachen, und die Bedenken von vorhin sind wie weggeweht, weil ich weiß, dass wir gemeinsam alles überwinden können. Rory und Chelsea liegen sich wegen allem Möglichen in den Haaren, das war damals so, und so ist es noch immer. Sie tragen ihre Meinungsverschiedenheiten natürlich nicht vor den Mitarbeitenden aus, aber ich sitze da unweigerlich in der ersten Reihe und kann nur die Augen verdrehen. Wie oft sich die beiden als Teenies gezankt haben, weil Rory mal wieder heimlich Klamotten von Chelsea getragen oder in ihrem Tagebuch gelesen hatte, kann ich mittlerweile gar nicht mehr aufzählen. Unsere Älteste teilt ihre Sachen ungern. Damals wie heute.

»Beruhigt euch, Ladys. Chelsea, ich muss Rory leider recht geben. Wenn du diese Werbung haben willst, dann musst du ins kalte Wasser springen. Ich weiß, du magst es nicht, im Mittelpunkt zu stehen, aber als Hauptinhaberin wird dir nichts anderes übrigbleiben.« Unsere älteste Schwester, die ihre feuerroten Haare mal wieder zu einem strengen Knoten zusammengebunden hat, lässt die Schultern hängen – ein Zeichen, dass sie aufgibt, sich dagegen zu wehren. Rory nickt zufrieden. Sie scheint ebenfalls zu wissen, dass sie diese Diskussion gewonnen hat.

»Na schön! Auch wenn ich mich sicher blamieren werde, werde ich es tun. Seit wir mit Elijah zusammenarbeiten, haben wir weitaus mehr Aufmerksamkeit auf uns gezogen als je zuvor. Das sollten wir nutzen, um den Leuten zu zeigen, dass Treuetest-Agenturen zu Unrecht einen so schlechten Ruf haben. Und vor allem, dass wir unseren Job ernst nehmen.« Nun, da sie die Tatsache akzeptiert hat, dass sie das Interview machen muss, ist sie wieder Feuer und Flamme für die Arbeit und versucht das Beste aus der Situation zu machen.

»Ich habe das Gefühl, dass wir immer mit diesem Vorurteil leben müssen«, sage ich nun, woraufhin sich die beiden mir zuwenden. Durch das gekippte Fenster weht ein kühler Luftzug durch den Raum, der mich frösteln lässt. Rory tippt sich nachdenklich mit ihrem iPen auf den Lippen herum.

»Die Menschen denken, dass wir die Leute betrügen, falsche Beweise abliefern und die Testungen halbherzig durchführen. Es wird uns immer viel Zeit und Energie kosten, ihnen das Gegenteil zu beweisen«, füge ich noch hinzu und habe schon Angst, dass ich zu pessimistisch klinge, doch das sind nun mal die Tatsachen, denen wir ins Auge blicken müssen.

»Ein unendlicher Kampf, zu dem wir aber bereit sind«, sagt Rory selbstbewusst und setzt ein entschlossenes Lächeln auf.

»Ich bin es nicht müde, die Menschen vom Gegenteil zu überzeugen. Wir machen unseren Job gut und bringen nach viel harter Arbeit die Wahrheit ans Licht. Es sind diejenigen, die untreu sind, die die Beziehung und das Vertrauen zerstören. Es ist traurig, aber es zeigt den wahren Charakter dieser Menschen, und wieso sollten die Menschen, die unsere Hilfe suchen, ihr Leben mit solch einer Person verbringen, wenn es doch mit Sicherheit einen anderen Menschen gibt, der sie gern glücklich machen würde und ihnen auch treu ist?«

Ich weiß, da spricht die Romantikerin aus mir, die noch nie eine längere Beziehung hatte, aber ich glaube daran, dass es diesen einen Menschen für mich gibt. Denjenigen, der mich niemals betrügen würde und mit dem ich alt und grau werden kann. Es mag dauern, bis ich diesen Menschen finden werde, aber ich bin völlig überzeugt davon, dass es ihn gibt. Mein Job bringt diese Einstellung manchmal ins Wanken, da der Prozentsatz der Betrügenden höher ist als der Anteil derer, die treu sind, aber ich lasse mich niemals entmutigen. Das widerspricht allem, woran ich glaube. Ich zweifle ab und an, und das ist auch in Ordnung, doch ich glaube an die Liebe.

»Du bist wirklich die Romantikerin unter uns«, sagt Chelsea, die eher dafür bekannt ist, nicht mehr an die wahre Liebe zu glauben. Das hat ihr betrügerischer Ex zunichtegemacht.

»Nun ist es aber genug mit dem Gesülze. Wir haben noch was zu besprechen«, meint Rory und wendet sich Chelsea zu. Meine Schwestern beginnen eine Unterhaltung über eine neue Gesetzeslage bezüglich des Arbeitsgesetzes, über die ich schon bestens informiert bin. Ich schließe meine Notizen-App und öffne die Seite mit meinen privaten To-dos in meinem digitalen Bullet Journal.

Mit ihren Stimmen als Geräuschkulisse zeichne ich einen kleinen Kaktus mit Gesicht, der so süß ist, dass ich selbst lächeln muss.

»Na? Hast du jemanden kennengelernt?«, will Rory wissen und wackelt anzüglich mit den Brauen.

»Gott, ich wünschte, ich könnte Ja sagen«, gebe ich seufzend zurück und lege den Stift zur Seite.

»Sorry, vielleicht habe ich dein Lächeln falsch interpretiert.« Sie erhebt sich ein Stück und blickt auf meine digitale Zeichnung im Bullet Journal.

»Ich konnte ja nicht wissen, dass ein Kaktus dich so verzaubert. Dann weiß ich jetzt, was ich dir zum Geburtstag schenken werde«, sagt sie belustigt.

»Mach nur Witze auf meine Kosten. Und wehe, du schenkst mir einen Kaktus.«

»Also ich wäre auch dafür«, meint Chelsea und beißt sich auf die Lippen, um nicht loszulachen.

»Wisst ihr was? Ich höre euch einfach nicht mehr zu«, sage ich beleidigt, greife mir wieder meinen Stift und zeichne einen Notizblock auf eine neue gepunktete Seite. Ich gestalte sie nach meinen Wünschen, füge Kästchen zum Abhaken hinzu und bemale sie ein wenig. Kaum bin ich fertig, beenden meine Schwestern ihr Gespräch.

Da sie gestern die Punkte des neue Werbekonzepts nicht besprechen konnten, halte ich mich raus, höre aber mit halbem Ohr zu, während ich zeichne und meine Liste fülle. Ich habe es am liebsten, wenn ich alle Listen am Morgen fertig geschrieben habe und nachmittags das meiste abhaken kann. Abends füge ich nur ein paar To-dos hinzu und verschönere mein Journal mit digitalen Stickern, wenn ich zu müde oder zu faul zum Zeichnen bin. Als kreativer Mensch muss ich meine Finger beschäftigt wissen. Für mich gibt es nichts Schöneres, als ein Projekt, ein Gemälde oder eine Zeichnung zu beenden und das Ergebnis mit Stolz zu betrachten. Mein Hobby erdet mich und macht mich aus.

2. KAPITEL

Sierra

Soundtrack of the Day:
Sam Kim – Seattle

»Die Arbeit wartet!« Rory klatscht in die Hände.

»Ist das nicht normalerweise mein Text?«, fragt Chels lachend, und wir erheben uns gleichzeitig. Nachdem ich meine Sachen im Rucksack verstaut habe, schnappe ich mir den Becher sowie meinen Mantel und wünsche meinen Schwestern einen erfolgreichen Arbeitstag. Im Flur begrüße ich die Mitarbeitenden, die mir begegnen, und gehe direkt in mein Büro. Dort hänge ich meinen Mantel am Ständer auf und setze mich auf meinen gepolsterten Drehstuhl.

Während ich aus dem Fenster aufs kalte Manhattan blicke, trinke ich in einem Schluck den Rest meines Kaffees aus, der mittlerweile schon kalt geworden ist. Ich nehme mein Smartphone zur Hand und starte eine Playlist, ehe ich mir einen Bluetooth-Earpod ins Ohr stecke. Das andere Ohr halte ich frei, damit ich es mitbekomme, wenn das Telefon läutet oder Mitarbeitende nach mir rufen. Die sanften Gitarrenklänge des ersten Songs lassen mich die Augen schließen und meinen Hinterkopf auf die Stuhllehne betten.

Musik hatte schon immer eine heilende Wirkung auf mich.

Sie hat mich aufgefangen, wenn ich mich allein und unverstanden gefühlt habe. In meiner Jugend war sie wie ein weiterer Freund, der mich aber besser verstand als alle anderen. Damals wie heute.

Wenn man eine Zwillingsschwester wie Rory hat, die schön, talentiert und bei allen beliebt ist, passiert es mit der Zeit, dass man im Schatten der jeweiligen Person steht. Ich war in der Schule immer die Schwester von Rory, nie Sierra Madigan, die Klassensprecherin und Klassenbeste. Außer Amber und Sam hat mich lange niemand mit meinem Vornamen angesprochen, und viele wollten einfach mit mir befreundet sein, um irgendwie von Aurora, die wir aber meist nur Rory nennen, beachtet zu werden.

Meine Schwester wollte nie, dass ich mich ausgegrenzt fühle, und nach einer Weile hat auch sie gemerkt, wie die anderen mit mir umgingen. Danach musste mich jeder beim Namen ansprechen, und wer es nicht tat, bekam eine Standpauke von ihr. So ist eben meine Schwester, eine Naturgewalt an Energie und Selbstvertrauen, die man einfach lieben muss. Und auch wenn sie sich immer für mich eingesetzt hat, konnte ich das Gefühl der Eifersucht nie ganz abschütteln. Auch wenn ich es verabscheute, so zu empfinden, denn es machte mich schwach, und ich hasse es, mich schwach zu fühlen. Ich nehme einen tiefen Atemzug, öffne die Augen und lasse mich von der Musik beflügeln, als ich die Akte der neuen Zielperson auf meinem iPad öffne.

Bevor ich mich jedoch an die Arbeit mache, antworte ich auf ein paar Mails der Mitarbeitenden, für die ich zuständig bin, und gehe danach auf die Webseite meiner Lieblingsfloristin, die ihr Geschäft in der Nähe von meiner Wohnung hat. Ich bestelle mir ein Bouquet Schnittblumen für die Wohnung und fünf fürs Büro, die Chelsea dann meistens an den richtigen

Orten platziert. Die fünf lasse ich ins Büro liefern, meinen Strauß werde ich nach der Arbeit persönlich abholen. Wenn es etwas gibt, das ich in meiner Wohnung unbedingt haben muss, um mich wohlzufühlen, dann sind das Blumen.

Ich hake die Bestellung von meiner To-do-Liste in meinem Bullet Journal ab und wechsle die App, um mich der Zielperson ohne Foto zu widmen. Ich lese mir in Ruhe alle gesammelten Notizen durch und höre auch die Gesprächsaufzeichnung ab, die Chelsea hinterlegt hat. Bei der Person, die ich testen muss, handelt sich um einen Kinderarzt, der eine eigene Praxis hier in Manhattan betreibt und zudem in einem Krankenhaus arbeitet, das vom Vater der Klientin geleitet wird. Er ist ihrer Meinung nach Perfektionist, arbeitet präzise und liebt seinen Job – offensichtlich mehr als seine Freundin. Er mag Tiere und Kinder und besucht gern Musicals am Broadway. Er nimmt seine Arbeit sehr ernst, mag es zu fotografieren, spazieren und wandern zu gehen und ist immer auf der Suche nach einem perfekten Motiv zum Ablichten. Er schätzt italienisches Essen und ist ein Feinschmecker, der gern selbst in der Küche steht, den Chefkoch mimt und damit angibt.

Seine Familie ist ihm wichtig, und er verbringt viel Zeit mit seinem Bruder, seiner Schwägerin und seinem Neffen Xander, der ihn anhimmelt. Die Klientin wird von der Familie jedoch meist ignoriert. Er hat einen SUV und ein Motorrad und wohnt mit der Klientin in einer Wohnung an der Upper West Side, die auf ihren Namen gekauft wurde. Er ist eng mit seinen Praxisassistentinnen befreundet. Der Klientin war das immer ein Dorn im Auge, und sie vermutet, dass er eine Affäre mit einer von ihnen hat. Er hat einige Freundinnen, mit denen er ebenfalls gern Zeit verbringt, was Mindy sauer aufstößt. Sie ist der Meinung, dass Männer und Frauen nicht befreundet sein können und dass sich früher oder später Gefühle entwickeln werden. Er wünscht sich seit Langem Kinder und möchte sie eher früher als später, jedoch fühlt sich die Klientin von seinem Kinderwunsch bedrängt. Er ist nicht abgeneigt, New York den Rücken zu kehren und an einen Ort zu ziehen, der kindergerechter und sicherer ist, wovon seine Partnerin aber nichts wissen will.

Seine Verlobte meint, dass seine Familie einen schlechten Einfluss auf ihn hat. In ihren Augen scheint sie einer Sitcom entsprungen – die Familie ihres Verlobten ist nahezu perfekt und hat sie immer ein wenig ausgeschlossen. Auch wenn ich die Worte etwas hart finde, lese ich aufmerksam weiter. Caleb, so heißt die Zielperson, hält seinen Körper zwar fit, hasst jedoch Fitnessstudios und ekelt sich davor.

Als ich das lese, muss ich kichern, denn auch ich mag diese Studios nicht. Der Gedanke, dass vor mir Tausende auf diesen Geräten gesessen und ihren Schweiß darauf hinterlassen haben, lässt mich würgen. Je mehr ich diese Akte lese, desto mehr gefällt mir das Gesamtbild, das sich vor mir ausbreitet. Caleb mag Dinge tun, mit denen seine Verlobte nicht klarkommt, doch ich werde dieses Flattern in meiner Brust nicht los, das durch das Gelesene ausgelöst wird. Etwas in mir möchte das Bild von diesem Mann sehen, der mich auf eine Art und Weise fasziniert. Denn alles, was seine Verlobte über ihn gesagt hat, macht ihn in meinen Augen zu einem perfekten Partner. Er besitzt genau die Charakterzüge und Eigenschaften, die ich mir von einem Mann in einer Partnerschaft sehnlichst wünsche.

Als mir klar wird, dass ich vor mich hin fantasiere, schüttle ich den Kopf und besinne mich wieder. Meine Gedanken sind falsch, denn ich überschreite gerade eine Grenze, die in unserer Agentur heilig ist. Man sollte unvoreingenommen an die Testung gehen und sich keinesfalls selbst in die Zielperson vergucken.

Ich lausche erneut der Audioaufnahme und mache mir weiter Notizen, die für die Testung nützlich sein werden. Mindy beschwert sich darüber, dass ihr Verlobter, mit dem sie ungefähr zehn Jahre zusammen ist, sie durch seinen Perfektionismus immer als minderwertig hat dastehen lassen. Er ist normalerweise bei ihr zu Hause oder unterwegs, trifft sich mit den Menschen, die zu seinem Freundeskreis gehören, weshalb es sie stutzig macht, dass er neuerdings mehr Zeit allein und auswärts verbringt. Wenn sie nachfragt, wohin er gehe, dann meint er, dass er ausgehe oder arbeite, ohne eine weitere Erklärung abzugeben. Mindy denkt, dass er eine Affäre haben könnte, ist sich aber nicht sicher. Sie glaubt, dass er sie nicht mehr attraktiv findet und sich deshalb mit anderen Frauen trifft.

Normalerweise verbringen sie die Wochenenden zusammen, doch er erfindet immer wieder Ausreden, sodass sie ihn an den letzten drei Wochenenden gar nicht gesehen hat. Sein Handy nimmt er überall hin mit und legt es neuerdings mit dem Display nach unten hin, als hätte er Angst, dass sie die ankommenden Nachrichten sehen könnte. Einmal hat Mindy sogar fremdes Frauenparfüm an ihm gerochen, und als sie ihn drauf ansprach, bekam sie eine mürrische und sehr suspekte Antwort, ehe er alle weiteren Fragen abgewürgt hat.

Auf die Frage, was sie für seinen idealen Typ hält, meint sie, dass es eine Frau ist, die gern Zeit zu Hause verbringt, eine Person mit einer romantischen Ader, die ein kuscheliges Spa-Wochenende einem Städtetrip vorziehen würde. Mindy Clayton sagt die Worte voller Abneigung, was mich vermuten lässt, dass sie eher das Gegenteil von dem ist. Sie führt an, dass er Beständigkeit sucht und eine Familie gründen möchte, wofür sie allerdings noch lange nicht bereit ist. Auch wenn sie blond ist, denkt sie, dass er Frauen mit dunklen Haaren bevorzugt, da seine Ex-Freundinnen brünett waren.

Kurven sollte sie haben und eher langweilig wirken, ruhig, so wie er es ist. Und auch das ist einer der Gründe, wieso sie denkt, dass er sie betrügt, weil sie eben nicht diesen Wünschen und Vorstellungen entspricht. Diese Frage nach dem Aussehen und den Interessen einer möglichen idealen Partnerin sind wichtig, da wir bei den Testungen mit den Fantasien der Zielpersonen spielen, um sie in Versuchung zu bringen.

Ich lese die Anmerkungen über seine Traumfrau, die seine Verlobte beschreibt, erneut durch. Während ich der Sprachdatei lausche, entwerfe ich nebenbei eine Zeichnung der Person, so wie ich sie mir vorstelle. Nicht von Caleb, sondern von der Frau, die wohl seinem Typ entspricht. Das ist meine Art, das gerade Gehörte zu reflektieren, und eine Fingerübung meinerseits.

Als ich fertig bin, lege ich den Stift ab, ziehe die Earpods aus meinem Ohr und blicke auf meine Zeichnung. Als mir klar wird, was ich da sehe, hätte ich fast das iPad fallen gelassen, denn was ich sehe, ist eine Zeichnung von mir selbst. Verblüfft blicke ich auf mein Spiegelbild im bodentiefen Fenster und versuche, einen klaren Kopf zu bewahren. *Hat die Klientin wirklich mein Aussehen beschrieben, das perfekt zu ihrem Verlobten passt?*

Eine Gänsehaut breitet sich auf meinem Körper aus, als ich nochmals auf die Zeichnung linse. Vielleicht war es einfach ein Zufall, dass ich mich selbst gezeichnet habe, und ich sollte nicht zu viel in die Sache hineininterpretieren. Doch das merkwürdige Gefühl in mir will einfach nicht weichen.

Ich habe kein Bild von Caleb Barnes, doch je mehr ich über ihn lese, desto mehr Anziehung übt er auf mich aus. Frustriert fahre ich mir mit den Fingern durch das gewellte Haar. Mir entweicht ein genervtes Stöhnen. *Was soll das? Wieso bin ich aufgewühlt, nur weil ich die Akte einer Zielperson lese?*

Da hilft es auch nicht, dass gerade ein romantischer Song abgespielt wird, der noch leise aus dem Earpod zu hören ist. Ich lege die Kopfhörer wieder zurück in die Ladebox und stehe auf. Irgendwie traue ich mir gerade selbst nicht über den Weg, und in Situationen wie dieser hilft meist nur eines: Kaffee. Auf dem Weg in die Kaffeeküche treffe ich auf Lindsay, die gerade ihr Telefongespräch beendet und mich mit ihrem strahlenden Lächeln ansieht.

»Der wievielte Kaffee ist das heute?«, fragt sie scherzhaft, da sie weiß, wohin ich gehe und wonach ich lechze.

»Der dritte, also gar nicht so viel.«

»Wir haben nicht mal zehn Uhr vormittags.«

»Oh. Na ja, es ist Montag, und da brauche ich auf jeden Fall mein Körperbenzin.« Das bringt Lindsay zum Lachen, auch wenn sehr viel Wahrheit in diesen Worten steckt.

»Ich denke, ohne Kaffee würdest du einfach umfallen, und ein Error-Schriftzug würde auf deiner Stirn erscheinen.«

»Das wäre wohl möglich«, antworte ich lachend, und wir betreten gemeinsam die Kaffeeküche. Da ich Filterkaffee hasse, habe ich darauf bestanden, dass wir in der Büroküche eine qualitativ hochwertige Kaffeemaschine haben. Sie hat zwar Tausende von Dollar gekostet, aber sie kann Cappuccino, Macchiatos, Espresso und Americanos zaubern, und das ist es mir wert.

Ich lasse mir einen Cappuccino in meine Spruchtasse einlaufen, die ich von den Mitarbeitenden zum Geburtstag bekommen habe. Lindsay blickt auf den Spruch und grinst.

»›Auch der beste Boss ist nur so gut wie seine grandiosen und unvergleichlichen Mitarbeitenden, und ja, sie haben mir diese Tasse geschenkt.‹ Dieser Text ist einfach genial.«

»Ich finde sie auch großartig. Ein besseres Geschenk hättet ihr mir nicht machen können. Ich liebe Witze.«

»Ganz zu schweigen von deiner Vorliebe für Flachwitze.«

»Stimmt. Hast du heute einen guten für mich?«, frage ich hoffnungsvoll und puste in meine Tasse, sodass ein Loch im Milchschaum entsteht.

»Leider nicht, aber Google hilft mir da sicher weiter.«

»Auf Google ist doch immer Verlass.« Ich hoffe schon, dass sie mich mit einem Witz zum Lachen bringt, doch plötzlich wird ihre Miene ernst.

»Nun mal was ganz anderes. Mein Bruder meinte, dass in deiner Gegend oft eingebrochen wurde.« Da er Polizist ist, hält er Lindsay immer auf dem Laufenden und teilt ihr mit, wo es gefährlich ist.

»Ja leider. Ich habe heute Morgen schon mit der Mafia-Elite gesprochen.«

»Ach, deine redseligen Nachbarinnen haben wieder mal zugeschlagen? Wollten sie dich erneut mit einem ihrer Enkel verkuppeln?«

»Diesmal nicht, sie sind jetzt auf die Söhne ihrer Freundinnen umgestiegen. Bei den Enkeln habe ich es wohl nicht in die Endrunde geschafft«, sage ich gespielt traurig, was Lindsay erneut zum Lachen bringt. Sie stellt ihre Tasse unter die Maschine und drückt auf die Taste mit dem doppelten Espresso.

»Du Arme, also gibt es in absehbarer Zeit keine große Hochzeit? Wie schade.« Mit einem Schmollmund greift sie nach ihrer Tasse und pustet hinein.

»Leider nein, aber ich werde es überleben. Doch wie du schon sagtest, es wurde wieder eingebrochen, und ich habe mir überlegt, mir vielleicht einen Hund anzuschaffen, um mich sicherer zu fühlen.«

»Du willst was tun?«, fragt Chelsea, die ebenfalls mit einer leeren Tasse die Küche betritt.

»Einem Hund ein neues Zuhause geben.«

»Ein Geschwisterchen für Donny? Das ist wirklich nobel von dir, aber bist du dir sicher, dass du mit einem Hund zurechtkommen wirst?«

»Klar, wieso nicht? Ich meine, es wird anfangs anstrengend sein, aber ich denke, dass es gut laufen würde.«

»Wie du weißt, sind Hunde im Büro erlaubt, aber ich lasse Donny bewusst in der Tagesstätte, weil es ihm dort besser geht als in meinem Büro. Dort kann er mit anderen Hunden spielen und bekommt Auslauf. Wenn du es dir zutraust, dann wäre es keine schlechte Idee, gerade weil in deiner Gegend die Einbruchsrate gestiegen ist.«

Lindsay und ich machen Chels Platz, damit sie ihre Tasse füllen kann, während ich innerlich schon Amber und Sam anrufen will, um auch die beiden zu fragen, was sie von meiner Idee halten. Ich kann mir sehr wohl allein einen Hund holen und brauche nicht das Okay meiner Familie oder meines Freundeskreises, aber ich höre mir gern auch die Meinung anderer an und mache mir vor einem so großen Schritt viele Gedanken – ein Hund ist eine immens große Verantwortung.

Nach dem anstrengenden Arbeitstag fühle ich mich schlapp, aber glücklich. Zumindest bis mir klar wird, dass ich noch den Großeinkauf erledigen und unweigerlich mit dem Auto fahren muss. Den Einkauf auf den Straßen mit mir herumzuschleppen kommt gar nicht infrage, also fahre ich mit der Metro nach Hause, um gleich ins Auto zu steigen und zu Target zu fahren. Mit dem Kofferraum voller Essen und vor allem Süßkram, für den ich eine Schwäche habe, mache ich mich endlich auf den Weg nach Hause.

Ich drehe die Musik laut auf, wippe zum Beat mit und singe mir den Stress des heutigen Tages von der Seele. Dieser Tag war produktiv, und ich konnte einiges an Arbeit erledigen, trotzdem hatte ich viel um die Ohren. Diese Sache mit Caleb Barnes und der Tatsache, dass ich mich selbst gezeichnet habe, war zwar merkwürdig, doch es ist nichts, was mir den Feierabend vermiesen kann. Ich sehe mich schon in meinem Arbeitszimmer, wo ich die Skizze für eine Aquarellzeichnung angefertigt habe, die ich heute endlich bemalen möchte – mit guter Musik im Hintergrund. Das ist es, was ich einen gemütlichen Abend nenne. Kurz vor meinem Wohnhaus rutscht mir jedoch das Herz in die Hose, als mir plötzlich jemand vors Auto läuft. Ich trete mit aller Kraft in die Bremsen und unterdrücke einen Aufschrei. Meine Hände krallen sich ins Lenkrad, während ich ein Stoßgebet gen Himmel schicke.

3. KAPITEL

Caleb

»Was passiert, wenn meine Nase danach doppelt so groß ist?«, fragt mich mein kleiner Patient Felix mit großen Augen. Mit einem warmen Lächeln suche ich seine Aufmerksamkeit und warte, bis er mir in die Augen sieht. »Deine Nase wird zwar etwas anschwellen, doch das ist völlig normal. Die Schwellung wird mit der Zeit abklingen, und du wirst wieder aussehen wie immer.« Offensichtlich beruhigen meine Worte ihn nicht, denn seine Atmung ist immer noch zu schnell, und seine Augen sind weiterhin vor Angst geweitet. Ich könnte es verharmlosen, ihn ablenken, aber ich finde es wichtig, ehrlich mit den Kindern umzugehen, die ich behandle.

»Aber ich habe Angst vor der Operation«, fügt er an, und Tränen sammeln sich in seinen Augen, woraufhin seine Mutter die eine Hand drückt und ich die andere.

»Das verstehe ich, aber ich bin immer an deiner Seite. Ich werde dir etwas vorsingen, bis du einschläfst, und wenn du wieder aufwachst, ist deine Mom bei dir, und du hast es überstanden.«

»Ich habe immer noch Angst«, flüstert er, und ich wünschte, ich könnte sagen, dass mich diese Worte nicht mehr mitnehmen nach den vielen Malen, die ich sie gehört habe, aber sie lassen mich immer noch mitfühlen und mein Herz schwer werden.

»Du nimmst doch Superman mit«, sage ich und deute auf die Stoffpuppe, die er im Arm hält. »Dir kann also gar nichts passieren.«

»Ich darf ihn mitnehmen? Ich dachte, das ist verboten?«

»Wenn du es erlaubst, dass ich ihn vorher desinfiziere, also dass ich ihn ein wenig bade, dann darfst du ihn gern bei dir haben.«

»Ja!«, ruft er begeistert aus und bringt mich sowie seine Mutter zum Lachen. Sie streichelt ihm liebevoll über den Kopf und nickt mir dankbar zu. Ich lächele mitfühlend, erhebe mich und vergrabe die Hände in den Taschen meines Kittels.

»Wir sehen uns dann, Felix. Ruh dich aus, morgen um diese Zeit hast du es überstanden.«

»Danke, Dr. Barnes«, meint Mrs Gibbon und eilt an meine Seite, um mir dankbar die Hand zu schütteln. Die Eltern leiden meist genauso, wenn nicht sogar mehr als die Kinder, die ich behandle. Die Liebe eines Elternteils geht so viel tiefer als alles, was ich je erlebt habe. Ich kann gar nicht abzählen, wie oft die Eltern mir dankbar mit Tränen in den Augen die Hand geschüttelt haben, weil ich ihr Kind behandelt und ihnen Hoffnung gegeben habe. Auch wenn ich nicht immer sofort für Linderung sorgen kann, sind ihre Gefühle echt und ungefiltert.

Was ich daran liebe, Kinderarzt zu sein, ist die Tatsache, dass Kinder meist ehrlich sind und gleich mit der Tür ins Haus fallen, was bei uns Erwachsenen nicht der Fall ist. Sie sind unkompliziert und halten viel mehr aus, als es den Anschein erweckt. Die Stärke der Kinder, mit denen ich zu tun habe, übertrifft meine Erwartungen immer wieder.

Nachdem ich aus dem Zimmer von Felix komme, eilt auch schon eine Krankenpflegerin auf mich zu, um mich daran zu erinnern, dass die Visite ansteht. Mir schien es damals als ein

Wink des Schicksals, dass der Vater meiner Freundin Chefarzt in einem Kinderkrankenhaus ist, wo ich auch meine Zeit als Assistenzarzt absolviert habe, ehe ich die Stunden im Krankenhaus reduziert und meine eigene Praxis eröffnet habe.

Zwar war ihr Vater etwas beleidigt über meine Entscheidung, doch er hat mich trotzdem unterstützt, wenn ich Rat brauchte. Der Hauptgrund, wieso ich eine eigene Praxis wollte, war, dass ich mir meine Zeit selbst einteilen wollte, um so jedem Kind meine volle Aufmerksamkeit zukommen zu lassen. Im Krankenhaus sind die Krankenbesuche getaktet, sodass ich die Angst in den Augen der Kinder kaum mindern kann, weil ich schon wieder zum nächsten muss.

Nach der Visite wird ein Notruf ausgerufen, und ich muss bei einem Achtjährigen intubieren. Zum Glück treten keine Komplikationen auf, sodass es dem Jungen den Umständen entsprechend gut geht. Doch wir werden seinen Gesundheitszustand trotzdem beobachten. Als ich mir im Schwesternzimmer einen Kaffee hole, setze ich mich das erste Mal seit Stunden hin und atme tief durch. Die Nachtschicht verlief ruhig, dafür hatte es der Vormittag in sich, sodass mir kaum eine Verschnaufpause vergönnt war. Ich lehne meinen Hinterkopf an die Wand und schließe die Augen.

Als Arzt braucht man ein dickes Fell, um gewisse Situationen nicht zu nah an sich ranzulassen. Wenn Kinder vor Schmerzen weinen, eine Behandlung aus Angst nicht zulassen, oder wenn wir einen kleinen Patienten verlieren, sind das belastende Momente. Man könnte annehmen, ich sei mittlerweile abgehärtet, aber es fällt mir selbst nach vielen Jahren noch schwer, mit diesen Situationen umzugehen. Ich kann die Namen der Kinder, die den Kampf leider verloren haben, einfach nicht vergessen.

Für jedes verstorbene Kind habe ich einen Baum auf dem

Anwesen meiner Eltern gepflanzt. Sie wachsen immer höher, wenn es die Kleinen nicht können. Wenn ich zu Besuch bin, setze ich mich zu den noch kleinen Bäumen und versuche die Kraft zu sammeln, die ich brauche, um weiterzumachen.

Mein Seufzen ist neben dem Ticken der Wanduhr das einzige Geräusch, und genau diese Situation ist mir so fremd. Ich bin immer vom Leben und der daraus resultierenden Geräuschkulisse umgeben. Meine Freundin Mindy kann selten bis nie stillsitzen. Wir verbringen sehr viel Zeit mit unserem gemeinsamen Freundeskreis, besuchen die Eltern und Geschwister des jeweils anderen oder sind arbeiten, wo wir unseren Leidenschaften nachgehen, denn sie und ich sind richtige Arbeitstiere.

Gemütliche Abende auf der Couch gibt es derzeit nur selten, da wir beide beruflich eingespannt sind. Dabei haben wir im College neben dem Lernen nichts anderes getan, als fest aneinander gekuschelt fernzusehen, ein Buch zu lesen oder gemeinsam rauszugehen und Zeit in der Natur zu verbringen.

Aber Zeiten ändern sich, auch wenn wir es nicht wahrhaben wollen. Vor fünf Jahren sind Mindy und ich in Paris gewesen, haben den ganzen Tag mit Sightseeing verbracht und den heißen Sommertag in einem romantischen, schönen Restaurant ausklingen lassen. Die französischen Desserts sind das Beste, was ich jemals gekostet habe.

Wir lachten über die Peinlichkeiten, die wir gemeinsam in der Vergangenheit erlebt haben, und als ich sie ansah, im gedämpften Licht, während der Wind ihr sanft durchs Haar wehte und ihr Lachen mein Herz erfüllte, da wusste ich es. Mindy ist die Frau meines Lebens. Sie wird die Mutter meiner zukünftigen Kinder und die Person sein, mit der ich alt, aber glücklich meine letzten Tage verbringen werde. Das war auch der Moment, in dem ich mit klopfendem Herzen die mit Samt bezogene Box aus meiner Hosentasche holte und vor Mindy auf die Knie ging, um sie zu fragen, ob sie mich heiraten will. Als sie Ja sagte, applaudierten alle Leute im Außenbereich des Restaurants, ehe ich sie an mich zog und küsste.

Die Erinnerung lässt mich lächeln, und für einen Augenblick verblasst der Stress, der mich so eisern im Griff hatte. Ich sehe unsere gemeinsamen Momente vor mir und kann es kaum erwarten, weitere schöne Erinnerungen mit der Frau zu erleben, die seit Jahren mein Ein und Alles ist. Der Moment der Ruhe wird jäh unterbrochen, als sich die Tür zum Pausenraum öffnet und zwei Pfleger hereinkommen, die mich begrüßen. Ich erwidere den Gruß und stehe dann wieder auf, um zurück an die Arbeit zu gehen, die ich sehr liebe, selbst wenn sie mich manchmal an meine Grenzen bringt.

Da meine Schicht bald zu Ende ist und ich endlich meine Verlobte wiedersehen werde, bessert sich meine Laune immens, sodass der Rest der Zeit wie im Nu verfliegt. Als ich in der Umkleide bin, greife ich nach meinem Smartphone und stelle enttäuscht fest, dass Mindy sich noch gar nicht gemeldet hat. Ich habe ihr heute Morgen geschrieben und mich erkundigt, ob sie gut geschlafen hat. Außerdem habe ich sie gefragt, ob wir uns nach meiner Schicht zum Mittagessen treffen. Sie hat die Nachricht zwar gelesen, aber nicht geantwortet. Das ist nichts Ungewöhnliches, da sie nicht gerade ein Fan von Smartphones oder Elektronik jeglicher Art ist. Wenn sie sich im Museum in etwas verbeißt, vergisst sie so vieles und somit leider auch mich.

Wir sind mittlerweile seit zehn Jahren zusammen, doch ab und zu stelle ich fest, dass ich mich immer wieder neu in sie verliebe. Mal, wenn sie mit Bademantel und Handtuchturban bekleidet ihr Gesicht eincremt, mal, wenn sie nachdenklich auf ihr Tablet blickt und eine Haarsträhne um den Finger wickelt, oder wenn sie beim Trinken diese süßen Schluckgeräusche macht.

Ich lege meinen Ausweis in den Spind und wähle ihre Nummer. Während ich mir das Hemd zuknöpfe, klemme ich das Smartphone zwischen Ohr und Schulter. Mindy hebt nach dem vierten Klingeln ab.

»Ja?«

»Hey, ich bin's. Hast du viel zu tun?«

»Wir arbeiten am Werbekonzept für die kommende Ausstellung, wieso fragst du?«

»Hast du meine Nachricht nicht gelesen? Ich wollte wissen, ob du Lust hast, mit mir zu Mittag zu essen.« Ich höre sie aufseufzen und frage mich, ob sie so wie ich einfach erschöpft ist oder ob sie mir keine Antwort auf meine Frage geben kann.

»Doch, ich habe sie gelesen, aber wie du weißt, habe ich viel zu tun. Also …«

»Dann lassen wir das gemeinsame Mittagessen erneut ausfallen?« Es wäre kein Problem, doch ich vermisse sie, da wir die letzte Nacht getrennt voneinander verbracht haben. Sie seufzt auf und schweigt einen Moment. Schließlich spricht sie weiter.

»Nein, ich werde da sein. Irgendwie kann ich mir die Zeit freischaufeln.«

»Schön, dann sehen wir uns in einer halben Stunde in unserem Stammrestaurant?«

»Okay«, sagt sie und legt auf. Keine Verabschiedung oder Liebesbekundung, wie ich sie mir wünschen würde. Auch diese Details zeigen mir, wie sehr sich unsere Beziehung verändert hat. Während ich meiner Partnerin gern zeige, wie viel sie mir bedeutet, und ihr meine volle Aufmerksamkeit schenke, hat sich Mindy mit den Jahren eher zurückgezogen. Sie ist Kuratorin im Metropolitan Museum of Art, die jüngste Kuratorin aller Zeiten, wohlgemerkt. Jahrelang hat sie ihre Karriere vorangetrieben und durch harte Arbeit ziemlich viel erreicht. Je erfolgreicher sie wurde, desto mehr wurde sie im Museum eingespannt, sodass Zeit zu zweit für uns beide zum Luxus geworden ist. Man könnte es auf den Stress schieben oder darauf, dass der Alltag über uns hereingebrochen ist, was nach zehn Jahren Beziehung durchaus nicht unüblich ist. Was es auch ist, ich will, dass wir es gemeinsam verschwinden lassen.

Ich erreiche als Erster das Restaurant und setze mich an unseren Tisch hinten links, neben den schönen Efeuranken, die uns ein wenig abschirmen und eine romantische Atmosphäre schaffen. Während ich warte, bestelle ich mir ein Mineralwasser, lehne mich in dem gemütlichen Stuhl zurück und greife nach meinem Smartphone. Eigentlich wollte ich meine E-Mails checken, doch ich lande in meiner Galerie, wo ich alle Fotos nach Ordnern abgespeichert habe.

Meine Leidenschaft fürs Fotografieren hält schon seit über zwei Jahrzehnten an. Als ich als Kind zum ersten Mal eine Kamera in den Händen hielt, hat das mein Leben verändert. Nun besitze ich ganze vier Stück von den aktuellen und qualitativ hochwertigen Spiegelreflexkameras. Außerdem sammle ich Vintage-Kameras, wobei manche gar nicht mehr funktionieren, doch mein Sammlerherz wollte sie unbedingt haben.

Da ich mich in der Woche gezwungenermaßen viel in geschlossenen Räumen aufhalte, gehe ich am Wochenende gern in die Natur. Ich liebe nichts mehr, als draußen zu sein und auf den Sonnenaufgang zu warten, den ich dann ablichte. Meiner Meinung nach findet man überall ein gutes Motiv, das man fotografieren kann. Es kommt nicht immer auf das perfekte Bild an, denn meiner Meinung nach gibt es das gar nicht. Wie Gemälde lassen auch Fotos sich unterschiedlich interpretieren.

Mein Blick bleibt an einem Foto von Mindy hängen, das

ich bei unserem letzten Ausflug in den Nationalpark gemacht habe. Sie blickt verkniffen in die Kamera, denn eigentlich wollte sie nicht, dass ich sie fotografiere. Nachdem ich dieses Foto gemacht habe, begannen wir miteinander zu streiten, und das mitten auf dem Wanderweg. Sie wollte nicht im kalten und feuchten Wald sein, sondern hatte lieber im Spa bleiben wollen. Seitdem sind vier Monate vergangen, und ich denke, es wäre langsam wieder an der Zeit, übers Wochenende wegzufahren, da wir uns danach eigentlich schnell wieder versöhnt haben. Mindy arbeitet am Wochenende nicht, und ich habe auch keine Schicht, also würde es sich perfekt anbieten.

Ich suche im Internet gerade nach einem geeigneten Ausflugsziel, als Mindy mit einem nervösen Lächeln auf den Lippen erscheint. Ich erhebe mich und gebe ihr einen sanften und kurzen Kuss auf den Mund, ehe ich hinter ihren Stuhl trete und ihn an den Tisch schiebe, sobald sie sich gesetzt hat.

»Danke. Wartest du schon lange?«, fragt sie mich, als auch schon der Kellner erscheint und uns die Karte reicht.

»Nein, ich bin auch gerade erst gekommen. Du siehst hübsch aus.« Heute trägt sie ein pastellgelbes, knielanges Kleid, dazu einen Longblazer in derselben Farbe. Mit ihrem dunkelblonden Haar, das sie heute offen trägt, sieht sie wie immer wunderschön aus.

»Danke, es ist ziemlich kalt, vielleicht hätte ich doch einen Jumpsuit anziehen sollen.«

»Fühlst du dich unwohl? Dann solltest du dich vielleicht umziehen fahren.«

»Es ist so ein Mittelding. Mir ist kalt, aber das Outfit ist süß. Außerdem bin ich viel zu faul, um in die Wohnung zu fahren, mich umzuziehen und ins Museum zu hetzen.«

»Ich kann dir gern ein Outfit ins Museum bringen.«

»Sicher nicht. Du hast die ganze Nacht gearbeitet. Du fährst nach dem Essen nach Hause und legst dich hin. Nicht, dass du mir vor lauter Erschöpfung noch umkippst.« Sie lächelt mich an, ehe sie auf die Karte blickt. Nachdem wir uns für das Mittagsmenü – Steak und Bohnen – entschieden haben, greife ich erneut nach meinem Smartphone, auf dem ich noch die Suchergebnisse zu meinen Recherchen zu einem Wochenendtrip offen habe.

»Was hältst du davon, wenn wir wieder mal aufs Land fahren? Wir könnten entspannen, und ich könnte mal wieder fotografieren.« Meine Verlobte seufzt auf, und ihr Gesichtsausdruck verrät mir bereits, dass sie Nein sagen wird.

»Ich wollte eigentlich mit Willow zum Feiern nach Atlantic City fahren.«

»Könntest du das nicht auf nächste Woche verschieben? Da muss ich sowieso arbeiten.«

»Ich habe es ihr versprochen, außerdem weißt du, dass ich in den kalten Jahreszeiten nicht mit dir in irgendwelchen Wäldern spazieren gehen will.« Sie rümpft die Nase und legt das Besteck zur Seite. Ihr Blick ist stechend, als hätte ich sie mit meiner Frage aus der Fassung gebracht.

»Diese Information ist mir neu. Du meintest immer, dass du es ebenfalls genießt, in der Natur zu sein.« Sie trinkt einen Schluck von ihrem Soda, ehe sie die Arme vor der Brust verschränkt. Alles in mir verkrampft sich aufgrund ihres Verhaltens.

»Ich habe gelogen, weil ich dich nicht enttäuschen wollte, aber ich mag es tatsächlich nicht. In den wärmeren Monaten finde ich es okay, aber nicht jetzt.«

»Und wieso hast du mich dann die ganzen Jahre über angelogen?« Sie hat noch nie zugegeben, dass sie in irgendeiner Sache gelogen hat, und diese harten Worte überraschen mich.

»Ich wollte dich nicht enttäuschen.« Ich blinzle ungläubig

und weiß nicht, was ich tun oder sagen soll, denn plötzlich sehe ich Mindy mit anderen Augen. Nicht ein einziges Mal habe ich daran gezweifelt, dass sie diese Ausflüge ebenfalls mochte. Was mich schockiert, ist nicht der Umstand, dass sie nicht mit mir mitfahren will. Das ist völlig in Ordnung. Was mich schmerzt, ist die Tatsache, dass ich nicht bemerkt habe, dass sie sich damals unwohl gefühlt hat.

»Mindy. Wieso hast du nichts gesagt? Ich würde dich nie zu irgendetwas zwingen wollen.«

»Das hast du auch nicht.« Sie greift über den Tisch nach meiner Hand, in der sich ihre kalt anfühlt.

»Ich wollte bei dir sein, da war es mir egal, dass ich mir den Hintern abfriere. Nun bin ich älter und fühle mich überfordert, wenn ich auch nur daran denke, durch Wälder zu streifen.«

»Wir müssen dieses Wochenende nicht aufs Land fahren. Lass uns einfach zu Hause bleiben und Zeit zu zweit verbringen.« Ich möchte es wiedergutmachen, dass sie sich auf unseren vielen Ausflügen gelangweilt oder unwohl gefühlt hat. Plötzlich meldet sich mein schlechtes Gewissen, und ich habe das Gefühl, ein unaufmerksamer Partner zu sein.

»Das können wir gern ein anderes Mal machen. Ich möchte dieses Wochenende ausgehen. Willow hat sich vor Kurzem von ihrem Freund getrennt und braucht mich und diesen Ausflug so dringend.«

»Ich verstehe schon. Kümmere dich um sie, und habt Spaß. Ich werde ein wenig zu Morgan fahren.«

»Mach das. Ich verspreche, wir können das nächste Mal ganz für uns allein sein, okay?«, fragt sie mich mit diesem einzigartigen Lächeln, in das ich mich so sehr verliebt habe, doch diesmal hinterlässt es bei mir ein merkwürdiges Gefühl.

»Okay«, antworte ich, kann aber meine Enttäuschung kaum verbergen.

Nach dem Essen fährt Mindy zurück ins Museum, und auch ich steige in mein Auto, doch statt in unsere Wohnung zu fahren, fahre ich zu meinem Bruder. Im Gebäude begrüße ich den Portier, lasse mich ankündigen, steige in den Fahrstuhl und gebe den Code für das Penthouse ein. Während der Fahrt blicke ich in den Spiegel vor mir. Doch ich sehe nicht mich selbst, sondern Mindy vor mir.

Ich weiß nicht, wieso mich ihre Offenbarung so sehr beschäftigt, immerhin hat sie einfach die Wahrheit ausgesprochen, doch genau das hat einen Stein ins Rollen gebracht. Wenn ich aufgewühlt bin und weder an die Luft noch zu Spike ins Studio fahren kann, dann brauche ich meine personifizierte Sonne, um mich wieder wie ich selbst zu fühlen.

»Onkel Caleb!«, höre ich Xander schon rufen, noch bevor ich ihn sehe, werde allerdings im nächsten Moment beinahe von ihm umgerannt. Mein kleiner Neffe ist ein Wirbelwind mit dichten hellblonden Locken, die ihm immer wieder in die Stirn fallen. Er sieht wie die Kopie seines Dads aus.

»Du rennst ihn eines Tages noch um«, höre ich meine Schwägerin Pauline, die zum Eingangsbereich des Penthouse kommt und sich gerade mit einem Geschirrtuch die Hände abtrocknet. »Schön, dass du da bist. Ich habe Morgan schon Bescheid gegeben, er ist noch im Arbeitszimmer und wird gleich zu uns stoßen.« Ich ziehe Xander zur Begrüßung in meine Arme und hebe ihn hoch, ehe ich Pauline zunicke.

»Du hättest ihn nicht aus der Arbeit reißen müssen. Ich wollte nur diesen Großen hier besuchen.«

»Das heißt, wenn du schon Xander hast, brauchst du mich nicht mehr, was?«, höre ich meinen Bruder, der aus seinem Arbeitszimmer kommt. Da sein Sohn seine kleinen Ärmchen nicht von meinem Hals lösen will, fährt er ihm durchs Haar und reicht mir seine Hand, die ich drücke.

»Na ja, ihr müsst zugeben, er ist viel niedlicher als ihr beide. Außerdem ist er meine Sonne, und es ist so grau und kalt da draußen, dass ich etwas Sonnenschein brauche.«

»Wir hätten ihn Sunny nennen sollen«, sagt Pauline belustigt, ehe sie uns ins Wohnzimmer ruft.

»Niemals! Xander ist ein cooler und kräftiger Name«, stelle ich klar, und mein Neffe nickt stolz.

Wenn Xander lächelt, wird mir augenblicklich warm ums Herz. Schon als ich ihn das erste Mal im Arm hielt, wusste ich, dass ich ihn nur schwer würde loslassen können. Egal wie mies ich drauf bin oder was mich beschäftigt, er schafft es immer, mich auf andere Gedanken zu bringen.

»Komm.« Er zeigt mit dem Finger in die Richtung, in die seine Eltern gegangen sind. Wir trinken einen Kaffee auf der Couch, wobei Xander kein einziges Mal von meinem Schoß aufsteht. Wenn ich meinen Bruder besuche, weicht mein Neffe generell nicht von meiner Seite. Er ist ein Grund dafür, warum ich es kaum erwarten kann, selbst Vater zu werden. Während Morgan telefoniert und Pauline uns noch ein Stück Kuchen holt, stelle ich fest, dass Xander in meinem Arm eingeschlafen ist. Ich streichle ihm liebevoll übers Haar und spüre, wie mir selbst die Lider schwer werden. Es dauert nicht lange, bis auch ich die Augen schließe und einschlafe, während ich meinen Neffen fest im Arm halte.

Als ich wieder aufwache, liege ich allein auf der Couch, mit einer Decke über meinem Körper. Ich blicke auf die Uhr und stelle fest, dass ich vier Stunden geschlafen habe. Es ist bereits dunkel draußen, und auch hier ist es viel zu still. Ich reibe mir übers Gesicht, um wach zu werden, und entdecke eine Notiz vor mir auf dem Couchtisch.

Wir sind mit Xander in den Spielepark gefahren, damit du dich ausruhen kannst. Lass uns nicht wieder zwei Wochen auf einen Besuch von dir warten. Komm häufiger vorbei.
Morgan und Pauline

Ich lächle in mich hinein und stehe auf, um die Decke zusammenzufalten und abzulegen. Ich trete ins Freie, lasse den kalten Wind meine Müdigkeit fortwehen und steige ins Auto. Als ich in der Wohnung ankomme, finde ich sie dunkel und kalt vor, wie schon viel zu oft in letzter Zeit. Mindy muss wohl heute wieder länger arbeiten, sodass wir uns nicht über die Situation von vorhin unterhalten können. Ich möchte wissen, ob es noch andere Dinge gibt, die sie mir zuliebe ertragen hat. Um nicht weiter darüber nachzudenken, beschließe ich, spazieren zu gehen.

Es liegt noch kein Schnee auf den Straßen Manhattans, aber es ist kalt, und ich ziehe den Kragen meines Wintermantels hoch, um mich vor dem kalten Wind zu schützen. Neben einer dicht befahrenen Straße entdecke ich plötzlich ein Eichhörnchen, das über den Gehweg kriecht. Es läuft nicht, sondern humpelt regelrecht. Es kommt der Straße gefährlich nahe, bleibt dann aber stehen. Ich will schon weitergehen, als es sich plötzlich wieder in Bewegung setzt. Direkt auf die Fahrbahn zu.

Ich denke nicht nach, sondern eile auf das Tier zu, um es einzufangen und in Sicherheit zu bringen. Ich laufe ihm hinterher, bekomme es zu greifen, vergesse dabei jedoch, auf mich selbst zu achten. Ich sehe das grelle Licht der Autoscheinwerfer und höre das Quietschen von Reifen, ehe ich die Augen zusammenpresse und vor Schreck erstarre.

4. KAPITEL

Sierra

Soundtrack of the Day:
Robbie Williams – Feel

Der Schreck lässt mich in Schockstarre verfallen und mein Gesicht am Lenkrad verharren. Ich keuche so sehr, dass man annehmen könnte, ich sei einen Marathon gelaufen, doch es ist die blanke Panik, die es mir kurzzeitig unmöglich macht, mich zu bewegen. Ich habe Angst nachzusehen, ob ich den Mann überfahren habe oder nicht. *Es war doch ein Mann, oder?* Es ist alles so schnell passiert, dass ich nicht mal weiß, wo genau in Manhattan ich mich befinde.

Ich versuche meine Atmung zu kontrollieren, überwinde mich und hebe den Kopf an. Da ich die Person nicht sehen kann, steige ich aus meinem Wagen und checke die Lage mit zitternden Knien. Innerlich mache ich mich auf alles gefasst, atme aber erleichtert aus, als ich feststelle, dass es dem Mann, der gerade aufsteht, gut zu gehen scheint. Die Erleichterung wird direkt von Wut abgelöst, die die Kontrolle über meine Worte übernimmt.

»Sagen Sie mal, wollen Sie dem Allmächtigen früher begegnen, oder was?«, rufe ich und ignoriere meine zittrigen Hände.

»Nein, und es tut mir sehr leid, Sie erschreckt zu haben, aber es ist verletzt«, sagt er und sieht mich wie ein Welpe an, der nicht weiß, was er falsch gemacht hat. *Hat er sie noch alle?* Ich mustere ihn von oben bis unten, sehe aber keine sichtbaren Verletzungen. Auf mich wirkt er nicht so, als hätte er Schmerzen.

»Sie sehen aber noch ganz heil aus, auch wenn Ihre Worte absolut keinen Sinn ergeben. Ich habe Sie nicht mal erwischt«, stelle ich klar und hoffe, dass er nicht einer dieser Typen ist, die einfache Leute aus den verschiedensten Gründen verklagen.

»Nicht ich, sondern das Eichhörnchen.« Er öffnet seine Handflächen und zeigt mir das zittrige kleine Ding in seinen Händen, woraufhin ich die Augen verdrehe und ihn genervt ansehe. Kurz bin ich einfach sprachlos, weil ich nicht glauben kann, was ich sehe. Nicht glauben kann, dass er wegen eines Tiers sein Leben riskieren würde.

»Sie wären beinahe wegen eines Eichhörnchens überfahren worden? Finden Sie nicht, dass dies eine lächerliche Art zu sterben ist?«

»Ist sein Leben weniger wert als meines?«

»Das habe ich nicht gesagt, aber man sollte rational handeln. Wenn ich Sie mit dem Auto erwischt hätte, wären Sie jetzt verletzt oder gar tot. Ich hätte mir das mein Leben lang nicht verziehen, und das Eichhörnchen wäre so oder so gestorben.«

»Es tut mir wirklich leid. Sie haben recht, ich habe nicht nachgedacht und instinktiv gehandelt.« Er war von Anfang an einsichtig, doch nun erkenne ich neben der Besorgnis um das Tier auch Bedauern in seinen Zügen.

»Lassen Sie mich bitte sehen«, sage ich etwas ruhiger und versuche meine Wut zu zügeln, immerhin waren seine Absichten gutmütig. Dumm, aber gutmütig. Es handelt sich um ein Eichhörnchen. Es hat eine blutende Wunde an seiner Pfote.

»Das Tier sieht nicht gut aus. Vielleicht sind wir zu spät dran«, flüstere ich und greife instinktiv nach meinem Smartphone. Der Beinahe-Unfall ist nun nebensächlich, da zum Glück nichts passiert ist. Aber ich kann ein hilfloses Wesen nicht ignorieren, wenn die Möglichkeit besteht, es zu retten.

»Was meinen Sie?«, fragt mich dieser unmögliche Mann, doch ich hebe den Zeigefinger, um ihn zum Verstummen zu bringen, und wähle Sams Nummer.

»Hey, bist du schon da? Ich brauche sicher noch eine Weile, bis ich fertig bin«, sagt er statt einer Begrüßung. Dann unterbricht er kurz und sagt seiner Assistentin, dass sie schon Feierabend machen kann.

»Nein, ich bin noch nicht da, aber ich höre schon raus, dass du noch in der Praxis bist. Darf ich mit einem Notfallpatienten kommen?« Kurz ist Sam still, doch als keine Erklärung von mir kommt, redet er ernst weiter.

»Was ist passiert?«

»Ich hätte fast einen Typen überfahren, der ein verletztes Eichhörnchen retten wollte. Es sieht übel aus, ich kann die Schwere der Verletzung nicht gut einschätzen, aber seine Pfote hat ordentlich was abbekommen.«

»Dir geht es aber gut, oder?«

»Mir? Ja klar, niemand wurde verletzt außer dem Eichhörnchen.«

»Ich verstehe, ich mache schon mal alles bereit, bring es her. Den Typen solltest du dalassen.« War klar, dass er das sagen würde. Sein Beschützerinstinkt war immer schon sehr ausgeprägt.

»Ich versuche es und komme sofort.«

»Okay, bye.« Als ich mein Smartphone wieder verstaue, blicke ich auf den Mann, der das Eichhörnchen streichelt und wohl zu beruhigen versucht. Es muss schlimm verletzt sein, wenn es nicht vor uns Menschen flüchtet. Dann bemerke ich seine blutigen Hände und erschrecke.

»Und Sie sind wirklich nicht verletzt?«, frage ich nun sanfter. Meine Wut ist nun verraucht.

»Nein, mir geht es gut, danke.«

»Zum Glück.«

»Wohin fahren wir?«

»Ich fahre zu meinem besten Freund. Er ist Tierarzt und wird es behandeln.« Das »Wir« ignoriere ich geflissentlich.

»Gut, dann komme ich mit.«

»Das müssen Sie nicht. Legen Sie es mir einfach auf die Decke im Kofferraum.« Innerlich beglückwünsche ich mich dazu, die Einkäufe sicher in Boxen verstaut zu haben, sodass die rechte Seite des Kofferraums frei ist.

»Das können wir nicht machen«, meint er protestierend und blickt erneut auf das verletzte Tier, ehe er auf mich zukommt. Ja, er ist ein Fremder, doch der Drang, instinktiv zurückzuweichen, tritt nicht ein.

»Es hat jetzt schon schreckliche Angst, da können Sie es nicht einfach in den Kofferraum verfrachten. Ich habe es so weit beruhigt, dass es nicht wie Espenlaub zittert.«

»Ich nehme keine völlig Fremden mit, die keine Gefahr auf den ersten Blick erkennen.« Ich kenne ihn nicht und werde ihm nicht so leichtfertig vertrauen.

»Jetzt übertreiben Sie aber.«

»Sie sind für mich ein Fremder.«

»Gut, dann sagen Sie mir, wo sich diese Praxis befindet, und ich rufe mir selbst ein Taxi und bringe es hin.« Seine Aussage bringt mich zum Grinsen, und ich deute mit dem Kinn auf seine blutigen Hände.

»Sie können mit dem ganzen Blut kein Handy bedienen und das Eichhörnchen nicht ablegen, weil es womöglich wieder auf die Straße laufen könnte.«

»Dann bleibt uns nichts anderes übrig, als es sterben zu

lassen. Denken Sie nicht?« Ich blicke verkniffen zwischen meinem Auto und ihm hin und her. Seine Absichten sind nobel, das muss man ihm lassen, viele hätten das Tier einfach dagelassen. Und er hat recht: Wenn ich jetzt hadere, könnte das Eichhörnchen womöglich sterben.

»Sie sitzen auf dem Rücksitz. Aber eine falsche Bewegung, und ich rufe sofort die Polizei.« Er blickt erleichtert drein und nickt. Seine Sorge um das Tier ist aufrichtig, was ihn für mich zu einem guten Menschen macht. So habe ich keine große Angst, als ich mit der Hand auf mein Auto deute.

»Lassen Sie uns fahren.«

Während der Fahrt verhält sich der Fremde ruhig, und wie ich es erhofft hatte, hält er den versprochenen Abstand ein. Er sieht nicht aus wie jemand, der Frauen überfallen würde, und sein Verhalten diesem Tier gegenüber sagt mir auch, dass er sein Herz am rechten Fleck hat, trotzdem befinden wir uns in New York City, und ich kann anhand des Aussehens nicht einschätzen, was für ein Typ Mensch er ist. Das kann niemand, aber heute werde ich auf mein Gefühl vertrauen, und das sagt mir, dass von ihm keine Gefahr ausgeht.

»Sind Sie immer so schweigsam?«, frage ich ihn, da mir diese Stille zwischen uns langsam auf die Nerven geht.

»Normalerweise nicht, aber Sie scheinen sich in meiner Gegenwart nicht wohlzufühlen oder sind noch sauer auf mich, da will ich Ihnen keinen Small Talk aufdrängen.« Wieder ein Punkt für ihn. Er scheint nicht völlig übergeschnappt zu sein, wie ich anfangs vermutet habe.

»Wie fürsorglich von Ihnen«, sage ich und seufze auf. Vielleicht hatten wir einen schlechten Start und ich sollte den Groll, den ich gegen ihn hege, vergessen. »Entschuldigen Sie, dass ich Sie angeschrien habe. Ich war nur so erschrocken und habe mir das Schlimmste ausgemalt«, gebe ich ehrlich zu. Nicht vorzustellen, wie ich mich fühlen würde, wenn ich ihn tatsächlich mit dem Auto erwischt hätte.

»Das kann ich gut verstehen. Keine Ahnung, wie ich an Ihrer Stelle reagiert hätte. Danke, dass Sie nicht einfach weitergefahren sind.«

»Weitergefahren?«

»Na ja, Sie hätten mich als Weirdo dastehen lassen können, der wegen eines Eichhörnchens einen Aufstand macht. Sie hätten einfach weiterziehen können.«

»Ich liebe Tiere und hätte dem Eichhörnchen auch geholfen. Auf eine andere Art als Sie, aber ich hätte es nicht sterben lassen.«

»Das ist beruhigend. Es wäre schade, wenn der Kleine den Kampf verlieren würde. Er hält sich wacker.« Fast liebevoll blickt er auf das verletzte Tier, wobei er es weiterhin mit dem Daumen streichelt.

»Er wird es schaffen. Sam ist ein hervorragender Tierarzt, der stets alles gibt.«

»Das hoffe ich.« Ich biege in die Straße zu Sams Praxis ein und atme erleichtert aus.

»Wir sind da.« Ich parke auf dem Kundenparkplatz, steige aus und gehe in das Gebäude, während mir der Mann folgt. Samuels Praxis befindet sich im Erdgeschoss. Ich öffne die Tür, damit der Fremde als Erster eintreten kann, doch er weigert sich vehement und lässt mir den Vortritt. Als wir die Praxis betreten, steht Sam schon im Wartebereich und geht entschlossenen Schrittes auf uns zu. Mit geübten Bewegungen und behandschuhten Händen nimmt er dem Fremden das Tier ab und will in Richtung des Operationsraums gehen, den er mir schon häufiger gezeigt hat, doch er dreht sich erneut zu mir um und sucht meinen Blick.

»Ich werde wohl einen Eingriff vornehmen müssen. Wartest du auf mich? Ich kann dich auch anrufen, sobald ich fertig bin.« Er sieht mich abwartend an. Ein Blick auf meine Smartwatch verrät mir, dass es erst neunzehn Uhr ist.

»Ruf mich einfach an, ich hole mir mal einen Kaffee.«

»Den wievielten?«, fragt er mich lachend, geht aber bereits in Richtung Tür. Ich ziehe eine Schnute, ehe ich genervt antworte.

»Wieso fragen mich das immer alle!?«, rufe ich laut aus, und das Zucken seiner Schultern verrät mir, dass er lacht.

»Ich wette um zehn Dollar, dass es der siebte ist«, ruft er aus, ohne dass ich ihn sehe.

»Ha! Fehlanzeige, es ist erst der sechste!«, rufe ich, doch ich höre nur mehr sein Lachen, ehe die Schiebetür wieder zugleitet. Daraufhin stehen der Tierretter und ich uns gegenüber, und jetzt, wo er kein verletztes Tier mehr hält, kann ich einen richtigen Blick auf ihn werfen.

Was mir als Erstes auffällt, sind seine blaugrauen Augen, die eine gewisse Ruhe ausstrahlen, trotz der merkwürdigen Situation. Sein dunkelbraunes Haar ist gestylt, und seine breiten Schultern werden von einem Wintermantel umhüllt. Er ist größer als ich und macht einen sportlichen Eindruck. Als ich auf seine Hände schaue, folgt er meinem Blick und hebt sie ein wenig an, um das Ausmaß zu beurteilen.

»Ich hoffe, der Kleine schafft es«, meint er ruhig und überrascht mich mit seiner Aussage. Er könnte sich ekeln und nach dem Badezimmer fragen, doch er macht sich Sorgen um ein Tier, das ihn fast sein Leben gekostet hätte.

»Das Badezimmer ist gleich hinter Ihnen. Dort können Sie Ihre Hände waschen.« Er blickt auf die Tür, dreht sich aber noch mal zu mir um.

»Werden Sie noch da sein, wenn ich wieder rauskomme?«,

fragt er und überrascht mich ein weiteres Mal. Er handelt nie so, wie ich es von ihm erwarten würde.

»Ich denke, nach dem Schock der letzten Stunde sollten Sie einen Kaffee springen lassen, damit ich ein wenig zur Ruhe komme.«

»Das mache ich, also warten Sie kurz, ich bin gleich wieder da.« Er schenkt mir zum ersten Mal, seit wir uns getroffen haben, ein Lächeln, und ich weiß nicht wieso, aber plötzlich macht mein Herz einen Satz.

Eine Straße weiter befindet sich eine Bäckerei, die vierundzwanzig Stunden geöffnet hat und einen wirklich guten Kaffee anbietet. Das weiß ich, weil ich hier schon öfter darauf gewartet habe, dass Sam Feierabend macht. Dort nehmen wir am Fenster Platz, als auch schon die Kellnerin kommt und unsere Bestellung entgegennimmt. Ich nehme einen Macchiato und einen Schokoladenmuffin, während meine Begleitung sich für einen Espresso entscheidet.

»Wie heißt du?«, frage ich schließlich, da ich ihn innerlich nicht immer als ›den Fremden‹ im Kopf haben will, und beschließe, ihn spontan zu duzen.

»Stimmt, wir haben uns im Eifer des Gefechts gar nicht vorstellen können. Ich bin Caleb.«

»Sierra, freut mich.« Sein Name kommt mir irgendwie bekannt vor, doch nach dem Schock bin ich mir nicht mehr sicher, ob ich es mir nicht nur einbilde. Es war immerhin ein sehr langer Tag, der einige Überraschungen bereitgehalten hat.

»Oh, und gut, dass wir jetzt beim Du sind, ich mag es gar nicht, förmlich angesprochen zu werden. Vielleicht liegt es an meinem Beruf. Da möchte ich, dass mich meine Schützlinge beim Vornamen ansprechen, da ihnen das die Angst oder die Schüchternheit nimmt.«

»Du bist Arzt?«

»Kinderarzt mit Leib und Seele«, sagt er und muss unweigerlich lächeln, als würde er seinen Job unheimlich gern machen.

»Das sieht man dir an.«

»Tatsächlich?«, fragt er nun etwas verlegen. Ich tue alles Erdenkliche, um mein Herz davon abzuhalten, bei diesem süßen Anblick schneller zu schlagen, doch es fällt mir schwer. Seine hohen Wangenknochen werden von einer glatten Kieferpartie umrahmt, die in ein etwas breiteres Kinn mündet. Sein Gesicht ist glatt rasiert, und er macht generell einen gepflegten Eindruck.

»Das Strahlen, wenn du über deinen Beruf redest, sagt schon viel aus.« Ich sage, was ich denke, das war aber immer schon so – auch wenn nicht alle Menschen mit so viel Ehrlichkeit umgehen können.

»Ja, ich gebe es gern zu, ich liebe das, was ich tue, auch wenn es mit viel Stress und Verantwortung verbunden ist.«

»Stress gehört in einem gewissen Maß immer dazu.«

»Was machst du beruflich?«

»Ich arbeite in einer Dienstleistungsagentur. Da bin ich hauptsächlich fürs Personal und Backoffice zuständig.« Ich habe mir schon lange angewöhnt, den wahren Kern meiner Arbeit zu verschweigen, bis ich die Person besser kenne. Es ist reiner Selbstschutz, da viele Menschen für Treuetest-Agenturen nicht viel übrighaben. Die Vorurteile in Bezug auf unseren Job begegnen uns immer wieder, doch wir schaffen es meistens, die Menschen von unserem Unternehmen zu überzeugen. Caleb gähnt gerade ausgiebig und blickt die Kellnerin dankbar an, als sie unsere Getränke und mein Dessert bringt.

»Müde?«, frage ich, weil ich es mir einfach nicht verkneifen kann. Irgendwie fällt es mir leicht, mich mit ihm zu unterhalten.

»Ich habe eine Achtzehn-Stunden-Schicht hinter mir und bin dann mit meinem Neffen im Arm auf der Couch meines Bruders eingeschlafen, aber ein paar Stunden reichen nicht aus, um wirklich ausgeschlafen zu sein.«

»Wow, achtzehn Stunden am Stück arbeite ich nur, wenn wir wichtige Präsentationen vorbereiten müssen, aber ich könnte das nicht öfter als ein paarmal im Jahr machen.«

»Im Krankenhaus sind diese Schichten normal. Mit der Zeit gewöhnt man sich daran.« Während er über seine Schichten im Krankenhaus redet, werde ich das Gefühl nicht los, ihn schon einmal getroffen zu haben. Ich weiß nicht, was es ist, aber irgendetwas an seinen Schilderungen lässt mich stutzig werden.

»Ausschlafen ist eines meiner Hobbys. Ich könnte jedes Wochenende bis elf Uhr morgens schlafen, hole mir aber den Ausgleich, indem ich lange spazieren gehe und Musik höre.« Ich bin eine Couchpotato und liebe es, Zeit in meinen eigenen vier Wänden zu verbringen. Doch genauso viel Zeit verbringe ich an der frischen Luft. Selbst wenn ich in meiner Wohnung bin, verschlägt es mich häufig auf die Terrasse.

»Ich bin da eher der Typ Frühaufsteher. Alles, was ich vormittags erledigen kann, ist Gold wert. Dann genieße ich meine Freizeit zu Hause oder in der Natur.« Wir trinken unsere Kaffees, und während er mir von seiner Vorliebe fürs Fotografieren erzählt, kann ich das sonderbare Gefühl der Vertrautheit nicht abschütteln. *Wieso fühlt es sich so an, als würde ich ihn schon kennen?*

Nachdem wir ausgetrunken haben und er noch dreimal gegähnt hat, verabschieden wir uns voneinander, auch wenn ich gern noch mehr Zeit mit ihm verbringen würde. Ich biete ihm zwar an, ihn nach Hause zu fahren, doch er besteht darauf, ein Taxi zu nehmen. Wir stehen beide am Gehweg, als er die Hand hebt und prompt eines der gelben Fahrzeuge vor uns anhält.

»Danke noch mal, dass du mich nicht überfahren hast und stattdessen zur Rettung des Eichhörnchens beigetragen hast. Oder besser gesagt, dass du mich nicht zum Teufel gejagt hast.« Seine Aussage bringt mich zum Lachen.

»Ich stand sehr kurz davor, musst du wissen.«

»Aber du hast es nicht getan, das sagt viel über deinen Charakter aus.«

»Dass ich leichtgläubig bin und Fremde einfach so in meinem Auto mitnehme?«

»Dass du ein guter Mensch bist.« Ich spüre die Röte in meine Wange steigen. In meiner Brust steigt eine Wärme auf, die sich in meinem ganzen Körper ausbreitet. Wir haben uns in der letzten halben Stunde so unterhalten, als wären wir befreundet, weil das Vertrauen von selbst kam. Ich würde einem Fremden niemals so viele private Dinge von mir anvertrauen, doch seitdem wir uns begegnet sind, habe ich das Gefühl, als wären wir einander nähergekommen.

»Danke, dass du mich verlegen machst«, sage ich anklagend und fahre mir etwas unsicher durchs Haar. *Wieso macht er mich so nervös?* Anfangs wollte ich ihm vor Wut den Kopf abreißen, und jetzt bewirken seine Worte, dass meine Knie weich werden.

»Sehr gern.« Er greift nach dem Türgriff und will schon einsteigen, doch dann hält er inne und dreht sich leicht zu mir um.

»Mach's gut, Sierra, es war mir eine Freude, dich zu treffen.« Ich sollte nicht zu viel in seine Worte hineininterpretieren, doch mein Verstand spielt verrückt, seitdem ich Caleb begegnet bin. Ich habe das Gefühl, dass er auch nicht gehen will und sich weiter mit mir unterhalten möchte, doch heute war ein langer Tag, und vielleicht geht meine Fantasie mit mir durch.

»Das kann ich nur zurückgeben. Machs gut, Caleb«, sage ich, winke ihm zum Abschied und sehe dem Taxi nach. Selbst als es abbiegt, kann ich nicht aufhören, ihm nachzusehen. Diese Begegnung hat etwas in mir aufgewühlt, ohne dass ich es beabsichtigt hätte. Auch wenn wir einen holprigen Start hingelegt haben, kann ich sagen, dass er sehr sympathisch und attraktiv ist. Unsere Begegnung war nur kurz, doch wenn ich ihn öfter sehen würde, wäre es mir ein Leichtes, mich in ihn zu verlieben. Da ich aber mit Männern meist kein Glück habe, ignoriere ich diese Gedanken und gehe auf mein Auto zu. Sam wird mit Sicherheit länger mit dem Eingriff zu tun haben und danach erschöpft sein, also sollte ich dafür sorgen, dass er danach entspannen kann und etwas in den Magen bekommt. Obwohl wir ursprünglich gemeinsam essen gehen wollten, beschließe ich, uns etwas zu holen, das wir dann in der Praxis essen können.

Eine halbe Stunde später betrete ich die Praxis mit Essen und Getränken. Da ich Sam im Warteraum nicht sehe und das Licht im Operationssaal ausgeschaltet ist, gehe ich nach hinten zur Garderobe und öffne die Tür. Sam erschrickt und hält sich sein T-Shirt vor die nackte Brust, was aber nicht viel bringt, denn ich sehe trotzdem sehr viel Haut.

»Hast du mich erschreckt«, sagt er und atmet hektisch ein und aus. Er lässt das Shirt fallen, als ihm klar wird, dass nur ich es bin. Danach ist diese anfängliche Verlegenheit nicht mehr existent, denn er und ich sind schon häufiger halb nackt voreinander rumgelaufen. Viele sagen ja, dass Frauen und Männer nicht lange befreundet sein können, ohne dass die Hormone verrückt spielen, aber Sam und ich sind der lebende Beweis dafür, dass es doch möglich ist.

In über zwei Jahrzehnten haben wir immer rein freundschaftliche Gefühle füreinander empfunden.

»Hör auf, mich anzustarren, und kümmere dich darum, dass wir unsere Reservierung nicht verlieren. Wir sind sehr spät dran.«

»Vergiss das mit dem Restaurant. Ich habe Hühnerkeulen und Bier mitgebracht.«

»Hast du Hühnerkeulen gesagt?« Sofort ist er Feuer und Flamme, und sein Blick klebt an der Tüte in meiner Hand.

»Habe ich, und sogar die im scharfen Cornflakes-Mantel mit verschiedensten Soßen.« Ich kenne eben seinen Geschmack und habe nur das Beste für meinen guten Freund ausgesucht. Er könnte längst Feierabend haben, aber ich habe ihm zusätzliche Arbeit aufgehalst.

»Holy Shit, mir läuft das Wasser im Mund zusammen.«

»Gut, dann hopp hopp. Zieh dir was an und komm raus, ich habe Hunger.«

Ich gehe in den Pausenraum, wo seine Assistentin und er sich zwischendurch ausruhen oder Kaffee trinken. Ich hole Gläser für unser Bier und stelle sie ab, dann packe ich das Essen aus und öffne die Soßen. Nachdem ich alles auf dem Tisch arrangiert habe, öffnet sich die Tür, und ehe ich mich umdrehen kann, hat Sam sich schon gesetzt. Mit einem breiten Grinsen greife ich nach einer Hühnerkeule, von der ich einen Bissen nehme und wohlig aufseufze.

»Du hast heute wohl noch nichts gegessen?«

»Ich habe mit meinen Schwestern zu Mittag gegessen und vorhin einen Muffin verdrückt, doch das war eindeutig zu wenig.« Er blickt auf seine Armbanduhr, ehe er die Brauen hebt.

»Es ist nun kurz vor zehn Uhr abends.«

»Stimmt, aber so schlimmen Hunger hatte ich gar nicht, außerdem hast du bestimmt auch nichts gegessen. Dass es zu dieser Verzögerung kam, war sowieso Calebs Schuld.«

»Ach, er hat auch einen Namen? Habt ihr euch danach noch unterhalten?«

»Ja, wir waren noch gemeinsam Kaffee trinken«, antworte ich und muss beim Gedanken an unser Gespräch unweigerlich lächeln. Es hat trotz des anfänglichen Schocks Spaß gemacht, ihn besser kennenzulernen.

»Warte. Du warst noch mit ihm was trinken? Du kennst ihn doch überhaupt nicht.«

»Mein Bauchgefühl hat mir gesagt, dass er ein anständiger Kerl ist, und so war es auch. Mach dir keine Sorgen, großer Bruder.« Als wir als Kinder den Disney-Film *Bärenbrüder* gesehen haben, waren wir fasziniert von der Geschichte, und da Sam einem der Charaktere total ähnelte, bezeichne ich ihn seitdem ab und zu als meinen großen Bruder. Nicht zu fassen, dass aus zwei Landeiern, wie wir es waren, zwei erwachsene Menschen geworden sind, die erfolgreich in einer Weltstadt ihren Berufen nachgehen.

»Dann bin ich beruhigt. Ich vertraue deinem Gefühl, auch wenn er mir zuerst etwas merkwürdig vorkam.«

»Ja, seine Rettungsaktion war äußerst gefährlich, doch seine Absichten waren gut. Das spricht meiner Meinung nach für ihn.«

»Da hast du recht.«

»Und? Wie geht es dem Kerlchen? Du konntest den Kleinen retten, oder?«

»Die Pfote habe ich behandeln können, doch der Blutverlust macht mir Sorgen. Wir werden wohl erst morgen wissen, ob er durchkommt.«

»Also ist es ein Männchen?«

»Es ist ein Bock, ja.«

»Was passiert mit ihm? Ich meine, sobald es ihm besser geht? Soll ich die Kosten der Operation übernehmen?«

»Das ist mit der Stadtverwaltung geklärt. Verletzte Klein- und Wildtiere kommen nach der Behandlung in eine Auffangstation, wo sie dann nach der Genesung wieder freigelassen werden.«

»Verstehe, dann bleibst du nicht auf den Kosten sitzen?«

»Nein, und wenn es doch so wäre, wäre es auch okay. Es kommt nicht oft vor, und die Kosten kann ich abdecken.«

»Du bist halt einer von den Guten.«

»Ach was, ich kann auch mal böse sein, aber du hast schon recht. Ich kann nicht an verletzten Tieren vorbeigehen, auch wenn es mich finanziell ins Minus bringen würde, würde ich dem Tier helfen. Sie haben auch ein Recht zu leben.«

»Ich weiß. Würde nicht jeder so handeln?«

»Leider nicht. Du hast keine Ahnung, was manche Menschen Tieren antun. Einige Bilder werde ich niemals in meinem Leben vergessen.«

»Das will ich gar nicht so genau wissen.«

»Deshalb habe ich mit dir auch nicht darüber geredet. Ich weiß, wie feinfühlig du in Bezug auf Tiere bist.« Da wir schon über dieses Thema reden, will ich Sam von meinem Wunsch erzählen. Ich wische mir die fettigen Finger mit einem Feuchttuch ab und lehne mich mit meinem Bier in der Hand entspannt auf der Eckbank zurück.

»Bei uns in der Gegend wurde mal wieder eingebrochen.«

»Was? Schon wieder?« Er versteift sich, ganz der Beschützer, der am liebsten all das Unheil der Welt von Amber und mir abwenden würde. Ich kann mich immer auf ihn verlassen.

»Ich finde immer noch, dass du für eine Weile zu mir ziehen solltest, bis sich die Lage beruhigt.«

»Das wäre eine Katastrophe, und das weißt du.«

»Wieso?«

»Weil wir uns ständig wegen allem Möglichen an die Gurgel gehen würden.« Das tun wir jetzt schon oft genug. Zwar versöhnen wir uns immer, aber wenn wir zusammenleben würden, dann gäbe es keine Zeit, wieder runterzukommen, und das könnte in einem Supergau enden.

»Übertreib nicht. Ich meine das völlig ernst.«

»Und ich liebe dich dafür, dass du all das Unheil der Welt von mir abwenden willst, aber ich bin ein großes Mädchen.«

»Daran habe ich auch nicht gezweifelt, aber mir und allen anderen wäre es wohl lieber, wenn du bei mir einziehen würdest.«

»Nichts für ungut, Sam, aber ich bleibe, wo ich bin. Räumlich möchte ich keine Veränderung, jedoch möchte ich einen anderen neuen Schritt wagen.«

»Inwiefern?« Er scheint das Thema Umzug wieder zu den Akten gelegt zu haben, doch ich bin mir sicher, dass er es beim nächsten Treffen wieder aufgreifen wird.

»Indem ich mir einen Hund hole.«

»Für deine Sicherheit?«, will er wissen und stellt seine Dose auf dem Tisch ab. Das ist es, was ich bei Samuel so mag. Wenn es um ernste Themen geht, ist er aufmerksam. Er versucht immer zu helfen und gibt mir wertvolle Ratschläge.

»Eher für mein Seelenwohl, und wenn sie oder er mich beschützt, dann ist das ein Bonus, den ich gern annehme.«

»In Grand Lake waren wir alle über kurz oder lang von Tieren umgeben. Ihr hattet die Pferde, Hunde und Katzen. Und bei mir kam dann noch die Rinderfarm dazu. Außerdem passt du manchmal auf Donny auf, wenn Chels unterwegs ist. Somit bist du schon mit Tieren vertraut.«

»Bis jetzt war ich einfach auf andere Dinge konzentriert, sodass ich nicht mal dran gedacht habe, mir ein Haustier zu holen. Vielleicht hat es die Ereignisse der letzten Wochen gebraucht, damit ich darüber nachdenke.« Ich lehne mich tiefer zurück, ziehe meine Schuhe aus und winkle die Knie an.

»Hunde sind viel Arbeit, aber ich finde die Idee klasse. Du gehst am liebsten zu Fuß und spazierst gern durch New York. Deine Wohnung ist groß, sodass ein ausgewachsener Hund viel Platz hat, und du bist der liebste Mensch, den ich kenne, also spricht nichts dagegen.«

»Wow, du überraschst mich.«

»Tue ich das nicht immer?«

»Ja, weil du immer neue Wege findest, mich zu nerven, aber ich rede hier von deinem Zuspruch. Ich habe eher so was erwartet wie: ›Du kommst ja noch nicht einmal mit dir selbst klar, und da willst ausgerechnet du einen Hund?‹« Er sieht mich lange schweigend an, ehe er den Kopf schüttelt.

»Auch wenn du denkst, dass ich dir das nicht zutrauen würde, bin ich von der Idee begeistert. Was sagen Chels und Rory dazu?«

»Sie stehen hinter mir, sollte ich mich für einen Hund entscheiden, und ich darf ihn natürlich auch mit ins Büro bringen.«

»Dann hast du deine Antwort doch schon, oder?«, meint Sam und sieht mich mit seinem Tausend-Watt-Lächeln an, sodass ich einfach nicht anders kann, als es zu erwidern. Mein bester Freund ist einfach unersetzlich für mich.

»Stimmt, die habe ich.«

Als ich in meine Wohnung komme, springe ich unter die Dusche und wasche mir die Spuren des stressigen Tages vom Körper. Den hektischen Arbeitstag, die Akte von der neuen Zielperson, die mich beschäftigt hat, den Beinahe-Unfall, das verletzte Tier sowie die Begegnung mit Caleb. Als Singlefrau bin ich immer auf der Suche nach einem potenziellen Partner, und mein Boyfriend-Alarm hat geschrillt wie sonst was, als ich mir Caleb in der Bäckerei genauer angesehen habe.

Er ist attraktiv, wirkt bodenständig und hat durch die Eichhörnchenaktion gezeigt, aus welchem Holz er geschnitzt ist, und genau das ist es, was ihn für mich interessant macht. Das

Blöde an einem Leben in New York City ist, dass man sich nach einer Begegnung schnell aus den Augen verliert oder gar nicht mehr wiedersieht. In einer Millionenmetropole ist es eher selten, dass man sich zufällig über den Weg läuft, außer man wohnt in der gleichen Gegend. Die Begegnung mit Caleb ist mir unter die Haut gegangen, und ich hatte wirklich das Gefühl, als würde ich ihn bereits kennen.

Mit noch feuchten Haaren mache ich mir einen Pfefferminztee, ehe ich meine Robbie-Williams-Platte auf den Plattenspieler lege. Als das Lied *Feel* erklingt, schließe ich die Augen und unterdrücke den Drang, meine Arme auszustrecken und mich im Kreis zu drehen. Dieser Song hat mich in meiner Jugend oft aufgefangen, wenn ich zu fallen drohte, und wird immer einer meiner Lieblingssongs sein. Der Songtext geht mir unter die Haut.

Ich gehe am Wohnzimmertisch vorbei und schnuppere an meinem Blumenstrauß, den ich mir heute bestellt und abgeholt habe. Dieser Strauß fängt gekonnt die natürliche und wilde Schönheit des Winters ein. Farben wie das Blau der Alpendistel, das zarte Rosa der Wachsblume und grün-lilafarbene Akzente spiegeln die Vielfalt dieser Jahreszeit wider und passen hervorragend zu meiner Winter-Deko, die ich nach der Weihnachtsdekoration ausgepackt und verteilt habe.

Wenn ich nicht arbeite oder spazieren gehe, befinde ich mich in meiner Wohnung. Deswegen versuche ich stets, sie zu einer Wohlfühloase zu machen. Für jeden Feiertag, jede Jahreszeit und jedes Event habe ich die passende Dekoration. Viel davon habe ich selbst gemacht.

Gerade weil ich sehr viel Zeit zu Hause verbringe, möchte ich mich stets neu erfinden und weiterentwickeln. Also habe ich nicht nur digital angefangen zu zeichnen, sondern auch mit Blei- und Kohlestiften. Danach kamen Aquarell- und Acrylbilder dazu. Die schönsten habe ich so gestaltet, dass ich sie rahmen lassen und an den Wänden aufhängen kann.

Doch das Zeichnen hat mich nicht genug ausgelastet, also habe ich gestrickt, genäht, Kerzen hergestellt, versucht, ein Buch zu schreiben, habe T-Shirts designt und unzählige Puzzles beendet. All die Materialien habe ich in meinem Kreativraum verstaut. Der Raum hat ein bodentiefes Fenster, von dem aus ich einen herrlichen Blick auf den Bryant Park habe.

Da ich keine Lust auf eine Serie habe, schnappe ich mir mein Smartphone und das Tablet, stelle die Tasse auf dem Couchtisch ab und kuschle mich unter die Decke auf der Couch. Fast versinke ich in den vielen weichen Kissen, was es noch besser macht, da ich mich fühle, als würde ich auf einer Wolke liegen. Ich greife nach dem iPad, scrolle ein wenig durch Social Media und gucke nach, was bei meinen Lieblingsstars so vorgefallen ist. Gerade als ich in die Welt der Stars und Sternchen abtauchen will, erhalte ich eine Mail von Wyatt, dem Leiter der IT-Abteilung der Agentur.

Ich will sie schon ignorieren, doch der Betreff verrät mir, dass es um das fehlende Bild in der Akte von heute Morgen geht. Sobald ich wieder an den Fall denke, bin ich Feuer und Flamme, endlich das Gesicht von dem Mann zu sehen, dessen Beschreibung mir Herzklopfen beschert hat.

Aufgeregt öffne ich den Anhang, ohne die Mail genauer zu lesen, und sehe endlich das Bild der Person, deren Treue ich testen muss. Blinzelnd blicke ich auf den in die Kamera lächelnden Mann. Es handelt sich um einen privaten Schnappschuss, der wohl beim Wandern aufgenommen worden ist, was ich an der Outdoor-Jacke und den Bergen im Hintergrund erkenne. Es ist nicht sein gutes Aussehen, das mich in eine Art Schockstarre versetzt, sondern die Erkenntnis, die damit einhergeht. Eine Minute vergeht, in der ich nur auf das Foto sehe, dann schließe ich den Anhang und öffne ihn wieder, weil ich das Gefühl habe zu halluzinieren. Doch egal, wie oft ich das Bild öffne, der Mensch bleibt derselbe. Als die Erkenntnis mich mit voller Wucht trifft, setze ich mich hastig auf, sodass mein langes Haar umherwirbelt.

»Unmöglich«, hauche ich und schüttle immer wieder den Kopf. Der Mann, den ich auf seine Treue überprüfen muss, ist niemand Geringeres als Eichhörnchen-Retter Caleb.

5. KAPITEL

Caleb

»Ich kann heute wirklich nicht. Wir müssen noch einiges für die Vernissage vorbereiten.« Enttäuscht schließe ich die Augen und verstärke den Griff um mein Smartphone. Auch heute hat Mindy keine Zeit, mit mir essen zu gehen oder gar nach Hause zu kommen, weil mal wieder die Arbeit ruft. Meine Enttäuschung wächst und wächst, und auch wenn ich verständnisvoll sein möchte, breitet sich eine Wut in mir aus.

»Echt jetzt? Wir haben uns zwei Tage nicht gesehen, weil du ständig arbeiten musst. Und jetzt sagst du mir schon wieder, dass du dich nicht mit mir treffen oder gar nach Hause kommen kannst?«

»Ich kann nichts dafür, Caleb! Mein Job ist mir wichtig, und ich hasse es, wenn du mir meinen Tag versaust, indem du mir immer wieder ein schlechtes Gewissen einredest.« *Versauen? Ich? Ist es denn ein Verbrechen, dass ich meine Verlobte vermisse und um mich haben möchte?*

»So habe ich das doch nicht gemeint. Ich mache mir Sorgen, weil du rund um die Uhr arbeitest. Dazu kommt natürlich noch, dass ich dich vermisse und Zeit mit dir verbringen möchte.«

»Das werden wir auch, aber wir müssen nicht ständig aneinanderkleben. Lass mir etwas Luft zum Atmen, Caleb.«

»Enge ich dich ein? Nur weil ich bei dir sein will?« *Was stimmt nur nicht mit uns? Wieso bekommen wir uns in letzter Zeit wegen jeder Kleinigkeit in die Haare?*

»Deine Worte tun es, auch wenn du es nicht beabsichtigst.« Ich fahre mir frustriert durchs Haar und gebe mir Mühe, ruhig zu bleiben, auch wenn ich so vieles sagen möchte. Ich verstehe einfach nicht, wie das alles passieren konnte. *Wie kann ich mich immer noch nach ihr verzehren, während sie mir das Gefühl gibt, dass sie gar nicht mit mir zusammen sein will?* Denn auch wenn sie mich manchmal in den Wahnsinn treibt, liebe ich Mindy noch immer über alle Maßen.

»Caleb?«, fragt sie, weil ich keine Antwort gegeben habe, sondern einfach nur laut ein und ausatme. Allerdings fällt mir auch keine Antwort ein. Ich habe das Gefühl, dass ich der Einzige bin, der sich noch Mühe gibt, diese Beziehung zu halten.

»Liebst du mich?«, frage ich sie die wichtigste Frage, die mich schon seit einer Weile beschäftigt. Denn je mehr ich für sie empfinde, desto weniger scheint sie mich zu mögen. Zumindest kommt es mir so vor.

»Was?«

»Falsche Antwort«, flüstere ich enttäuscht, und der leichte Schmerz in meiner Brust pocht. Sie hat es nicht verneint, aber sie hat mich sehr wohl gehört. *Sollte diese Frage nicht immer ein sofortiges Ja herbeiführen, wenn man mit einer Person verlobt ist und gedenkt, den Rest des Lebens mit ihr zu verbringen?*

»Caleb! Was soll das jetzt?«

»Wir sind fünf Jahre verlobt, Mindy. Fünf verdammte Jahre, und du willst nicht mal mit der Planung für die Hochzeit anfangen. Jede deiner Freundinnen ist Feuer und Flamme, sobald man ihr den Ring ansteckt.«

»Ich bin nicht wie meine Freundinnen, und ja, sie reagieren

anders als ich, aber meine Karriere ist mir wichtiger als eine Familienplanung.«

»Von Kindern habe ich doch gar nicht gesprochen. Die Frage ist eher, ob du mich überhaupt heiraten willst, wenn du mir schon aus dem Weg gehst.«

»Das stimmt doch nicht«, sagt sie und bringt mich dazu, innerlich aufzustöhnen. Seit Monaten will ich mir nicht eingestehen, dass sich unsere Beziehung eher in ein WG-Leben verwandelt, doch nun kann ich nicht länger darüber hinwegsehen. Ich will das, was wir haben, nicht verlieren, aber ich kann nicht der Einzige sein, der Initiative zeigt. Im Hintergrund höre ich, wie jemand nach Mindy ruft, und ahne, dass sie gleich gehen muss.

»Ja, ich komme gleich«, ruft sie, ehe sie tief durchatmet. »Caleb, wir werden darüber reden. Lass mir etwas Zeit, das auf der Arbeit zu klären, dann sind wir beide dran, okay?« Ihre versöhnliche Stimme lässt mein Herz schwer werden. *Ich liebe diese Frau und will sie nicht verlieren, aber wieso habe ich dann das Gefühl, als würde ich mich in letzter Zeit selbst verlieren?*

»Ich muss auch gehen«, antworte ich und bleibe ihr eine Antwort schuldig.

»Okay. Bis später.« Nachdem sie aufgelegt hat, werfe ich das Smartphone genervt auf den Schreibtisch, vergrabe meine Finger in meinem Haar und verharre für einen Moment in dieser Position.

Was ist nur mit uns geschehen?

All die Jahre dachte ich, mit Mindy mein wahres Glück gefunden zu haben. Wir haben uns perfekt ergänzt, hatten dieselben Interessen. Wobei das auch nicht mehr stimmt. Ihre Offenbarung, dass sie unsere Wanderungen nicht mochte, hat mich hart getroffen. Sie hat es nur ertragen, weil sie mich nicht verletzen wollte. Und genau das habe ich nie gewollt. Wir sind einander ebenbürtig, und niemand von uns sollte sich etwas aufzwingen lassen oder etwas widerwillig ertragen müssen, nur weil der andere es vielleicht will. So stelle ich mir keine Beziehung vor.

Ich wende mich den gerahmten Bildern auf meinem Schreibtisch zu. Zwei sind von Mindy und mir und zeigen, wie wir eng umschlungen in die Kamera lächeln. Wir waren jünger und meiner Meinung nach auch unbeschwerter, doch mittlerweile habe ich das Gefühl, als wäre die Leichtigkeit, die uns ausgemacht hat, verschwunden. Ich blicke auf die Uhr an meiner Wand und stelle fest, dass meine zehnminütige Pause vorbei ist. Ich atme tief durch und nehme noch einen Schluck von meinem dritten Kaffee. Plötzlich kommt mir Sierra in den Sinn, die wohl ohne Kaffee nicht leben kann. Unsere Begegnung mag kurz gewesen sein, doch sie war einprägsam.

Die Art, wie sie ihre Kaffeesucht verteidigt hat, wie sie mich angefaucht hat, weil ich ihr beinahe ins Auto gelaufen bin, und wie sie mit mir diskutiert hat, ob ich mit ihr in die Praxis fahren darf, hat mir gezeigt, dass sie eine Frau mit Feuer ist. Sie ist einen Kopf kleiner als ich, aber sie könnte mich ohne Probleme in den Boden stampfen, denn sie ist jemand, der für die eigenen Überzeugungen einsteht. Sie weiß, wer sie ist. Ich wünschte, ich wäre wie sie, dann könnte ich Mindy vielleicht besser verdeutlichen, wie unglücklich ich gerade bin. Verärgert versuche ich, die negativen Gedanken abzuschütteln. Ich setze mich an meinen Tisch und werfe einen Blick auf den Monitor, auf dem mir meine nächste Patientin Simone angekündigt wird.

Ich erhebe mich und öffne die Tür. »Simone Bruni?« Die Zehnjährige und ihre Mutter kommen lächelnd auf mich zu. Ich gehe zur Seite, damit sie eintreten können, und lasse sie sich setzen, ehe auch ich Platz nehme. Simone kam vor vier Tagen zu mir ins Krankenhaus, weil sie über Schmerzen geklagt hat. Die gingen so weit, dass sie ständig am Weinen war, weil sie die Qualen nicht mehr aushalten konnte. Ich behandle Simone seit Jahren, und normalerweise ist sie hart im Nehmen, sodass ich schon ahnte, dass es sich um etwas Gravierendes handeln muss.

Schnell stellte sich raus, dass es sich um Nierensteine handelte. Sie blieb im Krankenhaus, bekam Infusionen und musste sehr viel trinken, damit die Steine ausgeschwemmt werden konnten. Ich wollte eine Stoßwellentherapie um jeden Preis vermeiden. Da die Nierensteine jedoch klein waren, war die Chance groß, sie ohne Therapie loszuwerden.

»Wie geht's dir heute, Simone? Du hast auf jeden Fall mehr Farbe im Gesicht als beim letzten Mal«, sage ich und öffne nebenbei ihre Krankenakte, ehe ich mich ihr voll und ganz zuwende.

»Die Schmerzen sind verschwunden. Aber ich fühle mich noch schlapp.«

»Das ist verständlich. Die Ausschwemmung hat dich viel Kraft gekostet. Ich empfehle dir weiterhin mindestens zweieinhalb Liter Wasser pro Tag zu trinken und spazieren zu gehen, sooft du kannst. Mit Bewegung und ausgewogener Ernährung kann man Nierensteinen vorbeugen.«

»Ich versuche es, aber länger als eine halbe Stunde halte ich es im Freien nicht aus.« Sie blickt zu ihrer Mutter, die sie liebevoll ansieht und ihr über den Arm streicht. Die beiden sind ein eingespieltes Team. Mrs Bruni zieht nach dem Tod ihres Mannes Simone allein groß und gibt ihr Bestes, ihr eine gute Mutter zu sein. Dass es nicht immer leicht ist, hat sie mir schon öfter erzählt, doch sie kämpft unnachgiebig weiter, um alles unter einen Hut zu bekommen.

»Das macht doch nichts. Man sollte es in kleinen Schritten angehen, ehe man auf längere Spaziergänge geht.«

»Ich werde es versuchen«, sagt sie und schenkt mir ein Lächeln, das ich erwidere. Ich klicke auf die Mail mit den Ultraschallbildern von gestern, die vor ihrer Entlassung im Krankenhaus gemacht und mir zugesendet wurden.

»Anhand der Bilder sehe ich auch, dass die Steine völlig ausgespült wurden. Jetzt heißt es für dich einfach nur genesen.«

»Wann kann sie wieder in die Schule?«, fragt nun die Mutter, wobei Simone die Augen verdreht. Ich verkneife mir ein Grinsen und räuspere mich.

»Sobald sie sich wieder imstande dazu fühlt. Sie muss erst mal wieder zu Kräften kommen. Nierensteine sind mit immensen Schmerzen verbunden, davon muss man sich erst mal wieder erholen.«

»Ich danke Ihnen, Dr. Barnes. Mit Ihrer Hilfe konnten wir Schlimmeres verhindern und Simone ihre Schmerzen nehmen.«

»Es freut mich, dass es überstanden ist. Du warst sehr stark und tapfer, Simone. Es würde mich nicht wundern, wenn deine Mom dir als Belohnung das neue Album von deiner Lieblingsband kaufen würde.« Ihre Mutter und ich haben im Krankenhaus schon überlegt, wie sie ihrer Tochter eine kleine Freude nach den schmerzvollen Tagen bereiten kann. Und da sie verrückt nach einer koreanischen Band ist, hatte ich die Idee mit der CD.

»Mom?«, fragt sie ihre Mutter mit großen Augen. Diese lächelt nur und greift in ihre Handtasche, um ihr ein schwarzgrünes Album zu reichen, das doppelt so dick und hoch ist wie die CDs, die ich kenne. Sie jubelt aufgrund ihres Geschenks und nimmt ihre Mom fest in den Arm, dabei hält sie die CD so, dass das Cover genau in meine Richtung zeigt.

»*Stray Kids?* Ist das so was wie *New Kids on the Block?*«, will ich wissen, woraufhin mich Simone verwirrt ansieht.

»Wie wer?«, fragt sie, und mir wird klar, dass sie die Band aus den Neunzigern vermutlich gar nicht kennt.

»Niemand. Schön, dass du Freude damit hast.«

»Danke. Du bist die Beste.« Sie nimmt ihre Mutter erneut fest in den Arm, und mir wird augenblicklich warm ums Herz. Diese Liebe zwischen Eltern und Kind ist so kostbar, und auch ich darf diese Momente des Glücks oft erleben, die ich als so besonders empfinde. Das Mutter-Tochter-Gespann verabschiedet sich von mir und geht nach draußen.

An den Tagen, an denen ich Schichten im Krankenhaus habe, bleibt meine Praxis geschlossen, und wenn es Notfälle gibt, werden sie an eine Kollegin verwiesen oder kommen direkt ins Kinderkrankenhaus, was die meisten dann auch tun. Meine Praxis ist von acht Uhr bis achtzehn Uhr durchgehend geöffnet, doch sobald etwas Luft ist, schiebe ich eine einstündige Mittagspause ein. In der wärmeren Jahreszeit nutze ich die Pause oft, um auf die Dachterrasse zu gehen und meinen mitgebrachten Lunch zu verputzen. Eine meiner Assistentinnen macht meistens mit mir Pause, sodass wir uns unterhalten können. Manchmal liest aber auch jeder für sich ein Buch oder tippt auf seinem Smartphone herum, das kommt auf unsere Laune an.

Heute geht Hailee mit mir ins *Four Napkin Burgers* ums Eck, wo wir häufiger essen, weil es in der Nähe ist und sie dort nicht nur leckere Burger, sondern auch andere Gerichte wie Sushi im Angebot haben. So ist auch etwas für diejenigen dabei, die auf eine gesunde Ernährung achten.

Als wir das Lokal betreten und der herrliche Geruch von gebratenem Fleisch in meine Nase dringt, läuft mir das Wasser im Mund zusammen. Das Innere des Diners wirkt auf den ersten Blick chaotisch, weil gefühlt auf jeder freien Fläche Tische verteilt sind, doch sobald man länger im Lokal sitzt, merkt man, dass es sich um organisiertes Chaos handelt. Das Personal kommt sehr gut zurecht und hat seine festen Routen durch das Tischlabyrinth.

Die Wände sind in einem warmen Braunton gestrichen, wobei der Eyecatcher die gerahmten Schallplatten mit Signaturen der jeweiligen Bands sind. Einige davon sind so viel wert, dass sie alarmgesichert sind. Der Besitzer wollte sie aber nicht in seinen eigenen vier Wänden hängen haben, da es ihm wichtig war, dass sie von der Welt gewürdigt und bestaunt werden.

»Ich habe so einen Hunger, dass ich kurz davor bin, an meinem Finger zu knabbern«, beschwert sich Hailee und blickt sehnsüchtig auf die Tische um uns herum. Wir nehmen an unserem Stammtisch unweit vom Buffet Platz, das hier zur Mittagszeit angeboten wird.

»Burger oder Buffet?«, frage ich sie.

»Buffet, weil ich denke, dass mich ein Burger allein nicht satt macht.«

»So geht's mir auch. Und die Salate sehen heute wirklich lecker aus.« Beim All-you-Can-Eat-Buffet sind die verschiedensten Speisen angerichtet, von Mini-Burgern über Chicken Wings und gegrillte Sandwiches wird vieles angeboten.

Erst nachdem Hailee und ich uns den Bauch vollgeschlagen haben, habe ich das Gefühl, wieder zu funktionieren. »Das tut gut«, meint meine Assistentin zufrieden und tätschelt sich den Bauch.

»Hast du nicht frühstücken können?«, frage ich sie, während ich Zucker in meinen Kaffee schütte und umrühre.

»Nein, weil Stanley früher in die Kanzlei musste und Jordan sich einfach nicht anziehen wollte. Eine halbe Stunde hat er gejammert, dass er nicht in die Schule will. Damit hat er mir den letzten Nerv geraubt.«

»Und das schon in der ersten Klasse?«, frage ich erstaunt. »Ich dachte immer, dass Kinder zu Beginn noch gern in die Schule gehen, ehe die Freude mit der Zeit etwas nachlässt.«

»Nein, eigentlich mag er die Schule, aber er wollte einfach nicht aufstehen. Es war sozusagen seine Ausrede.«

»Die nicht funktioniert hat.«

»Nein, aber sein Einfallsreichtum ist unglaublich«, meint sie lachend und muss daraufhin gähnen. Plötzlich fühle auch ich mich müde. Nicht körperlich, sondern mental.

»So sind Kinder nun mal«, sage ich, auch wenn ich keine Ahnung habe, was es bedeutet, ein Kind großzuziehen. Ich habe durch Xander erlebt, wie schön und gleichzeitig schwierig es ist, und habe großen Respekt Morgan und Pauline gegenüber, weil sie das so großartig hinbekommen.

»Geht es dir gut? In letzter Zeit habe ich das Gefühl, es beschäftigt dich etwas«, sagt Hailee, nachdem sie sich beim Kellner bedankt hat, der ihr das zweite bestellte Glas Limonade auf den Tisch gestellt hat. War klar, dass meine Niedergeschlagenheit für meine Assistentinnen und langjährigen Freundinnen sichtbar ist. Dabei habe ich gehofft, es irgendwie verbergen zu können. Es reicht schon, dass diese Sache mein ganzes Denken einnimmt, da wollte ich nicht auch noch darüber reden. Ich wollte Ausflüchte suchen, doch das hier ist Hailee, die mir seit Jahren mit Rat und Tat zur Seite gestanden und auch ihre Eheprobleme mit Tina und mir geteilt hat, als es für kurze Zeit mit ihrem Mann kriselte. *Was für ein Freund wäre ich, wenn ich jetzt lügen würde?*

»Na ja, zwischen Mindy und mir läuft es nicht so gut.« Das ist zwar eine Untertreibung, aber das Erzählen der gesamten Geschichte würde unsere Pause sprengen, also fasse ich mich kurz.

»Ah«, antwortet sie und rührt mit dem Strohhalm in ihrem Glas Limo, sodass das Eis darin ein klirrendes Geräusch hinterlässt. Für mich wirkt es so, als würde sie abwägen, ob sie weitere Fragen stellen soll oder nicht. Doch ihre knappe Erwiderung wundert mich.

»Das wars? Keine weiteren Anmerkungen dazu? Ich sehe doch, dass du etwas sagen willst.« Sie kaut nachdenklich auf ihrer Unterlippe herum.

»Du hast in den letzten Monaten nicht wirklich glücklich gewirkt. Das ist Tina und mir aufgefallen, auch wenn du es uns wohl nicht zeigen wolltest. Es scheint, als hättet ihr eine Krise, aber wir wollten nicht nachfragen, um kein Salz in die Wunde zu streuen.«

»Ihr habt schon recht«, sage ich und blicke seufzend auf die Menschen auf dem Bürgersteig, die ihrer Wege gehen. Als Kind habe ich mich immer gefragt, wie wohl das Leben der einzelnen Menschen aussieht. *Sie sind glücklich? Haben sie es leicht im Leben oder müssen sie viel durchmachen?* Nun muss ich mich unweigerlich fragen, wie wohl ich auf andere wirken muss mit meinen traurigen Augen und gesenkten Schultern.

»Ich habe das Gefühl, als würde sie mir entgleiten. Als wäre der Moment da, vor dem ich mich immer gefürchtet habe.«

»Wovor hast du Angst?«

»Dass sie nach über zehn Jahren genug von mir hat. Während ich mich immer noch nach ihr verzehre, ist es bei ihr anders. Zumindest kommt es mir so vor.«

»Hast du schon mit ihr darüber gesprochen? Was sagt sie dazu?« Hailee sucht meinen Blick und hört mir aufmerksam zu, doch ich kann den Blickkontakt nicht aufrecht halten, weil ich mich irgendwie dafür schäme, Probleme in meiner Beziehung zu haben.

»Das wüsste ich auch gern, aber sie zieht die Arbeit einem Gespräch vor. Und das ist nicht erst seit gestern so.«

»Hektik im Job kann sich natürlich auch auf den Menschen

auswirken. Wenn ihr miteinander redet, werdet ihr es wieder kitten können. Ich meine, ihr seid seit zehn Jahren zusammen, das wirft man nicht einfach so weg.«

»Ich weiß, deshalb will ich ja alles geben, aber ich will nicht der Einzige sein, der kämpft.« Sie lächelt mich mitfühlend an, und ich bin einmal mehr froh darüber, dass meine Assistentinnen mittlerweile zu meinem Freundeskreis gehören. Auf Fortbildungen wird einem häufig eingebläut, die Grenzen zu wahren und das Angestellten-Boss-Verhältnis nicht verschwimmen zu lassen. *Doch warum sollte ich das tun, wenn wir uns so gut verstehen?* Hailee kenne ich seit dem College, war auf ihrer Hochzeit und habe sie im Krankenwagen zum Krankenhaus begleitet, als ihre Wehen eingesetzt haben, da ihr Mann in einer anderen Stadt war und erst eine Stunde später eintreffen konnte. Tina hat sich gerade verlobt, und ihren Verlobten kennen Mindy und ich mittlerweile auch. Ohne die zwei würde meine Praxis nicht so gut laufen, wie sie es eben tut. Weil sie nicht nur kompetente Mitarbeiterinnen sind, sondern auch freundliche Menschen, bei denen man sich gleich wohlfühlt, und genau das will ich in meiner Praxis vermitteln. Die Kinder und ihre Eltern sollen sich bei uns gut aufgehoben fühlen.

»Das bist du auch womöglich gar nicht. Man darf nicht immer vom Schlimmsten ausgehen, deshalb ist es so wichtig zu reden, denn wenn ihr es nicht tut, dann bringen den jeweils anderen die ewigen Fragen um.«

»Das tun sie. Ich habe das Gefühl, platzen zu müssen vor Frust und Wut. Aber nicht zwingend auf sie, sondern mehr auf mich, weil es überhaupt so weit gekommen ist. Weißt du, ich suche den Fehler meist bei mir.«

»Es gehören immer zwei dazu.«

»Ja, das tun sie, aber ich würde alles tun, um Mindy nicht zu verlieren.«

»Vielleicht solltet ihr es mit einer Paartherapie versuchen?« Nun erwidere ich ihren Blick. Ihr Vorschlag gefällt mir.

»An diese Möglichkeit habe ich noch gar nicht gedacht.«

»Es kann unheimlich guttun, mit jemandem über seine Probleme zu reden, der weder Mindy noch dich kennt.« Ich nicke und nehme mir vor, mit meiner Freundin heute Abend darüber zu reden, wenn sie nach Hause kommt. Wir sollten nicht so schnell aufgeben, denn unsere Liebe hält schon zehn Jahre an.

»Danke Hailee. Es tut mir leid, dass ich dir den größten Teil unserer Pause die Ohren vollgejammert habe.«

»Ach was, mach dir darüber keine Sorgen. Ich weiß, dass Tina und du euch ebenfalls meine Probleme anhören würdet. Wozu sind wir befreundet, wenn wir uns nicht in unseren schlimmsten Zeiten aufeinander verlassen könnten?«

»Du hast völlig recht. Ich werde mich nie wieder bedanken«, gebe ich scherzend zurück, was uns beide zum Lachen bringt.

»Das wollte ich hören, mein Lieber«, sagt sie, ehe wir uns erheben und wieder in die Praxis gehen.

»Der Termin mit den Vierlingen heute Nachmittag wurde abgesagt«, teilt uns Tina mit. Generell ist heute ein ruhiger Tag, doch ich weiß gar nicht, ob ich mich darüber freuen soll. Je mehr Arbeit ich habe, desto weniger hänge ich meinen Gedanken nach. Ja, das Gespräch mit Hailee hat gutgetan, doch ich habe das Gefühl, als wäre da noch immer ein Sturm in mir, den ich irgendwie zum Schweigen bringen muss. Dabei will ich gar nicht über diese Veränderung in unserer Beziehung nachdenken, ich möchte einfach etwas Ruhe in meinen Kopf bringen. Also beschließe ich kurzerhand, früher nach Hause zu gehen.

Meine Interessen sind vielschichtig, aber meine liebsten Hobbys sind auf zwei Dinge begrenzt. Ich fotografiere gern und suche überall nach dem Foto, dem Bild, das mich selbst

Jahre später an den Moment erinnern soll, in dem ich den Auslöser gedrückt habe. Sei es ein Sonnenuntergang, den ich ablichten konnte, nachdem ich stundenlang zum Gipfel eines Berges gewandert bin, oder ein Wasserfall, der vor sich hinplätschert. Während das eher ein ruhigeres Hobby ist, gibt es noch etwas, was mich alles um mich herum vergessen lässt.

Der Wunsch, Kinderarzt zu werden, kam erst ein paar Monate, bevor ich mich entscheiden musste, in welche Richtung mein Studium gehen soll. Während der Highschool war ich ein verlorener Junge, der das Gefühl hatte, von niemandem verstanden zu werden. Ich bin wohlbehütet aufgewachsen, und meine Eltern sowie mein Bruder waren immer für mich da, doch wirklich verstanden hat mich niemand. Ich war voller Emotionen, Wünsche und Träume, die ich aus einem bestimmten Grund niemandem anvertrauen konnte. Jetzt mag mir meine Zurückhaltung ein wenig übertrieben vorkommen, doch damals fühlte ich eben so.

Als meine Eltern schon wieder wegen einer Prügelei in die Schule kommen mussten, schlug mein Vater vor, dass ich mit Taekwondo anfangen sollte, um überschüssige Energie loszuwerden und weil es ein Sport war, den auch er in seiner Jugend ausgeübt hatte. Ich habe das für eine lächerliche Idee gehalten, da ich generell nicht kämpfen wollte, sondern damals nicht wusste, wie ich das, was ich fühlte, in Worten ausdrücken sollte. Meine Eltern stellten mir ein Ultimatum.

Entweder Taekwondo oder Sozialarbeit, die sie mir selbst aufhalsen wollten. Also ging ich widerwillig in meine erste Stunde, die eine absolute Katastrophe war. Spike, der Besitzer und mein Trainer, hielt mich am Anfang für einen Schläger, der früher oder später im Gefängnis landen würde. Das hat er mir auch klipp und klar gesagt, und aufgrund der Tatsache, dass er mich wie einen Erwachsenen und nicht wie ein pubertierendes

Kind behandelt hat, wuchs mein Respekt ihm gegenüber. Die ersten Stunden mit ihm waren die Hölle. Er hat es mir nicht leicht gemacht und mich einiges einstecken lassen. Aber das ließ mich nur noch verbissener werden und motivierte mich, alles zu geben und mich auszupowern. Mit jeder weiteren Stunde lernte ich, Taekwondo als Sport anzuerkennen, als eine Strategie, um meine lauten Gedanken verstummen zu lassen. Es war kein Training, das mich zur Waffe machte, sondern wurde zu einer Leidenschaft, die ich bis heute verfolge.

»Na, wen haben wir denn da? Wenn das nicht der verlorene Sohn ist.« Spike klatscht übertrieben mit den Händen, als wäre ich ein Welpe, der endlich wieder zu seinem Herrchen gefunden hat. Seine Worte sollen eigentlich nur ausdrücken, wie sehr er es vermisst hat, mich zu sehen. Doch das würde er niemals zugeben.

Spike schickte mich damals auf alle möglichen Turniere, die ich größtenteils gewonnen habe, aber ich wusste schnell, dass professionelles Taekwondo nicht meine Zukunft sein würde. Meinem Trainer bricht das auch heute noch das Herz, und er hält es mir bei jeder Gelegenheit vor. Natürlich ist er auch stolz auf mich, dass ich ein erfolgreicher Kinderarzt und Chirurg bin, doch ich denke, er wird für immer eingeschnappt sein. Neben meinem Vater und meinem Bruder ist Lee Johnson, den aber alle Spike nennen müssen, eine wichtige männliche Bezugsperson in meinem Leben.

»Jetzt übertreib mal nicht. Ich war nur zwei Wochen nicht da.«

»Das sind genau vierzehn Tage zu viel. Wenn du dein Training schleifen lässt, wird es nur schlimmer, sobald du wieder anfängst.«

»Keine Sorge. Ich gehe fast jeden zweiten Tag joggen und habe ab und an ein Workout zu Hause gemacht. Aber ich kenne dich, du wirst es mich büßen lassen, wenn ich nachlasse.«

»Darauf kannst du dich verlassen, Kleiner. Na, dann los, zieh dich um, und dann gucken wir mal, wie es um deine Kondition bestellt ist.«

Eine halbe Stunde später bin ich völlig verschwitzt und schreie um Gnade. Ich hätte gleich wissen müssen, dass er mich nach so langer Zeit nicht mit Samthandschuhen anfassen wird. Er tritt mir heute gehörig in den Arsch, aber genau deswegen bin ich hergekommen. Solange er mich in die Mangel nimmt, habe ich keine Zeit, nachzudenken. Schwer keuchend liege ich auf dem Boden und ringe nach Luft, als Spike aufsteht und mich mit einem sauberen Handtuch bewirft.

»Was ist los mit dir? Du scheinst heute nicht ganz bei der Sache zu sein.« Als ich damals erfuhr, dass mein Trainer Spike genannt wird, dachte ich, er sei ein Hüne von einem Mann. Doch in Wirklichkeit ist er schlank und drahtig, mit ausgeprägten Muskeln, jedoch wenig Fett am Körper. Sein schwarzes Haar und die Augenpartie hat er von seiner Mutter – sie hat koreanische Wurzeln, und ihre Familie hat ihm den Sport beigebracht. Die blauen Augen hat er von seinem schwedischen Vater. Die gebräunte Haut verdankt er seiner Frau, die ihn immer an einen Strand schleppt, wenn sie beide frei haben.

»Der Stress setzt mir ganz schön zu.«

»Beruflicher oder privater Natur?«, fragt er, nimmt seine Wasserflasche und setzt sich neben mich auf den Boden. Ich starre schwer atmend an die Decke und überlege, wie ich meine Probleme in Worte fassen kann.

»Wohl eher privater Natur. Aber ich will jetzt nicht darüber reden.« Ich habe Hailee schon genug die Ohren vollgejammert.

»Wie du meinst, dann trink etwas, ehe ich dir in den Arsch trete, weil du nachlässt.«

»Willst du mich umbringen?«, frage ich erschöpft, doch der Schalk in seinen Augen ist Antwort genug.

»Ich will dich vergessen lassen.«

»Na dann los.«

Nach dem Taekwondo habe ich das Gefühl, als könnte ich kaum noch geradeaus gehen. Außerdem habe ich Hunger und große Lust auf Kaffee. Bevor ich nach Hause fahre, mache ich noch an dem Coffeeshop in der Nähe unserer Wohnung Halt. Mit dem Becher in der Hand sieht meine Welt gleich ein wenig besser aus. Jetzt, wo ich mir die Sorgen vom Leib trainiert habe, ist da die Hoffnung, dass Mindy und ich das wieder hinbekommen. Dass wir alles schaffen können, was wir uns vornehmen.

Ich bin tief in Gedanken versunken, sodass ich nicht auf meine Umgebung achte und mit einer Frau zusammenstoße. Zu meinem Schrecken verteilt sich der Inhalt meines Bechers auf ihrem beigefarbenen Wintermantel und ruiniert ihn sichtlich. Ich blicke erschrocken auf den großen Fleck und dann in die Augen der Frau, die einen Mundschutz trägt.

»Es tut mir schrecklich leid. Ich habe Sie nicht gesehen.« Sie schüttelt den Kopf, und ihre Augen zeigen eher Verständnis als Verärgerung. Sie räuspert sich und hustet stark, legt dabei ihre Hand auf die Brust.

»Sind Sie erkältet?«, frage ich und denke nicht mal darüber nach, ob die Frage vielleicht zu persönlich sein könnte, dafür bin ich zu geschockt. Sie nickt und macht Anstalten zu gehen, doch ich halte sie auf, indem ich mich ihr in den Weg stelle.

»Bitten entschuldigen Sie, es war meine Schuld. Lassen Sie mich die Kosten für die Reinigung übernehmen.« Wieder schüttelt die Frau mit dem kaffeebraunen glatten Haar den Kopf.

»Ich bestehe darauf«, bekräftige ich, und endlich hält sie inne, ehe sie einen Atemzug nimmt und in ihrer Tasche herumkramt. Dann reicht sie mir eine Visitenkarte, die ich entgegennehme.

»Sara Thomson? Sind das Sie?« Sie nickt und räuspert sich erneut. *Sie muss wohl schwer erkältet sein, wenn sie kaum sprechen kann.*

»Ich werde mich bei Ihnen melden. Das verspreche ich.« Der Drang, meine Schuld zu begleichen, ist groß, vor allem wenn ich auf den riesigen Fleck auf ihrem Mantel sehe. Sie nickt und geht weiter in Richtung Tresen, während auch schon eine Mitarbeiterin des Coffee Shops herbeieilt, um die Sauerei wegzuwischen. Ich entschuldige mich auch bei ihr und blicke erneut zu der Frau mit dem Mundschutz. Als ich sie kurz von hinten betrachte, habe ich das Gefühl, sie schon einmal gesehen zu haben. Doch das ist unmöglich. Ihr Name ist mir völlig unbekannt.

6. KAPITEL

Sierra

Soundtrack of the Day:
Phantom Planet – California

»Welcher Typ Mann bist du, Caleb?«, flüstere ich und tippe mir mit meinem Apple-Pencil ans Kinn. Seit Tagen studiere ich seine Akte, gehe das durch, was seine Verlobte über ihn in der Tonaufnahme gesagt hat, arbeite mich durch seine Social-Media-Seiten und mache mir fleißig Notizen, welche Rolle ich übernehmen soll, also welchen Charakter ich auf ihn treffen lasse. Als ich sein Bild in jener Nacht zum ersten Mal gesehen habe, hat mich das ziemlich schockiert und auch traurig gestimmt.

Schockiert, weil gerade der liebe und nette Eichhörnchen-Retter ein potenzieller Fremdgänger sein könnte. Traurig, weil ich an meiner Menschenkenntnis zweifelte. Der erste Eindruck von ihm war durchweg positiv, weshalb es ein ziemlicher Schreck für mich war, dass er meine neue Zielperson ist. Öfter als mir lieb ist, scrolle ich durch sein Instagram-Profil und sehe mir eines seiner Bilder an. Seine gerade Nase, die Kieferpartie, die wie von einem Künstler gemeißelt scheint, und diese vollen Lippen, von denen ich meinen Blick nur schwer abwenden kann.

Ich leugne nicht, dass ich eine Schwäche für die Person habe, die ich kennengelernt habe und die er in den sozialen Medien darstellt. Wenn ich seine Fotos ansehe, dann verliere ich mich in seinen blaugrauen Augen und dem Lächeln, das immer ein wenig schief zu sein scheint. Während meine Zwillingsschwester total auf Hände steht, achte ich zuerst auf die Lippen eines Mannes. Nicht weil ich jeden gleich küssen möchte, sondern weil mich der Mund an einem Partner sehr anzieht.

»Das gibt es doch nicht«, stöhne ich genervt, stoße mich mit meinem Bürostuhl vom Tisch ab und stehe auf. Selbst meine geliebte Musik kann mich nicht auf andere Gedanken bringen. Verärgert über mich selbst ziehe ich den Earpod aus meinem Ohr, stehe auf und stelle mich ans Fenster. Die Morgensonne wärmt mein Gesicht, sodass ich die Augen schließe und für einen Moment innehalte. Meine Gefühle gehen mit mir durch. In gewisser Weise passiert mir das ständig, denn ich bin ein feinfühliger Mensch. Ich leide mit den Menschen, die zu uns in die Agentur kommen und in uns die einzige Hoffnung sehen. Doch diesmal ist es anders. Meine Gefühle gehen tiefer, als ich es je für möglich gehalten hätte.

Verlieben und Berühren verboten.

Das ist die eiserne Regel der Proof of Love Agency. Selbst auf Fakedates, wo sich eine Mitarbeiterin in Begleitung von Security-Personal inkognito mit einer Zielperson trifft, darf man keinerlei Berührungen zulassen. Alles, was über ein Händeschütteln hinausgeht, ist untersagt. Das ist einer der Gründe, warum unsere Agentur so erfolgreich ist. Und ich als Miteigentümerin verstoße gerade im großen Stil gegen diese Regel. Zumindest was den Teil mit den Gefühlen anbelangt.

Mein Herz klopft immer schneller, je länger ich in seiner Akte lese und je öfter ich an unsere erste Begegnung denke. Der Caleb, den ich kennenlernen durfte, wirkt gar nicht so wie

Mindy ihn beschrieben hat. Dass er nie zu Hause ist, sich ihr gegenüber kalt verhält und dass er Dates und Gesprächen über die Zukunft aus dem Weg geht. Dass sie seit fünf Jahren verlobt sind und er den nächsten Schritt einfach nicht wagen will, ist ein weiterer Grund dafür, dass sie an seiner Treue zweifelt.

Wir glauben immer der Geschichte der Personen, die die Agentur aufsuchen, weil wir die andere Seite der Story erst durch die Taten der Zielpersonen erkennen können. Aber um das Glauben geht es hier nicht wirklich. Unser Job besteht darin, dass wir die Treue derjenigen testen, die im Verdacht stehen, untreu zu sein. Außer der Akte sollten wir uns nicht von anderen Eindrücken beeinflussen lassen. Doch das ist leichter gesagt als getan.

Da die Wände meines Büros mich einengen, gehe ich hinaus in den Trubel des Großraumbüros. Vor den Tischen mit den durchsichtigen Trennwänden bleibe ich stehen und seufze auf. Durch die Investition von Rorys Freund und dessen Vater erhalten wir für unsere Expansion eine Investition von mehreren Millionen Dollar, weshalb wir bald in ein größeres Gebäude ziehen können, in dem die meisten unserer Mitarbeitenden ein eigenes Büro haben werden, was hier nicht der Fall ist. Auch wenn es die Arbeit erleichtert und wir durch diese Investition unser Unternehmen vorantreiben werden, werde ich dieses Büro vermissen.

Anfangs waren wir nur zu fünft. Dann gab es mehr und mehr Anfragen, sodass das Unternehmen wuchs und das Team erweitert wurde. Dann sind wir in dieses Gebäude übergesiedelt, und hier haben wir so viele Meilensteine erlebt, dass mir der Abschied jetzt schon schwerfällt. Das Vibrieren meiner Smartwatch teilt mir mit, dass jemand meinen Social-Media-Post von heute Morgen kommentiert hat. Ich ignoriere die Mitteilung, sehe aber anhand der Uhrzeit, dass in fünf Minuten

Mittagspause ist. Ich gehe ins Büro meiner ältesten Schwester Chelsea, wo ich zufällig auch Rory antreffe, die ihr wohl gerade den neuen Werbespot zeigt, den wir auf YouTube und im Kabelfernsehen schalten werden.

»Hey ihr«, begrüße ich die beiden und setze mich zu ihnen an den Tisch. Neben Rory wirke ich, selbst wenn ich sitze, klein. Auch wenn wir zweieiige Zwillinge sind, hat Gott die Proportionen meiner Meinung nach unfair verteilt. Während Rory groß und schlank ist und das pure Leben ausstrahlt, bin ich klein, kurviger, als mir lieb ist, und introvertiert, vor allem bei Personen, die ich noch nicht kenne. Ich liebe die Frau, zu der ich geworden bin, aber manchmal blicke ich neidisch auf meine Schwester, die in allem, was sie tut, perfekt ist, während ich mich manchmal wie das schwarze Schaf der Familie fühle.

»Hey. Wie geht's dir? Ich habe dich heute gar nicht in der Kaffeeküche gesehen«, meint Rory und tippt sich mit dem Finger ans Kinn.

»Das kommt daher, dass ich außer dem Becher Kaffee, den ich beim Bäcker geholt habe, keinen getrunken habe.«

»Du hast was?«, fragt nun auch Chelsea erstaunt. Ich gebe es zu, ich bin für meine Kaffeesucht berühmt und bin selbst überrascht, dass ich nicht mal an Kaffee gedacht habe, dafür viel zu sehr an Caleb Barnes, diesen gut aussehenden Kerl, der mich schwach macht.

»Ja, ich weiß, das ist selbst für mich ein Schock. Lasst uns in die Cafeteria gehen. Ich habe Hunger und muss mit euch über etwas reden, das mich beschäftigt.«

»Oh, verstehe«, sagt Rory mit gerunzelter Stirn.

»Na dann, los«, meint Chelsea und lässt uns den Vortritt. Während wir essen, werfen meine Schwestern mir fragende Blicke zu, doch ich will nicht kauend mit ihnen über meine Bedenken reden, also platzen sie fast vor Neugierde, als wir endlich unseren Kaffee trinken und uns zurücklehnen können, um uns entspannt zu unterhalten.

»Was ist los?«, fragt Rory mich, und ich höre eine Spur Sorge heraus.

»Ich muss euch etwas gestehen bezüglich der Testung von Caleb Barnes.«

»Ja?«, fragt Chelsea und beugt sich etwas vor.

»Ich kenne ihn. Beziehungsweise ist er der Typ mit dem Eichhörnchen.« Da ich meinen Schwestern die Geschichte am nächsten Tag erzählt hatte, kennen sie den Eichhörnchen-Retter, doch bisher wussten sie nicht, dass es sich um Caleb handelt.

»Das ist der Mann, den du testen sollst?«, fragt Chelsea erstaunt, woraufhin ich nicke und mit dem Daumen über meine Kaffeetasse streiche, die meine Haut wärmt.

»Ich habe es erst erfahren, als Wyatt spät nachts das Bild hochgeladen hat.«

»Was ist nun das Problem? Ich meine, ja, du hast ihn einmal getroffen, aber du siehst ihn nie wieder, oder?«

»Ja, wir werden uns wohl nie wieder sehen, doch das Problem hierbei sind meine Gefühle.«

»Du empfindest etwas für ihn?«, fragt Chelsea vorsichtig. Sie hat ihre Handflächen auf der Tischfläche abgelegt und runzelt die Stirn.

»Ich denke, dafür kenne ich ihn zu wenig, aber ich fühle mich zu ihm hingezogen. Doch auch darin sehe ich kein Problem. Ich mache mir eher Sorgen, dass ich zu voreingenommen sein könnte, während ich die Prüfung vornehme. Ich schätze ihn nicht so ein, dass er seine Verlobte betrügen würde.«

»Man kann manchmal nicht in einen Menschen hineinsehen, aber ich verstehe deine Bedenken, da du nicht dabei warst, als Mindy Clayton im Büro war. Ihre Worte haben aufrichtig geklungen, aber wir können nie wissen, wie die Beziehung wirklich aussieht«, meint Chelsea, doch es ist Rory, die dann das Wort ergreift und ihre Hand auf meine legt.

»Ich denke, du solltest dich auf die Fakten und die Prüfung selbst konzentrieren. Lass alle Sidefacts außen vor und versuche, nicht zu oft die Bilder von Caleb anzusehen. Geh dieses Wochenende aus und unter Leute. Vielleicht vermisst du einen Partner in deinem Leben und hast deshalb das Gefühl, auf Caleb zu stehen.«

»Womöglich. Ich war seit Ewigkeiten nicht aus und denke zu viel nach, wie es scheint.«

»Mach dir keine Sorgen. Ich finde es richtig, dass du mit uns über deine Bedenken redest. Halte uns einfach auf dem Laufenden, und wenn etwas ist, melde dich gleich bei uns, okay?« Ich sehe Chelsea, die mich mit ihren Worten aufgefangen hat, in die Augen und schenke ihr ein erleichtertes Lächeln. Es war die richtige Entscheidung, nicht alles in mich reinzufressen, sondern offen damit umzugehen. Seitdem Rory ihre Beziehung mit Elijah aus Angst verheimlicht hat, weil sie mit unserem Investor zusammen ist, gehen wir entspannter und vor allem offener mit unseren Gefühlen um. Seit unserer Kindheit sind wir ein Team und unzertrennlich, und deswegen hat es Chelsea und auch mich etwas verletzt, dass Rory sich uns damals nicht anvertrauen wollte.

Meine Schwestern waren immer mein Ruhepol und meine Ladestation. Egal was mich beschäftigt, nach einem Gespräch mit ihnen fühle ich mich unbesiegbar, weil sie mir durch ihre Worte Kraft schenken, wie es sonst nur die Musik zu tun vermag. Nach der Mittagspause trete ich entschlossen wieder in mein Büro, schließe die Tür und lehne mich dagegen, um von hier aus zu den bodentiefen Fenstern zu blicken. Um uns herum sind Gebäude, sodass wir absolut kein Grün um uns herum haben, sondern nur auf Stahl oder in andere Räumlichkeiten sehen. Mein einziger Wunsch bei der Suche nach einem neuen Bürogebäude war, dass wir eine bessere Aussicht bekommen.

Ich seufze und blicke auf meinen Schreibtisch, den ich anders als meine Schwestern umgedreht und direkt ans Fenster geschoben habe. So sitze ich zwar mit dem Rücken zur Bürotür, aber ich werde gern von der Sonne geküsst, während ich arbeite. Draußen ist es kalt bei Temperaturen im Minusbereich, aber die Sonne scheint so strahlend, dass man denken könnte, es wäre bereits Frühling.

Motiviert setze ich mich wieder an meinen Schreibtisch und erstelle ein Testungskonzept, das mir leichter von der Hand geht als anfangs erwartet. Da ich Caleb bei unserer Begegnung schon als einen Menschen eingeschätzt habe, der zu seinen Fehlern steht, entscheide ich mit für den Kaffeeunfall als erste Begegnung. Sobald ich alle Notizen ausgearbeitet habe, greife ich nach meiner Tasche und meinem Smartphone, das noch auf dem Tisch liegt.

Laut den Informationen seiner Verlobten ist er die meiste Zeit in der Praxis, im Krankenhaus oder bei seiner Familie, weshalb ich beschließe, heute mit der Observierung zu starten. Ich schnappe mir die Schlüssel eines der Firmenautos, da wir bei Außeneinsätzen nicht unsere privaten Autos verwenden dürfen. In unserer Agentur müssen wir alles tun, um die Identität unserer Mitarbeitenden zu schützen, das gilt natürlich auch für uns selbst.

Während ich vor dem Gebäude parke, in dem sich seine Praxis befindet, blicke ich noch mal auf die Fake-Visitenkarte, die ich ihm später geben werde, wenn alles glatt läuft. Bis jetzt hatte ich keinerlei Gewissensbisse, wenn ich jemandes Treue teste, da ich die Personen in der Regel nicht kenne, doch diesmal ist es anders, da ich Caleb bereits begegnet bin. Die kurze Zeit mit ihm hat mir den Eindruck vermittelt, dass er aufrichtig ist.

Viel Zeit zum Überlegen habe ich gar nicht, denn ich entdecke ihn, wie er aus der Praxis tritt und in geschmeidigen Bewegungen auf sein Auto zugeht. Ich schlucke, als ich ihn beobachte, da mir wieder bewusst wird, dass er wirklich gut aussehend ist und genau meinem Männergeschmack entspricht. Er ist nicht die Art von Mann, die man in einem Magazin anschmachtet, sondern ein Mann mit Klasse und Charme, der das mit seinem ersten Eindruck auszudrücken vermag. Als er losfährt, setze ich meinen Mundschutz auf und folge ihm unauffällig. Normalerweise arbeiten wir mit einer Detektei zusammen, die sich um die Observierung kümmert, doch ich wollte den Fall ganz allein bearbeiten. Es war mir ein Anliegen, dass niemand sonst mit dieser Testung zu tun hat. Hauptsächlich, weil ich mich nicht durch meine Gefühle verraten will, was leicht passieren könnte.

Caleb fährt nicht direkt nach Hause, sondern zu einem Fitnesscenter, wo er zwei Stunden im Inneren verschwindet. Gerade als ich die Observierung abbrechen möchte, tritt er aus dem Gebäude und steigt erneut in sein Auto. Es scheint, dass mir heute das Glück hold ist, denn er macht Halt in einem Coffeeshop, was ich als meine Chance sehe. Normalerweise wäre ich nicht so spontan, sondern würde das erste Aufeinandertreffen besser planen, aber es zieht mich förmlich zu ihm, also knöpfe ich meinen Mantel ganz zu, um Verbrennungen zu vermeiden, und steige aus.

Es ist mein Glück, dass er nicht auf die Umgebung achtet und so direkt mit mir zusammenstößt. Durch den Mantel ist meine Haut vor dem brühendheißen Kaffee geschützt, doch mein armes Herz ist nicht darauf vorbereitet, wie fürsorglich er sich gibt. Er entschuldigt sich aufrichtiger, als ich es je bei einer Person erlebt habe. Ich bin so sprachlos, dass ich beinahe aus meiner Rolle gefallen wäre – so fasziniert bin ich von diesem Mann. Nachdem ich ihm meine Karte gegeben habe, gehe ich an ihm vorbei zum Tresen und spüre seinen Blick im Rücken. Alles in mir drängt mich dazu, mich umzudrehen und ihn anzusehen, doch ich bleibe stark.

Erst als mir drei Becher Kaffee gereicht werden, sehe ich mich wieder um, und wie zu erwarten war, ist er längst gegangen, doch ich kann das Gefühl der Traurigkeit nicht abschütteln, das seine Abwesenheit in meinem Inneren auslöst. Nachdem ich den Kaffee mit Servietten abgetupft habe, sodass ich ohne Rückstände in das Firmenauto steigen kann, fahre ich direkt in die übliche Reinigung, um ihn waschen zu lassen. Ich ziehe mir eine der Jacken an, die ich als Reserve im Kofferraum habe, und fahre wieder ins Büro.

Das Problem ist nur, dass ich mich kaum noch konzentrieren kann. Ich versuche fünfmal, die Personalabrechnung zu machen und die Stunden durchzugehen, doch an Buchhaltung ist jetzt nicht zu denken. Ich spare mir die schwierigen Dinge für morgen auf und nehme mir eine neue Akte zur Hand. Ich hoffe, mich mit einer anderen Testung etwas ablenken zu können, doch selbst nach Feierabend bekomme ich Caleb einfach nicht aus dem Kopf.

Ich bin gerade ins Auto gestiegen, als auch schon ein neuer Anruf eingeht. Der Name, der auf meinem Display im Auto erscheint, zaubert mir ein Lächeln ins Gesicht. »Da ist ja meine Vielfliegerin. Hey Babe«, begrüße ich meine beste Freundin Amber, die daraufhin zu lachen beginnt.

»Na du? Ich habe gehört, du hast waghalsig ein Eichhörnchen vor dem Verbluten gerettet?«, meint sie, und ich sehe das breite Grinsen in ihrem von Sommersprossen übersäten Gesicht vor mir, das ich so liebe. War klar, dass Sam ihr natürlich alles brühwarm erzählen musste, bevor ich es tun konnte.

»Kann dein Bruder nicht einmal seine Klappe halten?«, sage ich lachend, denn wir wissen beide, dass er es eben nicht kann. Gerade seiner Schwester erzählt er für gewöhnlich alles, was sich in seinem Leben abspielt.

»Er ist wie Gossip Girl, also eher nein.«

»Dachte ich mir schon.« Ich seufze auf und wechsle die Fahrspur, doch die Stille lässt auch Amber seufzen.

»Alles okay?«, fragt sie mich, und ich habe keine Ahnung, was ich darauf antworten soll. Ich fühle mich nicht anders als sonst, nur sind es meine Gedanken, die mir keine Ruhe lassen.

»Ich denke schon. Es war einfach ein langer Tag«, sage ich, da ich eigentlich nicht darüber reden will. Das alles ist einfach nur verwirrend, und es nervt mich, dass ich trotz des Gesprächs mit meinen Schwestern diese Gefühle nicht abschütteln kann. Es funktioniert für kurze Zeit, wenn ich abgelenkt bin oder arbeite, doch sobald ich allein bin, wandern meine Gedanken in gefährliches Terrain.

»Wann kommst du wieder?« Meine Freundin arbeitet als Stewardess, weshalb ich sie nicht häufig zu Gesicht bekomme. Wenn sie allerdings da ist, verbringen wir die meiste Zeit miteinander, und unweigerlich ist Sam dann auch dabei. Doch er stört sich nicht an unseren Frauenthemen. Mir scheint, als vermisse er seine Schwester genauso wie ich. Wie ich ist auch er froh, Zeit mit ihr verbringen zu dürfen.

»Ich bin gerade im Hotel und komme dieses Wochenende wieder nach New York.«

»Wirklich? Oh, du glaubst gar nicht, wie froh ich darüber bin.« Meine beste Freundin ist meine Seelenverwandte und bedeutet die Welt für mich. Wenn wir zusammen sind, vergesse ich alles, was mich runterzieht, und habe eine tolle Zeit.

Diese Gefühle hat ein Mann noch nie in mir ausgelöst. Denn anders als meiner Zwillingsschwester fällt es mir schwer, mit Männern zu flirten, die ich nicht kenne.

»War klar, dass du mich vermisst. Kümmert sich Sam nicht gut um dich?«

»Doch, er erfüllt seine Pflichten als großer Bruder fleißig, auch wenn er zu viel nörgelt, wenn du mich fragst.«

»Tut er das nicht immer? Ich bin seine Schwester und kenne ihn nur im Nörgelmodus.«

»Der Arme wird diesen Titel als Nörgelmeister wohl nie los, was?«

»Niemals. Ich fühle mich auch gar nicht schuldig, dass ich diesen Spitznamen damals in der Highschool für ihn erfunden habe.«

»Aber er nimmt es dir immer noch übel.«

»Soll er doch. Er hat mich mit seinen Streichen in den Wahnsinn getrieben. Es war wohlverdiente Rache.«

»Memo an mich: Niemals Amber zu sehr ärgern, sonst macht sie mich öffentlich fertig.«

»Merk dir das, ja. Die New York Times würde sich über deine Eskapaden im betrunkenen Zustand sicherlich freuen.«

»Du bist so böse«, sage ich und unterdrücke ein Gähnen, das von einem Magenknurren abgelöst wird.

»Du hast Hunger, oder?«

»Das hast du gehört?«

»Entweder ist dein Mikrofon einfach spitzenmäßig oder dein Magen zu laut.« Ihre Aussage bringt mich zum Lachen.

»Vielleicht ist es eine Mischung aus beidem.«

»Dann hol dir etwas zu essen. Oder bist du, seit ich weg bin, eine fabelhafte Köchin geworden?«, fragt sie mit sarkastischem Unterton.

»Ähm, nope, aber danke, dass du es überhaupt in Erwägung

ziehst. Du kennst mich doch. Die Küche ist für mich der Ort, um Pakete abzustellen und Kartons zu lagern.«

»I see. Also alles beim Alten, oder?« Ich würde gern mit Ja antworten, doch da ist noch eine Sache, die mich beschäftigt, von Caleb mal abgesehen.

»Leider wurde in unserer Gegend mal wieder eingebrochen. Das macht mir ein wenig zu schaffen.«

»Schon wieder? Das gibt's doch nicht. Kannst du nicht umziehen?«

»Umziehen? Ich habe eine perfekt aufgeteilte und neu sanierte Wohnung zu einem günstigen Preis gekauft. Das bekomme ich bei den jetzigen Immobilienpreisen niemals wieder.«

»Da ist was dran. Aber was können wir machen, damit du dich wieder sicher fühlst? Willst du nicht für eine Weile in meine Wohnung gehen oder zu Sam ziehen?«

»Großer Gott, nein! Sam und ich würden uns an die Gurgel gehen, und du und ich würden uns in die Haare kriegen, weil du immer meine Kleider mopst.«

»Stimmt, das würde in einem Massaker enden.«

»Ihh, Blut. Gleich wird mir schlecht. Aber jetzt im Ernst, ich habe mir überlegt, einen Hund aus dem Tierheim zu adoptieren.«

»Ehrlich? Hmm.« Sie überlegt und ist eine Weile still, ehe sie wieder das Wort ergreift.

»Das ist eine tolle Idee. Niemand liebt einen Spaziergang mehr als du, und wenn du dann Gesellschaft hast, ist es noch schöner und natürlich sicherer. Sowohl draußen als auch in den eigenen vier Wänden.«

»Ich werde wohl mit Sam zu einem Tierheim seines Vertrauens gehen und mich umsehen und darauf hoffen, dass es klick macht.«

»Das klingt nach einer guten Sache, wenn du mich fragst. Reden wir noch mal darüber, wenn ich wieder da bin?«

»Geht klar. Pass auf dich auf und komm heil wieder an.«

»Mach ich. Bye, lieb dich.«

»Ich lieb dich auch.«

Sollte es mir Sorgen machen, dass die meisten Personen in meinem Freundeskreis Single sind wie ich? Außer Rory, die mit Elijah zusammen ist, suchen Sam, Amber, Chelsea, Lindsay, Piper, Andrew, Fabrizio und ich nach dem oder der Richtigen. Daten wird immer schwieriger, weil die meisten keine richtige Beziehung anstreben oder unsere Ansprüche einfach sehr hoch sind. Was es auch ist, es macht mich einsam.

Als ich Sams Praxis betrete, ist er gerade dabei, aufzuräumen, da er bald schließen wird. Ich habe uns Pizza und Bier geholt, doch er ist so in seine Arbeit versunken, dass er mich nicht bemerkt.

Wenn ich ihn so beobachte, frage ich mich ernsthaft, wieso er noch Single ist. Denn anders als bei mir ist er ein Frauenmagnet, doch jedes Mal, wenn es ernster wird, macht er einen Rückzieher. Es wirkt so, als wolle er einer Beziehung um jeden Preis aus dem Weg gehen, auch wenn er sich beschwert, dass er einsam ist.

Soll ich ihn verkuppeln?

Er dreht sich um und erschrickt, als er mich entdeckt.

»Hey, was machst du hier?«, fragt er mich, und schnell weicht sein erschrockener Gesichtsausdruck einem liebvollen Lächeln.

»Ich komme in Frieden und habe Pizza«, sage ich und verstelle meine Stimme, sodass ich wie ein Alien klinge.

»Dann immer herein in die gute Stube.« Er deutet mit der Hand auf den Wartebereich und schiebt ein paar fein gestapelte Magazine zur Seite.

»Essen wir nicht im Pausenraum?«

»Da habe ich gerade den Boden gewischt, also müssen wir mit dem Raum hier vorliebnehmen.«

»Auch gut. Hier nimm.« Ich reiche ihm den Pizzakarton und die Tüte mit dem Bier.

»Du hast ans Feierabendbier gedacht«, stellt er erfreut fest und verteilt alles auf dem Tisch.

»Habe ich dich in dieser Hinsicht je enttäuscht?«

»Natürlich nicht. Auf meine Sierra ist immer Verlass.«

Wir setzen uns und machen uns über unsere Pizza mit Anchovis und viel Käse her. Nachdem wir beide ein Stück verdrückt haben, öffnen wir unsere Bierdosen, stoßen an und nehmen einen kräftigen Schluck.

»Gott, fühlt sich das gut an. Nichts ist besser als ein kaltes Bier nach Feierabend.«

»Ich finde es immer noch seltsam, dass du nur nach der Arbeit Bier trinkst. Wenn wir in einer Bar sind, greifst du nie danach.«

»Ich verbinde mit dem Getränk den Abschluss eines Arbeitstages. Es schmeckt mir auch nur dann. Am Wochenende greife ich lieber zu Longdrinks oder Whiskey.«

»Endlich ergibt alles Sinn. Auch wenn deine Trinkgewohnheiten merkwürdig sind.«

»Sagt diejenige, die mal nach drei Flaschen Bier nicht mehr wusste, wo sie war.«

»Hey, ich hatte vorher ein halbes Jahr keinen Tropfen Alkohol getrunken.«

»Mag sein, aber ich habe Videos, die das Ausmaß zeigen.«

»Warte. Hast du das nicht gelöscht?«

»Natürlich nicht. Das werde ich auf deiner Hochzeit abspielen lassen.«

»Du mieser Verräter. Lösch es. Sofort!«, sage ich genervt,

und als er sein Smartphone provokativ in die Hand nimmt, tue ich alles, um es ihm zu entreißen. Er kennt meinen Entsperrcode und ich auch seinen, sodass es ein Leichtes wäre, das Video zu finden und zu vernichten. »Gib her!«, rufe ich aus und klettere fast auf ihn drauf, doch der Mistkerl hat so lange Arme, dass ich es nicht greifen kann.

Dass ich halb auf ihm liege, ist mir völlig egal, denn ich muss dieses Video haben. Während wir uns kabbeln, wird die Tür zur Praxis geöffnet. Erschrocken sehen wir zum Eingangsbereich, wo niemand Geringeres als Caleb Barnes eintritt.

7. KAPITEL

Caleb

Ich blicke auf die Visitenkarte in meiner Hand und wiege sie hin und her. Der Zusammenprall mit Sara Thompson lässt mich noch immer nicht los. Das schlechte Gewissen nagt an mir, weil ich ihren Mantel eingesaut habe, der meiner Meinung nach teuer ausgesehen hat. Und das nur, weil ich in Gedanken versunken war. Ich lege die Karte vor mich hin und sehe auf meine Armbanduhr. Ich habe noch eine gute halbe Stunde, bis mein nächster Patient kommt. Also kreise ich meinen Nacken und versuche in mich zu gehen, ehe ich das Mailprogramm öffne und tippe.

> Sehr geehrte Miss Thompson,
> ich bin der Übeltäter, der Ihren Mantel mit Kaffee getränkt hat, was mir noch immer leidtut. Ich habe nicht aufgepasst, und Sie mussten darunter leiden. Es ist mir ein Anliegen, mich in aller Form für den Fauxpas zu entschuldigen und wie versprochen die Kosten für die Reinigung zu übernehmen. Bitte seien Sie so freundlich und senden Sie mir die Rechnung nach Erhalt zu. Den Betrag werde ich Ihnen dann auf Ihr Konto überweisen. Ansonsten hoffe ich, dass Sie wohlauf sind und sich nicht allzu sehr über mich geärgert haben.
> Mit besten Grüßen
> Dr. Caleb Barnes

Ich lese die Mail noch mal quer und versende sie. Im selben Moment klopft es an der Tür, und Tina betritt mit einem Präsentkorb und einem Geschenk den Behandlungsraum.

»Bist du beschäftigt?«, fragt sie vorsichtig und schließt die Tür hinter sich.

»Nein, ich habe Zeit. Was ist denn das?«

»Wieder mal ein Geschenk eines ehemaligen Patienten.« Ich lächle in mich hinein, denn diese Art von Geschenken bekomme ich sehr oft, und ich bin immer wieder aufs Neue gerührt. All die Geschenke, die ich erhalte und die von den kleinen Händen selbst gefertigt worden sind, hebe ich auf, um mich immer daran zu erinnern, dass meine Arbeit wichtig ist. Ich stehe auf und nehme Tina den Korb ab, der ziemlich schwer ist. Enthalten sind verschiedene Snacks, Wein, Käse, verpackte Wurst und Süßigkeiten. Alles wurde in Cellophan eingewickelt und wird durch eine goldene Schleife zusammengehalten.

»Hier noch ein Geschenk, das so aussieht, als hätte es der Patient selbst verpackt.«

»Das macht es umso schöner.« Ich nehme das rechteckige Geschenk entgegen und reiße das Papier auf. Ich habe noch nie die Geduld aufbringen können, Geschenkpapier sachte zu öffnen, dafür bin ich einfach zu neugierig. So war es in meiner Kindheit, und so ist es auch heute noch. Das Geschenk entpuppt sich als ein Bilderrahmen mit einer Kinderzeichnung, die mich zum Strahlen bringt.

Darauf ist ein kleiner Junge im Bett mit einer zu großen Nase gezeichnet, der aber lächelt und mit dem Daumen nach oben zeigt. Neben sich hat er seine Mutter gezeichnet und mich am Bett stehend. Das Witzige daran ist, dass Felix und ich ein Supermankostüm tragen. Das Bild in meiner Hand ist mein Award, meine Auszeichnung, die mir zeigt, dass ich meinen Job richtig mache. Dass es Menschen gibt, die mir vertraut und ihr Leben in meine Hände gelegt haben. Meine Arbeit ist mit einer großen Verantwortung verbunden, und auch wenn es mich manchmal nervös macht und ich Selbstzweifel habe, machen Geschenke wie dieses alles wieder wett.

»Felix geht es wohl wieder besser«, meint Tina, die neben mir steht und das Bild betrachtet. Auch sie kann nicht aufhören zu lächeln.

»Sieht danach aus. Der Kontrolltermin ist super verlaufen, und es gab keinerlei Komplikationen. Er war wirklich tapfer.«

»Ja, unsere lieben Kinder sind oft stärker als ihre Eltern, und sie sind immer ehrlich. Deswegen mag ich sie auch so.« Man sagt doch, dass Kinder ihr Herz auf der Zunge tragen und aufrichtig sind, auch wenn es nicht zur Situation passt, und genau das gefällt mir so an ihnen. Sie spielen einem nichts vor und sagen, was sie denken.

»Du bist wirklich geboren für diesen Job, oder?«, frage ich sie, da sie nie ein Geheimnis daraus macht, wie sehr sie die Arbeit mit den Kindern liebt. Sie wäre die perfekte Mom, doch sie möchte noch eine Weile warten, da sie sich gerade erst verlobt hat.

»So wie du, ja«, meint sie und klopft mir freundschaftlich auf die Schulter. Auch da wird ihr jeder zustimmen, selbst die, die daran gezweifelt haben, ob dieser Beruf überhaupt zu mir passt.

»Ich kann mir gar nicht vorstellen, etwas anderes zu tun.«

»War dein Dad damals sehr geknickt, dass du nicht im Familienunternehmen arbeiten möchtest?« Bei der Erwähnung meines Vaters muss ich an den Tag denken, an dem ich meinem Dad mitteilte, dass ich nicht CEO unserer Hotelkette werden möchte, sondern Medizin studieren will. Er hat es nicht gut aufgenommen und war überzeugt, dass ich einen großen Fehler begehe, wenn ich nicht ins Familienunternehmen einsteige. Das hat dann stattdessen mein Bruder übernommen, was meinen Vater besänftigt hat.

»Anfangs schon. Er wollte immer, dass wir das tun, was uns glücklich macht, und für Morgan hat es einfach gepasst, CEO zu sein. Meine Träume gingen in eine völlig andere Richtung.«

»Kaum zu glauben, dass es schon zwei Jahre her ist, seit du die Praxis eröffnet hast. Es läuft sehr gut.«

»Manche Dinge sind vorherbestimmt, daran glaube ich fest.«

»Da haben wir etwas gemeinsam. Meine Nichte glaubt noch immer fest daran, dass Xander und sie einmal heiraten werden«, sagt sie und kichert hinter vorgehaltener Hand.

»Ist mein Neffe etwa jetzt schon ein Mädchenmagnet?«

»Wie es scheint, ja. Wann kommt uns denn der kleine Mann wieder besuchen? Ich habe ein paar Zeichnungen, die an den hoffentlich glücklichen Bräutigam übergeben werden müssen«, fragt sie mich, als ich das Bild auf meinen Schreibtisch lege. Ich kann nicht aufhören zu grinsen, da Xander total nach mir kommt und nicht nach seinem Dad. Ich wurde in meiner Kindheit auch von Mädchen umschwärmt, obwohl ich eigentlich nur in Ruhe gelassen werden wollte. Später, als Teenie, hat sich das verändert, aber das ist ein anderes Thema.

»Bald ist sein Kontrolltermin, dann seht ihr ihn mal wieder. Ich muss ihn nur noch im Kalender eintragen.«

»Die Gartenparty deines Bruders ist schon wieder eine Weile her. Ich habe es geliebt, als er uns mit dem Mikro was vorgesungen hat. Das war wohl auch der Moment, in dem es um meine Nichte geschehen war.«

»Ja, da hat er sich einige Fans gesichert.« Tina richtet sich ihren Pferdeschwanz, ehe sie sich mir zuwendet.

»Na schön, dann lass ich dich mal wieder in Ruhe, wollte dir nur dein Geschenk geben.«

»Ist gut, danke fürs Vorbeibringen. Du weißt, wie sehr mich diese Aufmerksamkeiten aufheitern.«

»Dann ist meine Arbeit hier getan. Bis später.«

»Bis dann.«

Auch wenn es uns durch unsere Termine und Arbeitszeiten erschwert wird, schaffen Mindy und ich es heute, gemeinsam zu Mittag zu essen. Damit sie keinen so weiten Fußweg hat, habe ich uns einen Tisch in einem italienischen Restaurant reserviert, das sich unweit des Museums befindet. Für mich ist die Anfahrt zwar weit, doch ich finde es besser, wenn ich meine Pause verlängere und nicht sie. Als ich das Restaurant betrete, sitzt sie schon am Tisch und tippt etwas in ihr Smartphone.

»Hallo Schatz«, begrüße ich sie und winke ihr leicht zu. Kurz zuckt sie zusammen, bevor sie ihr Handy weglegt und mich schließlich anlächelt.

»Hast du mich erschreckt. Hey.« Sie steht auf und gibt mir einen viel zu kurzen Kuss auf den Mund.

»Entschuldige, das war keine Absicht.« Sobald wir sitzen, greife ich nach ihrer Hand und streichle mit dem Daumen über ihren Handrücken. Jetzt, wo ich sie berühre, merke ich, wie sehr ich sie vermisst habe. Der Stress der letzten Tage hat auch etwas Gutes an sich, denn auch wenn wir uns nicht oft sehen konnten, weil sich unsere Schichten überschnitten haben, nehme ich ihre Präsenz klarer wahr und weiß zu schätzen, was ich an dieser wunderbaren Frau habe, die bereits ein Jahrzehnt an meiner Seite ist.

»Was soll dieses Lächeln bedeuten?«, fragt sie mich und holt mich wieder aus meinen Gedanken, die ihr gegolten haben. Ich blicke von ihrer Hand auf ihr hübsches Gesicht und versinke wie schon so oft in ihren blauen Augen. Alles an dieser Frau gefällt mir, und ich würde nichts an ihr ändern wollen.

»Das wird wohl ein verliebtes Lächeln gewesen sein«, sage ich wahrheitsgemäß, was sie erneut zusammenzucken lässt. Ich denke mir nichts dabei und nehme die Karte entgegen, die uns der Kellner reicht. Nachdem wir unsere Bestellung aufgegeben haben, blicke ich auf meine Verlobte, die ziemlich still geworden ist.

»Alles okay?«

»Hmm, es ist alles gut. Ich frage mich einfach, wie mein Leben aussehen würde, wenn ich andere Entscheidungen getroffen hätte.« Ihre Worte sind nachdenklich, und in ihnen schwingt auch ein wenig Wehmut mit.

»Von welchen Entscheidungen sprichst du genau?« Sie dreht den Kopf in meine Richtung und sieht mich aus trüben Augen an. Für einen Moment schweigt sie. Und erst als die Stille unerträglich wird, kommt mir ein Gedanke. *Geht es hier um uns?*

»Was ist los, Mindy? Rede mit mir. Egal was es ist, du kannst es mir sagen.« Meine Worte lassen sie seufzen, ehe sie schwach lächelt.

»Die Arbeit macht mir zu schaffen. Meine Tage sind vollgepackt mit Terminen und Meetings, und ich habe das Gefühl, nicht durchatmen zu können.«

»Wieso redest du nicht mit dem Direktor? Wenn du dich überfordert fühlst, musst du ihm das sagen.« Sie spielt mit der Stoffserviette und sieht mich nicht an, während sie spricht. Offensichtlich ist es schlimmer, als ich gedacht habe.

»Das werde ich tun, sobald wir die viktorianische Ausstellung beendet haben. Sie ist wichtig für meine Zukunft und könnte auch in meine Beförderung einfließen.«

»Aber deine Gesundheit sollte dir wichtiger sein. Soll ich mal mit ihm reden?«, frage ich vorsichtig, da sie es eigentlich nicht mag, wenn ich mich in ihre Arbeit einmische.

»Nein! Du kannst erstens nichts ausrichten, und zweitens sollte ich mich darum kümmern. Immerhin ist es mein Job.«

»Das verstehe ich. Ich mache mir nur Sorgen.«

»Ich bekomme das hin. Bis jetzt hat es auch super geklappt. Aber lass uns nicht mehr über meine Sorgen sprechen. Wie läuft es bei dir?«

»Auch heute war volles Haus. Ein paar Kinder mussten länger warten, da ich mir viel Zeit für die schwierigen Fälle genommen habe. Aber ich habe es trotzdem geschafft, pünktlich loszufahren.«

»Und sonst? Was hast du die letzten Abende getrieben, als ich arbeiten musste?« Plötzlich kommen mir Sierra und das Eichhörnchen in den Sinn, wobei meine Gedanken sich hauptsächlich um die Frau drehen, die mich zur Schnecke gemacht und mir dann doch geholfen hat.

»Ich habe ein Eichhörnchen vor dem sicheren Tod bewahrt.«

»Warte, du hast was?«, fragt sie ungläubig, und ich würde an ihrer Stelle wohl genauso reagieren.

»Ich ging spazieren, und da fiel mir ein verletztes Tier auf, das im Begriff war, auf die Straße zu laufen. Ohne groß darüber nachzudenken, lief ich ihm nach und wäre fast von einem Auto überfahren worden.«

»Was? Wie kannst du so leichtsinnig sein?«

»Das hat mich die Fahrerin auch gefragt, nur nicht so nett wie du. Sie hat eher gebrüllt und mir die Leviten gelesen. Ich habe ihr dann erklärt, dass ich ein verletztes Tier in der Hand halte, das sogar so schwach war, dass es nicht flüchten konnte. Daraufhin hat sie ihren besten Freund angerufen, der zufällig Tierarzt ist, sie hat mich zur Praxis gefahren, wo der Arzt sich um das Tier kümmern konnte.« Als ich mit meiner Erzählung fertig bin, bricht Mindy in schallendes Gelächter aus, das so laut ist, dass sich einige andere Leute zu uns umdrehen.

»Was ist so witzig?«, frage ich peinlich berührt, da ich ihre Reaktion in dieser Form nicht erwartet habe. Unbehagen breitet sich in mir aus, weil mich ihre Reaktion kränkt.

»Ich meine, dass du ein guter Mensch bist, weiß ich, aber dass du dein Leben so leichtsinnig aufs Spiel setzt, ist mir neu. Ich meine, das ist wohl das Dümmste, das du je getan hast.«

»Das Dümmste?«, frage ich irritiert, da die Worte hart sind und sie noch nie so über mich geredet hat.

»Ja, überleg doch mal. Wärst du gestorben, dann wäre auch das Tier tot, und wofür? Das kann doch nicht dein Ernst sein.« Ich habe nicht erwartet, dass Mindy mir applaudieren wird, weil ich waghalsig gehandelt habe, aber dass sie mich auslacht, ist wie ein Schlag ins Gesicht.

»Wieso ziehst du das so ins Lächerliche?«

»Weil es lächerlich ist, Caleb. Jeder würde so reagieren. Diese Frau hat dich doch auch angeschrien.«

»Ja, aber als sie gesehen hat, wie schlimm es um das verletzte Tier steht, war alles verflogen. Sie wollte ihm auch helfen.« Mindy wischt sich eine Lachträne aus den Augen. Schließlich scheint sie zu merken, dass mich ihre Worte verletzen. Ihre Miene wird undurchdringlich, als sie die Hände auf dem Tisch ablegt und mich betrachtet.

»Dann stimmt in meinen Augen mit euch beiden etwas nicht.«

»Wieso tust du das?«

»Was?«, fragt sie empört, als würde sie nicht sehen, dass mich ihre Reaktion getroffen hat. Mindy war immer ein feinfühliger Mensch, vor allem mir gegenüber. Ihr Vater ist ein Kontrollfreak, und bei mir hat sie immer die Beständigkeit bekommen, nach der sie sich gesehnt hat – genau wie Liebe und

Verständnis. Nun gleicht sie kaum noch der Frau, der ich mit zitternden Händen den Verlobungsring angesteckt habe.

»Ich erzähle dir, dass ich durch meinen Einsatz einem Tier das Leben retten konnte, und du lachst mich aus und zweifelst an meinem Verstand.« Nun scheint sie das Ausmaß ihrer Worte zu realisieren, doch statt eine versöhnliche Miene aufzusetzen, rümpft sie die Nase und hebt empört eine Braue an.

»Darf ich nicht mehr lachen?«

»Wie bitte?«, frage ich, weil ich mit einer Entschuldigung gerechnet habe und nicht mit einer Gegenfrage. Die Situation, in der wir uns befinden, wird immer mehr zu einer Farce, die so gar nicht zu uns passt.

»Hast du nicht gemerkt, wie lange es her ist, dass ich wirklich gelacht habe, Caleb? Merkst du nicht, wie wir uns langsam, aber sicher voneinander entfernen?« *Tun wir das?* Ich weiß, der Alltag wirkt sich auf unsere Beziehung aus, aber dass wir so stark ins Negative abdriften, ist für mich neu.

»Wir hatten viel zu tun, aber die Arbeit hat unsere Zeit eingeschränkt, nicht unsere Liebe.« Sie schüttelt den Kopf und verschränkt die Arme vor der Brust.

»Liebe? Caleb, wir gehen uns gerade an die Gurgel, weil ich dein Handeln nicht nachvollziehen kann.«

»Wir streiten. Das tun alle Paare mal.«

»Ja, aber entweder streiten wir oder wir machen einander Vorwürfe.« Natürlich spielt sie auf meine Enttäuschung der letzten Wochen an.

»Du kannst es mir nicht verübeln, dass ich dich vermisse.«

»Nein, aber das macht es mir schwer, mich auf die Arbeit zu konzentrieren.«

»Das habe ich nicht beabsichtigt, aber ich will einfach nicht, dass wir uns entfremden und die Liebe in den Hintergrund rückt.«

»Ist sie das nicht schon?«, fragt sie und raubt mir mit diesen Worten sprichwörtlich den Atem. Wie geschlagen zucke ich zusammen. *Wie konnte unser Gespräch in diese Richtung umschlagen?*

»Hast du keine Gefühle mehr für mich? An meinen hat sich nicht das Geringste geändert.«

»Ich habe in letzter Zeit das Gefühl, als würden wir stillstehen und weder vor noch zurück können.« Ich höre, was sie sagt, doch die Bedeutung der Worte dringt nur langsam in mein Bewusstsein. Meine Atmung geht schneller, und meine Welt beginnt zu wanken.

»Ich dachte, wir haben es geschafft. Sind stärker geworden.« Ich denke an die harten Zeiten während meines Medizinstudiums, die Phase, in der ich alles hinschmeißen wollte. Damals war es Mindys Glaube an mich, der mich wieder daran erinnert hat, wieso ich Arzt werden wollte. Als bei ihr ein gutartiger Tumor in der Hand diagnostiziert wurde, war ich an ihrer Seite, bis alles überstanden war. Wir waren ein Team, ein Paar, das allem, was kam, getrotzt hat und stark füreinander geblieben ist. Doch nun stehen die Dinge anders.

»Das habe ich auch gedacht, aber jetzt merke ich einfach, dass du zu gut für mich bist.«

»Was? Wo kommt dieser Unsinn her, Mindy?« Sie hatte noch nie mit einem mangelnden Selbstwertgefühl zu kämpfen. Sie weiß, wer sie ist, und steht immer für sich ein.

»Du bist immer der Gute in dieser Beziehung gewesen, Caleb.«

»Und du die Böse, oder was?«

»Ja, in gewisser Weise schon.«

»Wo kommt das alles plötzlich her? Schatz, du bist zu gut für *mich*«, flüstere ich und greife nach ihrer Hand. Ich hoffe, dass sie in meinen Augen erkennen kann, dass sie das Beste ist, das mir in meinem Leben je passiert ist. Dass sie all das Gute repräsentiert, wenn sie meinen Worten schon nicht glauben kann. Sie sieht mich mit Tränen in den Augen an, ist lange still, sodass ich innerlich tausend Tode sterbe. Ich will sie mit Fragen bombardieren, will wissen, was mit uns los ist und wie ich alles wieder kitten kann, doch ich kenne sie. Wenn ich sie überfordere, macht sie sofort dicht. Als sie schließlich seufzt und lächelt, lasse ich die Luft entweichen, die sich in meinen Lungen angestaut hat.

»Ich zweifle im Moment an so vielen Dingen, Caleb. Auch an uns, aber das wusstest du schon. Du weißt, dass ich dich liebe. Dass ich dich immer geliebt habe, aber manchmal habe ich das Gefühl, dass wir eher Mitbewohner und Mitbewohnerin sind als ein Paar.«

»Es tut mir leid, dass du so empfindest. Für mich ist alles noch dasselbe. Was können wir tun, damit es besser wird? Wir könnten eine Paartherapie machen? Soll ich mir eine Woche freinehmen, damit wir ans Meer fliegen können?«

»Wir müssen beide arbeiten«, antwortet sie sofort.

»Lass die verdammte Arbeit einfach Arbeit sein! Das Museum wird nicht in Chaos verfallen, wenn du eine Woche nicht da bist, und die Kleinen, die in meine Praxis kommen würden, kann ich an einen Kollegen weiterempfehlen oder die Termine verschieben. Wir sollten uns wichtiger sein.«

»Aber Isaac und ich müssen das Projekt auf jeden Fall in Angriff nehmen und …« Dass sie es nicht mal in Betracht zieht, die Rettung unserer Beziehung an erste Stelle zu setzen, lässt mich enttäuscht und verbittert werden. War ich vorhin noch bereit, sie anzuflehen, mit mir nach einer Lösung unseres Problems zu suchen, ist nun der Punkt gekommen, an dem ich nicht mehr weiterweiß.

»Weißt du was? Vergiss es. Geh zu deinem Isaac und rette

das Museum, das dich nur ausnimmt. Wenn du nicht um unsere Beziehung kämpfen willst, dann sollte ich das auch nicht tun.«

»Caleb, versteh doch …«

»Ich will nicht verstehen. Das habe ich die letzten Jahre über getan. Ich war immer für dich da, während für dich die Arbeit und alles andere wichtiger war. Jetzt, wo ich dich bitte, gemeinsam mit mir um unsere Beziehung zu kämpfen, entscheidest du dich dagegen, aber jetzt möchte ich einfach nichts mehr von dir hören. Ich habe genug, verstehst du?« Ich erhebe mich, als der Kellner mit unseren Tellern kommt, und verlasse ohne ein weiteres Wort das Restaurant. Draußen atme ich tief ein und aus, doch das mindert den Schmerz nicht, sondern lässt mich ihn nur noch bewusster wahrnehmen.

Es ist eine Erleichterung, dass der Nachmittag prall gefüllt ist mit Arbeit. Ich muss einen Notfallpatienten behandeln, ehe der Rettungswagen kommt und den kleinen Ben ins Krankenhaus bringt. In den Stunden, die vergangen sind, habe ich nicht ein Mal auf mein Smartphone sehen können, geschweige denn einen Moment verschnaufen können. Als ich mich schließlich bewusst hinsetze und es schaffe, einen Blick auf mein Handy zu werfen, entdecke ich zwei Nachrichten: Die eine ist von Mindy. Sie entschuldigt sich für heute Nachmittag und teilt mir mit, dass sie sich für morgen freigenommen hat, damit wir in Ruhe reden können.

Die andere Nachricht ist von ihrem Vater, meinem zukünftigen Schwiegervater, der sich ebenfalls in nächster Zeit mit mir treffen will. Im Krankenhaus ist er mein Vorgesetzter, aber aufgrund unserer strengen Operationspläne können wir nur selten ein Wort miteinander wechseln. Auch wenn es schön ist, nach langer Zeit von ihm zu hören, öffne ich zunächst erneut die Chatnachricht meiner Verlobten.

Ich bin erleichtert, dass sie sich gemeldet hat, doch ich bin noch nicht so weit, mit ihr zu reden. Ihre Worte haben mich getroffen, und ich brauche noch Zeit, ehe ich ihr gegenübertreten kann.

Am Abend setze ich mich hinters Steuer, lege meine Hände aufs Lenkrad und atme tief durch. Dieser Tag war zu viel. Zu voll mit Arbeit, dem Streit und der Unsicherheit. Da tut ein Moment der Ruhe richtig gut. Es ist früher Abend, und irgendwie möchte ich nicht nach Hause fahren, wo ich wieder allein mit meinen Gedanken wäre. Unweigerlich denke ich an den Vorfall mit dem Eichhörnchen und an die Frau, der ich dadurch begegnen durfte. Beim Gedanken an ihren nie enden wollenden Wortschwall muss ich lächeln, und das zum ersten Mal an diesem Nachmittag.

Ich frage mich, wie es wohl dem Tier geht, für das ich mein Leben riskiert habe. Ein Anruf würde genügen, doch irgendwie muss ich es selbst sehen, um sicherzugehen. Ich blicke auf mein Smartphone und stelle fest, dass die Praxis in einer halben Stunde schließt, somit habe ich genügend Zeit, hinzufahren und nachzufragen. Spontane Ideen sind meist meine besten, also starte ich den Wagen und fahre zur Praxis.

Als ich sie betrete, bleibe ich jedoch überrascht stehen, denn dort im Wartebereich sehe ich Sierra, die gerade im Begriff ist, auf den Tierarzt zu krabbeln – offensichtlich, um ihm etwas aus der Hand zu reißen. »Hallo. Entschuldigt, ich wollte hier nicht so reinplatzen, aber ich dachte, die Praxis ist noch geöffnet«, sage ich und werfe einen Blick auf meine Armbanduhr. Es ist genau neunzehn Uhr, also sollte die Tür schon verschlossen sein.

»Ich habe mal wieder vergessen abzuschließen, aber das macht nichts. Schön, Sie wiederzusehen«, meint der Tierarzt, schiebt die erstaunt dreinblickende Sierra einfach von sich und steckt sein Smartphone in die Hosentasche. Er erhebt sich, als ich auf die beiden zukomme, und reicht mir die Hand.

»Gleichfalls. Ich bin Caleb. Wir hatten beim letzten Mal nicht die Zeit, uns vorzustellen. Ich hoffe, es ist okay, dass ich dich duze?«

»Das ist völlig in Ordnung. Ich bin Samuel, schön, dich kennenzulernen.«

»Ich wollte nicht lange stören, sondern mich nur nach dem Befinden des Eichhörnchens erkundigen.« Ich gehe auf die junge Frau zu und reiche auch ihr meine Hand zur Begrüßung, und die Freude, die ich empfinde, ist echt. Auch wenn wir einen holprigen Start hatten, freue ich mich, diese Frau mit dem Feuer in den Augen wiederzusehen.

»Du störst doch nicht. Es sagt viel über dich aus, dass du wieder hergekommen bist, um das zu fragen«, meint der Tierarzt und zieht sich wieder den Kittel über das langärmelige Shirt.

»Tut es das?«, frage ich neugierig.

»Es ist nicht dein Haustier, aber du machst dir Sorgen um den kleinen Kerl«, antwortet Sierra für ihn und sieht mich mit einer Mischung aus Faszination und Unglaube an.

»Kommt. Ihr könnt beide gern Hallo zu Lucky sagen.«

»Lucky?«, fragt Sierra überrascht, und auch mir ist es neu, dass der Kleine einen Namen hat.

»Ich fand den Namen ganz passend, da er wirklich Glück hat, noch am Leben zu sein.«

Wir drei gehen durch eine Tür in einen anderen Raum, dessen Boden und Wände gefliest sind. Überall im Raum befinden sich Käfige mit Tieren sowie Regale mit unterschiedlichen Apparaturen und Medikamenten. Das Weiß lässt den Raum zwar kalt wirken, doch jedem der Käfige wurde eine bunte Decke beigefügt. Neben einem der schlafenden Hunde liegt sogar ein Kuscheltier. Auch wenn hier professionell gearbeitet wird, scheint Samuel liebevoll mit seinen Patienten umzugehen, ähnlich wie ich. Die unterschiedlichen Tiere, die sich in den Käfigen befinden, sind entweder sediert oder schlafen. Hinten im Raum unter einer Wärmelampe sehen wir den kleinen Kerl, der umwickelt mit Bandagen auf einer Decke liegt und schläft. Selbst wenn er ruht, macht er einen ausgemergelten Eindruck, was angesichts der turbulenten Zeiten, die hinter ihm liegen, auch verständlich ist. Mein Herz wird schwer bei diesem Anblick.

»Wie ist sein Zustand?«, frage ich und blicke auf das kleine Fellknäuel. Vor meinem inneren Auge sehe ich noch immer sein Blut, das sich auf meiner Hand und später auf meinen Klamotten verteilt hat.

»Er ist über den Berg, und seine Wunden sehen gut aus. Er kommt durch.« Sierra und ich atmen gleichzeitig aus und sehen uns daraufhin erleichtert an.

»Das freut mich. Es sah nicht gut aus für das kleine Fellknäuel.« Der mitfühlende Ton in Sierras Stimme zeigt, dass auch sie um den Kleinen gebangt hat.

»Ich habe mich gut um ihn gekümmert. Morgen wird er allerdings von den Mitarbeitenden der Auffangstation für Wildtiere abgeholt. Dort wird er aufgepäppelt, bis er wieder in die Freiheit entlassen werden kann.«

»Schön, dass er durchkommt«, sage ich und gehe neben Sierra in die Hocke, um den Kleinen zum Abschied zu streicheln. Dabei komme ich ihr ungewollt näher, da wir Hüfte an Hüfte vor dem Käfig hocken und sich unsere Oberschenkel berühren. Ich streichle kurz über die Pfote des Tieres und erhebe mich hastig. Sierra scheint sich zu sehr auf das Tier zu fixieren, um zu bemerken, dass ich in ihre Komfortzone eingedrungen bin.

»Ich werde mich mal auf den Weg machen. Danke, dass ich mich von Lucky verabschieden durfte und dass du dich um das Eichhörnchen gekümmert hast.« Ich reiche Sam meine Hand, die er umschließt und schüttelt. Plötzlich klingelt das Telefon, woraufhin Samuel den Raum verlässt. Sierra und ich bleiben allein zurück und sehen beide auf unsere Füße. Ich sollte gehen, aber irgendwie graut es mir davor, wieder allein zu sein. Der Geruch von Pizza dringt in meine Nase, und mein Magen beginnt laut zu knurren. Das Geräusch ist so laut, dass sogar einer der dösenden Hunde ein Ohr aufstellt. Da ich mich mit Mindy während der Mittagspause gestritten habe, habe ich das Essen vergessen.

»Du hast wohl Hunger. Möchtest du etwas essen? Wir haben noch genug Pizza da.« Ich will gerade antworten, als Sam im Türrahmen erscheint und Sierra ansieht.

»Tut mir leid, ich muss zu einem Notfall aufbrechen. Iss noch in Ruhe fertig. Würdest du danach die Praxis abschließen und den Schlüssel mitnehmen?«

»Wie kommst du morgen rein?«

»Ich habe einen Zweitschlüssel, keine Sorge.«

»Gut, dann viel Glück und bis morgen.«

Als Samuel winkend den Raum verlässt, wendet Sierra sich mir zu und sieht kurz auf meinen Bauch, ehe sie lächelt.

»Komm und iss etwas.« Ihre fröhliche und offene Art ist so einladend, doch ich kann ihre Freundlichkeit nicht überstrapazieren.

»Ach was, ich kann auch in ein Restaurant gehen.«

»Dem Knurren nach zu urteilen, würdest du verhungern, noch bevor das Essen zubereitet ist.«

»So schlimm ist es nicht«, gebe ich etwas verlegen zurück und kratze mich am Hinterkopf. Ihr entwaffnendes Lächeln wird daraufhin noch breiter. Sie ist freundlich und würde es nicht anbieten, wenn sie nicht tatsächlich genug zu essen dahätte, und ich habe wirklich Kohldampf.

»Na ja«, setze ich an, was sie zufrieden nicken lässt.

»Vielleicht könnte ich doch etwas vertragen.«

»Sag ich doch. Sam kommt nicht mehr in die Praxis und wird sich nach dem Notfall noch was zu essen bestellen.«

»Er hat vorhin Bier getrunken, darf er dann überhaupt fahren?«, frage ich, da mir die Bierdosen auffallen, als wir uns an den Tisch setzen.

»Tatsächlich hat er nur einen Schluck getrunken, bevor du aufgetaucht bist.«

»So, jetzt habe ich ein schlechtes Gewissen.«

»Brauchst du nicht zu haben. Diese Portion ist für zwei gedacht. Ich wohne allein und kann diese Menge niemals verdrücken, also sei so lieb und iss mit mir.« Wieder strahlt sie mich an, und auch wenn mein Tag heute voller Drama war, habe ich nun das Gefühl, freier atmen zu können. Sierra ist eine angenehme Gesellschaft, und es spricht nichts gegen ein gemeinsames Abendessen. Ich sehe das hier als einen schönen Abschluss, da ich sie sowieso nie wieder sehen werde.

8. KAPITEL

Sierra

Soundtrack of the Day:
R. E. M. – Shiny Happy People

Eine Woche ist vergangen, seit Caleb und ich in der Tierarztpraxis zusammen gegessen haben. Eine Stunde lang haben wir uns unterhalten, getrunken und dabei die Pizza verdrückt. Erst als ich endlich einen Bissen genommen hatte, wurde mir klar, wie hungrig ich gewesen war. Wir unterhielten uns ungezwungen, und ich versuchte, die Arbeit zu verdrängen und einfach mit Caleb zu essen.

Nicht dem Verlobten von Mindy Clayton, sondern Caleb, den ich zufällig getroffen habe und zu dem ich mich hingezogen fühle. Auch wenn meine Absicht nobel war, half es nicht, denn jedes Mal, wenn er lächelte, fragte ich mich, ob er wirklich dazu in der Lage wäre, seine Freundin zu betrügen. Mein Instinkt sagt Nein, aber darauf vertraue ich erst, wenn ich Beweise sehe. Und gerade der Umstand, dass Caleb so nett und freundlich zu mir ist, macht mir ein schlechtes Gewissen, weil ich mit ihm als Sara per Mail kommuniziere. Ich habe mich gefreut, dass er ein ehrlicher Mensch ist und tatsächlich die Reinigung übernehmen möchte. Das zeigt mir, dass ich ihn genau richtig eingeschätzt habe. Ich habe ihm geantwortet, dass das nicht nötig ist, ich ihm aber die Rechnung für die Reinigung schicken kann, wenn er darauf besteht. Natürlich wollte ich das Gespräch aufrechterhalten, also fragte ich ihn, ob auch er Kaffee abgekriegt hat. Außerdem erkundigte ich mich, ob er noch neue Patienten aufnimmt, da eine Freundin auf der Suche nach einem Kinderarzt sei.

Nun tauschen wir uns alle paar Tage per Mail über Dinge aus, die ich schon längst über ihn weiß. Unsere Mails sind freundlich, und wir lernen einander etwas besser kennen. Trotzdem flirtet er nicht mit mir. Er hält das Gespräch neutral, und ich zögere mit der einen Frage, deren Beantwortung unseren Mailaustausch sofort zum Erliegen bringen könnte. Es macht Spaß, mit Caleb zu schreiben, denn auch wenn er nur von seiner Arbeit berichtet, lese ich seine Nachrichten gern. Ich sehe ihn direkt vor mir, wie vor einer Woche, als wir in Sams Praxis miteinander gelacht haben, und sobald ich das tue, schlägt mein Herz schneller.

Im Hintergrund läuft leise R.E.M., und auch wenn es einer meiner Gute-Laune-Songs ist, die ich meist mitsumme oder mitsinge, lassen meine tiefen Gedanken das heute nicht zu. Ich bin verknallt in meine Zielperson, und das ist absolut verboten. Der Grund, wieso unsere Agentur so erfolgreich ist, ist der, dass wir professionell in allem sind, was wir tun. Datenschutz hat oberste Priorität. Alle Mitarbeitenden, die in unserem Unternehmen beschäftigt sind, seien es auch nur diejenigen, die ein Praktikum absolvieren, müssen eine Verschwiegenheitserklärung unterzeichnen, die sehr strikt ist, und eine Nichteinhaltung zieht schwere Bestrafungen nach sich.

Meine Schwestern und ich reden nicht mal mit Familienmitgliedern und unserem Freundeskreis über Firmengeheimnisse. Klar, wir erwähnen manchmal, dass uns ein Fall zu schaffen macht, doch Namen werden niemals preisgegeben.

Das ist die goldene Regel bei der Proof of Love Agency. Und genau deswegen ist es eine Katastrophe, dass ich Gefühle für Caleb entwickle. Sobald ich seine Akte und das Profil gelesen habe, hatte ich Herzklopfen, ohne ein Bild gesehen zu haben.

Er ist der Typ Mann, der meine Aufmerksamkeit in einer vollen Bar sofort auf sich ziehen würde. Ich bin eher das Gegenteil von Caleb, denn es sind Frauen wie Rory oder Amber, die die Männer wie Magnete anziehen. Ich werde meist als Anhang der beiden angesehen. Dieser Umstand hat mich immer runtergezogen, doch ich habe nichts gesagt und einfach gelächelt, denn das ist mein Leben. Neben Rory bin ich für Außenstehende die kleine, kurvige, graue Maus, außer für meine Familie und meinen Freundeskreis. Für meine Zwillingsschwester Rory bin ich das tollste Wesen auf der Welt, das zeigt sie mir jeden Tag.

»Sis, bist du so weit?«, fragt mich besagte Schwester und erscheint mit einem strahlenden Lächeln im Türrahmen. Ihr schulterlanges blondes Haar schmiegt sich um ihr hübsches Gesicht, das so weich aussieht. Ihre gute Laune geht in Wellen von ihr aus und steckt alle an. Seit sie mit Elijah zusammen ist, strahlt sie nicht mehr wie früher, sondern glüht regelrecht.

»Hmm? Was meinst du?«

»Ähm … es ist Mittag? Wollten wir nicht in die Cafeteria gehen?« Überrascht blicke ich auf meine Smartwatch, und tatsächlich ist es bereits zwölf Uhr mittags. Ich habe das Gefühl, als hätte ich erst vor ein paar Minuten mit der Arbeit begonnen.

»Wie schnell ist die Zeit bitte vergangen? Ich habe mich gefühlt gerade erst an den Tisch gesetzt.«

»Ja, wenn man viel zu tun hat, vergeht die Zeit einfach anders. Bist du noch bei der Barnes-Akte?«

»Hmm«, murmle ich und versuche mir nicht anmerken zu lassen, wie sehr es mich beschäftigt, dass ich auf Caleb angesetzt bin, und was für ein Gefühlschaos ich gerade durchlebe. Rasch erhebe ich mich und prüfe, ob meine Bluse noch immer in meiner Hose eingesteckt ist, ehe ich zu meiner Schwester gehe und mit ihr und Chelsea aufbreche.

»Ich verstehe nicht, was sein Problem ist. Alles ging mit rechten Dingen zu, und da droht er uns mit einer Klage? Wir sind nicht schuld, dass er seine Frau betrogen hat und die Ehe gescheitert ist«, beschwert sich Chelsea ein paar Augenblicke später und verdreht die Augen. Die Arme muss sich öfter mit diesen Dingen beschäftigen, als mir lieb ist. In unserer Branche bekommt man mehr Post von Anwaltskanzleien als üblich.

»Ich will gar nicht aufzählen, wie oft wir fast verklagt worden wären«, sage ich und lächle traurig über diesen Umstand. Wenn die betrügenden Personen auffliegen, mit der Wahrheit und den Beweisen konfrontiert werden, erfahren sie auf diesem Wege auch von unserer Agentur, und anstatt den Fehler bei sich selbst zu suchen, machen sie uns zur Schnecke und drohen mit Klagen. Sogar eine Morddrohung war schon dabei. Chelsea versucht stets selbst mit allem fertigzuwerden, denn auch wenn wir immer sagen, dass wir mit diesen Dingen klarkommen, ist sie die große Schwester und versucht, uns vor allem Schlechten zu bewahren.

Bisher ist es noch nie zu einem Prozess gekommen, aber dass die Wut an uns ausgelassen wird, ist jedes Mal wie ein Schlag ins Gesicht. Wir tun nichts Falsches. Wir prüfen die Treue der Menschen. Klar, wir lügen in Bezug auf unsere Identität, aber im Grunde tun wir nichts Illegales. Doch wir werden ständig als Verbrecherinnen dargestellt, die Tatsachen verdrehen. Dabei ist es so einfach.

Sei treu.

Bleib loyal.

Flirte nicht fremd.

Betrüge nicht.

Für die meisten monogamen Beziehungen sind das die eisernen Regeln, aber leider vergessen das viele mit der Zeit. Menschen gehen aus unterschiedlichen Gründen fremd, aber der Schmerz für die Betrogenen ist immer derselbe – sie stehen vor dem Scherbenhaufen ihrer Beziehung. Genau wie meine Schwester, die vor ein paar Jahren dasselbe durchmachen musste. Hätte Chelsea damals die Möglichkeit gehabt, die Treue ihres Mistkerls von Ex-Freund überprüfen zu lassen, hätte sie nicht monatelang im Dunkeln getappt mit dem Gefühl, dass etwas nicht stimmt. Wir sind für diejenigen da, die die Wahrheit wissen wollen, und unsere Methoden bringen diese immer ans Licht. Manche Ergebnisse sind schön und diejenigen, die uns den Auftrag gegeben haben, erleichtert. Die, die betrogen wurden, sehen sich mit Tränen in den Augen der Wahrheit gegenüber und damit verbunden meistens auch der Tatsache, dass ihre Liebe vorbei ist.

Während wir essen, hänge ich diesen Gedanken nach und blicke öfter zu Chelsea als sonst. Schon als Kind hielt ich sie für eine Superheldin, doch je älter sie wurde, desto mehr Respekt entwickelte ich für sie. Rory und sie haben sich öfter in den Haaren, als es bei Schwestern üblich ist, während ich mich mit Chelsea immer gut verstehe. Wir sind beide eher ruhiger und können sowohl über ernste Themen reden als auch gemeinsam über Witze lachen. Während ich mich in der Öffentlichkeit wie eine graue Maus fühle und Rory von jedem angeschmachtet wird, wenn sie spricht, ist Chelsea der Augenmagnet. Egal wo wir hinkommen, zieht sie die Blicke ihrer Mitmenschen auf sich.

Es sind ihre feuerroten Haare und ihre kühle Art, die auf viele so faszinierend wirken. Diese Kühle hat sie nach ihrer Trennung leider beibehalten, obwohl sie früher ein wahrer

Sonnenschein war. Wir verändern uns mit jeder Beziehung. Manche lassen uns das Beste in uns sehen, wir blühen auf und entwickeln uns weiter. Manche Partnerschaften enden auf unschöne Art und Weise, und auch das verändert uns, doch nicht immer so, wie wir es uns wünschen würden. Chelsea ist der perfekte Beweis dafür.

Mein Handy vibriert in meiner hinteren Jeanstasche, also greife ich danach und stelle fest, dass ich eine neue Mail von Caleb erhalten habe. Ich grinse und öffne die Mail, während mir das Herz bis zum Hals klopft und die Schmetterlinge in meinem Bauch wie wild herumschwirren.

Hey Sara,
danke für deine Mail und den Witz. Das hat mich kurz den Stress vergessen lassen. Mir geht es so weit gut. Heute ist der Tag nicht so vollgepackt wie üblich, da kann ich etwas durchatmen. Wie geht's dir? Hat sich dein Montag von einer guten Seite gezeigt? :)
Da du erwähnt hast, dass du mehr über die Spendenaktion, die ich leite, erfahren wolltest, habe ich dir den Link angehängt. Wir unterstützen ein Waisenhaus in Brooklyn, das dringend unsere Hilfe braucht. Wie du schon richtig vermutet hast, habe ich damals ein Kind im Krankenhaus kennengelernt, als ich es behandelt habe. Als es mir von den Umständen im Waisenhaus erzählt hat, bin ich persönlich hingefahren. Auch wenn ich selbst einiges gespendet habe, ist es viel zu wenig.
Das Gebäude muss dringend saniert, die Küche erneuert und die Möbel ausgetauscht werden. Wenn man das Gebäude betritt, hat man das Gefühl, eine Zeitreise zu machen, weil alles alt und marode ist. Deswegen hoffe ich, mit der Hilfe der Spenden eben das zu erreichen.
Weil mir dieses Projekt sehr am Herzen liegt, freut es mich, dass du uns unterstützen willst. Hast du etwas, was dir am Herzen liegt?

Meine gute Freundin Hailee strickt unheimlich gern. Es beruhigt sie, und sie kann gut dabei entspannen. Ich bin jemand, der seinen Freunden einen Safe Space bietet, also kannst du mir vertrauen, wenn du darüber reden möchtest.

Ich wünsche dir noch einen schönen Tag.

Liebe Grüße

Caleb

»Da hat es jemanden erwischt, was?«, fragt mich Rory und beugt sich zu mir rüber, um aufs Display gucken zu können, doch ich hebe instinktiv den Arm.

»Wieso so schüchtern? Sextest du etwa?«, will sie kichernd wissen.

»Was? Nein!«, rufe ich lauter aus als beabsichtigt und entlocke Chelsea so ein Kichern. Ich bin nicht prüde, doch allein die Vorstellung mit Caleb anzügliche Nachrichten auszutauschen, lässt die Hitze in meine Wangen steigen.

»Wir sind Zwillinge, wir sollten uns alles erzählen, egal wie intim es auch ist.«

»Wirklich? Dann erzähl mal. Wie oft habt Elijah und du Sex? Welche Stellung bevorzugst du, und oh, hat er Tattoos oder Muttermale am Po?«, frage ich mit hochgezogener Braue und genieße ihren empörten Blick.

»Ähm«, antwortet sie überrumpelt und lässt ihren Arm sinken.

»Okay, erwischt. Aber ich bin immer noch neugierig. Wer ist es? Wer zaubert dir so ein süßes Lächeln ins Gesicht?« Ich seufze auf und überlege, ob ich ihnen die Wahrheit sagen soll. Nachdem Rory verschwiegen hat, dass sie mit unserem Investor Elijah zusammen ist, haben wir uns das Versprechen abgenommen, dass wir immer ehrlich zueinander sein werden. Auch in Liebesdingen, und diese Sache mit Caleb artet in ein

Liebesding aus. Vorher war ich von seinem Profil angetan, dann habe ich sein Aussehen gemocht und mich ein klein wenig in ihn verknallt. Doch jetzt lerne ich ihn kennen, und ich kann nicht anders als festzustellen, dass meine Gefühle immer tiefer gehen, je öfter wir schreiben. Ich habe das nicht geplant. Es passiert einfach.

»Es ist Caleb«, sage ich schließlich seufzend und lege mein Smartphone auf dem Tisch ab.

»Warte mal … Barnes? Deine Zielperson?«, fragt Rory, und an ihrem Tonfall erkenne ich, dass sie nicht gerade glücklich über meine Antwort ist.

»Hmm«, antworte ich betrübt und nicke. Ich fahre mit dem Zeigefinger am Rand meiner Kaffeetasse entlang und vermeide es, meinen Schwestern in die Augen zu sehen. Es bringt nichts, es zu verschweigen. Diese Sache ist groß und beeinflusst mich und mein Leben. Ich brauche Rat und muss über meine Sorgen reden. Also nehme ich einen tiefen Atemzug, straffe meine Schultern und stelle mich ihrem Urteil.

»Hast du dich ernsthaft in eine Zielperson verknallt?«, fragt Chelsea, wobei sie die Stimme senkt, sodass nur wir drei ihre Worte hören können.

»Ich weiß, es ist falsch, aber ihr wisst, dass ich ihn getroffen und toll gefunden habe, noch bevor ich wusste, dass er Mindys Verlobter ist«, gebe ich hastig zurück, da ich mit einer Schimpftirade seitens Chelsea rechne, doch diese bleibt aus. Sie sieht mich nur nachdenklich aus ihren moosgrünen Augen an.

»Ich muss wahrscheinlich nicht erwähnen, dass es dumm ist, sich in eine Zielperson zu verlieben, aber an deinem Gesichtsausdruck sehe ich, dass du es selbst weißt. Was mich aber viel mehr interessiert: Geht es dir gut?« Anders als ich erwartet hätte, fragt sie mich nach meinem Befinden. Klar weiß ich, dass sie mich nicht wie ein Kleinkind ausschimpfen würde, aber ihr Mitgefühl rührt mich.

»Nicht wirklich. Ich muss immer an Caleb denken und erwische mich dabei, dass ich vor mich hin grinse, obwohl ich das nicht dürfte. Ich weiß, es ist falsch, aber ich kann nicht aufhören so zu fühlen, vor allem, da ich ihn persönlich kenne.«

»Es ist selten, dass man die Person kennt, deren Treue man testet. Ich respektiere deine Gefühle, hoffe aber, dass du nicht vergisst, dass er verlobt ist. Sollte er sich als treu herausstellen, wird er Mindy heiraten«, meint unsere Älteste liebevoll. An ihrer Stimme erkenne ich, dass sie mit mir fühlt und mir Trost spenden möchte, aber sie will mir auch sagen, dass ich realistisch bleiben muss.

»Das weiß ich, doch wenn wir miteinander schreiben oder uns treffen, dann rückt das alles in den Hintergrund. Da ist er einfach nur Caleb und ich Sierra. Zwei Bekannte, die sich besser kennenlernen.«

»Du hast ihn wieder getroffen?«, fragt Rory neugierig und lehnt sich vor.

»Als ich bei Sam war und mit ihm zu Abend essen wollte, kam Caleb rein und wollte sehen, wie es dem Eichhörnchen geht.«

»Wie süß«, sagt Rory, presst dann aber die Lippen aufeinander, als hätte sie mit ihrer Aussage einen Fehler begangen.

»Ja total. Nachdem wir nach dem Tier gesehen haben, musste Sam zu einem Notfall, und dann hat Calebs Magen geknurrt, und da ich Pizza und Bier mitgebracht hatte, habe ich ihm angeboten mitzuessen.«

»Und dann?«, fragt Rory neugierig. Ich unterdrücke ein Lächeln, da ich früher meistens so dagesessen und ihren Männergeschichten gelauscht habe.

»Wir haben uns unterhalten. Eher Small Talk, aber auch das

war sehr angenehm. Es war einfach schön und gemütlich, Zeit mit ihm zu verbringen. Ich habe mich in seiner Nähe sehr wohl gefühlt, weil er eine Ruhe ausstrahlt, die auch auf mich übergeht. Und weil er so nett war, habe ich mich immer mehr in ihn verknallt. In unseren Mails gebe ich vor, Sara zu sein, aber er ist immer noch Caleb, und seine Persönlichkeit zieht mich heftig an. Ich weiß, dass er und ich uns nie wieder sehen werden und dass es sich hier um einseitige Gefühle handelt. Trotzdem kann ich nichts dagegen machen.« Wenn ich all das in mich reinfressen würde, hätte das Konsequenzen für mein Seelenwohl, also muss ich es entweder in mein Bullet Journal schreiben oder mit jemandem darüber reden.

»Man kann seine Gefühle nicht einfach ausschalten. Ich hoffe, dass er der Mann ist, für den du ihn hältst. Wenn er treu ist, hast du recht. Aber das heißt auch, dass Mindy ihn heiraten wird«, wiederholt Chelsea das, was gesagt werden muss, damit ich hoffentlich zur Vernunft komme.

»Ich weiß. Danke, dass ihr mir zuhört.«

»Dafür sind wir da. Entschuldige, dass ich vorhin so forsch war«, sagt Rory und streicht mir über den Oberarm.

»Du konntest es nicht wissen. Aber auch wenn ich diese Gefühle habe, werde ich nicht vergessen, was mein Job ist, und werde diesen auch erledigen. Ich versuche, es als Schwärmerei abzutun und weiterzumachen. Caleb und ich … das wird sowieso nie passieren.« Und das ist ein Fakt, den ich langsam akzeptieren muss.

»Vielleicht solltest du mehr ausgehen. Neue Menschen kennenlernen?«, schlägt Rory vor, weil es das ist, was sie tun würde. Doch ich gehe nicht gern unter Menschen, außer wenn ich mit meinem Freundeskreis unterwegs bin. Ich verarbeite meine Empfindungen, indem ich Musik höre, zeichne oder mich anders kreativ beschäftige.

»Ich glaube nicht. Wenn ich einmal in zwei Wochen mit euch in eine Bar gehe, ist das mehr als genug.«

»Was ist mit Sam?«, fragt Chels schließlich und lässt mich die Brauen zusammenziehen.

»Keine Ahnung? Was soll mit ihm sein?« Aufgrund meiner Worte verdreht sie die Augen, was sie eher selten tut. Das ist eine zu quirlige Geste für meine sonst so ernste Schwester.

»Wäre er nichts für dich?« Nicht schon wieder dieses Thema! Ich dachte, das hätten wir schon länger durch.

»Ach Quatsch. Er und ich sind nur befreundet, und das wird sich auch nicht ändern.«

»Über Sam zu reden macht dich wohl nervös, was?«, fragt Rory amüsiert, woraufhin ich ihr einen vernichtenden Blick zuwerfe. Sie ist die Übeltäterin, die in der Highschool das Gerücht verbreitet hat, dass Sam und ich zusammen sind. Danach war es schwer auf Dates zu gehen, da Sam sehr beliebt war. Dass ihn keine Mädchen angeflirtet haben, hat ihn nie gestört. Er wollte einfach seine Ruhe und mit mir abhängen. So war es schon immer. Ich ignoriere Rorys Frage und spreche das Thema an, das mir schon seit einiger Zeit durch den Kopf geht.

»Da bei mir in der Nachbarschaft öfter eingebrochen wurde, spiele ich nach wie vor mit dem Gedanken, einen Hund zu adoptieren.«

»Ich halte das immer noch für eine gute Idee. Ich wüsste nicht, was ich ohne Donny machen würde. Ohne ihn wäre mein Leben viel einsamer«, schwärmt Chels über ihren Hund.

»Was sagt Sam dazu?«, fragt mich Rory schließlich, und ich stöhne genervt auf.

»Wieso musst du ihn wieder erwähnen?«, beschwere ich mich lauthals und ziehe so die Blicke auf uns. Ich verstumme und hebe genervt meine Braue, um meine Frage zu unterstreichen.

»Weil er Tierarzt ist und dir helfen könnte, die richtige Rasse für dich auszusuchen.«

»Oh«, antworte ich etwas schuldbewusst und setze als Entschuldigung meinen Welpenblick auf.

»Sorry, dass ich dich angefahren habe.«

»Macht doch nichts, du bist gerade ein Nervenbündel, was wir alle verstehen können, also mach dir keine Sorgen, okay?«

»Ist gut, danke.« Ich bin so dankbar, meine Schwestern in meinem Leben zu haben. Egal was gerade schiefläuft, ich kann immer zu ihnen kommen. Sie sind mein sicherer Hafen.

Als ich wieder in meinem Büro bin, schalte ich Musik ein und rufe Sam an.

»Ich hole mir einen!«

»Ähm, Kaffee? Wintermantel? Ich brauche mehr Informationen, Sierra«, sagt er, und ich höre sein Schmunzeln selbst durch den Hörer. Unwillkürlich muss auch ich lächeln.

»Einen Hund!«

»Jetzt kann ich dir folgen. Hast du dich nun endgültig entschieden?«

»Jap, das habe ich. Nach wie vor weiß ich, dass ich ihr oder ihm ein gutes Zuhause mit viel Liebe geben kann.«

»Du wärst die perfekte Hundemama. Davon bin ich überzeugt. Willst du nicht heute Abend in meiner Praxis vorbeikommen? Dann können wir uns Tieranzeigen angucken, wenn du magst.«

»Klar, mach ich. Ich bin so froh, dass du jeden Abend Zeit für mich hast. Störe ich dich auch wirklich nicht? Ich meine, du könntest auf Dates gehen und das Leben genießen.«

»Dates? Bleib mir damit vom Leib. Das ist alles mit Stress verbunden. Außerdem hängen wir immer zusammen ab, was soll die Frage?«

»Du hast recht, sorry. Ich habe wohl noch nicht genug Kaffee intus.«

»Das hast du nie. Du könntest im Krankenhaus liegen, und alles, was die Pflegekräfte tun müssten, wäre, dir eine Kaffeeinfusion zu legen. Dann wärst du sofort wieder gesund und hellwach.« Seine Worte bringen mich zum Lachen.

»Da ist was Wahres dran.«

»Gut, dann sehen wir uns heute Abend, ja?«

»Klar, wie immer. Bye.«

Manchmal bin ich unberechenbar. Ich wollte mich mit Sam beraten, wie es meine Schwester vorgeschlagen hat, doch was tue ich? Ich nehme mir den Nachmittag frei, kaufe den halben Tierbedarfsladen leer und fahre ins Tierheim. Ich fülle ein Formular aus, in dem ich meine Lebensumstände bekanntgebe, und werde dann auch schon in einen großen Raum gebracht, wo ich von lärmendem Gebell begrüßt werde, das mich jedoch nicht weiter stört. Ich bleibe stehen und sehe mich um.

Es hat etwas Bedrückendes hier zu sein, da die Situation der Tiere mich mit Mitleid erfüllt. Die armen Tiere leben in Zwingern, dabei hätten sie alle Liebe dieser Welt und ein sicheres Zuhause verdient. Ich überlege kurz, ob ich mir von meinem Ersparten ein Haus mit riesigem Garten kaufen sollte, um all die Tiere hier zu adoptieren, aber das würde in einem Felldesaster enden, also verwerfe ich diesen Gedanken und gehe auf den ersten Zwinger zu, aus dem mich ein Pudel ängstlich mustert.

Das Tier scheint scheu zu sein, und unweigerlich frage ich mich, was dieses kleine Fellknäuel wohl durchmachen musste, um hier zu landen. »Ich lasse Ihnen ein wenig Zeit, um sich umzusehen. Ist das in Ordnung?«, fragt mich die Mitarbeiterin.

»Natürlich. Vielen Dank.«

Sobald ich allein bin, atme ich tief durch und gehe von einem Tier zum nächsten. Es sind die verschiedensten Rassen in unterschiedlichen Größen vertreten. Manche Tiere sind aufgeweckt und andere still, doch alle haben eines gemeinsam: Sie berühren mich auf eine Weise, wie ich es nie gedacht hätte. In meinem Elternhaus befinden sich drei Katzen und zwei Hunde, neben den Pferden im Stall. Wir hatten immer unzählige Babykatzen und Hunde. Sobald ein Tier gestorben ist, haben wir wieder eins adoptiert.

Da ich schon immer mit Tieren zu tun hatte, fühle ich mich der Aufgabe gewachsen, mich nun allein um eines zu kümmern, und das Coloradoblut, das durch meine Adern fließt, verleitet mich ständig dazu, raus an die frische Luft zu gehen. Der letzte Zwinger, den ich erreiche, ist auch der, der mich wie magisch anzieht. Darin befindet sich ein Welpe mit hellbeigem, flauschigem Fell. Sobald ich mich nähere, läuft er auf mich zu. Er leckt über meinen Finger, den ich durch die Gitterstäbe halte, dann jagt er seinem Schwanz nach. Dabei stolpert er über seine Füße und sieht dabei so süß aus, dass mein Herz einen Satz macht.

Ich lache leise auf, was das kleine Tier wohl wieder daran erinnert, dass ich noch da bin. »Na du? Geht's dir gut?«, frage ich, woraufhin der Welpe so süß den Kopf neigt, dass ich die Geste nachahme. Ich will ihn durch die Gitterstäbe hindurch streicheln, doch dann niest der kleine Hund, erschreckt sich vor dem Geräusch und stolpert erneut über seine eigenen Füße. Es sieht so süß und witzig aus, dass ich schon wieder loslachen muss. Liebevoll betrachte ich den Welpen, der mit seinen Knopfaugen einfach entzückend ist. Ich sehe viel von meinem eigenen chaotischen Selbst in ihm, und die Harmonie zwischen uns stimmt auf Anhieb. Für mich ist sofort klar, dass es dieser Hund sein muss.

Das Fellknäuel, das ab jetzt Teil meiner Familie ist, bekommt von mir den Namen Bailey. Nachdem sie sich in der Wohnung umgesehen und gefressen hat, scheint die Aufregung sie müde zu machen. Ich ziehe mir Yoga Pants an, dazu ein locker sitzendes Shirt, ziehe meine Socken aus und mache mir einen Messy Bun. Die Sonne scheint durch mein Fenster, direkt auf meine Couch, und ich entscheide mich kurzerhand dagegen, mich um den Haushalt zu kümmern. Stattdessen lege ich mich aufs Sofa und lasse mir von der Sonne das Gesicht wärmen.

Bailey versucht durch Hüpfen raufzukommen, was aufgrund ihrer Größe noch nicht möglich ist, also hebe ich sie hoch. Sie legt sich auf meinen Bauch und ist kurz darauf eingeschlafen. Dass sie meine Nähe sucht, erwärmt mein Herz, und ich merke, dass ich mich richtig entschieden habe.

Kaum komme ich zur Ruhe, wandern meine Gedanken zu Caleb. Ich schiebe immer Ausreden vor, um ihm nicht die Frage stellen zu müssen, ob er eine Freundin hat. Normalerweise schmieren wir den Zielpersonen erst Honig ums Maul, wobei wir natürlich seriös bleiben, und fragen dann, ob sie in einer Beziehung sind. Bei den Antworten handelt es sich meist um Lügen, aber die Hoffnung, dass es bei Caleb anders ist, ist immer noch da.

Auch wenn wir uns nicht so oft getroffen haben, konnte ich durch die Nachrichten einschätzen, was für ein Typ er ist. Meine Augen brennen bei dem Gedanken, keine Mails mehr von ihm zu bekommen, aber ich habe es zu lange hinausgezögert. Die Klientin will eine Antwort, ob ihr Verlobter sie betrügt, da er nie Zeit für sie hat, also muss ich meinen Job machen, auch wenn mein Herz darunter leiden wird. Aber ich kann niemandem etwas vormachen, denn dass ich leide, habe ich mir selbst zu verdanken. Die eiserne Regel bei der Proof of Love Agency ist: Verlieben verboten. Und dass ich dagegen verstoßen habe, war ein Fehler.

Eine Träne perlt über meine Wange, als ich den ersten Satz ins Smartphone tippe. Beim fünften Satz schniefe ich, und der Schmerz in meiner Brust verstärkt sich. Ich sollte beim Skript bleiben, das uns eine Formulierung vorgibt, doch ich habe bei Caleb ohnehin schon alles falsch gemacht, also kommt es jetzt auch nicht mehr darauf an. Jedes Wort, das ich schreibe, entspricht der Wahrheit. Ich teile ihm mit, wie viel er mir bedeutet und was ich an ihm mag. Ich öffne ihm mein Herz, auch wenn ich weiß, dass es gebrochen wird, egal, was er antwortet.

Sollte er lügen und behaupten, dass er keine Verlobte hat, dann wäre er ein Betrüger, und ich hätte ihn falsch eingeschätzt. Aber dass dies eintrifft, ist sehr unwahrscheinlich. Das sagt mir einfach mein Gefühl, denn er wird mit Sicherheit antworten, dass er eine Verlobte hat und glücklich mit ihr ist. Wieso Mindy denkt, dass er sie betrügt, kann ich nicht sagen, aber ich weiß, dass meine Beweise sie überzeugen werden, wenn Caleb es schon nicht tun kann. Als ich das Smartphone schließlich weglege, kann ich die Tränen nicht mehr zurückhalten.

Plötzlich erscheint ein kleines Köpfchen in meinem verschwommenen Sichtfeld und leckt meine Tränen weg. Bailey ist wohl durch mein Schluchzen aufgewacht. Nun kuschelt sie sich in meine Halsbeuge und schleckt immer wieder über mein Gesicht. Ich streichle mit Tränen in den Augen über ihr Fell und fühle mich plötzlich nicht mehr so einsam wie vorhin. Ich akzeptiere die Tatsache, dass nun nichts mehr so sein wird wie früher. Mein Alltag hat sich durch Bailey verändert, und mein Herz wird nach diesem Tag immer etwas schwer sein, womit ich aber gerechnet habe. Auch wenn das mit Caleb von Anfang an zum Scheitern verurteilt war, bin ich froh, ihn für eine Weile in meinem Leben gehabt zu haben.

9. KAPITEL

Caleb

In letzter Zeit fühle ich mich leichtfüßig und gut gelaunt. Und das hat auch mit meiner zarten Freundschaft mit Sara zu tun. Seit wir Mails austauschen, habe ich das Gefühl, verstanden zu werden und eine wahre Freundin getroffen zu haben. Sie ist eine interessante Gesprächspartnerin und eine gute Zuhörerin. Es ist zwar etwas merkwürdig, mit einer Frau über Privates zu schreiben, deren Gesicht ich nicht einmal kenne, da sie bei unserer ersten Begegnung einen Mundschutz getragen hat, doch es fühlt sich richtig und schön an, mit ihr Mails auszutauschen. Ich könnte mir vorstellen, dass sie mit der Zeit, wie schon Tina und Hailee zuvor, Teil von Mindys und meinem Freundeskreis wird. Auch Mindy würde sich bestimmt gut mit ihr verstehen, da bin ich mir sicher. In unserer letzten Mail haben wir über Wanderrouten in Colorado gesprochen. Sie hat dort eine Freundin, die ebenfalls gern wandert. Durch eine kurze Google-Recherche habe ich festgestellt, dass die Routen dort abwechslungsreich sind – Colorado wäre wohl wirklich eine Reise wert.

Während meine Freundschaft mit Sara aufblüht, läuft es mit meiner Verlobten nicht so, wie es sollte. Wieder einmal haben wir uns wegen ihres strengen Arbeitsplans in den Haaren. Ich war so enttäuscht, dass mich sogar ihr Vater im Krankenhaus darauf angesprochen hat, und in der Hoffnung auf einen guten

Rat habe ich ihm mein Problem geschildert. Das wiederum hat Mindy überhaupt nicht gepasst, und sie redet seit zwei Tagen nicht mehr mit mir, weil sie sauer ist, dass ich mit unseren Problemen zu ihrem Vater gehe und es nicht vorher mit ihr bespreche.

Auch wenn mich die Tatsache runterzieht, dass die Frau, die ich heiraten möchte, mich ignoriert, baut mich Sara mit ihrer Fröhlichkeit wieder auf. Auch wenn ich sie nicht kenne, weiß ich, dass sie mir einen Rat geben würde, sollte ich sie darum bitten.

In der Praxis habe ich alle Hände voll zu tun. Während ich die kranken Kinder behandle, erledigen Tina und Hailee alle anderen Aufgaben, die in der Praxis so anfallen. Ohne die Hilfe der beiden wäre ich verloren, weshalb sie auch mehr verdienen als in der Branche üblich. Nicht weil sie schon meine Freundinnen waren, ehe sie für mich gearbeitet haben, sondern weil ihre Arbeit für sie spricht. Geld war in meiner Berufslaufbahn zum Glück nie ein Problem, und es hat nie daran gemangelt, weshalb ich es gern auch wieder zurückgebe.

Als Hailee die Arztpraxis zusperrt, atmen wir erschöpft und erleichtert aus. »Was für ein Tag«, murmelt Tina und lässt sich auf ihren Bürostuhl plumpsen. Tatsächlich war der heutige Tag mit mehr Geschrei und Wehklagen verbunden als üblich. Der Geräuschpegel in einer Kinderarztpraxis kann manchmal echt hoch sein, deshalb sind Momente der Ruhe auch so kostbar. Ich lehne am Tresen und atme tief durch, als mein Handy in meiner Hosentasche zu vibrieren beginnt.

In der Hoffnung, dass es Mindy ist und sie mich heute doch noch zum Abendessen bei meinem Bruder begleitet, greife ich nach dem Handy, doch es ist nur eine Mail. Als ich feststelle, dass sie von Sara ist, bessert sich meine Laune sofort. Ich öffne die Mail und lächle mein Display an.

Hey Caleb,
ich finde auch, dass Musik heilt, wobei das wohl eine Untertreibung ist. Selbst wenn ich schlafe, habe ich im Hintergrund eine Playlist laufen. Ich bin Spotifys beste Kundin und könnte ohne Musik nicht leben. Ich mag es, wie sie mein Seelenwohl und meine Laune beeinflusst und dass ich bei jedem Lied einen gewissen Moment vor Augen habe. Danke für deine Buchempfehlungen in der letzten E-Mail. Ich werde sie auf jeden Fall abarbeiten.
Ich muss ja gestehen, dass mich deine E-Mails in letzter Zeit auffangen, wenn ich das Gefühl habe, von Stress erdrückt zu werden ...

»So verliebt wie eh und je. Echt zu beneiden«, meint Tina seufzend. Ich hebe erschrocken den Kopf, ohne weiterzulesen, und starre sie an.

»Was? Wie meinst du das?«

»Du siehst verliebt auf dein Handy und hast sogar unbewusst geseufzt. Schön, dass Mindy dich noch immer so strahlen lässt. Dann habt ihr eure Krise überwunden, oder?«, fragt Hailee vorsichtig.

»Um ehrlich zu sein, ist es nicht Mindy, sondern eine Freundin.«

»Bist du in jemand anderen verliebt?«, fragt Tina nun und sieht mich abwartend an. Ich stoße mich vom Tresen ab und stecke mein Smartphone wieder in meine Hosentasche.

»Nein, das bin ich natürlich nicht. Ich habe zufällig eine Frau getroffen, und durch den Mailaustausch wurde sie zu einer Art Brieffreundin.«

»Verstehe. Was sagt Mindy dazu?«

»Sie weiß, dass ich sie kennengelernt habe und auch mit ihr schreibe, und es macht ihr nichts aus, da ich keinerlei romantische Gefühle für Sara habe. Manchmal frage ich mich allerdings, ob es Mindy überhaupt etwas ausmachen würde, wenn ich mit einer anderen Frau flirten würde.«

»Oh nein, habt ihr erneut gestritten?«, fragt mich Hailee und legt mitfühlend die Hand auf meine Schulter.

»Wir können gar nicht streiten, weil sie nie da ist, um überhaupt eine Diskussion zu starten. Sie arbeitet rund um die Uhr oder hat genau dann frei, wenn ich arbeiten muss. Wir sind beide berufstätig, aber das ist einfach zu viel. Ich sehe meine Verlobte fast gar nicht mehr.«

»Und das macht dich wütend?«

»Das auch, aber es lässt mich auch viel infrage stellen.«

»Eure ganze Beziehung? Ich hatte immer das Gefühl, du wüsstest ganz genau, was du dir von deiner Zukunft erwartest. Was hat sich geändert?«

»Mindy hat sich verändert. Sie ist nicht mehr dieselbe. Ich liebe sie, aber mittlerweile fühlt es sich an wie eine einseitige Sache. Als hätte sie aufgehört, mich zu lieben.« Während ich es ausspreche, spüre ich einen Schmerz in der Brust, aber die Wahrheit tut ja bekanntlich auch weh.

»Das tut mir leid zu hören.« Nun ist auch Tina bei mir und drückt mich fest. *Ihre Geste tut so gut!* Ich merke, wie wichtig es war, diese Gedanken auszusprechen, auch wenn ich das Gefühl habe, mich zu wiederholen.

»Ich denke, dass es schon lange bei uns kriselt und ich es einfach nicht wahrhaben wollte. Ich fotografiere weniger, dabei war das immer etwas, das mich erdet. Mindy hat mir erzählt, dass sie eigentlich gar nicht gern wandert und die letzten Jahre nur mir zuliebe mitgegangen ist. Aus dem Grund habe ich mich auch gefragt, was sie mir sonst noch verschwiegen hat.«

»Diese Antwort kann dir nur Mindy selbst geben.«

»Nur habe ich das Gefühl, dass sie es nicht will. Aber egal. Wie ihr schon gesagt habt, muss ich ein klärendes Gespräch mit ihr führen, denn so kann es nicht weitergehen. Dieses Hin und Her bringt uns nicht weiter, und ich möchte mich nicht ständig fragen, was nun mit uns los ist.«

»Das ist verständlich. Wir sind für dich da, wenn du reden willst, oder Tina?«, sagt Hailee, woraufhin die Jüngste in unserer Runde nickt.

»Danke, ihr Lieben. Nun aber ab nach Hause. Eure Männer warten auf euch.«

»Was machst du jetzt?«

»Ich fahre zu Morgan. Ich bin zum Abendessen eingeladen.«

»Oh, dann drück bitte den Charmeur von uns, ja?«, meint Tina lachend, was mich belustigt den Kopf schütteln lässt. Mein Neffe hat die Ladys schon um den Finger gewickelt. Das muss man ihm lassen.

»Mach ich. Macht's gut.«

Kaum habe ich geklingelt, als die Tür von meiner Schwägerin Pauline geöffnet wird und ich von einem Dreijährigen beinahe umgeworfen werde. Xander klammert sich kichernd an mein Bein und drückt mich fest.

»Da ist jemand froh, dich zu sehen«, meint Pauline belustigt und klopft mir zur Begrüßung auf die Schulter. Ich betrete das Penthouse mit meinem Neffen, der sich noch immer an mein Bein klammert und nicht den Eindruck macht, als würde er so schnell wieder loslassen. Jeder Schritt, den ich mache, lässt ihn vor Freude quietschen.

»Ich denke, Onkel Caleb freut sich sicher mehr, wenn du deine Ärmchen um seinen Hals anstatt um sein Bein legst.« Er sieht von unten zu mir auf, und ich schwöre, er sieht wie ein süßer Welpe aus, der hochgenommen werden möchte. Als ich in die Hocke gehe, breitet er schon die Arme aus, damit ich ihn hochheben kann.

»Hast du mich vermisst, Champ?«, frage ich ihn, woraufhin er sein Gesicht an meiner Schulter verbirgt und nickt.

»Komm erst mal rein und setz dich, dann könnt ihr weiterkuscheln.«

»Okay, danke.« Während Pauline in den Küchenbereich geht, der durch zwei Stufen vom offenen Wohnbereich getrennt ist, setze ich mich auf die Stoffcouch und klopfe meinem Neffen auf die Schulter.

»Willst du mich nicht loslassen, damit wir uns unterhalten können?« Zögernd löst er den festen Griff um meinen Hals und strahlt mich an.

»Hey, Onkel Caleb.«

»Hallo, Champ. Alles Okay? Wie läuft es im Kindergarten?«

»Jordie hat mich wieder geärgert.« Xander redet nicht um den heißen Brei herum und kommt gleich zur Sache. Von seinen Erzählungen weiß ich schon, dass Jordie seine Freundin im Kindergarten ist.

»Schon wieder? Was war es diesmal?«

»Sie hat gesagt, ich darf nicht mehr mit Nina spielen, weil nur sie mich heiraten wird. Aber ich will das nicht, sie redet zu viel.« Ich verkneife mir ein Lachen, weil er so ernst aussieht. Als wäre die Ehe das Ende von allem.

»Was hast du dann gesagt?«

»Dass sie aufhören soll.«

»Und, hat sie es gemacht?«

»Hmm«, murmelt er nickend, doch er wirkt nicht wirklich glücklich.

»Jetzt redet sie nicht mehr mit mir.«

»Ist das nicht das, was du wolltest?«, fühle ich ihm auf den Zahn und suche seinen Blick.

»Doch, aber wie soll ich mit ihr spielen, wenn sie nicht mit mir redet?«

»Vielleicht findet Jordie, dass du ein total lieber Junge bist, und mag dich sehr. Das könnte auch der Grund sein, wieso sie so viel redet, weil sie dir als Freundin einfach alles sagen möchte.«

»Meinst du?«

»Hmm … ihr solltet euch vertragen. Ihr seid schon so lange befreundet, wäre doch schade, wenn ihr euch entfremden würdet.«

»Du hast recht, Onkel Caleb. Bleibst du heute lange?« Ich nicke und verwuschle ihm das Haar, was ihn zum Kichern bringt.

»Wenn du willst, bringe ich dich sogar persönlich ins Bett.«

»Wirklich? Mit Gute-Nacht-Geschichte?«

»Sogar zwei.« Er jubelt und tollt herum, ehe die Spielzeugautos wieder interessanter werden als ich und ich endlich aufstehen und Pauline mit einer Umarmung begrüßen kann.

»Du warst länger nicht da. Weshalb er wohl großen Redebedarf hat.«

»Ja, ich merke auch, dass es zu lange her ist, dass ich ihn gesehen habe. Ich habe ihn sehr vermisst.«

»Wie geht's dir? Du wirkst etwas bedrückt.«

»Tue ich das? Ich dachte, ich sehe aus wie die hübschere Version meines Bruders?«, ziehe ich sie auf und ernte daraufhin einen leichten Schlag auf den Oberarm.

»Niemand ist hübscher als mein Mann.« Ich verdrehe die Augen und erinnere mich an unsere Jugend. Morgan ist zwei Jahre älter als ich und war in der Highschool der Liebling aller. Und er war die erste und heimliche Liebe meiner besten Freundin Pauline. Als Kinder wohnten wir nebeneinander und waren eng befreundet. Als wir schließlich Teenies wurden, verliebte sich Pauli in Morgan, ohne es ihm oder mir zu sagen.

Für meinen Bruder und mich war Pauline einfach das Mädchen von nebenan und die Schwester, die wir nie hatten. Als er aufs College ging, waren wir sechzehn und Pauline am Boden zerstört. Sie wollte mir aber nicht sagen, weshalb sie kaum aß und bekümmert war. Erst an ihrem siebzehnten Geburtstag, als Morgan ihretwegen extra nach Hause geflogen ist, hat sie sich mir anvertraut und mir gestanden, dass sie seit Jahren in meinen Bruder verknallt ist.

Ich habe sie ermutigt, es ihm zu sagen, doch sie hatte zu viel Angst vor einer Zurückweisung. Danach schlug bei uns beiden die Pubertät richtig zu. Ich wurde größer und maskuliner, während Pauline weibliche Rundungen bekam und noch attraktiver wurde als ohnehin schon. Als Morgan an ihrem achtzehnten Geburtstag nach Hause kam, hat er sie zum ersten Mal wirklich als Frau wahrgenommen. Ich kann mich noch daran erinnern, dass er am Morgen nach der Party das Gespräch mit mir suchte, weil er in ihrer Gegenwart Herzklopfen bekam.

Innerlich habe ich vor Freude gejubelt, doch es war nicht meine Aufgabe, ihm von ihren Gefühlen zu erzählen, also habe ich ihm Mut gemacht und ihm gesagt, dass er sie um ein Date bitten soll, was er auch getan hat. Danach waren sie unzertrennlich, sehr zur Freude meiner Eltern, da sie Pauline schon immer wie ihr eigenes Kind liebten und sich niemand Besseren an Morgans Seite vorstellen konnten.

Mittlerweile sind die beiden seit über fünf Jahren verheiratet und haben einen entzückenden Sohn. Wenn ich an die Liebesgeschichte der beiden denke, werde ich ein wenig traurig. Mindy und ich sind sehr lange zusammen und haben es noch nicht zum Traualtar geschafft, auch wenn wir schon jahrelang verlobt sind.

»Ist alles in Ordnung? Du machst einen traurigen Eindruck.«

»Na ja, mit Mindy läuft es nicht so gut.«

»Noch immer nicht besser geworden?«, fragt mein Bruder, den wir beide wohl nicht haben reinkommen sehen. Wir begrüßen uns mit einem Nicken, ehe er zwei Bier aus dem Kühlschrank nimmt und mir eines reicht. Auch wenn ich in den letzten Wochen gefühlt ständig an unsere Probleme gedacht habe, erzähle ich ihnen alles und beschließe, dass es das letzte Mal sein wird. Denn ich werde mit Mindy reden und ein für alle Mal die offenen Fragen klären, die mich nachts wachhalten.

Ich rede mir alles von der Seele, während Pauline und Morgan kochen. Sie erlauben mir nicht, mitzuhelfen, sodass ich einfach entspanne, während ich ihnen von meinen Sorgen erzähle. Und wie ich es von den beiden gewohnt bin, ermutigen sie mich dazu, auf mein Herz zu hören und mit ihr ein klärendes Gespräch zu führen. Ich soll tief in mich gehen und mich selbst fragen, in welche Richtung meine Zukunft gehen soll.

Nachdem ich Xander ins Bett gebracht habe, öffnen wir eine Flasche Wein, unterhalten uns und kommen schließlich auf das Thema Eichhörnchen zu sprechen. Auch sie reagieren wie Sierra und fragen mich, wieso ich wegen eines Eichhörnchens mein Leben riskiere, loben aber meine Tierliebe und sind schlussendlich dankbar, dass es dem Tier und mir gut geht.

Als Morgan ein Telefonat annimmt und Pauline auf die Toilette geht, erinnere ich mich daran, dass ich die Mail von Sara noch nicht zu Ende gelesen habe, weil mich die Tatsache schockiert hat, dass Tina und Hailee dachten, beim Lesen ein verliebtes Lächeln auf meinem Gesicht erkannt zu haben. Wenn ich so an die letzten Wochen denke, merke ich tatsächlich, dass ich viel mit Sara geschrieben habe. Mehr als mit meiner Verlobten. Ihre Nachrichten erhellen meinen Tag, da ich eine gewisse Verbindung zu ihr spüre, doch dahinter stecken keine tieferen Gefühle. Ich bin nur dankbar, sie als Freundin in meinem Leben zu haben. Ich greife nach meinem Smartphone und lese weiter.

In den letzten Tagen habe ich gemerkt, dass mein Herz immer schneller zu schlagen beginnt, wenn ich eine neue Nachricht von dir bekomme. Und auch wenn wir uns noch nicht lange kennen, weiß ich, dass du einer der Guten bist. Du hast mir die Reinigung bezahlt, hast dich entschuldigt, und das, obwohl ich nicht darum gebeten habe. Als ich deine Spendenaktion verfolgt und mit dir geschrieben habe, bekam ich ein Gefühl davon, was für ein Typ Mensch du bist.

Du bist ein Mann, der für die Menschen einsteht, die er mag. Ich respektiere und bewundere dich sehr für deine Feinfühligkeit und die Liebe, die du für deinen Job aufbringst. Du bist freundlich und gibst mir das Gefühl, verstanden zu werden. Der Mailaustausch hat mich verändert und meine Tage etwas heller gemacht. Dein Aussehen spiegelt dein schönes Inneres wider, und ich denke, es ist offensichtlich, dass du gut aussiehst.

Normalerweise bin ich schüchtern und brauche eine Weile, bis ich den Mut finde, jemanden anzusprechen oder gar meine Gefühle zu gestehen. Aber da ich denke, dass ich dich gut kenne und einschätzen kann, tue ich etwas, was ich noch nie auf digitalem Weg getan habe. Ich gestehe, dass ich Gefühle für dich habe, Caleb. Da wir noch nicht so sehr auf Privates eingegangen sind, weiß ich nicht, ob du Single bist oder nicht. Dennoch überfalle ich dich mit diesem Geständnis, denn ich würde es später bereuen, nicht nachgefragt zu haben.

Nun hoffe ich, dass ich nicht zu forsch war und dass du es mir nicht übel nimmst, dass ich vielleicht eine Grenze überschritten habe, aber ich musste es dir einfach sagen. Jetzt gehe ich mal essen und hoffe, ich höre wieder von dir und habe nicht alles zerstört, was wir hatten.

Bye

Sara

Ich blinzle und sehe verwundert auf mein Smartphone. Saras Geständnis kam so plötzlich, und auch wenn ich mich geschmeichelt fühle, habe ich keine romantischen Gefühle für sie. *Habe ich versehentlich mit ihr geflirtet?* Ich habe Freundinnen, seit ich klein war, und auch Tina und Hailee sind Konstanten für mich, die aus meinem Leben nicht mehr wegzudenken sind. Ich fahre mir durchs Haar und blicke zur Decke.

Sara ist nett, und dass ich sie enttäuschen muss, tut mir so unfassbar leid. Ich verarbeite das Gelesene während des ganzen Abends, und als Xander in seinem Bett eingeschlafen ist, bleibe ich noch eine Weile bei ihm und stelle mir selbst die Frage, ob ich mir eine andere Frau an meiner Seite vorstellen könnte.

Wie ich es auch drehe und wende, ist es immer Mindy, die ich sehe. Ja, wir haben Probleme, doch wer hat die nicht? Zehn Jahre Beziehung lassen sich so schnell nicht wegwerfen, nicht wenn noch ein Fünkchen Hoffnung da ist. Und die habe ich noch zuhauf, denn heute werde ich alle Zweifel ein für alle Mal ablegen. Das Hin und Her hat heute ein Ende. Ich erhebe mich entschlossen und drücke Xander noch einen Kuss auf die Wange, ehe ich mich von Pauline und meinem Bruder verabschiede. Ich steige in mein Auto, starte den Motor und fahre zum Metropolitan Museum of Art, weil ich keine Zeit verstreichen lassen will. Mindy ist und bleibt die einzige Frau an meiner Seite. Am Parkplatz rast mein Herz, und die Schwere der letzten Wochen fällt von mir ab, weil ich davon überzeugt bin, dass wir alles hinbekommen werden, was wir uns vornehmen. Ich habe für mich eine Entscheidung gefällt und lasse keinen Zweifel mehr zu.

Ich tippe eine Antwort an Sara, die mir einerseits schwerfällt, die andererseits aber notwendig ist, um Klarheit zu schaffen. Ihr Geständnis war mutig, und das weiß ich auch zu schätzen, aber es bleibt dabei, dass ich nichts als Freundschaft für sie empfinde. Als ich fertig getippt habe, steige ich aus dem Wagen und gehe auf den Hintereingang zu, wo ein paar von Mindys Mitarbeitenden stehen und etwas verladen. Ich begrüße sie und bedanke mich, dass sie mich reinlassen, auch wenn das Museum geschlossen ist. Ich gehe durch den Lagerraum raus in den Schauraum, wo ich mich nach meiner Verlobten umsehe und sie schließlich in einer Ecke entdecke, wo sie gerade etwas abmisst.

Ich rufe ihren Namen, und sie dreht sich um, sieht mich verwundert an und dann auf ihre Armbanduhr. Ich gehe schnellen Schrittes auf sie zu, ignoriere den Fakt, dass wir nicht allein sind, und schlinge meine Arme um sie. Während ich sie halte, beschließe ich, dass ich für uns kämpfen werde, komme, was wolle.

10. KAPITEL

Sierra

Soundtrack of the Day:
Green Day – Good Riddance

Ein halbes Jahr später …

»Hast du dem armen Hund Schlafmittel gegeben?«, fragt mich Chelsea ernst und blickt auf die dösende Bailey, die schon wieder zu groß für ihr Bettchen geworden ist. Sie wächst so schnell, dass ich mir manchmal die Zeit zurückwünsche, in der sie noch ein kleiner Welpe war und in meiner Halsbeuge Platz hatte.

»Nein, natürlich nicht«, gebe ich genervt zurück, da ich diese Frage öfter gestellt bekomme, als mir lieb ist.

»Aber sie verhält sich nicht, wie sich ein Welpe verhalten soll.«

»Willst du, dass sie hier alles zerstört, oder was? Außerdem ist sie schon sieben Monate alt und kein Welpe mehr. Guck dir an, wie groß sie wieder geworden ist.«

»Golden Retriever neigen dazu, groß zu werden.«

»Ja, aber bei Bailey scheint das Wachstum besonders schnell voranzuschreiten. Gefühlt war sie gestern noch ein kleines Fellknäuel, das nicht allein auf die Couch kam.«

»Du hörst dich wie eine Mom an, die nicht will, dass ihre Babys erwachsen werden«, meint sie lachend und setzt sich auf den freien Stuhl neben mir. Wer mich in meinem Büro besucht, muss sich direkt neben mich setzen, da ich meinen Schreibtisch zum Fenster gedreht habe. Eine Entscheidung, die ich nicht bereue, da ich die Abtrennung durch den Tisch generell nicht mag, wenn ich zu Chelsea oder den anderen ins Büro gehe.

»Es ist gefühlt auch so. Seitdem ich Bailey in meinem Leben habe, bin ich ständig besorgt um sie. Gleichzeitig liebe ich es, Zeit mit ihr zu verbringen. Es ist anders als bei Mom und Dad. Dort hatten wir Hunde und Katzen und die Pferde, aber sie gehörten uns allen. Nun bin ich allein für ein Lebewesen zuständig, und das verändert mich.«

»Ist es eine positive Veränderung?«

»Ja, ich finde schon.«

»Hmm«, macht Chelsea, und es scheint, als wäre sie anderer Meinung, und als sie auch noch die Arme vor der Brust verschränkt, weiß ich, dass sie tatsächlich anders denkt.

»Du scheinst nicht überzeugt von meinen Worten zu sein, was?«

»Wenn du es als positiv empfindest, will ich nichts Gegenteiliges behaupten.«

»Aber?«

»Aber uns ist aufgefallen, dass du dich immer mehr zurückziehst.«

»Tue ich das? Ich dachte, ich bin generell die Stillere von uns dreien«, gebe ich scherzend zurück und sammle alle notwendigen Dokumente für unser Erstgespräch mit einem potenziellen Kunden zusammen. Ich vermeide es, ihr in die Augen zu sehen, da sie in meinen vielleicht mehr sehen wird, als ich bereit bin preiszugeben.

»Ja, aber ich denke, dass es nun schlimmer geworden ist.«

»Schlimmer?« Ich halte inne, sehe sie aber immer noch nicht an.

»Ja, egal, ob wir dich zum Essen oder in eine Bar einladen wollen, du schiebst immer Bailey als Ausrede vor, um nicht mitkommen zu müssen. Wenn wir fragen, wie es dir nach der Sache mit Caleb geht, dann blockst du ab, und es scheint alles interessanter zu sein als das, was dich wirklich beschäftigt. So kommt es mir zumindest vor.« Ich nehme einen tiefen Atemzug und stelle mich ihren alles sehenden Augen.

»Es stimmt, dass meine gesamte Aufmerksamkeit auf meine Hündin gerichtet ist, aber dass ich euch vernachlässigt habe, tut mir leid. Ich habe es einfach nicht gemerkt.« Vielleicht war ich so sehr mit mir selbst und der Trauer beschäftigt, dass ich nicht gemerkt habe, dass meine Schwestern verletzt sind.

»Du musst dich nicht entschuldigen. Aber ich frage mich, ob es etwas mit Caleb und der Sache mit Zoe zu tun hat.«

»Erinnere mich bloß nicht daran«, gebe ich zurück, weil mich schon die Erwähnung dieser unmöglichen Frau auf die Palme bringt. Nachdem ich die Beweise für Calebs Treue übergeben hatte, fühlte ich mich am Boden zerstört. Nichts konnte mein gebrochenes Herz zum Schweigen bringen. Dass dann unsere Mitarbeiterin Zoe Beweise gefälscht hat, um Geld zu machen, hat uns alle hart getroffen. Beides habe ich schwer verkraften können, da ich Zoe immer gern mochte. Wir haben sie angezeigt und eine Strafzahlung von ihr erhalten.

»Willst du wirklich nicht über ihn reden?«, fragt sie mich und übergeht meine Bitte. Ich weiß, dass sie sich Sorgen um mich macht, doch ich erlaube mir nur an Caleb zu denken, wenn ich allein bin. Dann kann ich auch traurig sein, ohne mit Fragen bombardiert zu werden.

»Nein, danke. Wenn ich so weit bin, melde ich mich, okay?

Ihr braucht euch keine Sorgen um mich zu machen. Ich gehe morgen auf das Alec Benjamin-Konzert, und du weißt, dass seine Musik alles heilt.«

Sie weiß, dass ich mich ungern in lauten Locations aufhalte, außer wenn es sich um Konzerte handelt. Auch Chelsea geht nur dann aus, wenn Rory sie überredet, sonst würde unsere Älteste ununterbrochen arbeiten.

»Versteh mich nicht falsch, ich möchte nicht, dass du etwas tust, was du nicht magst, aber nur zu Hause abzuhängen ist auf Dauer nicht gut für deine mentale Gesundheit. Da ist das Konzert ein Schritt in die richtige Richtung.«

Rory und sie sollen sich keine Sorgen um mich machen. Ich bin traurig, dass Caleb nie eine Option für mich gewesen ist, aber auch das wird vorübergehen, selbst wenn es etwas länger dauern wird. Der Mann ist mir unter die Haut gegangen, und ich kann ihn einfach nicht vergessen, egal wie sehr ich es versuche.

»Ich weiß, was du meinst.« Seufzend schaue ich durch das Fenster nach draußen. *Wieso ist das alles so schwierig?* Kann ich nicht einfach so weitermachen, wie ich es getan habe, bevor dieser attraktive Mann in mein Leben getreten ist? Aber so sehr ich es mir auch wünsche, ich kann es nicht. Denn ich bin nicht mehr dieselbe. Ihn zu kennen, ihn zu lieben, hat mich verändert. Ich leide still vor mich hin, und das ist okay. Bailey ist da, und ich fühle mich weniger einsam, seitdem sie in meinem Leben ist, auch wenn sie einen Partner niemals ersetzen kann, aber das sollte sie auch nie.

»Wenn du mich brauchst, bin ich da, okay?«

»Danke, das weiß ich zu schätzen.« Sie streicht mir mitfühlend über den Oberarm, ehe wir aufstehen und in den Flur treten. Wir machen uns auf den Weg in den Besprechungsraum, als meine Schwester wieder das Wort ergreift. »Was sagt die Hausverwaltung zu der zerstörten Terrassentrennwand, die durch den Sturm beschädigt wurde?«, fragt sie mich neugierig, da ich sie diesbezüglich noch nicht auf den neuesten Stand gebracht habe. Ein Orkan hat New York heimgesucht und die Glaswand zerstört, die meine Terrasse von der Terrasse der angrenzenden Wohnung trennt.

»Sie haben die Scherben des Sicherheitsglases entfernt, sodass Bailey oder ich uns nicht verletzen können, die Reparatur dauert allerdings noch ein paar Tage oder gar Wochen, da das Unternehmen mit der Reparatur der vielen Sturmschäden beschäftigt ist.«

»Steht die Wohnung eigentlich noch leer?«

»Ja, aber es scheint bald jemand einzuziehen. Ich habe den Makler zufällig getroffen, und er hat mir mitgeteilt, dass die Wohnung verkauft wurde.«

»Hoffentlich ist die neue Nachbarin oder der neue Nachbar nett.«

»Und nicht zu laut«, füge ich hinzu. Der letzte Nachbar hatte die Angewohnheit, jedes Mal laut herumzubrüllen, wenn er beim Gamen eine Niederlage einstecken musste – mit Vorliebe mitten in der Nacht. »Ich kann gar nicht mehr zählen, wie oft ich erschrocken aufgewacht bin.«

»Schrecklich. Sei froh, dass du ihn los bist.«

»Bin ich. Oh, er ist schon hier.« Wir treffen gerade ein, als Lindsay Mr Rogers in den Besprechungsraum führt. Als wir den Raum betreten, sagt er zu unserer Empfangsdame, dass er keine Tasse Kaffee wünscht, ehe er uns entdeckt. Ich schätze ihn auf Mitte vierzig, wobei sein schwarzes Haar an den Schläfen ergraut ist. Er begrüßt uns freundlich, doch man sieht ihm an, dass er sich zu einem Lächeln zwingen muss. Er wirkt wie ein Mann, der von Sorgen gequält ist. Da gibt es keine Zweifel.

»Mr Rogers, schön, dass Sie da sind.«

»Danke, dass sie mich reingezwängt haben. Mir wurde gesagt, Sie seien ausgebucht, aber ich kann nicht mehr mit dieser Ungewissheit leben.« Seine zittrige Stimme spiegelt seine nervöse Art wider.

»Sehr gern. Mr Rogers, das ist meine Schwester Sierra. Sie würde gern unser Gespräch aufzeichnen, sodass wir alles richtig aufnehmen und die Akte erstellen können.«

»Das ist in Ordnung.« Ich starte das Aufnahmegerät und lege es zwischen uns auf den Couchtisch. Da wir beide merken, dass der Klient sich erstmal beruhigen muss, lassen wir ihm die Zeit und greifen zunächst zu unseren Tablets und iPens, um geschäftig zu wirken.

»So, Mr Rogers, nun, da Sie einer Aufnahme zugestimmt haben, würde ich gern mehr darüber wissen, wieso Sie uns kontaktiert haben.«

»Meine Frau ist in letzter Zeit nicht mehr sie selbst«, sagt er mit brüchiger Stimme und ringt seine Hände. Er ist den Tränen nahe, und ich kann nichts anderes tun, als einfach dazusitzen und ihm zuzuhören. Er macht eine Sprechpause, die typisch für Personen ist, die uns beim Erstgespräch gegenübersitzen. Es kostet sie einiges an Kraft, uns, die Fremde für sie sind, von ihren Sorgen zu berichten. Wir geben ihnen Zeit, sich zu sammeln, und warten geduldig, dabei versuchen wir ihnen mit unserer Mimik und unserem Auftreten Kraft zu schenken und das Gefühl zu vermitteln, dass sie nicht allein sind und wir ihnen helfen wollen.

»Sie hat einen Zumba-Kurs angefangen, und zuerst dachte ich, dass das Tanzen und die Lebensfreude, die dieser Sport mit sich bringt, sie verändert haben. Doch sie hat neuerdings immer ihr Smartphone dabei und legt es schnell weg, wenn ich den Raum betrete. Eines Abends wollte sie erneut zur Tanzschule, wo ihr Kurs stattfindet, doch sie ist in einem Gebäude verschwunden und nach ein paar Minuten wieder rausgekommen.«

»Haben Sie versucht, sie auf Ihre Zweifel anzusprechen?«

»Natürlich. Wir haben immer eine vorbildliche Ehe geführt, Kommunikation ist uns sehr wichtig. Es sieht ihr auch nicht ähnlich, etwas vor mir zu verbergen.«

»Wie würden Sie Ihre Frau beschreiben?«

»Sie ist ein herzensguter Mensch, gibt auf sich und ihre Mitmenschen acht. Sie arbeitet als Büroangestellte in einem Stahlunternehmen und ist eine Frohnatur, die von allen gemocht wird. Sie ist witzig und beliebt bei der Kollegenschaft. Eine Frau, wie man sie sich nur wünschen kann, wenn da diese Veränderung der letzten Wochen nicht wäre.«

»Sollen wir eine Testung durchführen oder den Fall an unsere Detektei weitergeben?«

»Ich …«, setzt er mit zittriger Stimme an und ist sichtlich überfordert. Es war für ihn wohl das eine, über seine Probleme zu reden. Doch jetzt, wo wir nach einer Methode Ausschau halten, wie wir ihre Treue überprüfen können, ist es zu viel für ihn. Seine Unterlippe bebt, und als er weitersprechen will, schluchzt er und bricht schließlich in Tränen aus. Ich bin es gewohnt, dass in diesem Raum all die Gefühle ausbrechen, die diese Menschen lange unterdrückt haben. Ich leide meistens stumm mit und reiche ihnen Taschentücher, denn egal was ich tue oder sage, ich kann ihnen dieses Leid nicht nehmen.

Wir können als Agentur nur die Treue testen oder durch die Mitarbeitenden der Detektei herausfinden, ob die Zielperson bereits eine Affäre hat. Welche Konsequenzen daraus entstehen, dafür sind die Personen selbst verantwortlich. Während meine Schwester und ich Mr Rogers Zeit geben, sich wieder zu sammeln, wandern meine Gedanken wie so oft zu Caleb. Ich frage mich, ob Mindy und er schon geheiratet haben. *Wohnen sie noch in New York? Ist Mindy womöglich schwanger?*

Jede der Vermutungen schmerzt, denn wie ich es auch drehe und wende, Caleb wird für immer unerreichbar für mich sein. Nicht nur weil er vergeben ist, sondern weil ich Gefühle für ihn als Sara entwickelt habe. Die Mails, die wir ausgetauscht haben, waren von meiner Seite aus ehrlich, was meine Gefühlswelt und Hobbys angeht. In Bezug auf meinen Beruf und meine wahre Identität habe ich aber gelogen. Und das würde mir Caleb sicher niemals verzeihen.

Mr Rogers ist bereit weiterzusprechen, also konzentriere ich mich wieder auf unseren Klienten. Nachdem er seine Situation geschildert hat, geben wir den Preis bekannt, den wir für eine Beschattung verlangen, je nach Arbeitsaufwand kann dieser variieren. Für die Treuetestung gibt es eine eigene Preisliste, die Mr Rogers ruhig durchliest. Schließlich entscheidet er sich für das Komplettpaket. Wir werden mit einer Beschattung starten, um zu sehen, ob sie sich öffentlich mit jemandem trifft.

Sollte das fehlschlagen, dann werden wir die Treue seiner Frau mit einem oder einer unserer Mitarbeitenden testen. Mr Rogers wirkt ungeduldig, aber wir bekräftigen immer wieder, dass so etwas Zeit braucht, was er schlussendlich versteht. Bevor er geht, drückt er unsere Hände und bedankt sich im Voraus für unsere Mühen. Ich sehe ihm seine Verzweiflung an, und wie so oft verfluche ich alle Menschen, die fremdgehen. Bei Mr Rogers Frau ist zwar noch nichts bewiesen, aber allein, dass es im Raum steht, macht ihrem Partner sichtlich zu schaffen.

»Es wird einfach nie leichter«, murmelt Chelsea, als wir im Anschluss an das Treffen in die Nachbereitung gehen. Nach so einem Termin mit Klienten bleiben wir in der Regel etwas länger im Besprechungsraum. Zunächst lassen wir alles sacken und bringen unsere Gefühle wieder unter Kontrolle. Manchmal trocknen wir unsere Tränen, weil die Geschichten der Leidenden uns zum Weinen bringen, oder wir schweigen einfach und verarbeiten es still.

Rory hat von Anfang an gesagt, dass sie bei diesen Gesprächen nicht dabei sein möchte. Sie wüsste nicht, wie sie mit der Verzweiflung der Menschen umgehen könnte. Deshalb übernimmt hauptsächlich Chelsea das Reden, während ich nur ab und an Fragen stelle und mir Notizen mache. Das klappt alles sehr gut, und unser System hat sich ausgezahlt – so kann jede von uns das tun, was sie am besten kann. Chels und ich neigen den Kopf in die Richtung der jeweils anderen und lächeln mitfühlend.

»Der arme Mr Rogers«, flüstere ich, woraufhin sie nickt. Da sie Ähnliches durchgemacht hat, muss sie das Ganze mehr mitnehmen als mich, auch wenn sie es nicht immer zeigt. Sie wird als die Kühle von uns Schwestern bezeichnet, weil sie ihre wahren und tieferen Gefühle nur selten zeigt. Auch wenn sie offener zu uns Schwestern ist, habe ich immer noch das Gefühl, als würde es sie Kraft kosten, sich voll und ganz zu öffnen. Wir reden untereinander viel über unsere Fälle, weil wir dadurch up to date bleiben und aufeinander zukommen können, wenn wir bei einer Testung nicht weiterwissen.

»Es muss ihn hart getroffen haben nach über fünfundzwanzig Jahren Ehe. Man denkt, man kennt diese Person, und dann verhält sie sich wie jemand Fremdes«, sage ich traurig.

»Menschen verändern sich und somit gezwungenermaßen auch die Beziehungen. Es tut mit Sicherheit weh, das zu erleben.«

»Ja, tut es. Vor allem verstehe ich nicht, wieso man den Partner beziehungsweise die Partnerin leiden lassen muss. Du hast eine neue Flamme? Dann sei so mutig und sag es doch. Beende die Beziehung, bevor du das Selbstwertgefühl des Menschen zerstörst, der dich so sehr liebt.«

»Wenn das alle tun würden, hätten wir keine Arbeit mehr«, meint Chelsea nüchtern.

»Das wäre mir egal, solange niemand mehr leiden muss, dafür würde ich auch die Agentur an den Nagel hängen. Diese Menschen weinen zu sehen nimmt mich mit, ich fühle mich so hilflos, auch wenn ich es schlussendlich nicht bin, aber ich wünschte einfach, ihnen würde es gut gehen und sie müssten uns gar nicht aufsuchen.«

»Das wäre der Idealfall, der aber nie eintreffen wird. Das, was du willst, ist Wunschdenken. Es wird immer Menschen geben, die betrügen und denen das eigene Ego wichtiger ist als die Gefühle von anderen«, meint meine große Schwester und klingt so verbittert, dass ich Gänsehaut bekomme. *Dieser verfluchte Wallace!* Ihr Ex-Freund hat ihr den Glauben an die Liebe und Treue genommen.

»Ich weiß, aber lass mir meine Träume«, sage ich und hebe einen Mundwinkel an. Das Lächeln, das sie mir daraufhin schenkt, ist warm, aber nicht annähernd so strahlend wie noch vor vier oder fünf Jahren. Chelsea scheint glücklich zu sein mit dem, was sie tut. Sie macht einen zufriedenen Eindruck im Büro und auch privat, wenn wir ausgehen, doch ich merke ihr an, dass sie nicht mehr im Geringsten die Frau ist, die sie vor der Trennung war. Ich hoffe, dass sie eines Tages all das hinter sich lassen kann und weiterzieht. *Aber wieso soll ich das von meiner Schwester verlangen, wenn ich es nicht einmal selbst schaffe?*

»Sorry, Träume sind wichtig«, murmelt sie und atmet tief ein und aus, als hätte sie mehr gesagt, als sie ursprünglich wollte.

»Was sind deine Träume, Sierra?«, fragt sie mich plötzlich.

»So ein tiefgründiges Thema nach dem emotionalen Gespräch?«

»Ja, wieso nicht? Mich interessiert, wovon du träumst.« Mit ihrer Frage erwischt sie mich eiskalt. Ich habe mir noch nicht die Zeit genommen, mir darüber Gedanken zu machen, wo ich im Laufe der Jahre hinmöchte.

»Ich träume davon, dass wir allesamt heute und in Zukunft gesund bleiben und dass es mit der Agentur auch nach der Expansion gut läuft. Außerdem wäre ich gern eines Tages Mutter.«

»Du wirst eine tolle Mom sein.«

»Denkst du? Ich bin doch so kindisch.«

»Umso besser. So hat das Kind das Gefühl, dass es eine coole und lockere Mutter hat.«

»Oder es wird sich denken, die hat einen an der Klatsche.«

»Das kommt dann im Teeniealter, denke ich.« Wir prusten los und die Traurigkeit des Gespräches fällt von uns ab. Danach lockern wir unsere Schultern und besprechen den Fall von Mr Rogers, ohne emotional zu werden. Wir legen fest, wer aus der Detektei ein Auge auf Mrs Rogers werfen wird, und überlegen uns schon vorab ein Treuetestkonzept, auf das wir im Zweifelsfall zurückgreifen können.

Als ich wieder ins Büro zurückkomme, erwische ich Lindsay in flagranti, wie sie Bailey mit Zärtlichkeiten überschüttet. »Ha! Jetzt habe ich dich ertappt. Du steckst ihr doch heimlich Leckerlis zu, oder?«

»Was, ich?«, meint sie grinsend und erhebt sich langsam mit unschuldiger Miene. Natürlich ist sie die Übeltäterin.

»Genau du, aber ich verzeihe dir, weil ich dich mag. Hat sie gewinselt?«

»Nein, gar nicht, aber ich wollte nachsehen, ob du Post zum Wegschicken hast, und da hat sie mich förmlich angesprungen.«

»Sie springt jeden an.«

»Okay, ich wollte mir eine Pause gönnen und sie streicheln.«

»Macht doch nichts. Diese Tür ist für alle offen, die Aufmerksamkeit von Bailey benötigen.«

»Hmm. Sie ist wirklich entzückend. Und wie groß sie geworden ist …«

»Ja, sie hat einen extremen Wachstumsschub gemacht und ist größer als alle anderen Welpen in der Hundeschule.«

»Deswegen hat sie mich fast umgeworfen. Unser Baby wird groß.« Lindsay streichelt Bailey ein letztes Mal und wendet sich dann mir zu.

»Hast du Zeit für eine Kaffeepause?«, fragt sie mich grinsend.

»Brauche ich Luft zum Atmen? Klar, will ich Kaffee.«

»Du bist einfach unverbesserlich. Eine jüngere und krassere Lorelai Gilmore.«

»Das fasse ich jetzt mal als Kompliment auf.« Schließlich liebe ich die Gilmore Girls und habe die gesamte Serie mit Sicherheit schon siebenmal gesehen, und es wird gewiss noch öfter vorkommen.

»War es auch, keine Sorge.« Wir durchqueren das Großraumbüro, wo unsere Mitarbeitenden fleißig sind, und gehen in die Kaffeeküche, die zum Glück leer ist. Nachdem wir uns jeder eine Tasse Cappuccino gemacht haben, setzen wir uns in die Sitzecke. Der Raum war ursprünglich kahl und weiß, doch mittlerweile hängen viele Aquarellzeichnungen von mir an den Wänden. Ich habe sie alle eingerahmt und die Kaffeeküche so verschönert. Die Küche selbst ist auch weiß mit glatter Oberfläche, doch das hat sie kalt wirken lassen, also habe ich eine fortlaufende Wiese mit Blumen, Pilzen und Laub aufgemalt. Es sind verschiedene Themen, und doch passen sie alle zusammen.

»Wie war das Gespräch mit Mr Rogers?«, fragt sie mich, da sie weiß, dass diese Treffen mir manchmal unter die Haut gehen und ich sie schwer verdauen kann.

»Es war okay. Die Situation belastet ihn sehr, und es sind auch Tränen geflossen.« Fast gleichzeitig seufzen wir, ehe Lindsay ein abfälliges Schnauben hören lässt.

»Oh, wie sehr ich Menschen hasse, die betrügen.«

»Es ist noch nichts bewiesen. Wir sollten nicht vorschnell urteilen.« Im Zweifel für den Angeklagten, denn erst wenn wir Beweise in der Hand haben, benutzen wir auch bewusst diese Bezeichnung.

»Sorry, aber seitdem ich hier arbeite, neige ich dazu, immer in jeder Zielperson einen Betrüger oder eine Betrügerin zu sehen.«

»Da bist du nicht die Einzige, aber wir sollten trotzdem versuchen, das gedanklich zu trennen.«

»Und wie geht es dir? Denkst du noch viel an Caleb?« *Wieso muss sie gerade heute diese Frage stellen?* Als würde sie fühlen, dass er heute noch mehr als sonst in meinen Gedanken herumspukt. Ich wische mit der Hand über den Tisch, als würden sich Krümel darauf befinden, nur um irgendetwas mit meinen Händen zu tun. Wenn ich zeichne oder crafte, sind meine Finger beschäftigt, und doch bekomme ich alles von meiner Umgebung mit. Ich drücke meine Gefühle und Gedanken am besten aus, wenn ich kreativ bin.

»Mir geht es gut, mach dir keine Sorgen. Klar denke ich an ihn. Ich war wirklich schlimm in ihn verschossen, aber das wird schon wieder.«

»Na ja, auch nach sechs Monaten noch an seinem Schwarm zu hängen halte ich persönlich für eine lange Zeit.«

»Wir alle fühlen unterschiedlich. Caleb ist ein wunderbarer und vor allem treuer Mann. Es war nicht schwer, sich in ihn zu verlieben, und ich bin mir sicher, dass er seine Verlobte glücklich machen wird.«

»Aber es ist noch schwerer, ihn zu vergessen, oder?« Ich blinzle die Tränen weg, die an die Oberfläche dringen wollen, denn nur Amber, Lindsay und Sam wissen, wie schwer es mir fällt, ihn zu vergessen. Bei meinen Schwestern habe ich mich noch etwas zurückgehalten, auch wenn ich nicht genau benennen kann, warum.

»Hmm, ich denke schon«, gebe ich zu und nehme einen großen Schluck Kaffee. Auch wenn es schwer wird, werde ich es trotzdem schaffen, denn ich erreiche meistens, was ich mir vornehme. Zwar häufen sich die Zeichnungen von Caleb in meinem Arbeitszimmer zu Hause, doch ihn zu zeichnen ist für mich auch eine Form der Verarbeitung. Von Kohlezeichnungen bis zu digitalen Darstellungen von unseren Treffen ist alles dabei, und das ist auch gut so. Nur so kann ich weiterziehen. Ich brauche zwar mehr Zeit als die meisten, aber ich bin trotzdem erfolgreich, und diese Überzeugung erleichtert es mir, weiterzumachen. Weil ich weiß, dass mein Herz wieder heilen wird, auch wenn ich Caleb so schnell nicht vergessen werde.

11. KAPITEL

Caleb

»Es ist so heiß«, beschwere ich mich, während ich die gefühlt hundertste Umzugskiste schleppe. Wenn ich eines hasse, dann ist es Umziehen. Man muss sein gesamtes Hab und Gut in Kisten, Beutel oder Papier einpacken, damit nichts zu Bruch geht – und dann die Menge. Ich hätte niemals gedacht, dass ich so viel Kram habe. Mal abgesehen von den Möbeln, die ich neu kaufen musste, sind es die kleineren Dinge, die die meiste Arbeit machen.

Ich wische mir mit dem Handrücken den Schweiß von der Stirn und fühle die Hand meines Vaters auf meiner Schulter, die er drückt und mir so ein wenig Kraft gibt, nicht alles fallen zu lassen. Bestärkt bündle ich meine Kraft, betrete meine neue Wohnung, die eher einem Labyrinth aus Umzugskartons gleicht, und stelle meine Kiste zu den anderen. Ich sauge gierig die Luft in meine Lungen und blicke erschöpft an die Decke. Seit Wochen stehe ich am Beginn eines neuen Lebensabschnitts, und das eher unfreiwillig. Ohne die Hilfe meiner Familie würde ich entweder nicht vorankommen oder einen Nervenzusammenbruch nach dem anderen erleiden.

»Endlich. Das war die letzte Kiste aus dem Truck.« Morgan schnaubt und setzt sich auf den Boden. Seine Worte verhindern, dass ich wieder in die traurigen Gedanken abdrifte, die mich in den letzten Monaten so viel Kraft gekostet haben. Eine Schweißschicht glänzt auf der Haut meines Bruders, da er wie wir alle unter dem fast schon tropischen Wetter leidet. Die Möbel wurden schon von einem Möbelunternehmen geliefert und teilweise aufgebaut, doch die Kisten wollte ich persönlich in die neue Wohnung bringen, und für meine Familie war es selbstverständlich, mir zu helfen, auch wenn ich ihnen versichert habe, dass das nicht notwendig sei.

»Es sieht nach Regen aus, also kommt endlich Abkühlung nach den heißen Tagen«, meint Mom und setzt sich neben Morgan, der ihre feinen Gesichtszüge geerbt hat. Ich hingegen komme nach meinem Vater. Das markante Gesicht und die graublauen Augen gehen auf seine Rechnung, genauso wie der Rest. Wenn man Fotos aus Dads Jugend ansieht, glaubt man, dass ich das bin, weil wir uns eins zu eins gleichen.

»Wie viele Sachen kann eine Singlemann eigentlich haben?«, beschwert sich Morgan und versucht sich eine nasse Strähne aus der Stirn zu pusten, was ihm jedoch nicht gelingt. Schließlich muss er mit der Hand nachhelfen und streicht sie sich nach hinten.

»Zieh du mal aus, dann sehen wir, wie viel Zeug du hast«, gebe ich grinsend zurück, denn wenn jemand ein Hamster ist, dann ist das mein Bruder.

»Er hat das Doppelte von dir angesammelt, Caleb«, sagt seine Frau, geht in die Hocke und küsst ihn auf die Wange. Sie stört sich offensichtlich nicht daran, dass er schweißnass ist, und diese liebevolle Geste versetzt mir einen Stich in die Brust.

»Aber ich werde ja nie ausziehen.«

»Das hoffe ich doch. Ich gebe dich nicht so schnell her«, flüstert Pauli und streicht ihm über die Wange, ehe sie sich wieder aufrichtet. Das, was mein Bruder hat, wollte ich auch haben und glaubte es gefunden zu haben – mein Gegenstück, die Person, mit der ich alle Hochs und Tiefs erleben werde. Doch ich habe mich getäuscht. So bitter getäuscht. Denn nun stehe ich allein da, vor dem Scherbenhaufen meines Lebens. Ich schüttle den Kopf, um die negative Gedankenspirale zu durchbrechen, und sehe mich im Wohnzimmer um.

Die Wohnung ist durch die vielen Fenster hell und lichtflutet. Sie mag kleiner sein als mein altes Zuhause, doch die Aufteilung ist gut durchgedacht und umgesetzt worden, sodass sie größer wirkt als neunzig Quadratmeter. Zuerst hatte ich überlegt, mir ein Haus am Rande der Stadt zu kaufen, doch das war ursprünglich ein Wunsch, den ich gemeinsam mit meiner Ex-Verlobten realisieren wollte. Jetzt allerdings scheint das so weit weg. Also habe ich spontan diese Wohnung gekauft und bin dabei, sie zu meinem Reich zu machen.

Meine neue Couch wird erst nächste Woche geliefert, sodass wir mit dem Boden vorliebnehmen müssen, da auch die Stühle noch verpackt sind. Es ist noch so viel zu tun, aber das ist etwas, das mich fröhlich stimmt. Mich zu beschäftigen, zu arbeiten lenkt mich ab, und Ablenkung ist das, was mir den Tag rettet. Ich freue mich auf das Auspacken der Kisten, alles neu zu ordnen und so zu platzieren, wie es mir gefällt. Es wird mich zwar Kraft kosten, weil ich emotional noch an meinem alten Leben hänge, aber es ist ein wichtiger Schritt, den ich in Angriff nehmen muss, wenn ich über Mindy hinwegkommen möchte. Das habe ich bisher noch nie getan, da Mindy sich um die Inneneinrichtung gekümmert hat.

»Ich habe Hunger«, beschwert sich mein Dad, und mein Freund Daniel Grant stimmt ihm nickend zu. Ich blicke zu Daniel, der es für selbstverständlich hält, mir an einem heißen Nachmittag beim Umzug zu helfen. Er ist auch der einzige Freund, der mir glaubt, was den Grund der Trennung angeht.

Daniel und ich kennen uns seit ein paar Jahren und gehen heute noch ab und zu gemeinsam joggen. Seine Frau Taylor kümmert sich heute um die zwei Kinder, während er mir unter die Arme greift. Er war der Erste aus meinem Freundeskreis, der geheiratet hat, und hatte das Glück, das Herz des schönsten Mädchens seiner Highschool in Pasadena zu erobern.

»Ich bestelle Pizza«, verkündet Pauline, die wohl ebenfalls Hunger bekommen hat. Auch mein Magen meldet sich nun deutlich zu Wort. Nach der Trennung habe ich aufgrund der Trauer zehn Kilo verloren, aber mittlerweile mein altes Gewicht wieder auf den Rippen, was meine Mom sehr glücklich stimmt. Doch der Unterschied zu meinem früheren Aussehen ist der, dass man mir meine wöchentlichen Trainingseinheiten mit Spike nun ansieht. Bei ihm im Studio habe ich in den letzten Monaten oft so lange trainiert, bis alles schmerzte, weshalb ich deutlich an Muskelmasse zugelegt habe.

»Ich gucke mal, ob Xander noch schläft«, meint meine Mutter und geht ins Schlafzimmer, wo mein Neffe sein Mittagsschläfchen macht. Ich setze mich neben meinen Bruder und drehe den Kopf so, dass ich aus dem Fenster auf den grauen, fast schwarzen Wolkenhimmel blicke. Der Einzug wird von dichten Wolken überschattet, die meinen Seelenzustand widerspiegeln. Der Weg bis hierher war beschwerlich und von Trauer geprägt. Körperlich wie geistig. Heute habe ich meine Liebsten, meine Familie um mich, was es mir leichter macht. Doch nachts bin ich allein mit meinen Gedanken und finde keinen Schlaf.

»Dir fehlen nur noch eine Couch und die Schränke, oder?«, fragt Dad mich, weil er wohl merkt, dass ich wieder in meine Sorgen und Gedanken abdrifte. Etwas, das in den letzten Wochen häufiger passiert ist.

»Ja, die Küche ist so weit fertig, der Tisch und die Stühle sind geliefert, aber noch in Kartons verpackt. Das Arbeitszimmer und das Schlafzimmer sind bis auf die Schränke fertig. Es fehlen natürlich noch Pflanzen und Deko.«

»Darum kümmere ich mich, wenn du erlaubst«, meint meine Mutter, als sie wieder ins Wohnzimmer kommt.

»Das ist lieb von dir, aber ich möchte mich selbst darum kümmern. Diesmal möchte ich mein Reich komplett allein gestalten und für den Feinschliff in meiner Wohnung sorgen.«

»Das verstehe ich, mein Schatz. Ich dachte, ich nehme dir etwas Arbeit ab, aber es kann auch eine Art Therapie sein, mit allem neu anzufangen.«

»Danke für dein Verständnis.« Wir lächeln einander an, ehe sich meine Schwägerin zu Wort meldet.

»Es ist so ruhig, wenn Xander nicht am Herumtollen ist. Ich bin das gar nicht mehr gewohnt«, sagt Pauline, nachdem sie nach dem Telefonieren im Arbeitszimmer wieder ins Wohnzimmer gekommen ist. Da sie unseren Pizzageschmack gut kennt, hat sie, ohne uns zu fragen, das Übliche bestellt. Niemand hat etwas dagegen, Hauptsache, wir bekommen etwas zwischen die Zähne.

»Soll ich ihn aufwecken?«, frage ich, um sie zu ärgern, als sie mir auch schon einen mörderischen Blick zuwirft, der mich zum Grinsen bringt.

»Wenn du sterben willst, bitte. Tu dir keinen Zwang an.«

»Ja, damit ist echt nicht zu spaßen, Mann«, meint Morgan ehrfürchtig und legt eine kurze Sprechpause ein, um einen Schluck aus seiner Wasserflasche zu trinken, ehe er weiterspricht.

»Wenn er nicht genügend Schlaf abbekommt, ist der ganze Tag im Eimer. Dann ist er mies drauf, weinerlich und natürlich auch müde.«

»Das war natürlich ein Scherz, ihr zwei«, sage ich amüsiert, auch wenn es witzig war, die Panik in ihren Augen zu sehen. Der kleine Mann hat die beiden wohl fest im Griff.

»Das würde ich euch und vor allem Xander nicht antun. Dafür liebe ich ihn zu sehr.«

»Bei dir weiß man das ja nie«, gibt Pauline scherzend zurück. Während wir gemeinsam lachen, ist diese Schwere in mir nicht mehr so präsent. Sie zieht mich nicht mehr runter, und dafür bin ich meiner Familie überaus dankbar.

»Hier ist deine erste Post«, meint Daniel und reicht mir einen Umschlag, den ich neugierig entgegennehme. Meine Adresse habe ich noch nicht geändert, aber das steht auch auf meiner To-do-Liste, die zum Glück sehr lang ist und mich beschäftigt halten wird.

»Es ist von der Hausverwaltung«, murmle ich und reiße vorsichtig den Umschlag auf, um das Blatt Papier herauszunehmen.

»Was steht drin?«, fragt Morgan neugierig und blickt über meine Schulter. Ich überfliege schnell die Zeilen und stelle fest, dass es sich um ein Informationsschreiben handelt.

»Darin steht, dass durch einen Sturm die Trennwand der Terrasse beschädigt worden ist. Man hat alles gereinigt, und es besteht keine Verletzungsgefahr, doch die Abtrennung kann aufgrund von Lieferschwierigkeiten noch nicht angebracht werden, sodass die beiden Terrassenseiten verbunden sind. Sie entschuldigen sich für die Unannehmlichkeiten und versprechen, dass sie alles in ihrer Macht Stehende tun werden, um die Reparaturen bald vorzunehmen«, gebe ich in kurzen Worten wieder, was in dem Schreiben steht.

»Hillary hat mehr Schaden angerichtet als vermutet«, meint Dad nachdenklich. Der Orkan, der diesen Namen trägt, hat ganz New York in seinen eisernen Klauen gehabt und Schäden in Millionenhöhe verursacht.

»Aber es wird bald wieder repariert, also ist es nicht so schlimm.«

»Das stimmt. So viel, wie du gerade arbeitest, wirst du nicht viel zum Chillen auf der Terrasse kommen«, meint Morgan. Auch wenn er belustigt klingt, höre ich die Sorge aus seiner Stimme heraus.

»Mag sein, aber ich versuche, mehr auf mich zu achten, sobald ich mich hier eingerichtet habe, okay?«, sage ich, wobei meine Worte an alle gerichtet sind. Meine ganze Familie macht sich Sorgen um mich, seitdem ich allein bin. Ich versichere ihnen, dass es nicht nötig ist, aber sie können nicht aus ihrer Haut. Natürlich bin ich traurig, dass mein Leben sich von Grund auf verändert hat, aber ich bin erwachsen und weiß, wann es Zeit wird, sich wieder zusammenzureißen. Die letzten Monate habe ich gelitten, geweint und mich in Selbstmitleid gesuhlt, doch das muss jetzt vorbei sein. Ein halbes Jahr Trauer ist definitiv genug.

Es ist kurz nach drei Uhr nachmittags, als meine Familie nach Hause fährt und ich allein inmitten des Kartonlabyrinths bin. Neugierig, was es mit dem Sturmschaden auf sich hat, öffne ich die Tür zur Terrasse, die mit Steinfliesen belegt ist. In meiner Ecke befinden sich Müllbeutel, die mit meinen Winterklamotten gefüllt sind und die ich achtlos dorthin geschmissen habe. Durch die weitläufige Überdachung bleibt der Boden trocken, und man hat viel Platz, um sich eine Wohlfühloase zu schaffen. Der Makler meinte, dass die Terrasse dreißig Quadratmeter groß ist, so stand es auch im Kaufvertrag, doch ich habe das Gefühl, dass sie noch größer ist. Ich habe genügend Platz für eine Gartenlounge und Palmen. Als ich auf den anderen Teil der Terrasse blicke, werde ich direkt neidisch.

Die Loungemöbel, die Deko, die Pflanzen und alles andere wurden so schön arrangiert, dass es in einer Pinterest-Wall herausstechen würde. Wer auch immer dort wohnt, hat ein Auge für Innendesign. Ich umfasse das Geländer und blicke in den Regen, der endlich fällt und ein wenig Abkühlung verspricht. Die frische Luft ist eine Wohltat für meine Lungen, und ich atme tief durch.

Ich frage mich, was meine Zukunft wohl noch für mich bereithält, denn jetzt gerade sieht sie so düster aus wie die dunklen Wolken über mir. Ich bin allein und weiß nicht, was ich tun soll, um wieder nach vorn zu blicken, denn meine Gedanken hängen noch zu sehr an der Vergangenheit mit Mindy.

An dem Leben, das ich so mochte, auch wenn bei Weitem nicht alles perfekt war. Aber ich habe es geliebt, jeden Augenblick davon, selbst die schwierigen Momente. Bis Mindy eine Wendung von einhundertachtzig Grad machte und mir Sachen an den Kopf zu werfen begann, die mein Ansehen im Krankenhaus und in unserem Freundeskreis zerstört haben. Durch ihre Worte, die nicht der Wahrheit entsprachen, hat sie alles zerstört, was wir uns gemeinsam aufgebaut hatten, und mich als gebrochenen Mann zurückgelassen.

Zwar war mir bewusst, dass ich früher stutzig hätte werden sollen, als sie die Arbeit ihrem Verlobten vorzog und sich komplett veränderte, doch ich habe an unserer Beziehung festgehalten und wollte nicht verlieren, was wir hatten. Ich habe sie geliebt, war bereit, mein ganzes Leben lang an ihrer Seite zu bleiben, doch was schlussendlich geblieben ist, ist nur Schmerz und ein gebrochenes Herz.

Ich hänge meinen Gedanken nach, sodass ich das Geräusch im Hintergrund nicht wahrnehme, da ich zu sehr auf mich selbst fixiert bin. Ich löse meine Hand vom Terrassengeländer und drehe mich zur Seite, als ich einen Hund mit hellem Fell erkenne, der heftig mit dem Schwanz wedelnd auf mich zukommt. Nur auf mich zuzugehen scheint ihm jedoch zu wenig, denn stattdessen setzt er direkt zum Sprung an und wirft mich um. Ich lande zwar sanft auf meinen Winterklamotten, doch das Gewicht des Tieres auf meiner Brust lässt mich ächzen.

»Bailey. Was tust du? Runter da!«, höre ich eine Frauenstimme rufen, doch der Hund hört nicht, sondern beginnt mein Gesicht abzulecken. Es kitzelt und bringt mich zum Lachen, was der Hund wohl als Bestätigung sieht. Er geht in die Vollen und schlabbert mein gesamtes Gesicht ab. Ich finde die Situation so witzig, dass ich mich nicht mehr einkriegen kann vor Lachen.

»Hörst du schlecht?«, fragt die weibliche Stimme noch mal eine Spur lauter, und ich sehe zarte Hände, die sich um das Halsband des Tiers legen und es von mir wegziehen.

»Entschuldigen Sie bitte, das tut sie normalerweise nicht, denn …«, meint die Person und hört abrupt auf zu sprechen. Ich wische mir noch immer lachend übers Gesicht und stelle fest, dass es schon eine Weile her ist, dass ich so herzlich gelacht habe. Schließlich blicke ich zu der Person, die noch immer den Hund zu bändigen versucht, nun aber still ist. Erstaunt sehe ich die Frau an, die vor mir steht.

»Sierra?«, frage ich überrascht, und Freude breitet sich bei ihrem Anblick in mir aus. Unsere letzte Begegnung ist ein halbes Jahr her, doch auch wenn ich froh bin, sie zu sehen, wirkt sie nicht so, als würde es ihr ähnlich gehen.

12. KAPITEL

Sierra

Soundtrack of the Day:
Alec Benjamin – Devil Doesn't Bargain

Ich stehe vor dem Spiegel und nehme eine Strähne von meinem Haar in die Hand, betrachte das Kaffeebraun, ehe mein Blick zum Ganzkörperspiegel gleitet, der an meiner Wohnungstür befestigt ist. Ich mustere meinen Jeansrock und das Paillettenshirt, das das Deckenlicht einfängt und auf die Wand reflektiert. Dazu trage ich weiße Chucks und eine weiße Jeansjacke. Ich habe meine Haare mit einem Lockenstab noch voluminöser gemacht und heute mal einen kräftigeren Lippenstift aufgetragen.

Ich sehe verdammt gut aus, und das ist auch so gewollt, denn heute ist der Tag, an dem ich einen meiner Lieblingssänger live sehen werde. Alec Benjamin hat mich mit seiner sanften Stimme und seinen tiefgründigen Texten schon oft aufgefangen und verzaubert. Wenn es mir schlecht geht, hat er den perfekten Song, wenn ich gut gelaunt bin, dann bietet er auch da Lieder, die zu meiner Stimmung passen. Ich habe jedes seiner Alben auf Vinyl, CD und als MP3. Ich bin ein Fan der ersten Stunde, habe es aber bis jetzt immer verpasst, ihn live zu sehen.

Sam wusste, dass ich Alec unbedingt sehen möchte, also hat er mir drei Karten für das Konzert von ihm im Lincoln Center geschenkt. Es war selbstverständlich, dass Amber und er mich begleiten werden, da sie seine Musik auch mögen, nur nicht so sehr wie ich. Manche haben viele Bücherregale, die fast eine ganze Wand einnehmen. Sie verleihen einem Raum eine bunte Note und geben ihm das gewisse Etwas. Auch ich habe so eine Wand, jedoch nicht mit Büchern, sondern mit Schallplatten und CDs.

Als Dad mir damals seine Simon-and-Garfunkel-Schallplatte vorgespielt hat, war es um mich geschehen. Ich habe mich nicht nur in die Musik der Siebziger verliebt, sondern in den Plattenspieler, das knackende Geräusch, das Dads Gerät gemacht hat, und die sanften Bewegungen der Nadel auf der Platte. Es war das harmonische Zusammenspiel, das mich damals fasziniert hat, und das tut es bis heute. Jetzt, über zwanzig Jahre später, habe ich über dreihundert Schallplatten von Musizierenden, die mich auf die ein oder andere Art bewegt haben. Da sie relativ dünn sind, habe ich meine Lieblingsstücke umgedreht, sodass die schönen Cover von der Couch aus zu erkennen sind.

Die Wand ist mein ganzer Stolz und ein Eyecatcher, der direkt auffällt, wenn man in meine Wohnung kommt. Im Moment ist der Plattenspieler stumm, aber dafür habe ich einen Earpod im rechten Ohr und höre *The way you felt* von Alec Benjamin, um mich auf später einzustimmen. Ich wische mir die Hände am Rock ab und zwinkere meinem Spiegelbild zu, als ich auch schon eine Chatnachricht von Sam bekomme, in der er mir mitteilt, dass er vor meiner Wohnung steht.

»Bailey, Mommy ist dann mal weg …«, setze ich an und drehe mich um, um noch einen letzten Blick auf Bailey zu werfen, doch sie ist nirgends zu sehen. Alarmiert stelle ich fest, dass die

Terrassentür offensteht. Außerdem vernehme ich ein Ächzen, das definitiv nicht von Bailey stammen kann. Ich eile auf die Terrasse und stelle erschrocken fest, dass Bailey einen Mann umgeworfen hat und gerade sein Gesicht abschlabbert.

»Bailey!«, rufe ich aus, um sie auf mich aufmerksam zu machen, doch sie hört nicht, sondern macht einfach weiter. »Was tust du? Runter da!« Ich habe schon Horrorszenarien im Kopf, stelle mir vor, dass dieser Mann mich verklagen wird und Bailey mir weggenommen wird, und stehe kurzzeitig unter Schock, sodass ich mich nicht bewegen kann, doch dann erklingt ein Lachen und löst mich aus meiner Schockstarre. Erleichterung durchflutet mich, als der Mann erneut laut auflacht. Sein Lachen und diese Stimme verschaffen mir eine Gänsehaut, auch wenn ich mir nicht erklären kann, warum.

Ich gehe auf meine Hündin zu und greife nach ihrem Halsband, doch sie will sich einfach nicht von dem Fremden lösen. Endlich schaffe ich es, doch Bailey ist immer noch hibbelig und würde sich am liebsten erneut auf ihn stürzen. Während ich Bailey von dem Mann fernhalte, entschuldige ich mich, erstarre jedoch, als mir klar wird, wen ich vor mir habe. Ein genauerer Blick reicht aus, um ihn zu erkennen.

Ich habe ihn nie vergessen können.

»Sierra?«

»Caleb?«, erwidere ich dümmlich, auch wenn längst klar ist, dass es sich um ihn handelt, doch die Eine-Million-Dollar-Frage ist die: *Was tut er hier?*

»Was für eine Überraschung. Wohnst du hier?«, fragt er mich neugierig, doch ich muss ein paarmal schlucken, ehe ich sprechen kann.

»Ähm, ja. Ich wohne hier. Und du? Ziehst du ein?«

»Ich bin sogar schon eingezogen. Ein paar Dinge fehlen noch, aber du kennst das ja, das kann noch ein wenig dauern«, meint er scherzend, und ich kann nicht aufhören ihn anzustarren. *Caleb ist hier neben mir eingezogen!?* Das kann doch wohl nur ein schlechter Scherz sein! Es fällt mir bereits jetzt schwer, ihn zu vergessen, und dann zieht er mit seiner Mindy hier ein? Die beiden womöglich jeden Tag zu sehen wäre die Hölle für mich.

»Du bist wirklich hier.«

»Ja, ich kann's nicht fassen. Ist das dein Hund?« Er deutet auf Bailey, die aufgrund der Aufmerksamkeit, die er ihr schenkt, erneut heftig mit dem Schwanz wedelt.

»Ja, das ist Bailey. Eine Golden-Retriever-Hündin, die zu groß für ihr Alter ist und gern Leute anspringt.«

»Das habe ich gemerkt«, sagt er und wischt sich über die Wange. Aber er wirkt nicht böse, sondern scheint verzaubert von Bailey zu sein, wie gefühlt alle anderen.

»Entschuldige bitte. Normalerweise springt sie Menschen, die sie mag, nur an, das Ablecken beschränkt sich eigentlich auf mich.«

»Ich gebe zu, dass ich kurz erschrocken bin, doch es ist ja nichts passiert. Um ehrlich zu sein, hat das sogar gutgetan. Ich habe eine Weile nicht mehr so herzlich gelacht.«

»Oh. Okay, aber ich werde natürlich dafür sorgen, dass das nicht mehr vorkommt.«

»Mach dir diesbezüglich keine Sorgen. Mir geht es gut, und ich bin Bailey nicht böse. Nicht wahr, meine Schöne?« Er geht vor meiner Hündin in die Hocke und krault sie am Hals, als würde er spüren, dass dies ihre Lieblingsstelle ist. Als sich das T-Shirt um seine breiten Schultern spannt, erkenne ich, dass er an Muskelmasse zugelegt hat und nun kräftiger wirkt als zuvor. Sofort wird sie zahm und schnurrt beinahe wie ein Kätzchen. *Ach Bailey, ich kann dich verstehen.* Caleb hat diese Wirkung auf seine Umwelt und vor allem auf mich. In seiner

Nähe fühlt man sich einfach wohl. Mindy muss eine glückliche Frau sein. Caleb blickt durch dichte Wimpern von unten zu mir auf und raubt mir kurz den Atem mit seiner Präsenz.

»Sie ist wirklich eine Süße.«

»Hmm«, antworte ich beiläufig, immer noch gefangen von seinem Blick.

»Geht's dir gut? Wie ist es dir in den letzten Monaten ergangen?«

Wie es mir ergangen ist?

Ich habe häufiger an ihn gedacht, als mir lieb ist, habe seine Worte, sein Gesicht und die Gefühle nicht vergessen können, die er in mir ausgelöst hat. Es hat sich angefühlt, als würde ich eine Trennungsphase durchleben, auch wenn Caleb und ich nie zusammen waren, doch meine Gefühle waren echt.

Sind es noch immer.

Eine fiese Stimme in meinem Kopf flüstert mir diese Worte zu, doch ich möchte sie am liebsten anschreien, denn das darf ich weder denken noch fühlen. Caleb ist vergeben, und dass mir das nicht sofort in den Kopf gehen wollte, hat mich erst in diese Situation gebracht. Ich will ihn mit einer kurzen Antwort abspeisen, doch mein Smartphone beginnt zu läuten, und da ich meinen Earpod trage, drücke ich automatisch auf den Knopf und nehme den Anruf an.

»Hey, wo bleibst du denn? Deine Mafia-Elite hat mich aufgespürt, und die Damen überlegen bereits, an welche ihrer Enkelinnen sie mich verschachern wollen.« Sams Stimme hat einen beunruhigenden Unterton angenommen, doch das bekomme ich nur schwach mit, da all meine Sinne noch immer auf Caleb ausgerichtet sind und der Schock mich kaum rational denken lässt.

»Oh.« Das ist alles, was ich rausbekomme.

»Ja, oh. Komm bitte runter, wenn du mich noch sehen willst, ehe ich im Frack vor einen Traualtar geschleppt werde.«

»Ist gut, bin ja gleich da«, sage ich und sehe erneut zu Caleb, der sich langsam erhebt. Plötzlich wird mir seine Nähe bewusst. Nicht mal eine Armlänge trennt uns, was mich scharf die Luft einziehen lässt. Sein Geruch, diese Mischung aus Aftershave und Schweiß, umschmeichelt meine Nase und beschleunigt meinen Herzschlag. Als wäre der in Calebs Anwesenheit nicht ohnehin schon besorgniserregend schnell.

»Entschuldige, ich muss gehen.« Meine Stimme ist leise und schwach, was Caleb die Stirn runzeln lässt.

»Das habe ich mir schon gedacht. Schade, aber wir werden uns ja nun öfter sehen.«

»Hmm, das werden wir wohl. Bis bald«, sage ich, ziehe die protestierende Bailey mit mir und schließe die Terrassentür. Danach lehne ich mich erschöpft gegen die nächste Wand und schließe die Augen. Caleb ist mein Nachbar.

Caleb ist hier.

Caleb, der Mann, der mein Herz immer noch in Aufruhr versetzt. Ich öffne die Lider und blicke auf Bailey, die sich auf das Sofa gelegt hat.

»Du Verräterin! Wieso musstest du ihn anspringen? Wieso muss er so gut aussehen und jetzt sogar noch muskulöser sein? Wieso fühlt es sich an, als hätte ich eine klaffende Wunde in meiner Brust, die einmal mein Herz gewesen ist?« Bailey neigt fragend den Kopf, was so süß aussieht, dass ich lachen muss. Ich gehe vor ihr in die Hocke, streichle über ihren Kopf und sehe sie an.

»Diese Fragen bringen uns nicht weiter, was?« Ich gebe ihr einen Kuss auf den Kopf, schnappe mir meine Tasche und gehe nach unten, wo ich Sam, umringt von der Mafia-Elite, sehe.

»Sierra. Du siehst ja bezaubernd aus«, meint Mrs Solis, als sie mich entdeckt. Auch Sam dreht sich in meine Richtung, hoffnungsvoll und mit Erleichterung in den Augen sieht er mich an, doch als er mich zu mustern beginnt, verändert sich seine Miene.

Seit ich Caleb wieder über den Weg gelaufen bin, ist es, als wäre meine Gefühlswelt völlig außer Kontrolle. Sam bemerkt mein Unbehagen und geht auf mich zu, weg von den älteren Damen, die ihn wohl mit Fragen bombardiert haben.

»Da bist du ja, ich habe sehnsüchtig auf dich gewartet«, meint mein bester Freund, und die Verzweiflung ist aus seiner Stimme herauszuhören.

»Das kann ich mir vorstellen.«

»Ach, ihr beiden. Ich frage mich ja sowieso, wieso ihr nie zueinandergefunden habt. Ihr seid so ein entzückendes Paar«, meint Mrs Burlington schmachtend.

»Wir sind nur befreundet«, sage ich, woraufhin Mrs Solis wieder das Wort ergreift.

»Also meine Nichte Elena studiert an der NYU und …«

»Was Sierra meinte, ist, dass wir aktuell nur befreundet sind, aber was nicht ist, kann auf jeden Fall noch werden.« Um seine Worte zu bekräftigen, legt Sam seinen Arm um mich und zieht mich an seine Seite. Ich bin so überrascht über die schnelle Wendung, dass ich ihn nur verdutzt ansehen kann.

»Ach ja? Das wäre doch auch schön. Ich hatte da ja immer so eine Ahnung, dass du heimlich in Sierra verliebt bist.«

»Das bin ich. Sie ist die Einzige für mich, nur muss ich sie davon überzeugen, dass ich der Richtige für sie bin.« Er hebt eine Hand und streicht mir über die Wange.

»Ähm«, flüstere ich.

»Spiel einfach mit, bitte«, flüstert er zurück, doch seine Stimme ist nicht gepresst, eher flehend.

»Na schön, ihr jungen Hasen. Dann lassen wir euch mal weiterziehen. Genießt das Leben. Die Zeit verfliegt wie im Flug«, meint Mrs Solis traurig.

»Machen wir.« Sam sieht ihnen nach, als sie um die Ecke biegen, doch ich bin noch immer starr und blicke meinen besten Freund an.

»Sie sind weg«, sage ich und schiebe ihn von mir. »War es wirklich nötig, einen auf verliebt zu machen?«

»Sorry, aber ich musste hier Taten sprechen lassen. Es ist schon das fünfte Mal, dass sie mir ihre Enkelinnen wie eine Opfergabe darbringen wollen.« Nachdem er mich losgelassen hat, blicke ich in die Richtung, in die die Damen gegangen sind.

»Ja, sie übertreiben gern, doch sie meinen es nicht böse.«

»Nein, so habe ich es auch nicht aufgefasst. Aber mir sind einfach die Ausflüchte ausgegangen.«

»Da mussten wir alle mal durch.« Wir setzen uns in Bewegung und die Sonne brennt immer noch heiß auf uns herab, selbst so spät am Nachmittag. Ich ziehe meine Jeansjacke aus und binde sie mir um die Hüften.

»Weißt du, Sam. Ich kann nicht immer die Wingwoman für dich spielen. Irgendwann musst auch du ein großer Junge sein und den Frauen selbst einen Korb geben.«

»Vielleicht ist das auch gar nicht mehr nötig.« Nun hat er meine volle Aufmerksamkeit. Ich weiche gerade einem Hund aus, der plötzlich stehen geblieben ist.

»Ach ja?« Ich zieh das A fragend in die Länge.

»Ich habe da eventuell jemanden kennengelernt.«

»Ui ui. Raus damit. Ich habe achtundzwanzig Jahre warten müssen, bis du mal eine Frau an dich ranlässt.«

»Sie heißt Michelle und ist von Paris nach New York gezogen. Wir sind uns im Park begegnet, und da sie mir gefallen hat, habe ich sie angesprochen.«

»Und? Wie stehen die Dinge jetzt?«

»Wir daten locker und werden sehen, wohin es uns führt. Du kennst mich. Ich lasse es auf mich zukommen, aber bei Michelle habe ich ein gutes Gefühl. Ich muss ständig an sie denken und starre immer auf mein Smartphone, in der Hoffnung, dass sie sich meldet.« Ich bewundere seine Lockerheit. Er hatte keine ernsten Beziehungen, sondern nur Flirts oder Affären, weshalb ich hoffe, dass diese Michelle die Richtige für ihn sein wird. Dass er zum ersten Mal diese Schmetterlinge im Bauch spürt, lässt mich aber ahnen, dass es diesmal etwas Ernstes sein könnte. Während er mir mehr von ihr erzählt, gehen wir zur Metro-Station, und auch wenn ich mich aufs Konzert freue, will ich lieber wieder nach Hause und mich mit dem Gedanken arrangieren, nun mit Mindy und Caleb Wand an Wand zu wohnen. Schon der Gedanke an die beiden lässt mich frösteln, sodass ich überlege, mir doch wieder meine Jeansjacke anzuziehen.

Wir treffen Amber vor der Konzerthalle, und ich ziehe sie in eine enge Umarmung. In letzter Zeit muss sie mehr arbeiten als sonst, sodass ich sie immer seltener sehe. Doch diese Woche hat sie freibekommen, und wir waren die letzten Tage schon shoppen und gemeinsam essen. Bei ihr geht es immer turbulent zu. Sie reist von einem Ort zum anderen, lernt die verschiedensten Leute kennen und blüht regelrecht auf in ihrer Arbeit. Sie war immer schon ein Freigeist, und es macht ihr nichts aus, länger unterwegs zu sein.

Die Halle ist schon gut besucht, und wenn ich mir diese Menschenmengen ansehe, bin ich erleichtert und froh, dass Sam uns Sitzplätze besorgt hat. Menschenmassen hinterlassen bei mir ein beklemmendes Gefühl, das stärker wird, je länger ich mich in einer befinde. Deswegen vermeide ich Menschenansammlungen, wo ich kann, und genieße die Zeit in der Natur oder meinem Zuhause. Bei Konzerten mache ich jedoch eine Ausnahme, manchmal lassen sie mich das Gefühl der Beklemmung sogar vergessen, denn ich liebe es, meine Lieblingssänger und -sängerinnen live zu sehen.

Während wir auf die Vorband warten, verschwindet Amber in einer Menschentraube, um uns etwas zu trinken zu holen. Sam blickt auf sein Smartphone, und meine Gedanken wandern wieder zu der Begegnung mit Caleb. Die Tatsache, dass er mir so nah ist und doch so fern, lässt mich auf eine düstere Zukunft blicken. *Wie kann ich weiterziehen, wenn ich Mindy oder ihn ständig sehen muss?*

»Ist alles in Ordnung? Dich beschäftigt doch etwas.« Mein Freund hat sein Smartphone wieder eingesteckt und sieht mich mit besorgter Miene an.

»Ach was. Es ist nichts.« Er hebt die spöttische Braue und blinzelt, was seine Art ist, mir zu sagen, dass er mir nicht glaubt. Es gibt aber auch keinen Grund zu schweigen, denn ich bin ehrlich zu meiner Familie und den Menschen, die mir am Herzen liegen, und halte nicht viel davon, ihnen zu verheimlichen, was in mir vorgeht.

Ich atme tief ein und aus und spreche das aus, was mir Schauer über den Rücken jagt.

»Caleb ist nebenan eingezogen.« Sein anfängliches Lächeln verblasst, und ich frage mich, ob ich auch so geguckt habe, als ich erkannte, dass mein neuer Nachbar Caleb sein würde.

»Was? Der Caleb?«

»Hmm. Meine Zielperson, die treu und somit für immer tabu für mich war.«

»Warte, aber er hatte doch ein Penthouse an der Upper East Side. Wieso sollte er dann in deine Ecke ziehen?«

»Meine Hood ist kein Ghetto.« Ich ziehe ein wenig die Beine ein, als ein Pärchen zu seinen Sitzplätzen gelangen will.

»Das weiß ich doch, aber es ist meiner Meinung nach unlogisch.«

»Glaub mir, auch ich habe Fragezeichen im Kopf, doch eine Antwort habe ich nicht erhalten. Bailey hat ihn umgeworfen und abgeschlabbert, dabei bin ich tausend Tode gestorben, weil ich Angst hatte, dass er mich verklagen könnte. Ich habe zuerst gar nicht gesehen, dass er es ist.«

»Bailey hat wieder zugeschlagen, was?« Sam presst die Lippen aufeinander, um nicht loszulachen.

»Ja, und auch noch bei der Person, bei der ich dachte, dass ich sie nie wieder sehen werde.«

»Wie geht's dir jetzt?«, fragt Sam mitfühlend, da er weiß, wie sehr ich Caleb mochte. Weil er auch ahnt, dass ich mehr als nur verknallt in ihn war und es vielleicht noch bin. Nachdem ich die Beweise für seine Treue übergeben habe und Amber nicht zu erreichen war, habe ich als Kurzschlussreaktion Sam angerufen und mich bei ihm ausgeheult. Mir wurde klar, dass meine Gefühle tiefer gingen, als ich es je für möglich gehalten habe. Ich habe sogar für das Waisenhaus gespendet, für das sich Caleb einsetzt, wobei ich darauf geachtet habe, es anonym zu machen.

Ich war in dem Coffeeshop, in dem wir uns nach der Eichhörnchen-Rettungsaktion getroffen hatten, und habe stundenlang dort gewartet, in der Hoffnung, ihn nur einmal wiederzusehen. Wie viele Zeichnungen entstanden sind, möchte ich gar nicht sagen. Ich habe wegen der ganzen Sache gelitten, doch Sam und Amber waren mir eine Stütze. Vor allem mein bester Freund, der alles stehen und liegen gelassen hat, um Zeit mit mir zu verbringen und mir beizustehen. Er war die starke und feste Schulter, die ich gebraucht habe, und hat mich aufgefangen, als ich drohte, in ein tiefes Loch zu fallen. Er war und ist ein wahrer Freund.

»Ich bin verwirrt, und in mir herrscht ein Gefühlschaos, das ich nicht gebrauchen kann. Denn Caleb ist womöglich noch immer verlobt, und selbst wenn er es nicht wäre, steht die Tatsache im Raum, dass ich gelogen habe. Ich habe ihn durch die E-Mails kennengelernt, doch ich habe ihn belogen. Ich habe eine Rolle gespielt, und somit ist die Chance, je mit ihm zusammen zu sein, vertan.« Die Realität tut weh, doch es ist wichtig, sie auszusprechen und nicht in einer Fantasieblase zu leben.

»Der Start eurer Beziehung ist auf jeden Fall durch viele Lügen überschattet worden.«

»Ich weiß, und gerade deswegen darf ich nicht wieder schwach werden.«

»Kann ich etwas für dich tun?«, fragt mich mein bester Freund, doch ich lege nur die Hand auf seine und hoffe, dass er so merkt, wie viel mir seine Worte bedeuten.

»Ich denke, da muss ich einfach durch, aber danke.«

Alec Benjamin live zu erleben ist wie ein Traum, der seinen Zauberschleier verliert und dann zur Realität wird. Der Mann gibt alles auf der Bühne, und in jedes Wort steckt er so viel Gefühl, dass ich mich kaum rühren kann, da ich so sehr in seinem Bann stehe. Als er *Water Fountain* singt, sammeln sich Tränen in meinen Augen. Dieser Song handelt von verpassten Chancen und davon, dass man zu jung oder nicht bereit war, den richtigen Schritt zu wagen, und genau das trifft auf mich zu.

Während Alec den Refrain singt, fließen bei mir die Tränen, denn meine Situation ist ausweglos. Caleb war nie für mich bestimmt, und dass mein Kopf und vor allem mein Herz dies nicht wahrhaben möchten, ist eine Sache, mit der ich klarkommen muss. Ich muss von ihm loskommen und weiterziehen, egal wie schwer es auch sein wird. Mein Herz ist schon gebrochen, und nun liegt es an mir, es wieder zu kitten.

Am nächsten Morgen schlafe ich aus und beschließe, das Wochenende mit einem gemächlichen Vormittag einzuläuten, da ich mich müde, aber glücklich fühle. Das Konzert, das ich mit Sam und Amber besucht habe, war ein unvergessliches Erlebnis. Wir hatten sogar das Glück, Alec durch unser VIP-Ticket persönlich zu treffen. Er hat mir meine Vinyls signiert, und wir durften ein Foto mit ihm machen. Er ist nicht nur ein außergewöhnlicher Künstler, sondern auch ein sympathischer und bodenständiger Mensch.

Während ich noch vor mich hindöse, höre ich ein dumpfes Klopfen, gefolgt von einem Bellen von Bailey. Zuerst denke ich, dass ich es mir nur einbilde, doch dann erklingt es erneut, und Bailey geht so richtig in die Vollen. Herb, unser Postbote, weiß, dass ich es nicht mag, wenn man am Wochenende bei mir klingelt, also nehme ich an, dass er es ist, als ich mich aus dem Bett quäle und die Tür aufmache.

»Ist ja gut, meine Süße. Ist ja nur Herb«, sage ich, woraufhin Bailey verstummt. Doch sie ist immer noch wachsam. Die Ängste, die ich hatte, bevor ich meine Hündin zu mir geholt habe, sind nun nicht mehr existent. Abgesehen von Caleb traut sie Männern nicht über den Weg und begegnet ihnen anfangs mit Skepsis, ehe sie sich an sie gewöhnt. Selbst bei Sam hat sie gebellt und brauchte etwas Zeit, um mit ihm warm zu werden.

Ich trage zerknitterte Schlafshorts und ein T-Shirt, das mehr von meiner Schulter zeigt als es verbirgt. Von meinen wirren Haaren, die völlig zerzaust vom Schlafen sind, möchte ich gar nicht anfangen, aber Herb ist das schon gewohnt, vor allem am Wochenende. Da ich schon sehnsüchtig auf meine neuen Aquarellfarben und Pinsel warte, steige ich sogar ohne Murren aus dem Bett.

»Guten Morgen, Herbie. Hast du was Fein …«, sage ich gut gelaunt, verstumme aber sofort, als ich erkenne, wer vor mir steht: niemand Geringeres als Caleb Barnes, in ausgewaschenen Jeans und einem weißen T-Shirt. Sein dunkelbraunes Haar wirkt zwar auch, als wäre er gerade aus dem Bett gestiegen, doch im Gegensatz zu mir sieht es bei ihm sexy aus. Zu allem Überfluss mustert er mein Outfit, ehe er mir wieder in die Augen sieht.

»Guten Morgen, Sierra, entschuldige die Störung, aber der Akku meines Akkuschraubers ist leer, und das Ladegerät ist in einem der unzähligen Umzugskartons. Kannst du mir vielleicht einen Akkuschrauber oder Schraubenzieher leihen?«, fragt er mich freundlich, doch ich bin zu peinlich berührt, um ihm eine Antwort zu liefern. Er steht vor mir wie ein sexy Handwerker, und ich kann nur erahnen, wie ich gerade aussehe. Als schließlich der Fakt, dass ich halb nackt vor ihm stehe, zu mir durchdringt, unterdrücke ich einen Aufschrei und knalle ihm die Tür vor der Nase zu.

13. KAPITEL

Caleb

Pünktlich um sechs Uhr morgens wache ich auf und starre an die Decke, denn sobald ich meine Augen öffne, ist alles wieder da. Der Fakt, dass Mindy mit ihren Lügen so viel Negatives in meinem Leben ausgelöst hat, lastet schwer auf mir. Ich habe sie geliebt, habe ihr alles von mir gegeben. Meine Liebe, meine Zeit und mein Herz, was schlussendlich für sie nichts wert war.

Jetzt, wo ein paar Monate vergangen sind, merke ich, dass ich außer dem Schmerz nichts mehr empfinde, wenn ich an Mindy denke. *War meine Verliebtheit einfach nur Gewohnheit?* Weil ich nicht sehen wollte, dass wir nicht mehr das Liebespaar aus dem College waren?

Ich greife nach dem zweiten Kissen und drücke es auf mein Gesicht, weil ich im Begriff bin loszuschreien. Wie kann ich noch immer an dieser Frau hängen, wenn sie alles zerstört hat, was wir uns in einem Jahrzehnt aufgebaut haben? Dafür habe ich keine Zeit! Ich will mein Leben wieder in den Griff bekommen, und das kann ich nicht, wenn ich an einer Beziehung hänge, die kein schönes Ende genommen hat. Ich lege das Kissen wieder weg und richte mich auf.

Draußen scheint die Sonne, was mich aufstöhnen lässt. Gestern hat es sich so schön abgekühlt, dass ich gehofft hatte, heute würde es so bleiben, doch der Sommer ist dieses Jahr erbarmungslos.

Ich erhebe mich und gehe ins Badezimmer. Nach einer Dusche fühle ich mich bereit, in den Tag zu starten. Mein kurzes Haar rubble ich trocken, ehe ich ins Wohnzimmer gehe. Ich mustere das Chaos in meiner Wohnung, doch der Anblick lässt mich zufrieden lächeln. Ablenkung heißt die Devise. Ich nehme einen tiefen Atemzug und setze mich in Bewegung. Die Kisten stehen alle wild verteilt herum, sodass man nicht wirklich sagen kann, wo man am besten anfangen sollte. Auch wenn es hier aktuell wirr und unordentlich aussieht, greife ich nach meiner Kamera. Es kitzelt mich in den Fingern, eine Momentaufnahme zu machen, die mich immer an diesen Augenblick erinnern soll. Ich schalte die Kamera ein und mache ein paar Bilder, um die Einstellungen zu testen, und als ich endlich so weit bin, gehe in die Hocke und mache ein Foto. Ich habe den Winkel so gewählt, dass die Kisten schief ins Bild ragen, die graue Wand im Hintergrund verleiht dem Ganzen einen melancholischen Hauch, passend zu meiner Stimmung.

Dieser Lebensabschnitt ist völlig neu für mich, und ich wollte ihn auch nie, doch ich muss das Beste draus machen. Es hilft mir nicht, in Selbstmitleid zu versinken, also sollte ich nach vorn blicken, und das kann ich am besten, wenn ich mich beschäftige. Also mache ich mich an die Arbeit und baue im Schlafzimmer den großen Schrank auf, ehe ich mich den Nachtkästchen widme und das Gemälde aufhänge, das mir mein Vater geschenkt hat, als ich mit dem Studium fertig war.

Nachdem ich den Teppich ausgerollt und die Vorhänge nass auf der Stange aufgehängt habe, möchte ich mit den Badezimmermöbeln beginnen, doch als ich gerade den Korpus eines Schrankes zusammenschraube, ist die Batterie meines Akkuschraubers leer. Da ich schnell weitermachen will, suche ich in den beschrifteten Kisten nach meinem Werkzeug, stelle allerdings fest, dass ich offensichtlich nicht markiert habe, wo ich sie abgelegt habe.

»Das gibt's doch nicht«, seufze ich und fahre mir durchs Haar. Ich bin so gut im Flow und möchte heute so viel wie möglich schaffen. Während ich grüble, kommt mir Sierra in den Sinn. Sie ist meine neue Nachbarin, und ich habe sie als freundlichen und hilfsbereiten Menschen in Erinnerung. Es ist mittlerweile Mittag, also fasse ich den Entschluss, sie um Ersatz zu fragen. Ich gehe nach draußen in den Flur, klopfe an ihrer Tür und höre auch gleich das alarmierende Bellen von Bailey. Sie ist auf jeden Fall ein guter Wachhund, was auch mir zugutekommt, da sie Einbrecher in die Flucht schlagen würde.

Da es sein könnte, dass Sierra mein Klopfen durch das Bellen nicht gehört hat, klopfe ich noch mal, diesmal etwas lauter.

Ein paar Augenblicke später wird die Tür schließlich geöffnet, und Sierra begrüßt mich mit einem Lächeln, doch sie hält mich wohl für jemand anderen, da sie den Namen Herbie erwähnt. Ich möchte schon etwas sagen, bin aber kurz abgelenkt, denn Sierra trägt einen Hauch von Nichts, bei dem es sich wohl um ihr Schlafoutfit handelt. Die Shorts und das T-Shirt sind schlicht, sehen aber sehr gut an ihr aus. Ihr Haar ist wohl vom Liegen zerzaust, doch das mildert nicht ihr gutes Aussehen. Denn Sierra ist wirklich eine natürliche Schönheit.

Ihr kaffeebraunes Haar, die leichten Sommersprossen, die man nur erkennen kann, wenn man ihr nah genug kommt, und ihr charmantes Lächeln, gepaart mit ihrer sanften Stimme, sind eine Mischung, die wohl jeden Mann in ihren Bann ziehen würde. Damals war ich mit Mindy zusammen und habe Sierra als eine neue Bekannte betrachtet, doch jetzt sehe ich sie plötzlich mit anderen Augen.

Eine zarte Röte erfasst ihr Gesicht, als sie mich ansieht, sonst bleibt sie starr. Vielleicht habe ich sie geweckt und sie braucht noch ein wenig, um wach zu werden, was völlig in Ordnung wäre. Also bitte ich sie rasch um einen Schraubenzieher oder Akkuschrauber, doch sie blinzelt, blickt an sich runter, läuft feuerrot an und knallt mir die Tür vor der Nase zu.

Ich weiß nicht wieso, aber diese Reaktion bringt mich zum Schmunzeln. Es mag ihr vielleicht peinlich gewesen sein, in diesem Outfit vor mir gestanden zu haben, doch ich fand es süß. Noch immer starre ich auf ihre weiße Wohnungstür und will schon mit einem Lächeln im Gesicht gehen und weitersuchen, als die Tür einen Spaltbreit geöffnet wird und Sierra einen kleinen Koffer hindurchschiebt.

»Das ist mein Akkuschrauber. Mit ihm kommst du hoffentlich gut voran. Und als Reserve habe ich einen Schraubenzieher reingepackt, falls du doch der altmodische Typ bist«, meint sie, doch nur ihr Arm ist zu sehen. Ihr scheint ihr Outfit zu peinlich zu sein, sodass sie keinen Schritt nach draußen wagt.

»Willst du nicht rauskommen? Ich möchte mich gern persönlich bedanken, wenn ich in dein hübsches Gesicht sehe.«

»Sorry, ich bin gerade nicht vorzeigbar.«

»Nicht? Für Herbie aber schon?«

»Er ist unser Postbote. Er hat schon Schlimmeres gesehen.«

»Hast du dich ihm etwa in einem Halloween-Kostüm gezeigt?«

»Pff, schön wärs. Ich habe ihm mal mit einer schwarzen Gesichtsmaske aufgemacht. Der Arme hatte beinahe einen Herzinfarkt.«

»Oh Mann. Ich hoffe, er bekommt eine Gehaltserhöhung, nachdem er durch dich so viel durchmachen musste.«

»Ich würde es ihm gönnen, aber eigentlich behandle ich ihn

gut. Dass er sich gelegentlich erschreckt, stärkt einfach sein Immunsystem und seine Abwehrkräfte«, meint sie und kichert hinter der Tür.

»Willst du wirklich nicht rauskommen? So schön deine Tür auch ist, sehe ich lieber dein Gesicht als den Lack.«

»Nein, danke. Beim nächsten Mal dann.«

»Okay, obwohl ich das nicht als schlimm aufgefasst habe. Also dein Outfit.«

»Das sagst du doch nur, weil du meine Gefühle nicht verletzten willst.«

»Glaub mir, jedes Wort entspricht der Wahrheit.«

»Das macht dich dann natürlich zu einem wirklich netten Nachbarn. Viel Spaß beim Aufbauen der Möbel.«

»Danke dir. Ich werde gut auf den Schrauber aufpassen und ihn dir später zurückbringen.«

»Gutes Gelingen«, sagt sie, als ihr Arm auch schon verschwindet und sie die Tür diesmal sanfter schließt. Mir bleibt nicht mal genug Zeit, um mich zu verabschieden. Ich nehme den Koffer mit in meine Wohnung und stelle fest, dass sie dasselbe Modell hat wie ich, also nehme ich das Ladegerät und lade nebenbei meinen eigenen Akkuschrauber auf, während ich mich wieder an die Arbeit mache.

Da ich das Gerät kenne, ist es ein Leichtes für mich, weiterzumachen. Ein paar Stunden bin ich völlig in meinem Element, sodass ich sogar vergesse zu essen. Das rächt sich später, denn zum Hunger gesellt sich ein leichtes Stechen im Bauch. Erst jetzt reiße ich mich vom letzten Stuhl los, den ich gerade aufgebaut habe, und lege den Akkuschrauber in den Koffer. Ein Blick auf meine Armbanduhr lässt mich die Brauen heben, denn es ist bereits siebzehn Uhr, und außer einem Müsliriegel habe ich heute noch nichts zu mir genommen. Kein Wunder, dass mein Magen protestiert und nach Futter verlangt. Ich erhebe und strecke mich, ehe ich beginne, mein Smartphone zu suchen.

Ich bin nicht der Technikfreak und verlege es häufiger, als mir lieb ist. Als ich es schließlich auf der Küchenarbeitsplatte finde, bestelle ich mir über eine App Gyros bei einem griechischen Restaurant in meiner Nähe. Danach setze ich mich auf den Stuhl, den ich gerade zusammengebaut habe und der durch seinen weichen Stoffbezug sehr gemütlich ist.

Ich stelle fest, dass ich eine Nachricht von Spike bekommen habe, der sich darüber beschwert, dass ich das heutige Training abgesagt habe. Seitdem ich Single bin, fahre ich jeden zweiten Tag in Spikes Studio und trainiere. All meine Wut habe ich so an einem Sandsack oder meinem Gegner ausgelassen. Natürlich habe ich niemanden verletzt, aber die körperliche Anstrengung hat ein wenig gegen die innere Leere geholfen.

Hinzu kommt, dass Spike mir keine Zeit zum Verschnaufen lässt und mich auf Trab hält. Das tut er nicht, um mich zu quälen, sondern weil er weiß, dass ich nur dann einen klaren Kopf bekomme, wenn ich mich körperlich betätige. Er war mir ein guter Freund, der nach dem Training sogar häufiger mit mir in eine Bar gegangen ist. Ich antworte, dass er mir morgen auch noch in den Arsch treten kann, dann lege ich das Smartphone wieder beiseite. Während ich auf meine Essenslieferung warte, falte ich die leeren Kartons zusammen und lege sie alle in eine Ecke des Raums, den ich für den Abfall vorgesehen habe. Mittlerweile ist meine Karton-Burg zu einer Ruine geschrumpft, weil ich die Kisten, die fürs Schlafzimmer sind, auch dort abgelegt habe, und da die Möbel darin schon aufgebaut sind, brauche ich nur noch die Klamotten einzusortieren und die Lampen auf den Nachtkästchen aufzustellen.

Auch das Badezimmer ist bereits mit den Möbeln ausgestattet, und sobald ich den beleuchteten Spiegel angebracht und an den Strom angeschlossen habe, wird der Raum fertig sein. Die Einrichtung meines Arbeitszimmers ist das Einzige, was ich aus der alten Wohnung mitgenommen habe und das somit schon fertig aufgebaut ist. Nun werde ich die letzten Stühle zusammenschrauben, sodass alle Möbel im Essbereich benutzbar sind. Nicht zu fassen, dass ich das alles an einem Tag geschafft und dabei sogar zu essen vergessen habe. Dafür nehme ich mir normalerweise immer Zeit.

Als mein Gyros geliefert wird, esse ich es in Windeseile auf und trinke fast zwei Flaschen Wasser leer. Danach fühle ich mich voll und zufrieden. Ich lasse alles stehen und liegen und entspanne, nachdem ich den ganzen Tag gearbeitet habe. Ich schließe meine Augen und denke ausnahmsweise an gar nichts. So sitze ich eine Weile da und fühle mich zum ersten Mal seit Wochen gut und wohl.

Vielleicht liegt es daran, dass ich endlich meine neue Wohnung beziehen konnte und nicht mehr im Hotel meiner Eltern schlafen muss. Auch wenn ich versucht habe, mich an das Hotelzimmer zu gewöhnen, hat es mir kein Gefühl von einem Zuhause vermittelt, das ich dringend gebraucht hätte. Kurz habe ich darüber nachgedacht, mich bei Morgan einzuquartieren, doch ich wollte niemandem eine Last sein. Ich habe damals all meine Sachen in einem Lagerraum verstaut, bevor ich die richtige Wohnung für mich gefunden hatte.

Nachdem Mindy mir ihr wahres Gesicht gezeigt hatte, war für mich klar, dass ich sofort ausziehen musste. Wir haben uns nicht im Guten, sondern im Streit getrennt, was ich vorher niemals für möglich gehalten hätte. Doch im Leben bekommt man nicht immer das, was man sich wünscht. Meine Gedanken werden unterbrochen, als ich ein Scharren vernehme. Ich öffne die Augen und erkenne Bailey, die vor meiner Terrassentür sitzt und mit den Pfoten am Glas reibt. Da ich genau gegenüber von der Tür sitze, habe ich einen perfekten Blick auf den Golden Retriever, der um jeden Preis meine Aufmerksamkeit auf sich ziehen will. Mit einem breiten Lächeln stehe ich auf und gehe auf die Tür zu. Außer der Interaktion heute Morgen mit Sierra habe ich mit niemandem geredet und niemanden gesehen. Da fühlt es sich wie eine willkommene Pause an, jetzt auf diese entzückende Hündin zu stoßen.

»Na, meine Schöne? Ist es dir nicht zu warm draußen?«, frage ich, gehe vor dem Hund in die Hocke und bin froh, dass ich den Sonnenschutz, der oberhalb der Terrasse befestigt ist, runtergezogen habe. So habe ich nicht das Gefühl, bei lebendigem Leib gegrillt zu werden. Denn die Sommersonne Manhattans ist manchmal unberechenbar. Als Antwort bekomme ich ein Hundebussi.

»Ich habe so einiges geschafft heute. Da drin sieht es schon fast nach einer Wohnung aus. Was hast du so getrieben?«

»Wuff«, ist die Antwort, sodass ich ihr über den Kopf streichle und ihr Fell kraule. Sie hechelt dankbar, und auch mir tut es richtig gut, meine Finger durch das weiche Fell fahren zu lassen.

»Du bist mein Highlight des Tages, weißt du das? Ich würde mich ziemlich einsam fühlen, wenn du nicht da wärst.« Meine Worte sind zwar traurig angehaucht, doch ich fühle mich nicht so. Bailey bellt erneut und macht keine Anstalten, von meiner Seite zu weichen, also setze ich mich auf den Boden und lehne meinen Rücken an die Wand, sodass ich einen herrlichen Blick auf Sierras Oase habe.

»Dein Frauchen hat ein gutes Auge für Details und Inneneinrichtung.« Bailey sieht mich mit geneigtem Kopf an, als würde sie darauf warten, dass ich weitererzähle.

»Und hübsch ist sie auch.«

»Wuff«, bellt sie zufrieden, als wären das exakt die Worte, auf die sie gewartet hat.

Schon bei unserer ersten Begegnung habe ich Sierra als eine Frau mit Feuer unterm Hintern wahrgenommen, was sie für mich unglaublich interessant macht. Dass sie jetzt meine Nachbarin ist, freut mich, denn so ist es keine fremde Person, mit der ich zuerst mal das Eis brechen müsste, ehe wir uns annähern. So wie ich Sierra kennengelernt habe, glaube ich, dass wir gut miteinander auskommen werden.

Ich bin fast dabei einzudösen, als Sierra nach ihrem Hund ruft und ich blinzelnd meine schweren Lider öffne. Es dauert nicht lange, bis sie auf die Terrasse kommt und mich und ihren Hund am Boden vorfindet. »Da ist die kleine Ausreißerin also. Hey, Caleb.« Diesmal trägt sie Leggins – Pauline würde sie wohl als Yoga Pants bezeichnen – und Tanktop und hat sich ihre Haare zu einem hohen Pferdeschwanz zusammengebunden. Ein Outfit, das einfach wirkt, doch in mir etwas auslöst, was ich nicht genau benennen kann.

»Sie war an meiner Tür und wollte mich besuchen, also konnte ich nicht anders, als sie zu begrüßen.« Meine Worte erhellen ihr Gesicht noch mehr, als würde sie sich freuen, dass Bailey einen neuen Freund gefunden hat.

»Lieb von dir, aber du musst sie nicht bespaßen, wenn Arbeit auf dich wartet.« Ihr Lächeln lässt mich unweigerlich die Mundwinkel heben, es ist beinahe, als wäre es ansteckend. Zum ersten Mal seit sechs Monaten werde ich nicht von dem Gefühl überwältigt, als würde mein Brustkorb den Druck und Schmerz nicht aushalten können, sondern fühle mich ruhig und entspannt, was wohl an Sierra oder Bailey liegen muss.

»Ich denke, es ist eher andersrum. Bailey ist genau die Ablenkung, die ich brauche.« In meinen Worten liegt so viel Wahrheit und gleichzeitig auch so viel Hoffnung. Ich möchte endlich wieder der Alte sein und nicht ständig trüben Gedanken nachhängen.

»Also, ich sehe, ihr geht es sehr gut bei dir«, meint sie kichernd, und ich blicke nach unten, wo Bailey neben mir eingeschlafen ist und mein Bein mit einer Pfote umschlungen hat. Sie sieht zufrieden und glücklich aus.

»Ich nehme sie mit rein, dann kannst du weitermachen.«

»Ach was, lass sie schlafen. Geht's dir gut? Komm, setz dich zu mir.« Jetzt, wo ich ihr erneut begegnet bin, merke ich erst, wie gut es mir tut, mit jemandem zu reden, statt meinen Gedanken nachzuhängen. Wir sind uns ja schon begegnet, und es kann nicht schaden, wenn wir uns besser kennenlernen.

»Sicher?« Sie dreht den Kopf und sieht das Chaos in meinem Wohnzimmer.

»Wie ich das sehe, habt ihr sicher noch viel Arbeit vor euch.«

»Ihr?«, frage ich neugierig nach, weil ich nicht weiß, wen sie außer mir noch meint.

»Oh, ich dachte du hast womöglich eine Partnerin, die mit dir eingezogen ist.«

»Nein, habe ich nicht. Zumindest nicht mehr.« Mindy ist Geschichte. Sie hat viel Raum in meinem Leben eingenommen, aber nun stehen die Dinge anders. Alles hat sich verändert, und auch wenn ich anfangs sehr gelitten habe, wird es langsam etwas besser. Nun kann ich über sie sprechen, ohne dass ich das Gefühl habe, vor Schmerz zusammenzucken zu müssen.

»Wirklich? Entschuldige, dann war das wohl eine falsche Annahme«, meint Sierra, die leicht benommen wirkt. Ich glaube, so etwas wie Überraschung in ihrem Blick zu erkennen, denke aber nicht länger darüber nach.

»Es würde mich freuen. Ich kann Gesellschaft nach dem langen Tag sehr gut brauchen.«

»Okay«, sagt sie mit einem halben Lächeln und setzt sich neben mich, sodass Bailey zwischen uns liegt. Ihr Duft, eine Mischung aus einem süßlichen Shampoo und Zitrone, wird durch eine Brise zu mir geweht, und ich erwische mich dabei, den angenehmen Geruch tief einzuatmen.

»Man kann ja Dinge annehmen, da ist nichts Verwerfliches dran. Du musst dich nicht entschuldigen«, knüpfe ich noch einmal an ihre Vermutung an.

»Gut zu wissen. Manchmal nimmt man gewisse Dinge an, auch wenn man nicht sagen kann, wieso.«

»Das stimmt, aber wie gesagt, ich wohne allein. Meine Ex-Verlobte und ich sind vor einem halben Jahr getrennte Wege gegangen. Ich habe für kurze Zeit im Hotel meiner Eltern gewohnt, bis ich diese Wohnung gefunden und gekauft habe.«

»Deine Eltern haben ein Hotel?«

»Sogar mehrere. Mein Bruder leitet nun unsere Hotelkette, die seit Jahren in Familienbesitz ist.«

»Ich frage, weil meine Eltern auch ein Hotel betreiben – in Grand Lake, Colorado.«

»Colorado? Was für ein schönes Fleckchen. Ich war vor ein paar Wochen mit meinem Bruder übers Wochenende dort, wo wir eine Wandertour gemacht haben. Eine Empfehlung von Sara, einer Freundin von mir.« Sierra scheint kurz zusammenzuzucken, doch die Bewegung ist so leicht, dass ich sie mir auch nur einbilden könnte. Sie beißt sich kurz auf die Lippe, ehe sie wieder ihr süßes Lächeln aufsetzt.

»Echt, du hast eine derart weite Strecke für eine Wandertour auf dich genommen?« Ihre Stimme wirkt etwas dünn.

»Ja, ich bin gern in der Natur, und nebenbei fotografiere ich auch gern. Diese zwei Hobbys lassen sich relativ einfach kombinieren.«

»Das kann ich mir gut vorstellen. Ich habe meine ganze Jugend im Wald oder am Grand Lake verbracht. Meine Eltern mussten mich wortwörtlich ins Haus schleifen, weil ich ständig im Baumhaus übernachten wollte.«

»Das klingt nach einer schönen Kindheit. Bei mir war es eher so, dass wir viel herumgereist sind und Hotels aufgekauft haben. Ich habe mich viel in Gebäuden oder im Flugzeug aufgehalten. Vielleicht ist dadurch auch der Wunsch in mir gewachsen, mich mehr in der Natur zu bewegen, sodass ich in meiner Freizeit gejoggt oder spazieren gegangen bin.«

»Ja, Spazierengehen ist ein großes Thema bei uns«, meint Sierra und blickt liebevoll auf ihren Hund. Ihre schlanken Finger streicheln Baileys Bauch, doch diese rührt sich kein Stück und schläft tief und fest weiter.

»Braucht sie viel Auslauf?«

»Nicht mehr als alle anderen Hunde, aber sie ist so neugierig und will an allem schnuppern. Ich versuche ihr Regeln beizubringen, die sie nach einiger Zeit auch verinnerlichen kann. Nur dass sie Menschen vor Freude anspringt, muss ich ihr noch abgewöhnen«, meint sie lachend, und auch ich muss beim Gedanken an Baileys und mein Kennenlernen schmunzeln.

»Mich persönlich hat es nicht gestört. Ist lange her, dass mich eine Dame mit so viel Aufmerksamkeit überschüttet hat«, sage ich und kann nichts gegen die Traurigkeit tun, die mit diesen Worten einhergeht. Sie ist für jeden herauszuhören.

»Ich verstehe, aber sieh es als guten Start und Zeichen der Veränderung. Ab jetzt kann es nur bergauf gehen«, meint sie mit sanfter Stimme, und ihre warmen Worte lassen mich lächeln.

»Es wird ein langer Weg, den ich aber bereit bin zu gehen.«

»Der Wille ist da, somit denke ich, dass es dir nicht schwerfallen wird, loszulassen und zu heilen.«

»Hmm. Da hast du recht«, sage ich und sehe ihr tief in die Augen. Es mag an dem tiefgründigen Thema liegen oder an etwas anderem, aber ich fühle mich zum ersten Mal verstanden. Mit meiner Familie und meinen Herzensmenschen über all das zu reden, was passiert ist, war eine Hilfe, doch ich habe erst jetzt das Gefühl, als hätte ich eine Leidensgenossin gefunden.

Vielleicht hat Sierra schon etwas Ähnliches durchgemacht, sodass ich eine Verbindung zu ihr fühle. Eine Form von Wärme, die sich durch ihre Worte und ihre Anwesenheit in mir ausbreitet. Was es auch ist, ich bin dankbar dafür. Denn ich fühle mich, als wäre ich nicht allein und als wäre jemand an meiner Seite, der genau weiß, wovon ich rede und was ich empfinde.

14. KAPITEL

Sierra

Soundtrack of the Day:
Elina – Love Come Around

»Was ist nur geschehen?«, murmle ich vor mich hin und tippe mir mit meinem iPen auf die Lippe, da mich noch immer die Frage wachhält, was zwischen Mindy und Caleb vorgefallen ist. *Warum haben sie sich getrennt?* Er ist loyal, zudem noch treu, das weiß ich genau, denn ich habe es bewiesen. Jeder kann sehen, dass Caleb eine gute Seele und noch dazu unglaublich attraktiv ist. *Bin ich ein schlechter Mensch, wenn ich mich insgeheim freue, dass die beiden sich getrennt haben?*

Nicht weil ich ihn für mich wollte, sondern weil ich das Gefühl hatte, dass er zwar seiner Partnerin gegenüber loyal, aber nicht wirklich glücklich war. Ich habe es gefühlt, als wir uns begegnet sind. Da lastete eine Schwere auf ihm. Ich habe gespürt, dass etwas nicht stimmte, und das nicht nur, weil Mindy Klientin bei uns war. Durch meine Aufregung und Neugierde kann ich heute einfach nicht still sitzen, und ich zapple unter meinem Tisch, sodass man meinen könnte, es gäbe ein Erdbeben.

Da ich zu aufgewühlt zum Arbeiten bin, öffne ich eine Suchmaschine und suche nach einer Pressemitteilung, die die Trennung und vielleicht auch den Grund dafür erwähnt. Zwar finde ich nichts über die Trennung, doch ich kann einige Artikel über Mindy und einen gewissen Isaac finden, die wohl jetzt zusammen sind. Mit wem sie zusammen ist, interessiert mich nicht, aber ich frage mich, ob dieser Mann der Grund für die Trennung war.

Frustriert darüber, keine Antwort auf meine Frage zu finden, öffne ich Instagram und besuche Calebs Profil, auch wenn ich mir vor einem halben Jahr vorgenommen habe, es nie wieder zu tun. Natürlich war ich schwach und habe mich nicht immer daran gehalten.

Wie konnte ich mich so innig in ihn verlieben?

Wir haben uns persönlich nur zweimal getroffen und über Mails kommuniziert. *Hat das ausgereicht?* Ich habe immer gedacht, dass die Liebe sich festigt und vertieft, wenn man viel Zeit miteinander verbringt. Wenn man alles über die andere Person weiß. Nun bin ich der lebende Beweis dafür, dass meine Vermutungen nicht wahr sind. Es braucht ein paar Augenblicke, um sich zu jemandem hingezogen zu fühlen, die Nachrichten werden wohl den Rest übernommen haben.

Seine Bilder anzusehen hat eine Sehnsucht in mir ausgelöst, die ich so noch nie gefühlt habe, weil er wohl auch der erste Mann ist, der mir völlig unter die Haut geht. Meine früheren Beziehungen, die nie lange gehalten haben, sind nichts im Vergleich zu dem, was ich für Caleb empfinde. Sein Feed ist ein Mix aus Momentaufnahmen, die er mit der Kamera festgehalten hat, Selfies und privaten Fotos.

Ich kenne jedes einzelne der alten Bilder, weil ich ziemlich häufig auf seiner Seite unterwegs war. Teilweise wegen der Testung, doch eigentlich war es einfach schön, ihn anzusehen. Seit ich den Kontakt abgebrochen habe, hat er nur vier Fotos gepostet. Drei melancholisch wirkende Fotos, die wohl seine Trauer widerspiegeln sollen, und ein Selfie, das er zwischen Umzugskartons gemacht hat, im Hintergrund sind einige Personen zu erkennen, bei denen es sich um seine Familie handeln muss. Darunter hat er geschrieben, dass, egal wie schwer es im Leben ist, seine Familie immer für ihn da sein wird. Er muss in den letzten Wochen ziemlich unter der Situation gelitten haben, was mich vermuten lässt, dass die Trennung von Mindy ausging.

Da so viele Fragen in mir brennen und ich mit niemandem sonst darüber sprechen kann, gehe ich auf die Homepage von FeelALot, ein Forum, in dem man anonym über seine Gefühlswelt sprechen und sich auch Rat holen kann. Es ist wie ein Tagebuch, nur dass jeder die Möglichkeit hat, etwas zu kommentieren. Tatsächlich bin ich seit Jahren dort angemeldet, sodass ich viele Nutzende der Plattform bereits kenne, auch wenn alle anonym bleiben, aber durch die virtuellen Gespräche hat man das Gefühl, die Person zu kennen, die sich hinter dem Usernamen versteckt.

Ich öffne einen neuen Thread und schreibe mir alles von der Seele. Ich erkläre, dass ich in einen Mann verliebt bin, er aber tabu für mich war. Jetzt ist er Single, aber trotzdem habe ich das Gefühl, nicht mit ihm zusammen sein zu können, da ich von Anfang an nicht ehrlich zu ihm gewesen bin und ich das als schlechtes Fundament für eine ernste Beziehung sehe.

Ich habe ihm etwas vorgespielt und mich als Sara ausgegeben, was es fast unmöglich macht, etwas mit ihm anzufangen. Ich erhalte schnell eine Antwort von einem User. Er hat durch seine Kommentare schon einigen von uns gute Ratschläge geben können, also lese ich gleich drauflos.

Ehrlichkeit ist das Fundament, auf das eine Beziehung aufbaut, genauso wie Kommunikation. Es kommt auf den Schweregrad des Geheimnisses an. Stell dir die Frage, ob er dir verzeihen würde, sollte er es erfahren. Sei mutig, sag, was du fühlst und denkst.

Wenn ihr füreinander bestimmt seid, könnt ihr auch das Geheimnis aus der Welt schaffen. Es könnte der Start in eine solide neue Beziehung sein.

Den ganzen Tag denke ich über diesen Post und die Worte des Users nach, denn auf der einen Seite hat er recht. Klar könnte Caleb sauer darüber sein, dass ich seine Treue getestet habe, aber er könnte auch sehen, dass es nur mein Job war und die Gefühle echt sind. Andererseits könnte er auch sauer sein und nichts mehr mit mir zu tun haben wollen, und das wäre wirklich schrecklich für mich, immerhin wohnen wir direkt nebeneinander, und ich werde ihm unwillkürlich öfter begegnen.

»Wo bist du wieder mit deinen Gedanken, Sierra?«, fragt mich Rory und wedelt mit ihrer Hand vor meinem Gesicht herum.

»Hmm? Was?«, murmle ich, und es dauert eine Weile, bis ich mich von meinem Gedankenchaos lösen kann.

»Seit Tagen wirkst du so nachdenklich. Beschäftigt dich etwas?« Mein Zwilling merkt sofort, wenn es mir nicht gut geht. Was auch der Grund war, wieso sie sich im letzten halben Jahr mehr um mich kümmern wollte als vorher. Sie wollte mir eine Stütze sein, während ich einfach nur allein gelassen werden wollte.

»Ja, um ehrlich zu sein schon, aber ich will nicht darüber reden, es ist schon genug, ständig darüber nachzudenken.«

»Okay, aber wir sind da, wenn du reden willst, ja?«, meint Chelsea und schenkt mir ein aufmunterndes Lächeln. Ihre manikürte Hand legt sich auf meine, was mich mit Wärme erfüllt. Meine Schwestern sind seit meiner Geburt an meiner Seite und waren mir immer eine Stütze. Wir hatten noch nie einen großen Streit, der uns entfremdet hätte, wie es manchmal vorkommen kann. Wir sind unterschiedlich und doch harmonieren wir miteinander.

»Danke, ich werde darauf zurückkommen, aber eigentlich will ich gar nicht reden. Ich habe es satt, alles zu Tode zu diskutieren. Ich will raus. Lasst uns heute ausgehen.« Meine Worte bringen beide dazu, mich mit hochgezogenen Brauen anzusehen.

»Du willst tatsächlich von dir aus an einem Freitagabend ausgehen?«, fragt Rory überrascht, da ich nicht wirklich als Partytiger bekannt bin. Ich bin eher die Couchpotato von uns oder besser gesagt das kreative Wunderkind, wie sie mich aufgrund meiner vielen Hobbies manchmal nennen.

»Ja, das will ich«, sage ich entschlossen, denn ich brauche Ablenkung, und die bekomme ich nicht zu Hause, wo mich nur eine Wand von Caleb trennt. Mein Schlafzimmer grenzt an ein Zimmer in seiner Wohnung, weshalb ich manchmal dumpf seine Stimme hören kann, wenn er telefoniert. Jedes Mal versetzt es mir einen Stich, und das kann ich nicht gebrauchen. Heute werde ich diejenige sein, die für Partystimmung sorgt.

»Okay, dann lasse ich mir etwas einfallen, damit du es auch nicht bereust, dich von dir aus ins Nachtleben gestürzt zu haben.« Rory ist die Einzige von uns, die wirklich das Nachtleben liebt. Chelsea gleicht eher mir und zieht einen gemütlichen Abend jeder Bar vor, doch wenn wir drei unterwegs sind, verschwinden die Bedenken, und wir genießen den Abend.

Als ich später vor meinem Kleiderschrank stehe, bereue ich meine Entscheidung ein wenig. Rory hat uns einen Tisch reserviert und plant, Chelsea und mich zu einer Cluberöffnung zu schleppen. Einerseits spricht das für gute Musik, andererseits bedeutet es Gedränge und Menschenmengen. Aber ich wollte ausgehen, und das werde ich auch tun. Ab und an muss ich aus meiner Komfortzone raus. Die Entscheidung steht, doch was ich anziehen soll, ist noch immer nicht geklärt.

Je mehr Zeit vergeht, desto mehr Klamotten befinden sich auf meinem Bett, auf dem Stuhl, auf dem Tisch verteilt oder ganz elegant auf dem Boden. Ich hingegen bin immer noch hochgradig ratlos. Frustriert setze ich mich aufs Bett und rufe per Facetime Amber an, in der Hoffnung, dass ihre Schicht vorbei ist.

»Hey, Babe. Na? Warte … was soll dieser Schmollmund?« Wie immer begrüßt sie mich freudestrahlend in ihrer Uniform.

»Amber«, sage ich im weinerlichen Ton, woraufhin sie mich aufmerksam mustert.

»Was ist los?« Sie bleibt stehen.

»Ich gehe heute mit Rory und Chelsea in einen Club und weiß nicht, was ich anziehen soll.«

»Dein Ernst? Und deswegen bist du so niedergeschlagen?«, fragt sie und hebt skeptisch eine Braue. Mittlerweile hat sie sich wieder in Bewegung gesetzt, da meine Verzweiflung wohl kein Grund für sie ist, weiterhin besorgt zu sein.

»Nicht nur. Noch etwas ist passiert.«

»Okay, dann raus mit der Sprache.«

»Caleb ist nebenan eingezogen.«

»Wer ist … Oh. Caleb. Caleb? Ernsthaft?«, fragt sie ungläubig, und ich verstehe ihre Reaktion sehr gut, denn auch ich habe es zunächst nicht wirklich glauben können. Wieder ist sie stehen geblieben und blickt verwirrt in die Kamera.

»Ja, und er ist Single.«

»Er ist Single? Wäre das dann nicht dein großer Moment? Wieso bist du dann traurig?«

»Ich kann mich nicht einfach so auf ihn stürzen, weil ich ihn wiedergesehen habe.«

»Wieso nicht?«

»Ich habe mich in ihn verliebt, als ich Sara war. Ich habe ihn getäuscht.«

»Das ist Vergangenheit. Deine Gefühle waren immer echt.« Mein Seufzen ist lauter als ihre Heels, die auf dem Steinboden klackern, weil sie sich wieder in Bewegung gesetzt hat.

»Na ja, es ist komplizierter als das, aber trotzdem danke.« Sie ächzt, als sie ihre Tasche über die Schulter manövriert, um ihre Schlüsselkarte in die Tür zu stecken, damit sie endlich in ihr Hotelzimmer kann. Sie wirft alles auf den Boden und legt sich aufs Bett, um sich wieder auf mich zu konzentrieren.

»Ich sag dir was. Du bist eine wunderschöne Frau, die das leider nicht immer sehen kann, aber ich und alle um dich herum tun es. Wirf dich in Schale oder nicht, aber genieß das Leben, und tanz deine Sorgen weg. Vielleicht denkst du morgen anders darüber.«

»Ich wollte Jeans und ein T-Shirt anziehen.«

»Okay, vergiss, was ich gesagt habe. Du musst was anderes als das anziehen, was du jeden Tag trägst.«

»Das ist ja das Problem. Ich sitze auf einem Kleiderhaufen und habe nichts anzuziehen.«

»Nichts da, du wirst dich so nie entscheiden können, also übernehme ich das für dich. Zieh das blaue Kleid an.«

»*Das* Kleid? Das habe ich einfach so gekauft, weil es ausgesehen hat, als würde das ein Promi tragen.«

»Du bist mein persönlicher Promi, also zieh es an. Bitte. Für mich.« Sie schmollt und sieht mich beinahe flehend an. Ich will schon protestieren, weil es etwas kürzer als meine anderen Kleider ist. Generell trage ich am liebsten Hosen oder knielange Röcke, doch das ist nicht von Belang. Nicht heute.

»Na schön, weil du es bist, aber wenn ich mich unwohl fühle, ziehe ich es sofort aus.«

»Glaub mir, du wirst dich wie eine Göttin fühlen. Das blaue

Stück Stoff wird schon dafür sorgen.« Wie zuversichtlich sie immer ist.

»Na schön.« Ich seufze und hole das eine Kleid, das noch nicht mit meiner restlichen Kleidung auf dem Boden liegt.

»Gut gemacht. So, ich werde mich jetzt etwas im Hotel hinlegen. Der Flug war anstrengend.«

»Alles gut. Ich danke dir, meine Süße. Jetzt fühle ich mich nicht mehr so ratlos.«

»Das freut mich. Erzähl mir später, wie der Abend gelaufen ist.«

»Mach ich. Bye.«

»Tschüss.«

Nach dem Gespräch mit meiner besten Freundin schalte ich meinen Kopf aus, ziehe das Kleid an und stelle mich vor den Spiegel. Der Vibe des Kleides hat sich nicht verändert. Es baut mein Selbstvertrauen auf und schmiegt sich um mich wie eine zweite Haut. Da ich eher kurviger um den Brustbereich und die Hüften bin, hatte ich Angst, dass es dort spannen könnte, doch es setzt meine Rundungen richtig in Szene, sodass ich mich wohl in meinem Körper fühle. Ich fühle mich schön und selbstbewusst und danke meiner besten Freundin in Gedanken für ihren Vorschlag.

Beflügelt von diesem guten Gefühl räume ich schnell auf, glätte mir die Haare, trinke nebenbei zwei Tassen Kaffee und lege Make-up auf. Bevor ich die Wohnung verlasse, stelle ich sicher, dass Baileys Napf gefüllt ist, und kraule sie so lange, bis sie einschläft. Rory hat angeboten, mich mit dem Auto abzuholen, doch ich wäre nicht ich, wenn ich den Weg nicht zu Fuß antreten würde. Auch wenn meine Füße später wegen der Heels schmerzen und mich die Schuhwahl bitter bereuen lassen werden.

Im Gehen wähle ich Sams Nummer. In letzter Zeit hat sich mein bester Freund rar gemacht und hatte auch abends nur selten Zeit. Er hebt erst nach dem vierten Klingeln ab.

»Da ist ja der verlorene Sohn. Wie geht's dir?«

»Hey. Geht gut, nur viel zu tun. In der Praxis geht es drunter und drüber, sodass ich niemanden außer den Tieren zu Gesicht bekomme.«

»Und deine beste Freundin hast du einfach vergessen?«

»Quatsch. Das wäre überhaupt nicht möglich.«

»Du bist süß. Danke, großer Bruder. Ich liebe dich auch.«

»Dito.«

»Was machst du heute Abend?«

»Ich muss mich für ein Seminar vorbereiten.«

»Falsche Antwort, mein Lieber. Geh mit uns aus.«

»Uns?«

»Mit Rory, Chelsea und mir. Du kannst deine Michelle auch gern mitbringen.«

»Michelle ist nicht mehr Thema.« Seine Worte sind von einer Traurigkeit umhüllt, die jemand anderer nicht entziffern könnte. Ich jedoch schon, da ich sofort weiß, wie es um meinen besten Freund steht.

»Was ist passiert?«

»Sie hat jemand Neues an ihrer Seite.«

»Oh, das tut mir leid.«

»Was soll's. Ich finde es schade. Ich habe sie wirklich gemocht, aber so ist das Leben. Wo geht ihr denn später hin?«, fragt er und klingt nun nicht mehr ganz so traurig. Ich hoffe, dass er zu uns stößt, so kann ich ihn trösten und mich mit ihm unterhalten.

»Ich schicke dir die Adresse, ja?«

»Ist gut. Bis später.« Ich kann meine Freude nicht unterdrücken und quietsche vergnügt auf. Sam lacht, und diesen Laut zu hören macht mich einfach glücklich. Denn wenn es meinem besten Freund nicht gut geht, dann spiegelt sich das auch bei mir wider.

Wir feiern, lachen und tanzen die ganze Nacht durch, und ich merke, wie gut es mir tut, wieder mal auszugehen. Sam redet sich seinen Frust von der Seele und wirkt überhaupt nicht mehr traurig, als ihn eine Frau anspricht. Als ich nach Hause aufbreche, unterhält er sich immer noch mit mir. Meine Schwestern und ich haben völlig die Zeit vergessen, und solche Nächte sind meist die unvergesslichsten.

Während ich den Taxifahrer bezahle, geht gerade die Sonne auf. Zwei Blocks trennen mich von meiner Wohnung, doch das ist so gewollt. Ich möchte mir die Beine vertreten und dann nach Hause gehen, um zu duschen, einen Kaffee zu trinken und mich anschließend ins Bett zu legen und einfach den Samstag zu verschlafen. Ich fühle mich noch immer vom Alkohol berauscht, kann aber von mir behaupten, nicht betrunken zu sein. Ich fühle mich eher schwerelos und frei.

Endlich war Sam wieder da und hat mit meinen Schwestern und mir gefeiert. Es tat unglaublich gut, ihn wiederzusehen, denn auch wenn es nur ein paar Tage waren, in denen er sich rargemacht hat, hat es sich für mich wie eine Ewigkeit angefühlt.

Ich schlendere durch das morgendliche Manhattan, das noch relativ frei von Menschenmassen ist und wirklich Ruhe ausstrahlt, von dem Autolärm mal abgesehen. Die Entscheidung, in New York zu studieren, ist mir nicht leichtgefallen. Denn ich ziehe die Natur dem Stadtleben vor, doch die Begeisterung meiner Schwestern hat mich angesteckt, also habe ich angefangen, Literatur zu studieren. Im ersten Semester hat sich das richtig angefühlt, doch dann verlor ich die Lust daran.

Meine Interessen haben sich einfach im Lauf der letzten Jahre verändert. Also habe ich Seminare und Kurse in Steuerrecht und Buchhaltung belegt und fand darin meine berufliche Bestimmung. Meine Pläne waren damals zwar andere, doch Menschen verändern sich nun mal, genau wie die Ziele, die man sich setzt. Auf dem Weg nach Hause gehe ich bei meiner Lieblingsfloristin vorbei. Ich begrüße Betzy, die wohl gerade vom Großmarkt gekommen ist und Blumen auslädt.

Auch wenn sie erst in ein paar Stunden ihre Türen für Kundschaft öffnet, darf ich mir einen Strauß Schnittblumen aussuchen, den sie mir bei der nächsten Abholung in Rechnung stellen wird. Da ich Stammkundin bin, ist die Vertrauensbasis schon gegeben. Heute habe ich mich für einen blauen Sommerstrauß mit Muschel- und Seesterndeko entschieden, da ich Meerweh habe und mir das Paradies zumindest in meine Vase holen möchte.

Danach gehe ich zum Bäcker, wo ich mir Croissants, Brötchen und Brownies einpacken lasse. Die Mafia-Elite ist nicht zu sehen, doch das ist typisch für einen Samstagmorgen, da die Damen am Wochenende erst später aufzufinden sind oder vielleicht sogar noch schlafen. Ich gähne ausgiebig, als ich meine Wohnung betrete, und werde von einer müden Bailey begrüßt, die sich nach der Freude wieder in ihr Körbchen legt und weiterschläft. Ich stelle die Schnittblumen in die mit Wasser gefüllte Vase, ehe ich unter die Dusche springe, um mich nach der durchgetanzten Nacht wieder frisch zu fühlen.

Unter der Dusche kommt mir Caleb in den Sinn. Wie schön es wäre, ihn an meiner Seite zu wissen und all diese Dinge, die mich glücklich machen, auch mit ihm zu erleben. In meiner Fantasie habe ich mir unendlich viele Szenarios vorgestellt, wie er und ich doch zueinander finden könnten, doch jetzt, wo er wirklich in meiner unmittelbaren Nähe ist, bin ich feige und tue nichts.

Eigentlich sollte ich über alles hinwegsehen und versuchen, ihn für mich zu gewinnen, denn dass er mich attraktiv findet, sehe ich ihm an. Die Anziehung ist auch da, doch mein Problem ist die lähmende Angst, die ich verspüre. Was, wenn er sich in mich verliebt? Wenn er erfährt, dass ich Sara war und ihn getäuscht habe, wird er mich nie wiedersehen wollen.

Das könnte ich nicht ertragen, denn auch Monate nach unserer ersten Begegnung mag ich ihn immer noch so sehr, dass es mir langsam Angst macht. Ich darf nicht so fühlen, sollte einen Schlussstrich ziehen, denn je tiefer die Gefühle gehen, desto schwerer wird es, je über ihn hinwegzukommen.

15. KAPITEL

Caleb

»Dr. Barnes, haben Sie eigentlich schon geheiratet?«, fragt mich Mrs Joelin, nachdem wir mit der Routineuntersuchung ihres Enkels fertig sind. Sie kümmert sich um die Arzt- und Schultermine des Kleinen, da seine Mutter an Krebs verstorben ist und der Vater aufgrund der Arbeit nicht alle Termine wahrnehmen kann. Ihre Frage kommt plötzlich und lässt mich kurz schlucken, ehe ich ein professionelles Lächeln aufsetze, in der Hoffnung, dass sie nicht merkt, wie sehr mich diese Frage aufgewühlt hat.

»Nein, leider haben wir uns getrennt, also ist es nie dazu gekommen.«

»Oh, nein. Entschuldigung. Sie hatten letztens gesagt, dass Sie sich darauf freuen, Vater zu werden, wenn es dann so weit ist.« Ihre Enttäuschung ist echt, und ihr Mitgefühl erwärmt mein Herz, auch wenn es mich peinlich berührt, ihr die Wahrheit mitteilen zu müssen. Niemand möchte freiwillig von der Auflösung seiner Verlobung berichten.

»Ist schon in Ordnung. Eines Tages werde ich Vater werden, bis dahin kümmere ich mich aufrichtig um die Genesung der Kinder, die meine Praxis aufsuchen.« Meine Antwort scheint sie zu beruhigen, denn sie strahlt mich an und klopft mir mütterlich auf die Schulter.

»Ja, Sie sind ein sehr verständnisvoller und geduldiger Kinderarzt. Ich bin mir sicher, dass auch Sie Ihr Glück finden.«

»Danke für das Kompliment.«

»Dann habe ich mich vielleicht verlesen«, murmelt sie, ehe sie zu ihrem Enkel sieht, der gerade eines der Stofftiere in der Ecke des Behandlungsraums inspiziert.

»Verlesen?«, frage ich, merke jedoch, dass sie in Gedanken abgedriftet ist.

»Entschuldigen Sie, ich habe gelesen, dass die Presse die anstehende Hochzeit von Mindy Clayton in einem Artikel erwähnt hat, aber vielleicht ist das auch eine andere Mindy. Ich habe nicht auf das Bild geachtet.«

»Auch wenn sie heiraten sollte, ich bin nicht der Bräutigam.« Meine Stimme ist ziemlich gefasst, auch wenn mir plötzlich tausend Fragen durch den Kopf schwirren.

»Verzeihen Sie, falls ich Wunden aufgerissen habe.«

»Das haben Sie nicht, keine Sorge.« Klar fühle ich mich unwohl bei diesem Thema, und da ist noch ein dumpfer Schmerz, doch mittlerweile bin ich mir sicher, dass ich mir nur etwas vorgemacht habe und die Gefühle für Mindy erloschen sind, sobald sie die Lügen über mich in die Welt gesetzt hat.

»Okay, dann gehen wir jetzt. Verzeihen Sie noch mal.« Man sieht ihr an, dass ihre Entschuldigung ernst gemeint ist, also lasse ich alles für den Moment von mir abperlen. Sobald die beiden den Behandlungsraum verlassen haben, atme ich die angestaute Luft aus und lasse zu, dass die Fragen sich aufgrund der Information in meinem Kopf formen.

Mindy heiratet? Sie hat mich verlassen, weil sie eine Affäre hatte, das habe ich zum Schluss herausgefunden, doch wie sie die Sache beendet hat … darüber möchte ich nicht mal nachdenken. Schlussendlich bringt es nichts, alles zu Tode zu analysieren, denn das Ergebnis ist immer noch dasselbe. Sie wollte mich nicht mehr und hat mich mit einer großen Show abgesägt, sodass ich als der Böse dargestellt wurde.

Dass sie heiratet, löst mittlerweile nichts mehr in mir aus, und das macht mich so froh. Am Anfang hat mich jeder Gedanke an sie runtergezogen, doch mittlerweile habe ich diesen Punkt schon hinter mir gelassen. Ich vermute, dass der Verlobte Isaac ist, der Mann, mit dem sie die Nächte ›durchgearbeitet‹ hat. Unsere Beziehung ist schon lange vor der Trennung nicht mehr existent gewesen, nur wollte ich es nicht wahrhaben. Ich habe mich an den letzten Strohhalm geklammert und wollte sie nicht verlieren, doch jetzt frage ich mich, wieso ich das getan habe. Von Mindys Seite aus gab es keine Bemühungen mehr, die Nächte, in denen sie angeblich im Museum zu tun hatte, hätten mich aufrütteln sollen, doch ich war einfach blind und naiv. Was mich so mitnimmt, ist, wie es geendet hat. Es war nicht schön.

»Ahh«, rufe ich aus und ärgere mich über mich selbst, weil ich wieder daran denke, obwohl ich es mir selbst verboten habe. Ich setze mich wieder an meinen Platz und gehe ins FeelALot-Forum, um mir meinen Frust von der Seele zu schreiben. Ich schreibe darüber, wie schnell sich Gefühle verändern können. Dass meine Ex heiratet, berührt mich in keinster Weise, sodass ich mich frage, ob ich sie je geliebt habe, wenn ich doch nach ein paar Monaten über unsere Beziehung hinweggekommen bin, obwohl wir ein Jahrzehnt zusammen waren. Ich schicke den Beitrag ab und lehne mich in meinen gepolsterten Drehstuhl zurück.

Seit wir getrennt sind, fühle ich mich freier als je zuvor. Ich bin froh, nichts mehr mit ihr zu tun zu haben, dennoch habe ich das Gefühl, als würde mir etwas fehlen, was ich noch nicht benennen kann. Nach der Arbeit fahre ich einkaufen, weil das schon länger auf meiner Liste steht. Ich habe es immer wieder aufgeschoben, doch nun habe ich nur noch Essiggurken und Wasser im Kühlschrank.

Je mehr Reihen im Supermarkt ich passiere, desto voller wird mein Wagen. Ich überlege, was ich mir die nächsten Abende kochen könnte oder fürs Meal Prepping benötige, und decke mich ein. Als ich beim Tierfutter ankomme, greife ich unwillkürlich nach Snackstangen für Hunde. Bailey kommt öfter auf den Balkon, und ich mag es, sie um mich zu haben. Also kaufe ich drei Packungen und gehe zur Kasse.

Ich hoffe, Sierra hat nichts dagegen, dass ich das Futter gekauft habe, aber irgendwie glaube ich das nicht. Als ich vom Supermarkt zurückkomme und vor dem Gebäude parke, bereue ich es, so viel eingekauft zu haben.

Denn ich muss das ganze Essen auch in den fünften Stock bringen und verstauen. Ich blicke zu einem der Fenster, von dem ich glaube, dass es zu meiner Wohnung gehört, und öffne seufzend die Autotür, um mich an die Arbeit zu machen. In mehreren Fuhren bringe ich meine Einkäufe mit dem Fahrstuhl nach oben. Als ich schließlich verschwitzt mit der letzten Einkaufstasche bei meiner Wohnung ankomme, höre ich eine Stimme hinter mir.

»Oh, hi. Genau zu dir wollte ich.« Vor mir steht eine junge Frau, die ich schon öfter im Aufzug gesehen habe und die neben Sierra und mir auch auf dieser Etage wohnt.

»Zu mir?«, frage ich und stelle die schwere Tüte auf dem Boden ab.

»Genau. Hallo, ich bin Macy, die Nachbarin von gegenüber.« Die Frau, die ich auf fünfundzwanzig schätze, hat ihr platinblondes Haar zu einem hohen Pferdeschwanz gebunden und trägt Sportklamotten. Ihr Lächeln ist freundlich, also erwidere ich es und reiche ihr die Hand.

»Freut mich. Ich bin Caleb. Schön, dich kennenzulernen.«

Wir schütteln uns die Hände, doch Macy scheint nicht viel Zeit für Höflichkeitsfloskeln zu haben. Sie wirkt, als sei sie auf dem Sprung.

»Was kann ich für dich tun?«, frage ich also.

»Ich möchte dich gern zu meiner Hausparty morgen Abend einladen.« Ich hebe die Brauen, weil ich mit einer Einladung am wenigsten gerechnet habe.

»Das ist aber nett von dir, allerdings kommt das sehr plötzlich.«

»Ich weiß, das hat Sierra auch gesagt, aber mein Freund ist bei mir eingezogen, und da er niemanden in New York kennt, wollte ich ihm so viele nette Menschen vorstellen wie möglich. Und da wir uns täglich über den Weg laufen könnten, wollte ich dies als Gelegenheit nutzen, um alle Menschen aus der Nachbarschaft, die in unserem Alter sind, einzuladen.«

»Das heißt, Sierra wird auch dort sein?«

»Hmm. Sie hat vorhin die Einladung angenommen, bevor sie ausgegangen ist, auch wenn sie spontan ausgesprochen wurde.«

»Ah, okay. Na gut, dann will ich kein Spielverderber oder schlechter Nachbar sein und werde auch vorbeischauen.« Ihr Jubeln kommt plötzlich und ist sehr laut, sodass ich mich erschrecke und beinahe meine Schlüssel fallen lasse. Ich frage mich, ob sie nicht jünger ist, als ich sie eingeschätzt habe, weil sie genauso viel Energie aufweist wie Teenager. Aber ich könnte mich auch täuschen.

»Das ist großartig. Vielen Dank. Komm einfach um zwanzig Uhr zum Apartment fünfundzwanzig, da steigt dann die Party.«

»Ist gut. Bis morgen dann.«

»Bye.« Sie winkt mir überschwänglich und geht auch schon zur nächsten Tür, wo sie anklopft. Ich neige den Kopf, weil ich mich frage, ob sie den ganzen Wohnkomplex einlädt, doch das kann mir egal sein. Wenn ich auf diese Party gehe, dann wird auch Sierra dort sein – das ist die Hauptsache.

Am nächsten Tag vergeht die Zeit wie im Flug, und ich kann einiges im Haushalt erledigen, was sich über die Woche angehäuft hat. Ich klopfe pünktlich um zwanzig Uhr an der Tür von Macy, aus deren Wohnung dumpf Musik zu vernehmen ist. Ich überlege schon, doch die Klingel zu benutzen, als eine fröhliche Macy mir die Tür öffnet.

»Caleb! Schön, dass du da bist, bitte komm rein.«

»Hier, das ist für euch«, sage ich, und reiche ihr einen Marillenkuchen, den ich heute Vormittag selbst gebacken habe. Ich wollte nicht mit leeren Händen erscheinen.

»Das ist ja lieb von dir. Aber es wäre nicht nötig gewesen.«

»Ach was, das ist kein Thema«, sage ich und betrete die Wohnung, nachdem sie zur Seite getreten ist. Das Apartment wirkt kleiner als meins, aber das kann auch daran liegen, dass so viele Menschen anwesend sind und den Großteil der Räume einnehmen. Macy stellt mir ihren Freund Draco vor, der ebenfalls einen netten Eindruck macht. Nach der Begrüßung ziehen die beiden weiter, und ich sehe mich um.

Macys und Dracos Wohnung wirkt wie ein kleiner Dschungel, denn in jeder freien Ecke befinden sich Grünpflanzen oder Blumen. Sogar an der Decke hängen Topfpflanzen, während die am Boden zur Seite gestellt wurden. Die Luft ist auch aufgrund der Pflanzen etwas feucht, was sich mit der Hitze draußen nur schwer verträgt. Da ich niemanden kenne, blicke ich mich suchend um und entdecke Sierra auf dem Balkon, wo sie mit einem roten Becher am Balkongeländer lehnt und die Aussicht genießt. Ich nehme mir eine Flasche Bier aus einem mit Eis gefüllten Kübel und trete ebenfalls auf den Balkon.

Sierra trägt ein weißes Sommerkleid mit Trägern, das am Rock Aussparungen in Form von kleinen Löchern hat, aber nicht durchsichtig wirkt. Ihr Haar trägt sie offen, was nicht oft der Fall ist – meist sehe ich sie mit Zopf oder Messy Bun. Ich nähere mich langsam und bleibe eine Armlänge entfernt von ihr stehen. Der Anblick – wie sie dasteht, in diesem hübschen Kleid, mit den offenen Haaren, durch die ein leichter Sommerwind fährt – lässt mich innehalten.

Etwas hat sich verändert, denn bis jetzt habe ich in ihr immer meine Nachbarin und die Frau gesehen, die ich auf ungewöhnliche Weise kennengelernt habe. Doch plötzlich fällt mir auf, dass sie ein Muttermal auf dem Schulterblatt hat und dass ihre Oberlippe voller wirkt als die untere. Ihre Nase ist gerade und weist leichte Sommersprossen auf. Mir wird klar, dass ich niemals eine natürlichere Schönheit gesehen habe als sie. Innerlich wie äußerlich ist Sierra eine unglaubliche Frau.

Mein Herz beginnt schneller zu schlagen, als sie sich mit der Hand eine Strähne hinters Ohr steckt, und ihr Parfüm, so sanft und blumig, wie sie auf mich wirkt, umschmeichelt meine Nase. Ich kann nicht anders, als sie einfach anzusehen und leicht zu lächeln, denn so beschwingt und gut habe ich mich schon seit einer Ewigkeit nicht mehr gefühlt. Der Drang, ihr näherzukommen, ist unglaublich stark, und in mir festigt sich der Wunsch, meine Gefühle zuzulassen, um zu sehen, wohin sie mich führen.

Gerade als mir klar wird, dass ich beginne, mehr für Sierra zu empfinden als ursprünglich gedacht, bemerkt sie mich und dreht den Kopf in meine Richtung. Unsere Blicke treffen sich, und die Welt wird leise, als Sierra mich anlächelt. Der Straßenlärm, die Musik und das Gelächter aus der Wohnung – all das verstummt, als wir uns ansehen.

An ihrem Blick erkenne ich, dass mein Auftauchen einen

Sturm von Gefühlen in ihr auslöst. Ihr Lächeln verblasst und weicht einem Ausdruck, der beinahe aussieht wie Sehnsucht. *Kann das stimmen oder bin ich durch meine neu aufflammenden Gefühle verwirrt?*

Was es auch ist, es hinterlässt eine Wärme in mir, die ich schon eine Weile nicht mehr gespürt habe. Die letzten Monate waren von einer Hitze geprägt, doch innerlich war alles erkaltet. Ich empfand nichts außer Schmerz und Trauer. Nun fühle ich mich wieder besser, fühle intensiver, und das verdanke ich nur Sierra. Wir blicken einander immer noch voller Faszination an, sind gefangen in diesem Moment, der nur uns beiden gehört.

Ich höre meinen schnellen Herzschlag, spüre die Wärme, die sich in mir ausbreitet, als Sierra mit einer Handbewegung eine Strähne nach hinten streicht, die ein Windstoß ihr ins Gesicht geweht hat. Und der Drang, ihr näherzukommen und für sie da zu sein, ist beinahe überwältigend. All diese Gefühle stürmen gerade gleichzeitig auf mich ein, und ich weiß nicht, wie ich damit umgehen soll.

Die letzten zehn Jahre war eine andere Frau an meiner Seite, doch das, was ich für sie empfunden habe, ist vollkommen anders als das, was sich gerade in mir aufbaut. Nun fühle ich mich lebendiger, als ich es je für möglich gehalten habe.

Sierra blinzelt und löst so den Bann, der sich zwischen uns aufgebaut hat, auch wenn ich noch nicht bereit bin loszulassen. Dieses berauschende Gefühl möchte ich so lange wie möglich beibehalten.

»Hey, was für eine Überraschung.« Sierra begrüßt mich freundlich, und der Klang ihrer Stimme holt mich endlich aus meiner Starre. Ich trete an ihre Seite und begrüße sie ebenfalls.

»Ja, Macy hat mich gestern an der Wohnungstür abgepasst und spontan eingeladen.«

»Dich auch? Mich hat sie auch in letzter Minute eingeladen, aber ich will mich nicht beschweren. Die Drinks sind kühl, die Musik ist gut, und Macy und Draco sind wirklich liebe Menschen.« Ich stütze mich auf dem Balkongeländer ab und genieße es, Sierra so nah zu sein. Ihr Duft umhüllt mich, und ich muss mich beherrschen, um nicht tief ein- und auszuatmen.

»Ich hatte eigentlich keine Lust auf eine Party, vor allem, weil ich weder die beiden noch die anderen eingeladenen Personen kenne. Doch als sie gesagt hat, dass du auch kommst, habe ich mich umentschieden.« Wieder erhellt sich ihre Miene, und ich frage mich, ob es normal ist, dass ich jedes Mal schlucken muss, wenn sie das tut, weil ihre Art mich so anzieht.

»Partys sind nicht so mein Ding, aber ich weiß, dass die Wohnung nicht überfüllt ist, und ein paar der Leute kenne ich, sodass ich weiß, dass es entspannt zugeht. Das macht es für mich erträglicher.«

»Das heißt, du bist kein berüchtigter Partytiger?«, frage ich scherzhaft und genieße den Wind, der die Hitze ein wenig vertreibt. Ich öffne meine Bierflasche und trinke einen großzügigen Schluck, während ich Sierra lausche.

»Gott, nein. Ich werde eher Kreativschleuder genannt, und die meisten meiner Hobbys spielen sich in meinen vier Wänden ab.«

»Das musst du jetzt ausführen.«

»Ich habe viele kreative Hobbies. Bullet Journaling, Zeichnen oder Malen, Nähen, Stricken, Sticken, Diamond Paintings, Duftkerzen ziehen und noch vieles mehr.« Meine Brauen wandern nach oben, als sie weiter aufzählt. Mir ist noch nie ein Mensch begegnet, dessen Interessen so vielfältig sind. Ich habe das Fotografieren und Taekwondo. Mehr würde mich restlos überfordern.

»Okay, nun verstehe ich, warum du so genannt wirst.« Sierra

trinkt einen Schluck aus ihrem Becher und blickt wieder in die Ferne.

»Ich liebe es, mich neu zu erfinden und auszutesten, wie gut oder schlecht ich in gewissen Dingen bin.« Ihre Worte scheinen einen tieferen Sinn für sie zu haben. Ich mag es, dass sie sich gern neu erfindet.

»Verlierst du da schnell das Interesse, oder hält die Leidenschaft für eine Sache länger an?«

»Wenn ich keine Lust auf ein Hobby habe, dann beginne ich mit etwas Neuem. Die Leidenschaft ist dieselbe, nur dass ich sie in einem anderen Bereich auslebe. Aber das Interesse verliere ich nicht, sondern greife es einfach zu einem späteren Zeitpunkt wieder auf. Derzeit liebe ich es, digitale Illustrationen anzufertigen, und verbringe Stunden damit, Bilder zu zeichnen, die niemand zu Gesicht bekommen wird. Manchmal denke ich mir, ich hätte die Zeit effektiver nutzen können, aber ich liebe, was ich tue, und kann meist nicht aufhören, wenn ich einmal angefangen habe.«

»Wieso das? Zeigst du deine Werke nicht gern her?«, frage ich ehrlich interessiert.

»Doch, aber niemand kommt mehr so recht hinterher. Ich habe in den letzten Jahren sehr viele Dinge angefertigt, sodass die meisten einfach das Interesse verloren haben.«

»Das ist schade. Ich hätte großes Interesse daran, deine Zeichnungen zu sehen.« Ich lasse meinen Blick zu ihren filigranen Fingern wandern, und ich frage mich, welche Kunstwerke sie wohl erschaffen können.

»Sag das nicht zu leichtfertig. Denn es könnte sein, dass ich dir einen Haufen Zeichnungen aufdränge und du am Ende vollkommen überfordert bist.«

»Ach Quatsch, das wird nicht passieren. Wie gesagt, ich würde gern deine Werke sehen.«

»Du bist lieb, Caleb. Danke.«

»Gern geschehen. Ich muss ja gestehen, dass es mir manchmal auch so geht. Meine Leidenschaft fürs Fotografieren führt auch zu Tausenden von Bildern, und meine Familie musste sich schon öfter eine Diashow von meinen Reisen angucken. Auch wenn sie tapfer bis zum Schluss durchgehalten haben, habe ich die Vermutung, dass sie schon nach den ersten zehn Minuten genug hatten.«

»Es tut gut, damit nicht allein zu sein«, meint Sierra und legt ihre Hand auf ihr Dekolleté. Wir unterhalten uns darüber, wie sie als kleines Mädchen schon ganze Königreiche gemalt hat, während die anderen im Kindergarten nur Strichmännchen hinbekommen haben. Ihr zuzuhören ist angenehm, und ich merke, wie die angestaute Anspannung in mir sich langsam abbaut. Sierra zeigt mir immer mehr Facetten von sich, und jede einzelne spricht mich an. Irgendwann ruft Macy nach uns, und wir stellen fest, dass wir seit einer Stunde auf der Terrasse sind und uns unterhalten. Die Zeit ist wie im Flug vergangen.

In der Wohnung wurden kleine Stehtische arrangiert, die mir vorhin gar nicht aufgefallen sind. Prall gefüllte Tabletts mit Fingerfood befinden sich darauf. Sierra und ich stellen uns an einen dieser Tische, kosten die verschiedenen Brötchen und trinken zwei Gläser Wein. Dabei können wir nicht aufhören, uns zu unterhalten.

Auch wenn es sich um eine Party handelt, die eher dazu gedacht ist, andere Menschen kennenzulernen, bleiben Sierra und ich unter uns. Wir lachen und trinken gemeinsam, während die Stunden verfliegen. Als die Musik lauter und tanzbarer wird, bewegt sich Sierra mit dem Beat mit, unterbricht unser Gespräch über Gott und die Welt dabei aber nicht.

Es ist so einfach, mit ihr zusammen zu sein. Unsere Gesprächsthemen sind umfangreich und angenehm, und ich kriege nicht genug davon, ihren Erzählungen zu lauschen. Und je länger ich mich mit ihr unterhalte, desto deutlicher spüre ich, dass ich sie weiterhin in meinem Leben haben will.

16. KAPITEL

Sierra

Soundtrack of the Day:
Faith Hill – This Kiss

Was passiert hier? Ich kann nicht glauben, dass ich mit meinem Traummann auf einer Party bin und all seine Aufmerksamkeit auf mich ziehe. Sobald wir angefangen haben uns zu unterhalten, können wir nicht mehr aufhören. Ich erfahre viel über seine Liebe zu seinem Job und den Kindern, die er behandelt, außerdem spricht er viel über seinen Neffen.

Während er von Xander erzählt, seufzen meine Eierstöcke auf, denn nichts ist attraktiver als ein Mann, der gut mit Kindern umgehen kann. Außerdem erfahre ich, dass er sich auch eigene Kinder wünscht. Ich bin schon so lange in ihn verliebt und kann nicht anders, als mir vorzustellen, wie es wohl wäre, wenn er und ich zusammen wären. Würden wir das Beste aus dem jeweils anderen rausholen und miteinander harmonieren, weil wir uns so ähnlich sind und gleichzeitig völlig verschieden?

Es ist längst nach Mitternacht, und der Alkohol hat mich leichtfüßig und mutig gemacht. Ich tanze zur Musik und ziehe Caleb mit auf die provisorische Tanzfläche. Mein Nachbar kann nicht wirklich tanzen, doch er ist vom Alkohol leicht berauscht und hat rosa Wangen, sodass es ihn nicht weiter stört. Danach mischen wir uns unter die feiernden Leute und landen schließlich auf dem Boden in der Ecke des Wohnzimmers, wo einige der eingeladenen Personen einen Sitzkreis gebildet haben.

Wir stellen fest, dass viele von ihnen Studierende sind. Als jemand den Vorschlag macht, *Karten saugen* zu spielen, möchte ich schon wieder aufstehen, doch Caleb greift nach meiner Hand und bleibt sitzen. Er ist in Spiellaune und bittet mich zu bleiben. Ich bin von seinem süßen Lächeln verzaubert, sodass ich nicke und mich neben ihn setze.

Bei dem Geschicklichkeitsspiel saugt die erste Person eine Karte an, um sie dann mit dem Mund an die nächste Person im Kreis weiterzureichen. Wenn die Karte fällt, kann es zu einem Kuss kommen. Ich weiß nicht, wie ich reagieren würde, wenn die hübsche Blondine neben Caleb ihre Karte absichtlich fallen ließe, um ihn zu küssen.

Könnte ich meinen Schmerz verbergen, ohne dass es ihm auffällt? Ich schüttle den Kopf, denn darüber nachzudenken zieht mich nur runter. Es ist ein Spiel, was soll also schon passieren?

Wir schaffen zwei Runden, bis zwei der Männer sich versehentlich küssen und Jubel und Gelächter ausbricht. Es macht Spaß, Caleb tief in die Augen zu schauen, ehe er mir die Karte weiterreicht. Die Blondine lässt tatsächlich einmal die Karte fallen, doch es kommt zu keinem Kuss, da Caleb es nicht zulässt. Meine Erleichterung darüber lässt sich kaum in Worte fassen.

In der letzten Runde bin ich Feuer und Flamme und will unbedingt gewinnen, weil Caleb und mir noch nie die Karte runtergefallen ist. Es gibt zwar keinen Preis zu gewinnen, aber ich bin ehrgeizig und möchte als Siegerin aus der Runde hervorgehen. Die Blondine reicht Caleb die Karte weiter, und als er sich zu mir umdreht, greift er plötzlich nach meiner Hand, sodass ich völlig aus dem Konzept gebracht werde und nach Luft schnappe.

Während ich ihm tief in die Augen sehe, verändert sich etwas, und wie in Zeitlupe stockt Calebs Atem, und die Karte gleitet zu Boden. Ich ahne schon, dass das Spiel nun abbricht und wir uns wieder ins Partygetümmel stürzen, doch Caleb hält nicht inne. Mir scheint, als hätte er die Karte absichtlich fallen lassen, den in seinem Gesicht sehe ich etwas, was mein Herz zum Stolpern bringt. Er wirkt nämlich, als wäre er voller Sehnsucht und Verlangen.

Ich bin gefangen in dem Moment, und mir wird klar, dass ich nicht träume. Das passiert tatsächlich. Caleb taucht mit seinem Blick tief in meine Seele ein und legt seine Lippen sanft auf meine.

Sobald seine weichen Lippen meine berühren, schließe ich unweigerlich die Augen und genieße einfach den Moment. Wie oft habe ich mir vorgestellt, diesen wunderbaren Mann zu küssen und ihm näherzukommen. Wie oft habe ich mich nachts nach ihm gesehnt, auch wenn mir klar war, dass wir keine Zukunft haben. Ohne zu zögern, erwidere ich den Kuss ebenso zart und zittere am ganzen Körper.

Seine Hand wandert zu meiner Wange, während er mit der anderen noch immer meine Finger berührt. Er strahlt Entschlossenheit aus und macht mich mutiger, als ich es je für möglich gehalten hätte. Völlig überwältigt von all den Emotionen, die über mich hinwegschwappen, öffne ich den Mund, woraufhin Caleb den Kuss vertieft.

Unsere Zungen umkreisen sich, schmiegen sich aneinander, wenn wir es körperlich schon nicht tun. Ich seufze in den Kuss hinein, lege meine Hände um seine Taille und lasse mich fallen. Applaus und Jubel erklingt und dringt dumpf an mein Ohr, bis mir wieder bewusst wird, dass wir uns mitten auf einer Party befinden. Ich öffne blinzelnd die Augen, und auch Caleb löst sich von mir.

Während die anderen wirr durcheinanderreden, sehen wir uns einfach nur an. Dieser Kuss war zu kurz und wirkte vielleicht spontan und flüchtig, doch er hat meine Welt in ihren Grundfesten erschüttert. Auch Caleb wirkt völlig überwältigt, was die Angst in mir schürt, dass er es bereuen könnte, so weit gegangen zu sein, doch als er einen Mundwinkel hebt, atme ich erleichtert aus. Es sieht so aus, als würden wir einander endlich näherkommen, und ich bin mehr als bereit dafür.

Nach dem Kuss essen wir einen Mitternachtssnack und unterhalten uns weiter, als wäre nie etwas geschehen. Ich merke zwar, dass Caleb nach wie vor meine Nähe sucht, aber wir verlieren kein Wort über diesen überwältigenden Kuss. Zuerst denke ich, dass er zu viel getrunken hat und nicht genau wusste, was er da getan hat. Doch als ich in seine Augen geblickt habe, war da eine völlige Klarheit. Nein, er wusste genau, was er da getan hat.

Gegen ein Uhr morgens bekomme ich von all den Fragen Kopfschmerzen, also verabschiede ich mich von Macy und Draco, ehe ich wieder zu Caleb gehe, der auf sein Smartphone blickt. Ich stelle mich neben ihn und erhasche einen Blick auf ein Foto, das Mindy zeigt, die einen Mann umarmt. Offensichtlich handelt es sich um eine Heiratsanzeige.

Der Fakt, dass er nach unserem Kuss seine Ex-Verlobte googelt, trifft mich unvorbereiteter als der Kuss selbst. Ich unterdrücke die Tränen, die sich den Weg an die Oberfläche bahnen wollen, und atme tief ein und aus, ehe ich Caleb leicht antippe.

»Hey! Ich wollte mich nur schnell verabschieden. Ich bin müde und habe morgen früh etwas vor.« Sofort steckt Caleb das Smartphone in seine Hosentasche und wendet sich mir zu.

»Okay, dann lass mich dich zur Tür bringen«, sagt er und lächelt mich an, doch diesmal lasse ich mich nicht davon einlullen. Der Zauber ist verflogen, und ich bin mir nicht sicher, ob ich diesen je wieder heraufbeschwören möchte. Nicht nach dieser Enttäuschung.

»Nein danke. Es ist ja gleich gegenüber. Ich bin ein großes Mädchen und schaffe das schon.« Mein Scherz verfehlt sein Ziel, denn Caleb runzelt die Stirn, als würde er fühlen, dass ich hier nur eine Show abziehe.

»Okay«, sagt er zwar, aber es klingt eher wie eine Frage. Ich bin jedoch völlig sicher, dass ich jetzt allein sein muss. Ich möchte nicht, dass jemand sieht, wenn ich dabei bin, in Tränen auszubrechen. Zwar winke ich ihm gespielt fröhlich zu, doch sobald ich ihm den Rücken zudrehe, ist es, als würde ich eine Maske ablegen. Die Traurigkeit bricht über mich herein.

Nach einer gefühlt schlaflosen Nacht wache ich früh auf und beschließe mit Bailey zu Chelsea zu fahren, um mit ihr den Sonntag zu verbringen. Ich besorge uns Brötchen und fahre direkt mit dem Taxi zu meiner Schwester, weil ich mit meinen verweinten Augen nicht durch Manhattan spazieren möchte. Chelsea öffnet mir die Tür, ihr anfängliches Lächeln verblasst jedoch, als sie meine Augen sieht.

»Hey, ist alles in Ordnung?«, fragt sie mich besorgt und lässt Bailey vorbei, die sofort den alten Donny beschnuppert und begrüßt.

»Nein, nichts ist okay«, flüstere ich und lasse mich von ihr in den Arm nehmen. Ich drücke meine Schwester fest an mich und atme ihren Zimtduft, der sie stets umhüllt, tief ein. Wenn ich bei ihr bin, fühlt es sich beinahe an, als wäre ich in Grand

Lake bei Mom. Meine Schwestern vermitteln mir das Gefühl von Heimat und Geborgenheit, besonders wenn ich sie im privaten Rahmen treffe.

In der Agency gibt Chelsea sich meist kühl und wirkt unnahbar, doch nur die, die sie gut kennen, wissen, dass sie ein herzlicher Mensch ist, der durch Geschehnisse der Vergangenheit verschlossener geworden ist. Ich betrete die Wohnung und erzähle ihr von der Party, dem Kuss und der Tatsache, dass er immer noch an seiner Exfreundin hängt. Wir sitzen einander zugewandt auf der Couch, mit einer Tasse Tee in der Hand, während sie meinen Sorgen lauscht.

»Vielleicht interpretierst du da zu viel hinein«, meint Chelsea schließlich nachdenklich.

»Wie meinst du das?«

»Na ja, als er auf den Artikel gesehen hat, hat er da traurig gewirkt?« Ich denke angestrengt nach, kann mich aber nicht mehr genau erinnern.

»Keine Ahnung. Vielleicht war ich doch beschwipster, als ich dachte.«

»Hat er sich danach abweisend oder traurig verhalten? Du meintest doch, dass er dich bis zur Tür begleiten wollte.«

»Hmm. Aber ich konnte das nicht zulassen, weil die Tränen so plötzlich rauswollten.«

»Das verstehe ich. Deine Gefühle gehen bereits tiefer und sind gefestigt. Aber wenn ich meiner Ex nachtrauern würde, würde ich nicht meine neue Flamme zur Tür begleiten. Ich wäre fix und fertig und würde das auch nach außen hin zeigen.«

»Nein, das war nicht der Fall«, sage ich, und mir wird klar, dass er wirklich den Eindruck gemacht hat, als wolle er mich begleiten. Zuerst dachte ich, dass er das nur aus Höflichkeit gemacht hat, doch Chelsea hat recht.

»Siehst du. Vielleicht hättest du ihn einfach drauf ansprechen sollen.«

»Aber er darf ja nicht wissen, dass ich Mindy kenne. Das ist ja auch eine Sache, die so schwer auf mir lastet. Eigentlich dürfte ich mich gar nicht auf ihn einlassen, weil ich ja seine Treue getestet habe.«

»Die bewiesen wurde«, fügt meine Schwester noch an und möchte damit wohl hervorheben, dass er einer der Guten ist.

»Ja, aber egal wie ich es drehe und wende, bleibt immer noch die Lüge. Er wird mich hassen, wenn er davon erfährt.«

»Oder er wird erkennen, dass du einfach nur deinen Job gemacht hast. Es war nie dein Plan, dich in ihn zu verlieben.«

»Hör auf, immer Gegenargumente zu liefern.«

»Dann hör du auf, es immer ins Negative zu ziehen.« Chelsea stellt ihre Tasse auf dem Couchtisch ab, und ich tue es ihr gleich. Meine Finger sind zittrig, und ich bin zu aufgewühlt, um ein Heißgetränk zu halten. Augenblicklich greift sie nach meinen Händen und drückt sie sanft.

»Sierra, du hast alles Glück der Welt verdient. Mach es dir nicht madig, noch bevor du überhaupt die Chance hattest, es zu erleben. Vielleicht hattet ihr einen holprigen Start und die Vergangenheit wirft einen leichten Schatten auf eure Beziehung, doch mit Kommunikation solltet ihr es überwinden können.«

»Was, wenn er mich dann hasst?«

»Dann hat er dich nicht verdient«, sagt sie wie aus der Pistole geschossen. Vielleicht hat sie recht. Vielleicht muss ich aufhören, alles zu Tode zu analysieren. Ich bedanke mich für den Ratschlag, ehe wir das Thema wechseln. Nachdem ich so viel gegrübelt habe, tut es gut, über andere Dinge zu reden.

Den Rest des Tages verbringe ich mit Chelsea im Park, wo wir Bailey und Donny beim Toben auf der Hundewiese zugucken und den Abend schließlich mit einem Eis ausklingen lassen.

Die Sonne ist dabei aufzugehen, als ich aufstehe und von einer müden Bailey begrüßt werde. Dass ich überhaupt an einem Montagmorgen so zeitig aufstehe, kommt selten bis nie vor, doch nachdem ich den Sonntag mit Chelsea verbracht habe, fühle ich mich nicht mehr, als würde eine Last auf meinen Schultern liegen. Während meine Hündin direkt weiterschläft, springe ich unter die Dusche. Ich fühle mich gar nicht müde, obwohl ich dieses Wochenende nicht viel Schlaf abbekommen habe.

Ich ziehe mir eine Unterhose und ein T-Shirt an und mache mir eine Tasse Kaffee, von dem ich einen gierigen Schluck trinke. Es ist erst sechs Uhr morgens, doch der Tag verspricht jetzt schon einen wolkenlosen Himmel, der mich fast magisch anzieht. Ich stecke mir meine Earpods ins Ohr, höre meine Playlist und trete hinaus auf die Terrasse, um das herrliche Wetter und die kühle Brise noch einzufangen, ehe das Thermometer wieder über die Dreißig-Grad-Marke klettert.

Ich stütze mich auf dem Geländer ab, lausche der Musik und fühle mich einfach wohl und glücklich. Ich realisiere, dass ich zu verbissen war, mir zu viele Sorgen um Dinge gemacht habe, die vielleicht passieren könnten, dass ich dabei vergessen habe, das Hier und Jetzt zu genießen. Es wird eine Weile dauern, bis ich dieses Verhalten ablegen kann, doch ich bin fest entschlossen, in Zukunft nicht mehr alles überzuinterpretieren. Wie lange ich einfach dastehe und die Aussicht betrachte, weiß ich nicht, aber plötzlich nehme ich eine Bewegung aus dem Augenwinkel wahr. Ich drehe den Kopf zur Seite und entdecke Caleb, der nur mit Shorts und Schuhen bekleidet auf einer Trainingsmatte liegt und mich mit einem Blick ansieht, der mir eine Gänsehaut beschert.

17. KAPITEL

Caleb

War es ein Fehler, Sierra zu küssen? Auch wenn ich ihn genossen habe, wäre es möglich, dass der Kuss bei Sierra nicht diese Gefühle ausgelöst hat. Seitdem wir uns auf der Party über den Weg gelaufen sind und wirklich Zeit miteinander verbracht haben, beginne ich, mehr für sie zu empfinden. Es ist einfach so passiert, ohne Vorwarnung – aber ist das mit Gefühlen nicht immer so?

Sie kommen, wenn man es am wenigsten erwartet. Während das Zusammensein mit Mindy zum Ende hin kräftezehrend und anstrengend war, ist der Kontakt mit Sierra einfach und unkompliziert. Und weil mir klar wurde, dass ich im Begriff bin, mich in sie zu verknallen, wollte ich etwas wagen und habe sie geküsst. Dass sie danach so schnell gegangen ist, macht mich stutzig. *War ich vielleicht zu forsch und habe nicht bemerkt, dass sie kein Interesse an mir hat?* Aber dann hätte sie den Kuss womöglich nicht erwidert. *Oder?* Ich kann nicht aufhören daran zu denken, wie sich ihre Lippen angefühlt haben.

Ich habe an dem Abend zwar getrunken, doch ich kann mich noch an jedes Detail, jede Berührung erinnern. Nach dem Kuss wollte ich meine Gefühle verarbeiten, weswegen ich noch ein wenig auf der Party blieb. Ich wollte mit ihr reden und sie um ein Date bitten, doch nicht mitten in einer fremden Wohnung voller Menschen. Als Sierra kurz in einen anderen Raum gegangen war, warf ich einen Blick auf mein Smartphone und entdeckte eine Nachricht von Morgan.

Ich klickte auf den Link in seiner Message, der mich zu einem Artikel zu Mindys anstehender Hochzeit führte. Auf dem dazugehörigen Foto schmiegt sie sich an Isaac, den Leiter der Kunstabteilung, mit dem sie mich betrogen hatte, doch egal wie lange ich auf das Bild starrte und auf eine Gefühlsregung wartete – sie blieb aus. Das war der letzte Beweis, den ich gebraucht hatte, um mir sicher zu sein, dass ich nichts mehr für diese Frau empfand. Wir haben zwar eine gemeinsame Vergangenheit, doch nun ist sie wie eine Fremde für mich.

Als Sierra einfach ging und mich auf der Party allein ließ, bekam ich Zweifel an ihren Absichten. Ich dachte, dass wir einen besonderen Moment geteilt hätten, der der Start von etwas Neuem und Aufregendem sein könnte, doch ihr schneller Abgang scheint auf etwas anderes hinzudeuten.

Ich war zu aufgewühlt, um zu schlafen, und habe an die Decke gestarrt und mir unzählige Fragen gestellt, auf die ich keine Antwort bekommen werde, solange ich nicht das Gespräch mit ihr suche.

Ich fasse einen Entschluss: Ich möchte mich nicht ständig fragen, wie sie wohl fühlt und ob ich etwas falsch gemacht habe. Das habe ich bei Mindy schon zur Genüge getan. Nein, diesmal will ich alles anders machen und gleich darüber reden, wenn mich etwas beschäftigt.

Auch wenn ich weiß, dass sie gern ausschläft, klopfe ich um halb neun Uhr früh an ihrer Tür und hoffe, dass ich sie nicht aufwecke. Doch nach dem zweiten Klopfen höre ich weder Baileys Bellen noch Musik, die laut Sierras Aussage den ganzen Tag läuft, wenn sie zu Hause ist.

Dann fällt mir ein, dass sie erwähnt hatte, etwas vorzuhaben, also gehe ich wieder nach Hause und setze mich seufzend auf meinen Drehstuhl im Arbeitszimmer. Diese Sache mit dem Daten und den Gefühlen ist so neu für mich, dass es sich anfühlt, als wäre es das erste Mal, dass ich eine Frau um ein Date bitten will. Weil ich befürchte, auf der Stelle zu treten, und dringend auf andere Gedanken kommen will, suche ich im Internet nach Wanderwegen rund um New York und werde in Connecticut fündig. Da heute Sonntag ist, beschließe ich meine Tasche zu packen und nach Connecticut zu fahren.

Gerade war ich noch in meiner Wohnung, nun bin ich schon in Connecticut und genieße das Grün und die dichten Wälder um mich herum. Auch hier ist es zu heiß, doch es weht ein erfrischender Wind, und da ich sowieso die meiste Zeit von Wäldern umgeben sein werde, werden die Temperaturen gut auszuhalten sein. Ich trage eine Wanderhose, die sich schnell in Shorts verwandeln lässt, feste Schuhe, ein Laufshirt und packe Wasserflasche, Kamera, Hoodie, Snacks, Kopfbedeckung und Regenschirm in meinen Rucksack.

Die Wanderwege sind gut gekennzeichnet, sodass ich mich schnell zurechtfinde. Ich betrete den Wald und verlangsame meine Schritte. Ich war noch nie der schnelle Geher und nehme mir lieber bewusst Zeit, um meine Umgebung wahrzunehmen. Sie zu würdigen, was vielleicht auch an meiner Liebe zur Fotografie liegt. Wenn man eine Weile an einer Stelle steht, kann man die unterschiedlichsten Motive finden.

Manchmal höre ich Musik beim Gehen, doch diesmal bin ich allein mit den Geräuschen der Natur und den Stimmen der anderen Wandernden, die ab und an vorbeigehen. Doch es ist genau das, was ich wollte und wonach ich mich gesehnt habe. Ablenkung. Ich halte inne, hole meine Kamera aus dem Rucksack und mache ein paar Momentaufnahmen vom Wald, den Vögeln und den Blumen auf einer Wiese.

Als ich an einem Fluss ankomme, setze ich mich in den Schatten, esse einen Müsliriegel und blicke aufs Wasser hinaus. Während ich zur Ruhe komme und die Schönheit der Natur betrachte, stelle ich mir vor, Sierra wäre hier bei mir. Mit ihr würde die Wanderung noch mehr Spaß machen, und auch sie liebt es, Zeit im Freien zu verbringen.

Ich war ein Jahrzehnt in einer Beziehung und habe festgestellt, dass ich es hasse, Single zu sein. Ich sehne mich danach, in einer Partnerschaft zu sein und jemandem mein Herz zu schenken. Letztens hat mich Pauline gefragt, wie meine Traumfrau sein sollte. Welche Charaktereigenschaften für mich wichtig sind. Ich habe ihr erklärt, dass ich an keinem speziellen Typ Frau interessiert bin. Ich will eine Frau, die mit beiden Beinen im Leben steht, eine Frau, die weiß, wer sie ist, Sinn für Humor hat und mich mit ihrem Wesen verzaubert.

Mir ist dabei egal, ob sie blond, brünett oder rothaarig ist, wie ihre Körperproportionen sind oder wie sie sich nach außen gibt. Ich suche eine Partnerin, die mich mit ihrer Persönlichkeit umhaut, jemanden wie Sierra.

Schon bei unserer ersten Begegnung mochte ich Sierra, fand, dass sie Feuer in sich hat, was mir sofort sympathisch war.

Ihr hübsches Gesicht, das leicht spitz zulaufende Kinn, das herzliche und ansteckende Lächeln sind Dinge, die ich an ihrem Aussehen mag. Doch ihre Charakterzüge sind es, die mich dazu gebracht haben, mich in sie zu verknallen. Ich mag ihren Humor und ihre Vorliebe für Flachwitze, die Tatsache, dass sie ihre Familie vor alles stellt, und wie liebevoll sie mit Bailey umgeht. Ich kenne sie noch nicht lange, aber alles, was sie tut, übt eine Faszination auf mich aus.

Ich möchte wissen, ob es zwischen uns funken würde, wenn

wir miteinander ausgehen und uns besser kennenlernen würden. Doch auf diese Frage kann mir nur Sierra eine Antwort geben.

Nach der Wanderung habe ich das Gefühl, als wäre mein Kopf klarer, als er es vorhin noch gewesen ist, also fahre ich mit einem guten Gefühl nach Hause, wo ich ausgiebig dusche, mir Abendessen koche und früh ins Bett gehe. Zwar ist der Drang groß, noch spät am Abend Sierra aufzusuchen, doch die Frage, ob sie mit mir ausgehen will, möchte ich nicht zwischen Tür und Angel stellen. Am Montagmorgen wache ich um fünf Uhr früh auf und stelle fest, dass es zu schwül und zu warm in meiner Wohnung ist. Nachts schalte ich generell die Klimaanlage ab, sodass sich die Hitze angestaut hat. Ich ziehe mir Sportshorts an, öffne überall die Fenster und will ein Workout machen, damit ich beim Training mit Spike nicht wieder so schnell schlappmache. Doch nach der ersten Übung ist klar, dass es im Innenbereich zu warm dafür ist, also nehme ich meine Matte mit nach draußen und breite sie so aus, dass ich auf Sierras Sitzecke blicken kann.

Ich mache gerade Sit-ups und komme dabei ins Schwitzen, als sich die Terrassentür öffnet und Sierra in T-Shirt und mit nackten Füßen auf die Terrasse kommt. Sie hält eine Kaffeetasse in der Hand, stützt sich auf dem Geländer ab und bestaunt die Aussicht. Sie muss wohl Musik hören, denn ihr Kopf wippt mit einer Melodie mit. Ihr Höschen kann man nicht ausmachen, da das Shirt länger ist, und ich verbiete mir die Frage zu stellen, ob sie überhaupt eines trägt. Während ich hier liege und sie ansehe, beschleunigt sich zuerst mein Herzschlag, denn je länger ich auf ihr langes feuchtes Haar blicke, ihre nackten Beine anschaue und die Ruhe fühle, die sie ausstrahlt, desto mehr bin ich von ihr fasziniert.

Während ich meinen Blick nicht von ihr abwenden kann, vergehen ein paar Augenblicke, setze ich mich langsam auf. Schließlich entdeckt sie mich, erschrickt und sieht mich mit geweiteten Augen an.

»Caleb«, flüstert sie leise, und die Art und Weise, in der sie meinen Namen sagt, gefällt mir. Gefällt mir sogar sehr. Dieser Moment ist nicht nur deshalb intim, weil wir beide kaum etwas anhaben. Was mir den Atem raubt, ist der Sturm an Gefühlen, den ich in ihren Augen erkenne und sie wohl auch in meinen. Es ist uns anzusehen, dass wir einander mögen.

Unser Blickkontakt wird jäh unterbrochen, als Bailey auf die Terrasse läuft, mich anspringt und mich mit Liebe überschüttet. Ich lache und streichle diesen wunderschönen Golden Retriever, der mir so sehr ans Herz gewachsen ist. Dieser Hund hat einen Narren an mir gefressen und teilt mir das ungefiltert mir.

»Bailey. Runter von ihm!«, schimpft Sierra, doch die Hündin denkt gar nicht daran, auf sie zu hören.

»Alles gut. Es macht mir nichts aus. Ich habe es ja kommen sehen«, sage ich, schiebe Bailey sanft, aber bestimmt von mir und stehe auf.

»Komm her! Sitz!«, ruft sie außer Atem, und tatsächlich gehorcht Bailey, auch wenn sie sehnsüchtig in meine Richtung sieht. Die beiden sind nicht mal einen Schritt von mir entfernt, und auch wenn die Hündin zu mir will, weiß sie, dass sie auf Sierra hören muss. Sie hat den Finger gehoben und wirkt streng, doch dies ist auch vonnöten, wenn man Bailey Disziplin beibringen will. Erst als der Welpe sich wieder beruhigt hat, wendet Sierra sich mir zu und sieht mich beinahe flehentlich an.

»Bitte entschuldige noch mal. Sie ist so artig, nur dieses verdammte Anspringen bekomme ich nicht in den Griff.« Ich schenke ihr ein Lächeln, das ihr hoffentlich zu verstehen gibt, dass ich wirklich nicht böse bin.

»Wie ich schon sagte, es kommt überraschend, aber ich mag Bailey. Es macht mir nichts aus.«

»Wirklich?«

»Wirklich.«

»Danke, Caleb. Ich verspreche trotzdem, dass ich ihr das abgewöhnen werde.«

»Keine Sorge.« Eine frische Brise umweht uns, die eine willkommene Abwechslung zu der Schwüle ist, doch es lässt Sierra den Blick auf ihre nackten Beine senken.

»Ich bin halb nackt«, stellt sie erschrocken fest.

»Im Bikini wäre mehr Haut zu sehen.«

»Ähm … stimmt. Na dann … ich gehe dann mal.«

»Okay. Bis später«, sage ich, auch wenn ich sie am liebsten aufhalten und mir ihr reden möchte. Doch es scheint ein schlechter Zeitpunkt zu sein, also verabschiede ich mich und sehe ihr nach, als sie mit Bailey in ihrer Wohnung verschwindet. Da mich das Aufeinandertreffen zu sehr abgelenkt hat, verzichte ich auf den Rest des Workouts und springe schnell unter die Dusche. Es soll ein schöner Tag werden, also beschließe ich, ein wenig spazieren zu gehen. Ich packe auch meine Kamera ein, in der Hoffnung, vielleicht die ein oder andere Momentaufnahme machen zu können.

Als ich auf den Flur trete und gerade abschließen will, öffnet sich eine weitere Tür. Sierra tritt mit Bailey hinaus auf den Flur und staunt nicht schlecht, als sie mich sieht. Überrascht hebt sie die Brauen.

»Lange nicht gesehen«, meint sie belustigt und krault Baileys Kopf. Die Verlegenheit von vorhin scheint wohl verflogen zu sein.

»Das stimmt. Hast du heute etwa auch frei?«

»Ja, ich habe mir spontan freigenommen, weil das Wochenende zu kurz war, um mich auszuruhen.«

»Witzig, dass wir denselben Gedanken hatten, denn auch ich habe spontan die Schicht mit einem anderen Arzt im Krankenhaus getauscht.« Wir lachen über diesen Zufall, ehe Bailey sich mit einem Bellen zu Wort meldet, um unsere Aufmerksamkeit auf sich zu ziehen.

»Wollt ihr Gassi gehen?«

»Ja, wir wollen in den Park. Wenn ich mir schon freinehme, möchte ich raus in die Natur.«

»Da hast du recht«, sage ich und spiele mit dem Schlüsselbund in meiner Hand.

»Möchtest du mitkommen?«, fragt sie mich, und ich nicke erfreut, weil ich einfach nicht genug Zeit mit ihr verbringen kann und dies als Chance sehe, sie endlich um ein Date zu bitten.

18. KAPITEL

Sierra

Soundtrack of the Day:
Kacey Musgraves – Butterflies

Mein Herz rast wie wild, als wir Seite an Seite in den Aufzug steigen. Sein Aftershave, das so herrlich duftet, umweht meine Nase und macht es mir nicht leichter, mich von ihm fernzuhalten. Bailey hat mich vollkommen vergessen und drückt sich schwanzwedelnd immer wieder an Caleb, der sie mit Streicheleinheiten belohnt und mir ihr redet. Die beiden so zu beobachten lässt mich innerlich schmelzen, was passend ist, da ich äußerlich auch zu schmelzen drohe. Seit Tagen hat die Hitze New York fest im Griff, und in Räumen ohne Klimaanlage habe ich das Gefühl, keine Luft zu bekommen, doch im Freien ist es nicht ganz so schlimm.

Nachdem ich Caleb auf dem Balkon beim Training gesehen habe, wurde mir klar, dass zu viel am Wochenende passiert ist und ich einen weiteren Tag brauche, um all das zu verarbeiten. Dass Caleb sich ebenfalls freigenommen hat, ist wie ein Wink des Schicksals und hat mich den Mut fassen lassen, ihn einfach zu fragen, ob er uns in den Park begleiten möchte.

Ich habe mich gründlich eingecremt, mir ein Baseballcap aufgesetzt und mir einen Pferdeschwanz gemacht, der aus dem

Cap hervorlugt. Ich trage kurze Jeansshorts, ein weißes Tanktop und Sandalen. In meinen Rucksack habe ich genug Wasser, eine Decke und Snacks gepackt, weil ich einige Stunden im Park verbringen möchte. Während Caleb noch immer mit Bailey beschäftigt ist, werfe ich einen kurzen Blick zum Spiegel im Fahrstuhl und stelle fest, dass ich ganz okay aussehe. Als ich wieder zu Caleb sehe, wird mir plötzlich ganz warm, da ich an den Kuss denken muss.

»Sie ist wirklich voller Energie, was?«, meint Caleb lachend und erhebt sich, wobei er mir näherkommt als vorhin. Mein Puls rast, und das Blut rauscht in meinen Ohren.

»Eigentlich nur, wenn du da bist. Normalerweise gibt sie auf der Hundewiese Gas und ist sonst eher gechillt.« Ich versuche, mich auf das Gespräch zu konzentrieren und darauf, ihm in die Augen zu sehen und nicht ständig auf die Lippen.

»Du denkst, es könnte an mir liegen?«

»Ja, ich denke, sie mag dich sehr und will all deine Aufmerksamkeit haben. Deshalb bist du auch der Einzige, den sie im Moment anspringt.«

»Ich fühle mich geehrt.«

»Tust du das, ja?«

»Bailey ist eine tolle Hündin. Und sie darf mich anspringen, wann immer sie will.« *Gott, ich würde das auch so gern tun!* Aber nicht nur das. Ich möchte alles von ihm.

»Sag das nicht zu laut, sonst wird es wahr«, gebe ich lachend zurück, und er stimmt ein, als sich auch schon die Türen öffnen. Als wir nach draußen kommen, fühlt es sich an wie ein Hitzeschlag. Die Sonne brennt wahrlich auf uns herab, und auch Caleb macht den Eindruck, als wäre er überrascht, wie heiß es tatsächlich ist.

»Das nenne ich einen Schlag ins Gesicht, was?«, meint Caleb lachend und dreht den Kopf in meine Richtung.

»Ja, und wie. Wenn man sich viel in klimatisierten Räumen aufhält, neigt man dazu, zu vergessen, wie warm es draußen tatsächlich ist.«

»Lass uns dann schnell zum Park gehen, damit es für Bailey nicht allzu heiß wird.« Mit Caleb an meiner Seite vergeht die Zeit wie im Flug, kaum sind wir losgegangen, sind wir auch schon bei einer Wiese angelangt, wo sich nicht viele Hunde befinden und die zum Glück einige schattige Plätze hat. Ich hole meine Picknickdecke aus dem Rucksack und breite sie aus, sodass Caleb und ich Platz nehmen können, während Bailey herumtollt. Sie bleibt jedoch in unserer Nähe.

»Ist sie eher zurückhaltend bei anderen Hunden?«

»Sie braucht eine Weile, um warm zu werden. Aber sobald sie die Lage gecheckt hat, sucht sie auch Kontakt mit anderen Hunden. Ich denke, sie ist da wie ich. Neue Umgebungen und vor allem Menschenmassen machen mir zu schaffen.«

»Und wie hältst du dann die Metro-Fahrten und Spaziergänge aus? Ich meine, wir sind in New York, da gibt es kein Fleckchen, das menschenleer ist.«

»Durch Musik. Wenn ich den richtigen Song abspiele und mich in der Melodie verliere, habe ich das Gefühl, alles aushalten zu können.«

»Das hilft?«

»Ja, weil es mich ablenkt und mich irgendwie in einen Kokon einhüllt. Ich weiß, das klingt verrückt.«

»Ganz und gar nicht. Wenn ich fotografiere, dann fühle ich mich auch frei und glücklich. Den Ausgleich suche ich mir dann beim Taekwondo. Auch das ist ein Hobby, das ich seit meiner Jugend verfolge. Seit ich wieder Single bin, fahre ich jeden zweiten Tag zu meinem Trainer Spike und zahle ihm viel Geld, damit er mir in den Arsch treten kann.«

»Also bei mir würdest du das umsonst bekommen«, sage ich,

weil ich mir den Witz einfach nicht verkneifen kann. Er lacht laut auf, und mir fällt auf, wie attraktiv ich seine Stimme finde. Ich lege mich auf die Decke und bette mein Kinn auf meine Hand. Irgendwie zieht sich die Müdigkeit über mich wie ein Schleier. Ich habe an diesem Wochenende nicht so viel geschlafen wie üblich. Dazu kommt noch, dass Caleb so eine angenehme Stimme hat, dass ich dazu verleitet werde, die Augen zu schließen.

»Hätte ich das früher gewusst, hätte ich Spike die kalte Schulter gezeigt und mich von dir trainieren lassen.«

»Tja, jetzt ist es leider zu spät, aber Spike hat gute Arbeit geleistet«, murmle ich und muss direkt danach gähnen.

»Hat er das?«

»Du siehst fit aus.«

»Gut fit?«

»Außerordentlich gut«, sage ich und erröte leicht, was ihn zum Grinsen bringt.

»Sport ist für dich kein Thema?«

»Gott, nein. Spazierengehen ist die einzige meiner Aktivitäten, die man als Sport bezeichnen könnte. Meine Schwester Rory macht jedoch viel Sport.«

»Welche Art von Sport?«

»Sie hat schon früh mit dem Bogenschießen angefangen und ist heute sogar in einem Verein. Meine große Schwester Chelsea. Hmm … also wenn ich es mir recht überlege, hat sie kein Hobby außerhalb der Arbeit. Sie liebt ihren Hund Donny und arbeitet hart, um ihr Unternehmen auf Kurs zu halten.«

»Ihr seid sehr verschieden, oder?«

»Und wie wir das sind. Aurora, die wir aber meist Rory nennen, ist meine zweieiige Zwillingsschwester. Sie und ich sind wie Tag und Nacht. Während sie das blühende Leben ist und immer auf der Suche nach neuen Abenteuern oder Bekanntschaften, bin ich eher introvertiert, liebe ruhige Abende mit Sam oder seiner Schwester Amber und bin eher selten in Clubs unterwegs. Ich öffne mich einer Person erst, wenn ich sie besser kenne. Chelsea ist die typische große Schwester. Sie kümmert sich um uns, würde uns wie eine Löwin verteidigen und hilft uns, wo sie kann.«

»Das klingt, als wärt ihr ein eingeschweißtes Team. Trotz der Unterschiede.«

»Scheint so. Ich würde es mir nicht anders wünschen. Wie sieht es bei dir aus? Verstehst du dich gut mit Morgan?« Da ich immer müder werde, strecke ich meinen Arm aus und lege meine Wange drauf, habe aber trotzdem einen guten Blick auf Bailey und auch Caleb, der sich mir zugewandt hat.

»Ich verstehe mich super mit ihm und liebe meine Schwägerin wie eine Schwester. Wir kommen alle sehr gut klar, und wenn ich Rat brauche, sind sie immer für mich da. Dass ich Xander vergöttere, weißt du ja schon.«

»Ich habe durch deine Erzählungen schon gemerkt, dass du ein Onkel aus Leidenschaft bist«, sage ich gerührt und schmelze innerlich, was bestimmt nicht nur an der Hitze liegt.

»Wohl eher mit Leib und Seele. Dieser kleine Mann ist mein persönlicher Sonnenschein, und wenn alles trüb und grau ist, erhellt er mein Leben.«

»Ach, wie schön das klingt. Ich kann es auch kaum erwarten, Tante oder Mutter zu werden. Ich mag Kinder viel lieber als Erwachsene, weil sie offen und ehrlich sind.«

»Das merke ich auch in meinem Job als Kinderarzt. Was machst du noch mal beruflich?«

»Ich bin für das Personalmanagement und Backoffice in der Testagentur meiner Schwester Chelsea tätig, die zum Teil auch Rory und mir gehört.«

»Und was testet ihr?« Ich schlucke unweigerlich, weil das

ein Thema ist, das ich noch nicht bereit bin zu teilen. Es widerstrebt mir, ihn zu belügen, doch wenn ich ihm jetzt die Wahrheit sagen würde, wären Momente wie diese Geschichte, und ich will noch nicht, dass es endet. Ich will ihn nicht noch einmal verlieren.

»Wir testen Haushaltsprodukte und schreiben Warentests.«

»Das klingt nach einem abwechslungsreichen Job. Hast du einen anstrengenden Arbeitsalltag?«

»Und wie. Manchmal hat mich der Stress fest im Griff, doch dann streichle ich meine Hündin und habe das Gefühl, dass sie all meine Sorgen absorbiert und verschwinden lässt.«

»Ich verstehe, was du meinst. Xander ist so eine Person für mich. Wenn er Bailey kennenlernen würde, wäre er völlig aus dem Häuschen. Er wünscht sich schon so lange einen Hund, aber mein Bruder und meine Schwägerin würden mir den Hals umdrehen, wenn ich Xander einen Hund aus dem Tierheim schenken würde.«

»Ich muss sagen, dass ich die beiden auch verstehen kann. Es ist wunderbar, Bailey zu haben, aber es ist auch mit einem Haufen Arbeit verbunden. Xander würde das Tier lieb haben und kuscheln, doch die Verantwortung würde bei den Eltern liegen.«

»Schon gut, schon gut. Ich sehe, du bist auch Team Contra.«

»Sorry«, sage ich und unterdrücke wieder ein Gähnen. *Gott bin ich müde.*

»Ach was, das war nur ein Scherz. Ich liebe meinen Neffen, doch seine Eltern und ich versuchen, ihn nicht zu sehr zu verwöhnen. Geschenke gibt es nur an Geburtstagen und Weihnachten und da auch nur ein Geschenk pro Familie, damit das Kinderzimmer nicht platzt.«

»So ähnlich lief es bei uns damals auch ab. Wir hatten nicht so viel Geld, und meine Eltern haben ihre Energie ins Hotel gesteckt, sodass wir öfter von meiner Grandma betreut wurden.

Granny war die ganze Zeit mit uns im Garten, im Wald oder am See. Wenn wir mal nicht rauskonnten, haben wir Brett- oder Kartenspiele gespielt.«

»Kein Fernsehen bei euch damals?«

»Doch, aber nur wenn meine Eltern da waren. Granny mochte den Fernseher nie. Sie las lieber ein Buch, als in diese Manipulationsmaschine, wie sie sie genannt hat, zu glotzen.«

»Das klingt nach einer tollen Kindheit.«

»Ja, das war sie. Sie hat mich schon früh meine Liebe zur Natur entdecken lassen.« Caleb winkelt sein Knie an und stützt den Arm drauf ab. Kurz schaue ich zu Bailey, die an dem Hundebrunnen Wasser trinkt und dann wieder ihrem eigenen Schwanz nachjagt.

»Bei uns war es ähnlich und doch anders. Morgan und ich waren oft allein, weil unsere Eltern immer wieder dabei waren, ihre Hotelkette zu erweitern. Für uns war der Fernseher der beste Freund, weil wir oft umziehen mussten, um die jeweiligen Hotels zu renovieren und dann zu eröffnen, ehe wir wieder weiterzogen.«

»Das klingt nach einem anstrengenden Leben.«

»War es auch, bis wir ungefähr zwölf waren. Dann hat die Hotelkette unserer Eltern floriert, was sie auch heute noch tut. Unsere Eltern hatten dann wieder mehr Zeit für uns, weil die Mitarbeitenden und das Management sich um alles gekümmert haben. Wir sind viel auf Reisen gegangen, um die verlorene Zeit nachzuholen. Schließlich sind wir wieder in unsere frühere Heimat auf Staten Island gezogen, wo ich endlich auch wieder viel mit Pauline abhängen konnte.«

»Und du bist ihnen nicht böse?«

»Nein, als Kind war ich traurig, aber ich habe es ihnen nie übel genommen. Aber eines ist klar: Sobald ich Vater werde, möchte ich alles anders machen als meine Eltern.«

»Ja, ich auch. Wenn es so weit ist, möchte ich die Zeit, die zu schnell verfliegt, richtig genießen.« Caleb nickt nachdenklich, als Bailey zu uns auf die Decke kommt und sich hechelnd an ihn lehnt. Das zeigt mir deutlich, dass auch sie müde ist.

»Meine süße Maus«, sage ich und kraule ihr über den Bauch. Auch Caleb streichelt sie. Wir konzentrieren uns so sehr auf meinen Hund, dass ich zu spät merke, dass sich unsere Finger immer wieder berühren. Kleine Stromstöße durchzucken mich, und mein Puls beschleunigt sich, als Caleb mich ansieht und mir diesen einen Blick zuwirft, den ich nicht deuten kann. Wir verharren kurz, als er seine Hand über meine legt und ich mich fühle, als würde mein Herz vor Freude zerbersten. Seine Haut ist weich und warm, und ich wünschte, ich könnte dieses Gefühl der Wärme für immer abspeichern, um es an miesen Tagen erneut empfinden zu können.

Schnell ist es Bailey bei uns zu langweilig. Sie sieht einen vorbeilaufenden Hund und erhebt sich wieder, um das Weite zu suchen, doch als ich meine Hand zurückziehen will, drückt Caleb sie sanft. Wir sehen einander tief in die Augen, und niemand sagt etwas, doch wir fühlen wohl beide viel, denn unser Atem ist abgehackt.

Ich bin verwirrt, weil ich nicht weiß, was in ihm vorgeht. Nach unserem Kuss auf der Party hat er danach gleich ein Foto von Mindy angesehen, sodass ich nicht sicher bin, ob er auf mich steht oder ich nur eine Lückenfüllerin bin.

»Sierra«, flüstert er leise meinen Namen, und allein bei dem Klang seiner Stimme bekomme ich eine Gänsehaut.

»Ich mag dich«, sagt er plötzlich und rückt ein Stück näher.

»Ich dich auch«, antworte ich atemlos, weil ich denke, dass ich es lange genug unterdrückt habe. Mit seiner anderen Hand streichelt er sanft meine Wange und verharrt dort. Da mir mein Baseballcap beim Liegen vom Kopf gerutscht ist, vermute ich, dass ich etwas zerknautscht aussehe, doch es ist mir egal. Es tut nichts zur Sache, denn hier und jetzt sind nur wir zwei wichtig. Zwei Menschen, die sich ohne großes Theater ihre Gefühle gestehen.

Seine Hand verweilt auf meiner Wange, und mein Herz klopft wie verrückt, als Caleb seinen Kopf neigt und mir einen Kuss auf die Stirn gibt. Seine Lippen sind sanft und warm, und ich schließe die Augen, um alles zu fühlen, was ich mir verboten hatte zu empfinden. Nun gibt es kein Zurück mehr. Langsam löst er seine Lippen von meiner Haut und sieht mir wieder in die Augen, doch ich denke gar nicht daran, ihn den Abstand zwischen uns wieder vergrößern zu lassen. Also setze ich mich hin und greife in seinen Nacken, um ihn zu küssen.

Dieser Kuss hat nichts mit dem sanften Herantasten bei der Party zu tun, sondern ist voller Feuer und Leidenschaft. Unsere Zungen berühren sich, und ich habe das Gefühl, als würde mein Herz aus meiner Brust springen wollen. Caleb ist ein verdammt guter Küsser, und es fällt mir nicht schwer, mich einfach fallen zu lassen. Diese Leidenschaft, wie ich sie jetzt empfinde, habe ich noch niemals zuvor verspürt, und dieses Ziehen in meinem Unterleib wird noch verstärkt, als seine Hand von meiner Wange zu meiner Seite gleitet und auf meinen Hüften landet. Ich schnappe keuchend nach Luft, als wir uns voneinander lösen, und habe das Gefühl, als hätte ich einen Sprint hinter mir.

Calebs Augen strahlen so viel Wärme aus, dass ich schwer schlucken muss. Doch der Moment wird jäh unterbrochen, als Bailey wieder zurückkommt. Ihr Hecheln und leises Winseln sorgen dafür, dass ich meine gesamte Aufmerksamkeit wieder auf sie lenke.

»Oh nein. Ist dir zu warm?« Natürlich kann sie mir nicht antworten, doch ich sehe ihr an, dass sie leidet. Mir ist auch heiß, doch das liegt mit Sicherheit nicht am Wetter.

»Sollen wir wieder nach Hause gehen?«, fragt Caleb mich, und dass er unsere Wohnungen als unser Zuhause bezeichnet hat, lässt mich innerlich seufzen.

»Das sollten wir wohl. Bailey sieht ziemlich fertig aus.«

Caleb erhebt sich und reicht mir seine Hand. »Komm, ich helfe dir auf.« Ich ergreife sie, und als ich aufstehe, sind meine Knie immer noch weich.

»Wow, also der Kuss hatte es mal wieder in sich«, sage ich belustigt, und Caleb lächelt mich an.

»Wenn du magst, können wir das bei einem Date gern wiederholen.«

»Ein Date?«, frage ich, als Caleb auch schon nach meiner Hand greift.

»Ich möchte mit dir ausgehen, Sierra. Das zwischen uns ist nichts Lockeres, sondern ich möchte, dass es tiefer geht und mehr daraus wird, wenn du das auch willst.«

»Ich will«, sage ich wie aus der Pistole geschossen. Mein Traum geht gerade in Erfüllung. Es wäre dumm von mir, jetzt nicht ehrlich zu antworten.

»Dann gib mir deine Nummer, und wir können später gern etwas ausmachen.« Als wir nach Hause gehen, reden wir darüber, wie sich das Wetter durch den Klimawandel verändert hat und was wir tun könnten, um unseren Teil beizutragen und mitzuhelfen, diese Entwicklungen aufzuhalten. Dass wir auch ernstere Themen wie dieses anschneiden, zeigt mir ein weiteres Mal, wie wohl ich mich in Calebs Gegenwart fühle.

Wir reden ungezwungen und offen miteinander, und egal was wir tun, scheinen wir miteinander zu harmonieren, auch wenn wir unterschiedlich sind. Vor meiner Wohnungstür küsst

Caleb mich zum Abschied auf die Wange, und auch wenn es nicht das erste Mal ist, erröte ich. Als ich schließlich in meiner Wohnung bin und die Tür hinter mir schließe, lehne ich mich von innen dagegen und vergrabe freudig das Gesicht in meinen Händen, um einen Jubel zu unterdrücken.

Als Bailey in die Küche tapst, räuspere ich mich und gehe ihr nach. »Trink, meine Süße«, sage ich, nachdem ich ihren Napf mit frischem Wasser gefüllt habe, und sie fällt gierig darüber her. Ich lege meine *Golden Hour* Vinylplatte von Kacey Musgraves auf und drehe die Lautstärke voll auf. Nachdem wir uns wieder akklimatisiert haben, gehen wir auf die Terrasse. Wie ich hat auch Caleb seinen Sonnenschutz runtergezogen, sodass man sich gut draußen aufhalten kann. Ich lege die Füße hoch und lausche der Musik, während meine Gedanken weit abdriften und ich mich in einem Tagtraum verliere, in dem Caleb die Hauptrolle spielt. Genau in dem Moment kommt eine Nachricht von Caleb, und allein die Tatsache, dass er an mich gedacht und mir geschrieben hat, lässt die Schmetterlinge in meinem Bauch herumflattern. Ich knabbere an meiner Unterlippe, als ich den Inhalt lese.

Caleb: Hi, ich bins, Caleb. Danke für den schönen Ausflug in den Park. Es hat sehr viel Spaß gemacht. Wann hättest du Zeit für ein Date? Ich würde dich gern zum Essen einladen.
Sierra: Ich habe den Tag auch genossen. Es war auf jeden Fall ein besonderer Moment, den ich so schnell nicht vergessen werde. ☺ Ich hätte morgen Abend Zeit, wenn du magst.
Caleb: Ich habe gehofft, dass du das sagst. Ich könnte nicht länger warten, bis ich dich wiedersehe.
Sierra: Wir können uns ja jederzeit sehen. Da braucht es nicht unbedingt ein Date.
Caleb: Doch, braucht es. Ich will mich nicht nur zwischen Tür

und Angel mit dir unterhalten, sondern in einem romantischen Ambiente. Ich hoffe, das ist okay.
Sierra: Natürlich ist es das. Egal wann, egal wo, ich freue mich sehr, dich wiederzusehen.
Caleb: Ich mich auch. Bis bald ☺

Am Nachmittag verpasst die Wetter-App meiner guten Laune einen Dämpfer, indem sie mir ein heftiges Unwetter ankündigt. Seit meiner Kindheit habe ich große Angst vor Donner. Selbst nach all den Jahren und einigen Therapiesitzungen habe ich diese Angst nicht ablegen können. Ich nehme mir heute vor, mir vor dem Schlafengehen Ohropax ins Ohr zu stecken. Doch als ich mich kurz aufs Bett lege und mich durch meine Social-Media-Kanäle scrolle, unterschätze ich offensichtlich meine Müdigkeit und schlafe erschöpft und mit Handy in der Hand ein.

Ich werde von einem ohrenbetäubenden Krachen aus dem Schlaf gerissen, woraufhin mir ein Schrei entweicht und ich mir die Ohren fest zuhalte. Bailey erscheint vor meinem Bett, doch ich kann mich nicht um sie kümmern, sondern suche panisch nach den Ohropax, und als ich sie mir in die Ohren stopfen will, kracht es erneut, diesmal lauter. Erneut stoße ich einen Schrei aus, der in ein Wimmern übergeht. Aus den Augenwinkeln sehe ich Bailey aus dem Raum laufen, während ich versuche, meine Atmung zu kontrollieren und die Panik abzuschütteln.

Doch es gelingt mir kaum. Das Gefühl einer zentnerschweren Last auf meiner Brust droht mich zu überwältigen. Das Klingeln in meinen Ohren wird durch ein Rauschen ersetzt, und als es schließlich durch den Blitz im Raum hell wird, drohe ich völlig durchzudrehen. Das kann doch nicht wahr sein. *Wieso muss dieser verdammt Donner mich immer wieder in die*

Knie zwingen? Ich zittere am ganzen Körper, kalter Schweiß rinnt mir den Rücken hinab. Plötzlich höre ich dumpf meinen Namen. Als würde jemand nach mir rufen. Ich drehe den Kopf zur Seite und sehe Caleb, der im Türrahmen steht und mich besorgt mustert.

»Caleb? Was machst du hier?«, flüstere ich, doch ich klappere vor Angst mit den Zähnen, weshalb es wohl schwer sein muss, mich zu verstehen.

»Ich war auf der Terrasse, um deinen und meinen Sonnenschutz einzurollen, als ich deinen Schrei gehört habe. Bailey hat mit ihren Pfoten die Tür geöffnet, und ich bin gleich reingekommen. Entschuldige, ich wollte nicht bei dir einbrechen, doch dein zweiter Schrei hat mir wirklich Angst gemacht.« Er kommt zu mir und setzt sich neben mich aufs Bett.

»Entschuldige«, sage ich leise, doch meine Emotionen und die Angst vermischen sich, was dazu führt, dass ich zu weinen beginne. Ich kann es nicht aufhalten, aber die Art, wie ich geweckt wurde, und dass das Unwetter weiterwütet, machen mich fertig. Ich habe mich immer dafür geschämt, dass ich so auf Unwetter reagiere, aber ich kann nicht aus meiner Haut, also ertrage ich es, so gut ich kann.

»Darf ich dich in den Arm nehmen?« Ich nicke, weil alles besser klingt, als mit meiner Angst allein zu sein. Er nimmt mich zitterndes Häufchen Elend in den Arm und hält mich fest. Sein Duft nach Seife und ganz viel Caleb bringt mich dazu, regelmäßiger ein und auszuatmen, auch wenn es mir schwerfällt. Als es erneut donnert, zucke ich zusammen, doch dieser wunderbare Mann streicht mir sanft über den verschwitzten Rücken und nimmt mir so etwas die Angst. Ich lehne meine Wange an seine Schulter und lasse mich von ihm halten. Das Unwetter wird immer leiser, doch mein Herzschlag immer lauter, je länger er mich hält.

Die Anspannung weicht, und ich spüre, wie ich langsam wieder müde werde. Irgendwann döse ich weg und bekomme nur im Halbschlaf mit, wie Caleb mich hinlegt und mich zudecken will, doch ich greife nach seiner Hand und suche seinen Blick. »Geh nicht«, flüstere ich, und es ist mir egal, ob ich nun verzweifelt wirke oder nicht. Nach dieser Panikattacke könnte ich es nicht ertragen, allein zu bleiben. Nicht mal Bailey könnte diese tiefe Angst in mir vertreiben.

»Bitte, bleib bei mir«, sage ich und hoffe, dass er in meinen Augen sieht, wie sehr ich ihn brauche.

»Natürlich«, lautet seine Antwort, also mache ich ihm im Bett Platz, damit er sich neben mich legen kann. Wir drehen uns zur Seite, sodass wir einander zugewandt sind und uns ansehen, ehe wir beide einschlafen – in dem Wissen, dass wir nicht allein sind.

19. KAPITEL

Caleb

Als ich am nächsten Morgen aufwache, ist es warm, aber es ist nicht diese unerträgliche Hitze, die mit dem Sommer einhergeht, sondern eine, die Lust auf mehr macht. Blinzelnd öffne ich die Augen und sehe Sierras schlafendes, schönes Gesicht vor mir. Der Nebel des Aufwachens lichtet sich, und ich erinnere mich an gestern Nacht, als ich auf der Terrasse war, den Schrei von ihr vernommen und mich heftig erschrocken habe. Hätte Bailey nicht die Tür aufgemacht, hätte ich Sturm geläutet oder die Polizei gerufen.

Ich hatte schrecklich Angst, dass ihr etwas passiert sein könnte, also bin ich sofort in ihre Wohnung gestürzt, wo ich sie verzweifelt und panisch im Bett vorgefunden habe. Ganz offensichtlich hatte sie Angst vor dem Unwetter. Ich hielt sie fest im Arm, und als sie mich bat zu bleiben, konnte ich ihre Bitte nicht ausschlagen, auch wenn es eine Überwindung für mich war. Ich fühle mich von ihr angezogen, und mit ihr in ihrem Bett zu liegen war schwer für mich.

Ich wünschte, ich könnte meinen Arm um sie legen, sie fest an mich drücken, doch an diesem Punkt sind wir noch nicht. Wir haben uns geküsst, ja, doch wir wissen noch nicht, wie wir zueinander stehen oder in welcher Art von Beziehung wir uns befinden. Ich bin nicht der Typ dafür, unbedingt sofort einen

Stempel auf das zu setzen, was wir sind, aber ich möchte unbedingt mit Sierra über uns sprechen.

Da es für mich immer schwieriger wird, ihr so nah zu sein, und ich keine Grenze überschreiten will, ziehe ich mich etwas zurück und versuche mich aus ihrer Umarmung zu lösen, als sie die Augen öffnet und mich ansieht. Ich befürchte, dass sie erschrickt und Distanz zwischen uns herstellen will, doch sie bleibt entspannt liegen, ihr Blick ist warm.

»Wie geht's dir?«, frage ich sie und streiche ihr eine Strähne aus dem Gesicht. Sobald meine Finger ihre Haut berühren, schließt Sierra wohlig die Augen.

»Viel besser, dank dir.«

»Das freut mich. Ich habe mich gestern wirklich erschrocken, als ich dich in diesem Zustand vorgefunden habe.«

»Entschuldige. Ich wollte dich nicht erschrecken.«

»Das sollte kein Vorwurf sein.«

»Ich weiß. Mit diesen Panikattacken schlage ich mich schon seit meiner Kindheit herum«, sagt sie traurig und blickt in die Ferne, als würde sie in Erinnerungen schwelgen.

»Gab es ein bestimmtes Erlebnis, das die Angst ausgelöst hat?«, frage ich vorsichtig nach, weil ich nicht weiß, ob sie gerade darüber reden möchte.

»Als Kind habe ich mich einmal im Wald verlaufen. Zu der Angst, nie wieder nach Hause zurückzufinden, und der Eiseskälte kam dann noch ein heftiges Gewitter, das bei mir zu einem Zusammenbruch geführt hat. Am Ende hat mein Vater mich gefunden. Ich war dem Unwetter vielleicht eine halbe Stunde ausgesetzt, doch das hat gereicht. Ich habe auch schon mit einer Therapeutin daran gearbeitet, aber die Panik ist geblieben.«

»Gott, das ist ja schrecklich. Komm her«, sage ich und nehme sie fest in den Arm. Sie kuschelt sich an meine Brust, während ich sie an mich drücke. Sie soll wissen, dass ich für sie da bin und ihr helfen werde, Momente wie den in der letzten Nacht zu überstehen.

»Danke«, murmelt sie an meiner Brust, woraufhin ich sie loslasse. Sie sieht mich mit Tränen in den Augen an. Ihre Rührung trifft mich mitten ins Herz, doch ich bin mir nicht sicher, ob sie wegen des Traumas oder wegen etwas anderem weint.

»Alles in Ordnung?«, frage ich vorsichtig, doch als sie nickt, perlt eine Träne über ihre Wange.

»Ja, ist es. Weißt du, dass ich immer davon geträumt habe, einen Partner an meiner Seite zu haben, der mich versteht und mir meine Ängste nehmen möchte?«

»Du hast auf jeden Fall jemanden gefunden, der es versuchen will. Ob es mir gelingen wird, ist eine andere Frage«, sage ich und hoffe, dass meine Worte sie nicht verschrecken. Denn eines ist klar: Ich möchte mehr als eine lockere Sache. Ich möchte fest mit ihr zusammen sein.

»Das reicht mir schon«, sagt sie, neigt sich zu mir und küsst mich.

Sanft streicht sie mit den Lippen über meine, als würde sie mich erkunden wollen, den Kuss langsam beginnen, um auch ja nichts zu verpassen. Instinktiv lege ich meine Hand auf ihre Hüfte, woraufhin sie ihren Mund öffnet, damit ich ihn erkunden kann.

Sierra und ich kosten einander langsam und vorsichtig, als würden wir beide diesen Moment für immer im Gedächtnis behalten wollen. Sierra dreht mich auf den Rücken und legt sich auf mich. Sie küsst mich jetzt stürmischer als zu Beginn, woraufhin auch ich mich endlich fallen lasse. Ich vergrabe meine Hände in ihrem Haar und ziehe ihre wunderschönen Kurven fest an mich. Ihr entweicht ein Stöhnen, also gehe ich einen Schritt weiter und bedecke ihren Hals mit Küssen, ehe ich wieder ihren Mund erobere.

Ich bin berauscht wie noch nie zuvor und blinzle benommen, als sie sich mit feuchten Lippen und einem frechen Lächeln von mir löst, um mich anzusehen.

»Ich werde niemals genug von deinen Küssen bekommen«, sagt sie atemlos und sieht mich mit geschwollenen, sexy Lippen an. Ich greife nach ihrer Hüfte, drehe uns so, dass sie auf ihrem Rücken liegt, und blicke auf diese wunderschöne Frau, die mich aus dunklen Augen mustert.

»Dann geht es dir wie mir«, murmle ich und lege meine Lippen erneut auf ihre.

Leider müssen wir uns früher voneinander lösen, als wir wollen, da wir beide zur Arbeit müssen. Das Rummachen müssen wir auf später verschieben. Am liebsten hätte ich sie zur Arbeit begleitet, doch wir müssen in verschiedene Richtungen, also verabschieden wir uns mit einem kurzen Kuss, ehe jeder von uns seiner Wege geht. Mit unglaublich guter Laune beginne ich meine Schicht im Krankenhaus. Heute Morgen steht die Knie-OP einer Neunjährigen an. Der Eingriff geht mir leicht von der Hand, und es gibt keine Komplikationen, was den Tag noch besser macht.

Nach dem Eingriff wasche ich mir im Waschraum die Hände und erschrecke, als die Tür geöffnet wird und hinter mir einrastet und sich nicht wieder schließt. Ich will sie gerade zumachen, als ich meinen Namen im Gespräch der zwei Männer mitbekomme, deren Diskussion ich eigentlich ausgeblendet hatte.

»Ja, das ist doch krass, oder? Ich meine, zuerst ist er der Schwiegersohn in spe, und dann kommt ans Licht, dass er sein geliebtes Mädchen betrogen hat.«

»Mich persönlich wundert es ja, dass sie ihm nicht sofort gekündigt haben.«

»Das können sie nicht tun. Er ist einer der besten Chirurgen hier im Krankenhaus. Die wären dumm, wenn sie ihn wegen so was feuern.«

»Aber hierzubleiben macht es für ihn auch nicht einfacher. Er hat seit Wochen nur die kleinen, langweiligen Eingriffe bekommen, und die wirklich spannenden Operationen gingen an andere.«

»Das stimmt. Mindy Clayton heiratet dieses Wochenende, auch das muss ein schwerer Schlag für ihn sein.«

»Ja, total.« Sie kichern, doch im nächsten Moment ist eine laute, tiefere Stimme zu hören.

»Habt ihr nichts Besseres zu tun, als hier herumzulungern und falsche Gerüchte zu verbreiten?« Ich sehe nicht, wie die beiden reagieren, da ich auf die Tür vor meiner Nase starre, doch sie sind auf jeden Fall sofort verstummt.

»Entschuldigen Sie, Dr. Dalton, wir …«

»Ich habe sehr wohl mitbekommen, über wen ihr gelästert habt. Fasst euch an die eigene Nase. Dr. Barnes ist ein erfolgreicher Arzt und hat sich in seiner Assistenzzeit auf die Arbeit und das Lernen konzentriert und nicht auf Klatsch und Tratsch.«

»Sorry, Dr. Dalton.«

»Ab mit euch, oder ich melde euch beim Betriebsrat wegen Mobbing.« Ich vernehme Schritte, dann wird eine Tür geschlossen. Dr. Dalton war mein Mentor. Er ist einer der besten Ärzte, denen ich je begegnet bin. Vor ein paar Jahren hat er das Krankenhaus verlassen, um in einer privaten Klinik zu arbeiten. Ab und zu kommt er vorbei, um Vorträge zu halten oder an Seminaren teilzunehmen. Wie dem auch sei, er hat mich verteidigt, bevor ich es überhaupt konnte.

Ich atme aus und schüttele den Kopf. Mindy hat durch ihre Lügen meinen Ruf ruiniert und es mir unnötig schwer gemacht, meiner Arbeit nachzugehen, die ich so sehr liebe. Ihr Vater redet kaum noch mit mir und lässt mich bei Visiten und Meetings außen vor. Ich könnte mir das zu Herzen nehmen und leiden, doch meine Familie und Daniel kennen die Wahrheit und glauben mir, und das sollte mir genügen.

Nach meiner Schicht ziehe ich mich in die Garderobe zurück und will mich gerade umziehen, als Dr. Dalton in den Raum kommt. Er lächelt, als er mich entdeckt, und reicht mir zur Begrüßung die Hand.

»Caleb, mein Lieber. Schön dich zu sehen.«

»Dr. Dalton, was für eine Freude Sie hier anzutreffen. Gut sehen Sie aus.«

»Das sagst du jedes Mal, und wie oft habe ich dir schon gesagt, dass du mich Ed nennen sollst.« Ich kratze mir verlegen am Hinterkopf, denn das hat er tatsächlich schon häufiger gesagt.

»Verzeihung, ich bin das einfach noch nicht gewohnt. Wie kann ich zu meinem Vorgesetzten und Lehrer Du sagen?«

»Ganz einfach, mein Junge. Es ist easy, wie ihr jungen Menschen so schön sagt.«

»Was führt dich hierher, Ed?«, frage ich, während ich meinen Spind wieder schließe.

»Ich wollte dich abpassen und fragen, ob du Lust hast, mit mir einen Kaffee zu trinken.«

»Klar, ich bin gerade fertig mit meiner Schicht. Bitte«, sage ich und lasse ihm den Vortritt. Wir betreten die Cafeteria und gehen direkt in den abgeschirmten Bereich für das Personal. Ich hole uns zwei Espresso, stelle eine Tasse vor meinem Mentor ab und setze mich gegenüber von ihm hin. Sein Haar ist mittlerweile schneeweiß, keine einzige schwarze Strähne ist mehr zu sehen, und er hat sich seinen Bart abrasiert. Als er damals mein Mentor war, hatte er einen gestutzten Vollbart.

Er war für mich immer mehr als ein Professor und Vorgesetzter. Durch seine Tipps und seinen Beistand habe ich es geschafft, ein besserer Arzt zu werden. Ich denke, ich könnte ihm mit Worten nicht klarmachen, wie viel mir sein Beistand und seine Hilfe bedeutet haben, aber das haben sie.

»Wie geht's deiner Frau und den Kindern?«

»Meine Frau ist mit unserer Tochter nach Barbados geflogen, um die Seele baumeln zu lassen. Ich muss mal wieder selbst für mich kochen. Glaub mir, ich drohe täglich zu verhungern.«

»Dann wird es wohl Zeit, kochen zu lernen.«

Da ich mich schon als Kind häufiger selbst mit Essen versorgen musste, habe ich angefangen, für Morgan und mich zu kochen. Anfangs fiel es mir schwer, da ich als Zehnjähriger noch nicht so geübt war. Doch im Laufe der Jahre wurde ich immer besser, und nun liebe ich es, für mich und andere zu kochen.

Mir wäre es unangenehm, wenn ich mich selbst nicht kulinarisch versorgen könnte. Ob Sierra gern kocht, weiß ich noch nicht, aber ich freue mich sehr darauf, es zu erfahren. Ich will einfach alles über sie wissen. Damit ich gedanklich nicht zu sehr zu meiner Freundin abdrifte, konzentriere ich mich schnell wieder auf Ed.

»Ich denke, da könntest du recht haben. Aber es wird mir sicher nicht schwerfallen, immerhin findet man im Internet Videoanleitungen, und das werde wohl auch ich hinkriegen.«

»Das mit Sicherheit. Du hast bis jetzt alles geschafft, was du dir vorgenommen hast. Wo ein Wille ist, da ist auch ein Weg. Wie geht's deinem Sohn?«

»Er ist nach dem Studium nach Paris gezogen und arbeitet als Journalist.«

»Wow, es hat sich ganz schön viel geändert in den letzten Jahren, was?«, sage ich beiläufig. Ich hätte nie gedacht, dass mein Leben sich so drastisch ändern würde. Ein Jahrzehnt lang gab es nur eine Frau in meinem Leben, und ich dachte, sie und ich wären füreinander bestimmt. Ich hatte romantische Vorstellungen von einem Leben, das mir doch nicht bestimmt war. Aber auch wenn es nicht so gelaufen ist wie gedacht, fühle ich mich wunderbar, weil ich nun endlich eine Frau gefunden habe, mit der ich harmoniere und die Gefühle in mir hervorgerufen hat, als ich dachte, erkaltet zu sein.

»Das hat es. Vor allem in deinem beruflichen Umfeld, wie ich gerade mitbekomme.« Natürlich ist auch ihm zu Ohren gekommen, dass ich nun wie ein Aussätziger behandelt werde. Außerdem hat er es vorhin selbst erlebt.

»Ja, ich bin gerade das schwarze Schaf, ohne etwas getan zu haben.«

»Ich habe es auch nicht geglaubt. Du könntest niemanden betrügen. Das liegt nicht in deiner Natur.«

»Das habe ich auch nicht.« Ich weiß gar nicht, wie oft ich versucht habe, das meinem Freundeskreis begreiflich zu machen, doch fast niemand hat mir geglaubt.

»Wie dem auch sei. Ich bin nicht hier, um in Wunden herumzustochern, sondern um dir ein Angebot zu machen.«

»Angebot?«

»Wie du weißt, arbeite ich als Chirurg in einer Privatklinik an der Upper East Side, die sich vor Menschen, die von uns behandelt werden wollen, kaum retten kann. Wir brauchen einen fähigen Chirurgen in der Pädiatrie, und da kamst du mir sofort in den Sinn.«

»Du willst mich abwerben?«

»Ich möchte gern mit dir zusammenarbeiten und dir ein Arbeitsumfeld bieten, in dem du geschätzt und respektiert wirst.« Ich fahre mir nachdenklich übers Kinn und sehe mich in der Cafeteria um. Fast alle Personen hier halten mich für einen Betrüger, der der Tochter des Bosses das Herz gebrochen hat. Meine Praxis ist erfolgreich, und ich müsste gar nicht im Krankenhaus arbeiten, wenn es nur ums Finanzielle ginge, doch ich liebe die Aufregung, die mit diesem Job einhergeht. Jeder Tag ist anders. Manchmal haben wir einen Notfall nach dem anderen, dann wiederum gibt es ruhige Tage ohne besondere Vorkommnisse. Mir gefällt die Arbeit im Krankenhaus.

»Wie würden die Bedingungen aussehen?«, frage ich und räuspere mich dann wieder, da ich noch nie gut im Verhandeln war. Wenn ich schon wechsle, sollte es zu meinem Vorteil sein.

»Du würdest auf jeden Fall mehr verdienen, wie viel genau, kannst du mit unserer Krankenhausleiterin besprechen. Selbstverständlich bist du gut versichert, bekommst ein Team zur Seite gestellt und kannst spezielle Schulungen durchführen, wenn du magst. Wir sind ein offenes Team und können gern über deine Wünsche und Vorstellungen reden.«

»Verstehe«, sage ich, doch mir schwirrt der Kopf. Ich arbeite schon ein paar Jahre hier und kann es mir kaum noch anders vorstellen.

»Hier hast du die Visitenkarte unserer Leiterin. Sie wartet schon auf deinen Anruf. Egal ob du zusagst oder nicht. Ruf sie an und unterhalte dich mit ihr.«

»Mach ich.«

»So, und jetzt lass uns über etwas anderes reden. Die Arbeit nimmt auch so schon zu viel Zeit von unseren Pausen in Anspruch.«

»Okay.«

Als ich am späten Nachmittag das Krankenhaus verlasse, möchte ich Sierra wissen lassen, wie sehr ich mich darauf freue, sie wiederzusehen, also schreibe ich ihr eine kurze Nachricht. Ich kaufe einen Strauß Schnittblumen, da ich weiß, dass sie diese liebt, und fahre nach Hause.

Dort angekommen springe ich unter die Dusche, ziehe mir Shorts und T-Shirt an und gehe auf die Terrasse, die zu meiner Enttäuschung leer ist. Um nicht in ihre Privatsphäre einzudringen, rufe ich ihren Namen, anstatt durchs Fenster zu lugen. Nach einer Weile geht die Tür auf, doch nicht Sierra, sondern Bailey betritt die Terrasse.

»Na, meine Schöne? Machst du wieder Türen auf, wie es dir passt?«, frage ich und ernte ein Hundebussi mitten auf die Wange.

»Ja, ich freue mich auch, dich zu sehen. Ist deine Mom da?«

»Wuff«, lautet die Antwort. Ich kraule ihren Kopf und setze mich auf Sierras Loungechair, um auf sie zu warten und das Sommerwetter zu genießen. Ich bin glücklich. Zwar hätte ich nicht gedacht, dass es so schnell passiert, aber in diesem Augenblick fühle ich mich frei und leicht – und das liegt einzig und allein an Sierra.

20. KAPITEL

Sierra

Soundtrack of the Day:
Harry Styles – Sweet Creature

»Wenn das mal nicht ein Tausend-Watt-Lächeln ist. Was ist los, hattest du vor neun Uhr morgens vier Tassen Kaffee, oder was?«, fragt mich Rory, bevor sie schnell zur Seite geht, um einem der Möbelpacker auszuweichen.

»So etwas in der Art, ja.«

»Okay, ich will mehr wissen.«

»Nimm mir mal den Kaffee ab, ja?«, sage ich stattdessen und richte den Riemen der Tasche, die von meiner Schulter zu rutschen drohte, gerade als sie mir die Box mit den Bechern abnimmt.

»Becher mit klebrig-süßem Inhalt. Genau wie wir es mögen.« Ich lächle und deute mit einem Nicken zu Chelseas Bürotür.

»Komm, Sis, lass uns zu Chels gehen und den heutigen Tagesablauf besprechen.« Als wir die Tür öffnen, ist unsere Älteste gerade am Telefonieren.

»Ich denke, ich habe mich klar und deutlich ausgedrückt. Ich habe kein Interesse an einer Zusammenarbeit.« Sie lauscht weiter, schüttelt aber immer wieder den Kopf.

»Danke für das Kompliment und das Lob, aber wie ich schon sagte, kein Interesse, Nathaniel.« Rory und ich wechseln einen Blick. Rory formt mit gerunzelter Stirn den Namen, doch ich schüttle den Kopf. Ich kenne niemanden, der so heißt. *Oder doch?*

»Bye«, sagt Chels schließlich. Nachdem sie aufgelegt hat, presst sie Daumen und Zeigefinger auf ihre Nasenwurzel, als hätte sie gerade heftige Kopfschmerzen.

»Wer war das denn?«, fragt Rory und reicht unserer Schwester den Becher mit Kaffee, den sie dankend entgegennimmt.

»Ein Jemand aus der Vergangenheit, der sich in meine Zukunft drängen wollte, aber ich habe es unterbunden.«

»Ähm … okay. Wir brauchen mehr Infos«, sage ich und nippe an meinem Getränk, das so herrlich schmeckt, dass ich fast aufseufze.

»Nein, ich möchte nicht darüber reden. Es hat etwas mit Wallace zu tun, und es ist nicht mal der Rede wert. Ich halte mich strikt von Menschen und Orten fern, die etwas mit meinem verlogenen Ex zu tun haben.«

»Und wir verstehen das, aber sollte deine Wut nicht langsam abflauen? Es ist fast fünf Jahre her, Chels. Lass die Vergangenheit los und lebe. Liebe wieder«, sage ich, doch sie schüttelt nur angewidert den Kopf.

»Liebe? Pah, das brauche ich nicht. Ich habe alles, was mich ausfüllt und glücklich macht, genau hier. Mehr brauche ich nicht.«

»Aber hast du mir nicht gesagt, dass es wichtig ist, das Leben auf sich zukommen zu lassen und auf sein Herz zu vertrauen?«

»Ja, aber das war ein Rat an dich und nicht an mich.«

»Hört auf mit diesem Thema. Du bist eine hoffnungslose Romantikerin, Sierra, und du neigst dazu, zynisch zu werden, Chelsea«, meint Rory und spricht damit die Wahrheit aus.

»Na schön. Na schön«, meint die CEO der Proof of Love Agency und nimmt Platz. Wir drei besprechen immer im Vorfeld, was ansteht, ehe wir Meetings mit dem Rest der Mitarbeitenden abhalten, doch bevor wir uns in die Arbeit stürzen, muss ich meinen Schwestern erzählen, dass das, was ich mir so sehr gewünscht habe, endlich eingetreten ist. Als meine Schwestern ihre iPads einschalten und nach dem iPen greifen, räuspere ich mich und ziehe so ihre Aufmerksamkeit auf mich.

»Bevor wir mit der Arbeit anfangen, muss ich euch unbedingt etwas erzählen.« Eigentlich müsste mich mein Grinsen sofort verraten, doch sie blicken mich abwartend an, also fahre ich fort.

»Caleb und ich haben uns geküsst.« Die beiden sehen mich erstaunt an, doch die Verblüffung in ihren Gesichtern wird schnell durch Freude ersetzt.

»Wirklich? Hast du das nicht geträumt oder so?«, will Rory wissen, doch ich schüttle lachend den Kopf. Nichts und niemand könnte meine gute Laune trüben.

»Kein Traum, sondern herrliche Realität.«

»Nicht zu fassen«, murmelt Chelsea und blickt mich erwartungsvoll an. War klar, dass meine Schwestern mehr Details wollen.

»Wie ihr ja wisst, haben wir uns auf der Party bereits geküsst, aber ich war mir nicht sicher, was er fühlt und ob er noch an Mindy hängt. Als wir gemeinsam im Park waren, haben wir uns erneut geküsst.«

»Wow, ihr lasst es ganz schön krachen«, meint Rory, und ich meine, Stolz aus ihrer Stimme herauszuhören.

»Sieht so aus. Gestern Nacht war ja das Unwetter, und ich bin eingeschlafen, bevor ich mir Ohropax in die Ohren stecken konnte, um das Unwetter so gut wie möglich auszublenden. Als es dann heftig gedonnert hat, schrie ich auf, und das mehrmals. Ich hatte Angst wie damals als Kind. Bailey hat nicht verstanden, was mit mir los war, und ist durchgedreht. Plötzlich stand Caleb in meinem Schlafzimmer.«

»Wie ist er überhaupt reingekommen?«, fragt Chelsea sofort.

»Bailey kann neuerdings Türen öffnen, und die Terassentür öffnet sie in letzter Zeit am liebsten.«

»Verstehe, erzähl weiter«, sagt Rory und neigt sich vor lauter Neugier leicht nach vorn.

»Ich war ängstlich und verschreckt und hatte eine kleine Panikattacke. Er hat sich zu mir gesetzt und seine Arme um mich gelegt. Durch seine Umarmung lichtete sich der Nebel in mir, und ich konnte wieder freier atmen. Als es danach erneut gedonnert hat, war meine Angst nicht mehr so stark, weil all meine Sinne auf Caleb ausgerichtet waren.«

»Und dann habt ihr euch geküsst? Er hat deine Hilflosigkeit ausgenutzt?« Wut schwingt in Chelseas Stimme mit, und auch wenn ich ihre geschwisterlichen Sorgen verstehen kann, verärgern mich ihre Worte.

»Das würde Caleb nie tun. Denk nicht immer das Schlechteste von den Menschen. Er hat seine Treue zu Mindy bewiesen. Hast du das vergessen?«

»Nein, habe ich nicht, aber Treue und eine geschockte Frau auszunutzen sind zwei verschiedene Dinge.«

»Ich verstehe deine Sorge, aber lass mich doch mal ausreden.«

»Okay, entschuldige.« Sie lehnt sich in ihrem Stuhl zurück und schweigt, genau wie Rory, deren Blick während unseres Wortwechsels zwischen Chelsea und mir hin und her gewandert war.

»Wie dem auch sei, als sich das Unwetter zu verziehen begann, machte er Anstalten zu gehen, doch ich griff nach seiner Hand und bat ihn, bei mir im Bett zu bleiben. Zuerst hat er gezögert, doch wir kennen uns mittlerweile gut, und ich vertraue ihm und er mir genauso, also legte er sich zu mir, und so schliefen wir nebeneinander ein.« Ich nehme einen Schluck von meinem Kaffee und verstecke so mein verliebtes Grinsen, ehe ich mich wieder meinen Schwestern zuwende.

»In der Nacht müssen wir uns wohl aneinandergekuschelt haben, jedenfalls sind wir Arm in Arm aufgewacht. Ich habe ihm erzählt, wieso ich so heftig auf Gewitter reagiere, und er hat mir aufmerksam zugehört. Als er dann gesagt hat, dass er versuchen möchte, mir diese Angst zu nehmen, war ich so gerührt. Wir waren uns so nah, und zwischen uns baute sich ein Knistern, eine Anziehung auf, der ich mich kaum entziehen konnte.«

»Wie romantisch«, haucht Rory mit feuchten Augen.

»Ja, es war wunderschön. Wir haben uns immer inniger geküsst, aber irgendwann mussten wir dann beide zur Arbeit.«

»Unglaublich, wie sich alles zum Guten gewendet hat. Ich kann mich noch erinnern, wie du uns von deinen Gefühlen für ihn erzählt hast. Damals schien alles unmöglich, doch die Dinge haben sich geändert«, sagt Rory und blickt mich aus warmen Augen an. Auch Chelsea greift über dem Tisch nach meiner Hand und drückt sie.

»Ja, und ich bin auch überglücklich, doch da ist diese leise Stimme in mir, die mir sagt, dass ich keine solide Beziehung auf einer Lüge aufbauen kann.«

»Du meinst die Testung?«, fragt Rory, und ich nicke.

»Das ist schon länger her, und es ist schließlich dein Job. Deine Gefühle waren jedoch von Anfang an echt«, meint Rory entschlossen, doch ich teile ihre Meinung nicht ganz.

»Das ist mir alles bewusst, aber ich kann nicht aufhören, mich zu fragen, wie Caleb wohl reagieren wird, wenn ich ihm die Wahrheit sage.«

»Es wird ihn verletzen, so viel ist sicher. Du hast dich als eine andere Person ausgegeben. Du hast ihn im Auftrag seiner Ex-Verlobten getäuscht. Das würde niemand gut aufnehmen.«

»Na, das macht mir Hoffnung«, gebe ich sarkastisch zurück, doch sie ist noch nicht fertig.

»Doch wenn er dich wirklich liebt und das Ganze sachlich betrachten kann, dann wird er dir auch verzeihen können.«

»Du musst es ihm aber nicht zwingend sagen«, meint Rory nachdenklich.

»Es ist Vergangenheit. Es war nur ein Job, und du bist jetzt nicht mehr diese Sara. Du bist Sierra, die es verdient hat, von ihm geliebt zu werden.«

»Ach ihr. Danke, eure Worte bauen mich wirklich auf.«

»Wie sich eure Beziehung entwickeln wird, wissen wir noch nicht, aber ihr habt eine Chance bekommen. Nutzt sie! Ich kann dir nur immer wieder den Rat geben, auf dein Herz zu hören, denn das wird dir immer den richtigen Weg weisen.«

Ich stehe kurz auf und nehme meine Schwestern in den Arm, um ihnen auch durch eine Geste zu zeigen, wie froh ich bin, sie zu haben. Manche Dinge kann man nicht mit Worten ausdrücken, man muss das Herz sprechen lassen.

Nachdem ich sie auf den neuesten Stand gebracht habe, gehen wir auch schon wieder an die Arbeit. Der Umzug des Büros steht an, und viele der Möbel wurden bereits umgesiedelt. Unsere Büros werden als letzte geräumt, weshalb es in Chelseas Büro aussieht wie immer. Doch die Dinge werden sich ändern. Wir werden in ein moderneres, größeres Gebäude ziehen, wo wir mit der besten Technik ausgestattet sein werden und noch mehr Mitarbeitende einstellen können.

Die Aussicht ist herrlich, und man sieht sogar den Hudson River, doch es ist das große Ganze, auf das ich mich freue. Die Harmonie, der Platz und die Vorfreude. Die wird in den nächsten Wochen unsere ständige Begleiterin sein. Nach dem Mittagessen stehe ich im Großraumbüro, das nun, abgesehen von den Trennwänden, komplett leer ist. Ein beklemmendes Gefühl breitet sich in mir aus, und ich lege meine Hand auf die Brust, um die Schwere zu unterdrücken.

»Ein trauriger Anblick, was?«, sagt Lindsay und stellt sich neben mich.

»Ja. Ich werde diese Räumlichkeiten vermissen. Wir haben hier die aus Unternehmensperspektive wichtigsten Jahre verbracht.«

»Stimmt«, sagen meine Schwestern fast gleichzeitig und stellen sich zu uns.

»Hier haben wir unsere Mitarbeitenden geschult, Werbekampagnen geplant und die Treue von Zielpersonen getestet. Wir haben oft schlechte Nachrichten übermittelt, aber auch gute. Wir haben diese Räume mit Leben gefüllt, eine wohlige Arbeitsatmosphäre geschaffen, haben für ein gutes Arbeitsklima gesorgt und unsere Mitarbeitenden motiviert, so gut wir konnten«, sagt Chelsea mit Stolz in der Stimme.

Diese Agentur hat klein angefangen, manchmal wollten wir das Handtuch schmeißen, weil nichts nach Plan lief. Die finanziellen Mittel drohten uns auszugehen, doch wir haben nicht aufgegeben. Wir haben gekämpft, und sie ist laut dem *Forbes Magazine* die erfolgreichste Treuetest-Agentur in den Staaten. »Durch Elijahs Investition und die seines Vaters können wir unsere Träume verwirklichen«, meint Rory und scheint in Gedanken weit weg.

»Das werden wir«, sage ich und lächle einer erfolgreichen und arbeitsreichen Zukunft entgegen.

Da ich den Feierabend kaum erwarten kann, vergeht die Zeit natürlich sehr langsam. Als mir Caleb in einer Nachricht mitteilt, dass er an mich denkt und sich auf mich freut, zaubert er mir damit ein Lächeln ins Gesicht. Als endlich Feierabend ist, schnappe ich meine Tasche und will mich schon von allen verabschieden, als Sam auftaucht.

»Hey du«, sagt er und umarmt mich kurz zur Begrüßung.

»Hallo. Mit dir habe ich gar nicht gerechnet.«

»Ja, ich weiß. Aber ich will es wiedergutmachen und dich zum Abendessen einladen.« Ich blicke auf meine Smartwatch, auch wenn ich ganz genau weiß, dass es achtzehn Uhr ist. Am liebsten würde ich Sam auf ein anderes Mal vertrösten, weil ich Sehnsucht nach Caleb habe, aber er ist mein bester Freund, und niemand darf mir wichtiger sein als die Menschen, die mich durch die Jahre zu der Frau gemacht haben, die ich bin.

»Klar, dann lass uns gehen. Ich habe mächtigen Kohldampf«, sage ich fröhlich und hake mich bei ihm unter. Wir essen in unserem Lieblingsburgerladen und bestellen uns Kaffee zum Mitnehmen, ehe wir am Hudson River spazieren gehen. Wir unterhalten uns über Caleb, die Arbeit und das Leben. Es tut gut, wieder Zeit mit ihm zu verbringen.

»Was ist los, Sam? Du wolltest mir doch etwas sagen.« Ich stütze meine Ellbogen auf dem Geländer beim Aussichtspunkt ab. Von hier aus hat man einen herrlichen Blick auf den Fluss. Er stellt sich neben mich, ahmt meine Haltung nach und wendet sich mir zu.

»Ich habe wieder jemanden kennengelernt«, sagt er schüchtern, was völlig untypisch für ihn ist.

»Das ist doch wunderbar! Oder? Du machst keinen glücklichen Eindruck. Bist du nicht erfreut darüber?«

»Doch, das bin ich, aber ich habe mich noch nie so gefühlt wie jetzt. Leilani nimmt mein ganzes Denken ein. Wenn ich nicht bei ihr bin, dann sehne ich mich nach ihr, und wenn sie da ist, will ich sie halten und nie wieder loslassen.«

»Das klingt, als hätte es dich heftig erwischt.«

»Das hat es tatsächlich. Die anderen Frauen und zuletzt auch Michelle waren unglaublich, und ich habe gern Zeit mit ihnen verbracht, doch für Leilani empfinde ich so viel.«

»Ich kenne das, man hat das Gefühl, nicht atmen zu können, wenn man nicht die Person an seiner Seite hat.«

»Genau. Das macht mich völlig fertig.«

»Weil du es nicht gewohnt bist?«

»Ja. Ich denke, ich bin zum ersten Mal wirklich in jemanden verliebt.«

»Das erste Mal ist immer besonders. Wie empfindet sie? An welchem Punkt in eurer Beziehung seid ihr?«

»Wir hatten drei Dates und haben uns zum Abschied geküsst.«

»Wie romantisch«, hauche ich verträumt. Ich freue mich für meinen besten Freund, der so viele Jahre warten musste, bis er diese Erfahrung machen durfte.

»Ich bin so eklig verliebt wie du in Caleb«, meint er belustigt, und ich merke, wie ich erröte.

»Wo du recht hast, hast du recht, aber ich stehe schon so lange auf ihn, sodass es sich anfühlt, als wären all meine heimlichen Träume wahr geworden.«

»Und genau so soll es sein. Es ist Schicksal, dass ihr euch immer wieder über den Weg gelaufen seid.«

»Genau wie ihr stehen auch wir noch am Anfang, aber ich freue mich so sehr auf alles, was noch kommt.«

»Kann es sein, dass wir zur gleichen Zeit glücklich verliebt sind?«

»Sieht ganz so aus. Ich wünsche dir auf jeden Fall alles Glück der Welt mit Leilani.«

»Und ich dir mit Caleb. Ich hoffe, dass wir trotz unserer Beziehungen noch Zeit füreinander haben werden. Ich habe Angst, dich zu verlieren.«

»Du wirst mich niemals verlieren, Sam«, sage ich instinktiv, denn es entspricht der Wahrheit. Nichts und niemand könnte sich zwischen uns stellen. Wir sind seit so vielen Jahren befreundet, und das wird auch immer so bleiben.

»Es tut so gut, das zu hören«, flüstert er und sieht mir in die Augen. Wir sind uns so nah, doch nicht auf romantische Weise, sondern weil unsere Seelen verbunden sind. Er lächelt mich an, und ich stoße mich ab, um meine Arme um seinen Oberkörper zu legen. Ich umarme ihn fest und halte ihn. Halte unsere Freundschaft in Ehren, wie ich es immer getan habe. Wie lange wir uns umarmen, weiß ich nicht mehr, aber jede Sekunde ist ein Genuss für mein Seelenwohl.

Nachdem wir uns verabschiedet haben, gehen wir getrennte Wege, und ich genieße den nächtlichen Spaziergang und die kühle Abendluft auf meiner Haut. Als ich in meine Wohnung komme, erwarte ich schon, dass Bailey mich schwanzwedelnd begrüßt, doch mich erwartet Stille. Ich rufe ihren Namen und gehe von Raum zu Raum, finde sie aber nicht. In meiner Panik wird mir erst später klar, dass die Tür zur Terrasse leicht angelehnt ist. Als ich nach draußen gehe, finde ich Caleb auf meiner Außencouch schlafend vor und Bailey gleich neben ihm. Sie hat die Pfote über seinen Bauch gelegt, als würde sie ihn umarmen.

Während ich die beiden beobachte, breitet sich eine Wärme in mir aus, und ich lächele auf sie herab. Meine Finger streicheln über Calebs Wange, die so herrlich weich ist, und ich unterdrücke ein verliebtes Seufzen, um die beiden nicht zu wecken. Gerade will ich die Hand wieder wegnehmen, als sich seine Finger mit meinen verhaken. Er öffnet die Augen.

21. KAPITEL

Caleb

Die Wärme einer Berührung holt mich aus dem Schlaf. Meine Augen sind zwar geschlossen, doch ich weiß und spüre, dass Sierra bei mir ist. Ihr süßliches Parfüm mit der leichten Zitronennote würde ich überall erkennen. Sie möchte gerade ihre Finger von meiner Wange nehmen, doch ich greife nach ihrer Hand, da ich diesen Moment noch länger auskosten möchte. Meine Lider öffnen sich langsam, und ihre natürliche Schönheit trifft mich völlig unvermittelt.

In den letzten Tagen sind wir uns nähergekommen, und je mehr ich über sie erfahren habe, desto mehr wollte ich, dass sie die Frau an meiner Seite wird. Kurz ist sie überrascht, dass ich bereits wach war, ehe sich ein Lächeln auf ihrem hübschen Gesicht ausbreitet.

Wenn sie mich so ansieht, löst sich jeder Knoten in mir, alle Sorgen sind wie weggeschwemmt, und ich fühle mich, als würde ich klarer sehen, nachdem ich die letzten Monate blind vor mich hingelebt habe. Den ganzen Tag habe ich mich nach ihr gesehnt, wollte unbedingt ihre Stimme hören und ihr nah sein. Doch jetzt, wo sie wahrhaftig hier ist, kann ich noch immer nicht fassen, was für ein Glück ich habe, sie bei mir zu wissen.

»Da bist du endlich«, flüstere ich und lege nun meine Hand um ihre Wange.

»Der Tag hat sich ewig hingezogen. Am liebsten hätte ich heute blaugemacht und wäre bei dir geblieben.« Ihre Worte erwärmen mein Herz, da es mir genauso ging und ich mir nichts Besseres vorstellen könnte, als den Tag mit Sierra zu verbringen.

»So ging es mir auch«, sage ich und sehe, wie ein Leuchten in ihre Augen tritt.

»Aber nun sind wir hier«, flüstere ich und meine nicht nur die Tatsache, dass wir körperlich zusammen sind, sondern auch, dass unsere Herzen im Einklang schlagen.

Instinktiv kommen wir uns näher, sodass wir dieselbe Luft atmen, während wir uns tief in die Augen blicken. Sierra senkt den Kopf und küsst mich, streicht mit ihren Lippen sanft über meinen Mund. Langsam, so quälend langsam, dass alles in mir brennt und nach mehr verlangt. Ich schließe meine Augen und fühle nur noch sie.

Die Wärme ihrer Haut, die sanften Geräusche, die sie macht, wenn ich sie berühre, und die Liebe, die langsam, aber stetig in mir wächst. Während wir uns küssen, hebt Bailey den Kopf. Sie scheint nicht gerade begeistert von unserem Geknutsche zu sein und tapst müde in die Wohnung, was wir aber nur am Rande mitbekommen. Ich ziehe Sierra auf mich, sodass sie es bequemer hat, und genieße ihr Gewicht auf mir.

Sofort werden unsere Küsse leidenschaftlicher und unsere Bewegungen fahriger. Unsere Zungen necken einander, und ich bekomme Lust auf mehr. Während ich die Hände in ihrem dichten Haar vergrabe, vertiefe ich den Kuss. »Ich brauche dich«, haucht Sierra gegen meine Lippen, und ich kann nicht anders, als einfach zu nicken. Wir kennen uns schon seit einer Weile und vertrauen einander, meine Gefühle haben sich in den letzten Wochen gefestigt, und ich fühle mich ebenfalls bereit, unsere Beziehung auf die nächste Stufe zu heben. Sie sieht mich aus dunklen Augen an und schenkt mir ein verführerisches halbes Lächeln, das mir den Verstand raubt. »Komm mit«, sagt sie und greift nach meiner Hand, um mich ins Schlafzimmer zu ziehen. Sie schließt die Tür hinter uns, schaltet die Lampe an ihrem Nachtkästchen an, die den ganzen Raum in ein zartes gelbliches Licht taucht.

Und in diesem Licht sieht Sierra mit ihren offenen Haaren, dem knielangen Sommerkleid und den feurigen Augen aus wie die Leidenschaft in Person. Noch nie habe ich einen schöneren Anblick gesehen. Sofort prallen wir wieder aufeinander, küssen uns und verlieren mit jedem Kuss ein weiteres Kleidungsstück. Schließlich stehen wir einander nackt gegenüber. Ihre Schönheit ist beinahe nicht in Worte zu fassen, innen wie außen. Mein intensiver Blick scheint sie plötzlich etwas unsicher zu machen, und sie verdeckt kurz ihre Brüste, ehe sie ihre Hand wieder sinken lässt.

»Alles in Ordnung?«

»Ja, entschuldige, kurz kam das unsichere Ich zum Vorschein. Ich bin in der Schule häufig für meine Oberweite gehänselt worden, das hat wohl Spuren hinterlassen.«

Ich umarme sie, streiche mit der Hand durch ihr Haar und nähere mich ihrem Ohr. Ihre Brüste drücken sich gegen meinen Oberkörper, und dieses Hautgefühl ist wunderbar angenehm.

»Du bist eine wunderschöne Frau, Sierra. Mir gefällt alles an dir – optisch und vor allem dein Inneres. Ich sehe dich als die selbstbewusste, hinreißende und intelligente Frau, die du bist, und würde nichts an dir ändern wollen.« Ich ziehe mich ein wenig zurück, sodass ich in ihr Gesicht sehen kann, und stelle fest, dass ihre Augen feucht geworden sind. »Danke für deine Worte. Sie haben mich aufgefangen, als ich zu fallen drohte.«

»Auch wenn du jemals fallen solltest, werde ich da sein und dich auffangen.« Berührt von meinen Worten legt sie wieder ihre weichen Lippen auf meine, und wir verlieren uns erneut in einem Kuss. Schließlich liegen wir auf dem Bett und halten einander. Unsere Zungen berühren sich, und als ihr ein Stöhnen entweicht, beiße ich sanft in ihre Unterlippe und wandere mit dem Mund zu ihrem Hals, um ihm meine volle Aufmerksamkeit zu schenken. Ich verteile sanfte Küsse auf ihrer Haut und erspüre mit den Lippen ihren Puls. Sierra krallt ihre Finger in mein Haar, seufzt auf und gibt mir damit die Bestätigung, dass ihr gefällt, was ich tue. Als ich weiter nach unten wandere, erzittert sie unter mir.

»Soll ich aufhören?«, frage ich leise, doch sie schüttelt vehement den Kopf, was mich zum Lächeln bringt. Ich entschließe mich, die entstandene Pause zu nutzen, um ein wichtiges Thema anzusprechen. »Ich lasse mich regelmäßig testen. Wie sieht es bei dir aus?«

Sie lächelt, und in ihren Augen sehe ich Dankbarkeit.

»Auch ich habe vor ein paar Tagen das Ergebnis bekommen und bin negativ. Danke, dass du es angesprochen hast.«

Kurz verharre ich in der Position, blicke diese schöne Frau an. »Wo waren wir stehen geblieben?«, frage ich dann und spüre, wie sich Sierra mit dem Unterleib an mich presst. Langsam wandere ich mit dem Mund nach unten und umschließe mit den Lippen ihren Nippel. Ich sauge daran, knabbere und genieße die Laute, die Sierras Mund verlassen. Berauscht von diesem Moment bewege ich mich weiter nach unten, da ich sie nach allen Regeln der Kunst verwöhnen möchte. Ich suche ihren Blick, der mir Zustimmung signalisiert. Als ich mit meinem Mund ihre Mitte berühre, bäumt sich Sierra auf und stöhnt laut, was mir eine Gänsehaut beschert. Das hier ist nicht nur Sex, denn es geht zu tief, um es mit drei Buchstaben zu beschreiben. Hier verändert sich mein Leben, weil ich endlich eine Frau gefunden habe, die in allen Dingen mit mir harmoniert. Meine Zunge schnellt vor, immer und immer wieder, bis Sierra meinen Namen schreit und heftig kommt. Ich fange ihren Schrei mit meinem Mund auf und küsse sie leidenschaftlich, während ihr Körper noch immer unter mir bebt.

Ihr Rausch geht auf mich über, und ich kann mich kaum zurückhalten, weil ich sie so gern spüren möchte. Ich küsse sie so lange, bis ihre Atmung sich beruhigt und sich die angespannten Muskeln lösen. »Das war unglaublich. Ich will mehr. Ich brauche dich so sehr, Caleb.«

Ich gebe ihr einen kurzen Kuss auf den Mund, als ich in meine Hosentasche greife und das Kondom herausnehme. Als ich es mir überstreife, verfolgt Sierra mit ihren Augen ganz genau, was ich tue. Es ist ein unfassbar erotischer Moment, der mir eine Gänsehaut verschafft, die sich auf meinem ganzen Körper ausbreitet.

Ich positioniere mich über ihr und beobachte jede ihre Regungen, als ich langsam in sie eindringe und sehe, wie sie genüsslich die Augen schließt. Es fühlt sich so gut an, dass es mich viel Kraft kostet, nicht hier und jetzt zu kommen. Ich gleite aus ihr und stoße erneut zu. Diesmal fester. Daraufhin entweicht ihr ein lang gezogenes Stöhnen, das mich mächtig aufheizt. Mit einer Hand knete ich ihre üppigen und wunderschönen Brüste, während ich mich mit der anderen Hand abstütze.

Meine Stöße werden heftiger, und es dauert nicht lange, bis Sierra erneut kommt und ich ihr nach einem weiteren Stoß folge. Schwer atmend lege ich mich auf die Seite und ziehe Sierra in meine Arme, bis wir wieder zu Atem kommen können. Ich fühle mich lebendiger als je zuvor und habe das Gefühl, genau dort zu sein, wo ich sein sollte. Sierra vergräbt ihr Gesicht in meiner Halsbeuge und kuschelt sich an mich.

»Können wir für immer einfach so liegen bleiben?«, murmelt sie gedämpft, sodass meine Schulter vibriert, aber ich verstehe jedes Wort.

»Für immer wird schwierig, aber was hältst du von ein paar Minuten?«

»Dann habe ich Angst einzuschlafen, weil ich rundum zufrieden bin«, flüstert sie voller Wonne. Ich streiche ihr übers Haar und lache leise. *Wie sehr ich ihren Humor mag.*

»Wie wäre es damit? Ich gehe das Kondom entsorgen, dann könnten wir gemeinsam unter die Dusche springen, ich gehe noch kurz mit Bailey raus, und dann kuscheln wir uns gemeinsam ein.«

»Das klingt nach einem guten Plan.« Wir lösen uns voneinander, doch die Hitze bleibt.

»Gott, ist es warm hier drin«, beschwert sich Sierra, und ich nicke zustimmend. Da wir tagsüber Temperaturen von dreißig Grad haben, heizen sich die Räume schnell auf.

»Du könntest die Klimaanlage einschalten«, schlage ich vor, verknote das Kondom und stehe auf.

»Das mache ich ungern im Schlafzimmer, da ich mich schnell erkälte. Wenn mein Körper ruht, dann reagiert er intensiver auf die Kälte«, klärt sie mich auf und steht ebenfalls auf, um ins angrenzende Badezimmer zu gehen.

»Dann lass uns schnell unter die kühle Dusche springen«, sage ich und gehe ihr nach.

Nach der Dusche und der Nachtrunde mit Bailey sind wir beide so aufgekratzt, dass von Schlafengehen oder Kuscheln keine Rede sein kann. Sierra schaltet all ihre Lichterketten und LED-Kerzen ein, sodass der ganze Raum in zartes Licht getaucht wird. Ich liebe die Tatsache, dass Sierra aus ihrer Wohnung einen Cozy Place gemacht hat. Wo man auch hinsieht, gibt es Schnittblumen oder Pflanzen, die dem Raum Leben einhauchen. Ihre Couch ist eine Oase aus Kissen, und wenn man sich reinlegt, fühlt es sich weich an, und man möchte nie wieder aufstehen. Im Gegensatz zu ihrer Wohnung sieht meine aus wie eine sterile und kalte Kunstgalerie – nur ohne Kunst.

Wir landen in der Küche, wo wir uns Sandwiches machen. »Wieso bedeutet dir Musik so viel?«, frage ich und lausche Bryan Adams, der im Hintergrund singt.

»Ich fühle schon immer sehr intensiv, habe aber manchmal Schwierigkeiten, das auszudrücken. Während meine Schwester schnell neue Freundschaften knüpfte, weil sie ein extrovertierter Mensch ist, war ich als Teenie ziemlich einsam. Als Kinder haben wir Musik auf dem Plattenspieler meines Vaters gehört, doch ich war zu jung, um die Tiefe der Songs zu erkennen. Und weil ich später voller Emotionen war, habe ich angefangen, bewusst Musik zu hören. Mich nicht im Hintergrund von ihr berieseln zu lassen, sondern auf die Melodie und den Text zu achten. Bestimmte Songs haben genau das widergespiegelt, was ich fühlte, und das war der Anfang einer ganz großen Liebe.«

»Ich höre sie auch sehr gern, doch nicht so intensiv wie du.«

»Tatsächlich hätte ich für jeden Moment einen Soundtrack.«

»Echt? Und welchen hättest du für uns jetzt und hier?«

»Da würde mir spontan *You're beautiful* von James Blunt einfallen.«

»Den Song mag ich sehr.«

»Aber der Titel ist nicht nur aufs Aussehen bezogen, sondern auf diesen Moment, der einfach wunderschön ist. Du und ich, am Lachen.« Gerührt hauche ich einen Kuss auf ihre Nasenspitze und lächle sie an.

»Das fühle ich auch, Sierra«, sage ich und ziehe sie an mich, um meinen Mund auf ihren zu legen und mich ihr nah zu fühlen. Wie ich es ab jetzt immer tun möchte.

22. KAPITEL

Sierra

Soundtrack of the Day:
Savage Garden – I Knew I Loved You

»Pass auf die Wurzeln auf«, ruft mir Caleb zu, als wir uns durch den dichten Wald fortbewegen. Wir sind diesen Samstagmorgen in den Zug gestiegen, um zu unserem Ziel, dem Breakneck Ridge zu gelangen. Die Wanderung hat auf ebenem Boden begonnen, doch auf diesem Wanderweg erwarten uns ein dreihundert Höhenmeter steiler Grat hinauf und viele Hindernisse. Ich bin diesen Pfad noch nie entlanggewandert, Caleb aber schon, und er hat mir versprochen, dass wir mit einem unglaublichen Panoramablick auf den Hudson River belohnt werden, sobald wir den Gipfel erreichen. Da heute ein klarer Tag ist, werden wir auch die Skyline von Manhattan am Horizont sehen können.

Wenn ich keine erfahrene Wanderin wäre, dann wäre dieser Trip ein Vorhof der Hölle für mich, denn man muss über einige Hindernisse und Steine hinwegklettern, aber da ich das schon gewohnt bin, gelingt es mir gut, mir meine Kräfte einzuteilen. Für Bailey wäre dies aber nichts, weshalb ich sie zu Chelsea gebracht habe, damit sie sich mit Donny austoben kann.

Caleb und ich unterhalten uns und bleiben zwischendurch

immer wieder stehen, um Wasser zu trinken und Fotos zu machen. Dabei achte ich darauf, dass wir viele Bilder von uns schießen, weil ich diese Erinnerungen festhalten möchte. Als wir den Gipfel im Laufe des frühen Nachmittags erreichen, atme ich die frische, klare Luft tief ein und lasse den Moment auf mich wirken. Von hier aus haben wir den versprochenen herrlichen Blick auf den Wald und den Hudson River. Glücklicherweise ist es heute nicht so heiß wie in den letzten Tagen, aber ich bin dennoch ein wenig aus der Puste.

Caleb schlingt die Arme um mich, zieht mich an seine Brust und bettet das Kinn auf meiner Schulter. Dieser Ausblick, die frische Brise und die Tatsache, dass der Mann meiner Träume bei mir ist, machen das hier zu einem Moment, den ich nie wieder vergessen werde.

»Gefällt es dir?«, fragt er mich, und ich nicke, da meine Kehle plötzlich eng wird und ich hier keine Tränen vergießen möchte. Seit ich mit Caleb zusammen bin, habe ich das Gefühl, endlich mitten im Leben zu stehen. Letzte Woche waren wir auf einem Konzert von Tom Odell, haben seine Songs mitgesungen und die herrliche Open Air Location und den Vibe des Konzerts in uns aufgenommen. Mit ihm an meiner Seite machen mir auch Menschenmassen nicht mehr so viel aus, da ich weiß, dass ich mich immer an ihn wenden kann, wenn es mir zu viel wird.

»Alles in Ordnung?«, fragt er schließlich, als ich eine Weile nichts sage, also wende ich mich ihm zu, um ihn anzusehen. Sein schönes Gesicht hat sich mir bereits eingeprägt. Ich habe nicht nur viele Zeichnungen von ihm angefertigt, sondern habe diesmal das Gefühl, ihn wirklich zu kennen und nicht nur sein Aussehen und die wenigen Infos, die ich damals hatte.

»Ja, ich bin nur überglücklich, und das nervt mich langsam«, gebe ich seufzend zu und blicke wieder auf die wunderschöne Aussicht vor uns.

»Dich stört es, dass ich dich glücklich mache?«, will er amüsiert wissen.

»Nein, sorry, das kam jetzt vielleicht etwas falsch rüber. Was ich meinte, ist, dass sich jeder Moment mit dir anfühlt, als wäre er nicht real. Ich habe immer schon von einem Mann geträumt, der mit beiden Beinen fest im Leben steht, weiß, was er im Leben erreichen will, und den die Themen Heirat und Kinder nicht direkt in die Flucht schlagen.«

»Stimmt, ich bin wohl ein echter Traummann«, meint er belustigt und schenkt mir ein halbes Lächeln, das mich direkt schwach werden lässt.

»Hmm … und deswegen habe ich das Gefühl, eine rosarote Brille zu tragen und mich zu kitschig zu verhalten.«

»Das tust du nicht, glaub mir.«

»Ich werde versuchen, dieses Gefühl abzuschütteln.«

»Also ich finde, dass du das nicht tun musst. Es wird einfach meine Aufgabe sein, dir zu zeigen, dass diese Momente, die wir erleben, auch wahr sind.«

»Und wie stellst du dir das vor?«, frage ich, und in dem Moment hebt er den Mundwinkel und küsst mich. Der Kuss ist ruhig, zärtlich, und er bedeutet mir die Welt. Nur langsam löst sich der Bann, den Caleb geschaffen hat, und ich blinzle und sehe diesen wunderbaren Mann lächeln.

»So in der Art stelle ich es mir vor.«

»Also, wenn das so ist, dann solltest du das wirklich häufiger machen«, erwidere ich neckend. Er küsst noch einmal meinen Scheitel, ehe wir wieder auf die atemberaubende Aussicht blicken, die nicht an die Schönheit rankommt, die unsere Beziehung ausmacht.

Mittlerweile sind zwei Monate vergangen, und Caleb und ich verbringen jede freie Minute miteinander. Nach der Arbeit gehen wir essen, wobei wir nicht zweimal im selben Restaurant speisen, um so viele neue Lokale wie möglich besuchen zu können. Seit ich mit Caleb zusammen bin, merke ich, wie ich mich verändere. Während ich mich früher im Hintergrund gehalten habe, wenn wir unter Leuten waren, blühe ich jetzt auf und gehe viel häufiger aus mir heraus.

Ich bin selbstbewusster und mutiger geworden und fühle mich wie ein völlig neuer Mensch. Erst letzte Woche hat mir Caleb etwas Ähnliches erzählt. Er meinte, dass er durch mich bewusster auf Songs hört und versucht, sie auf verschiedene Arten zu interpretieren. Das wiederum ist eine der schönsten Aussagen, die er machen konnte. So fühlt sich Liebe an, und mir wird klar, dass ich sie zum ersten Mal erlebe. Ich möchte die Erfahrungen, die ich mit meinen Ex-Freunden gesammelt habe, nicht missen, doch erst durch Caleb weiß ich, wie es wirklich ist, sein Herz in die Hände von jemand anderem zu legen.

Heute sehe ich ihn zum ersten Mal beruflich oder besser gesagt ehrenamtlich in Action. Durch unseren Nachrichtenaustausch damals bei der Testung wusste ich ja schon, dass er ein Waisenhaus in Brooklyn unterstützt und fleißig Spenden sammelt. Als er es mir wieder erzählt hat, musste ich so tun, als würde ich es zum ersten Mal hören, was mir wirklich unangenehm war. Der Drang, ihm alles zu sagen, war stark, aber die Vorstellung, dass ich diesen wunderbaren Mann verlieren könnte, hat mich zurückgehalten. Also habe ich geschwiegen und ihm gelauscht, als er mir berichtet hat, wie viel durch die Spendenaktion bereits erreicht wurde.

Vor einem halben Jahr nahm das Projekt erst langsam Form an, und auch wenn Caleb privat viel Geld gespendet hat, war es längst nicht genug. Doch mittlerweile hat sich durch die Hilfe vieler Spendender einiges angesammelt, sodass die Umbauarbeiten starten konnten. Zuerst wurde die Heizung erneuert und die Wände wurde von den Tapeten und dem Schimmel befreit. Während die Schlafräume renoviert wurden, durften die Kinder und Betreuungspersonen das Hotel von Calebs Familie nutzen.

Das Dach wurde erneuert, und auch die Fassade wurde stellenweise renoviert. Caleb musste nicht mehr viel organisieren, da das Team und die Leiterin des Waisenhauses alles übernommen haben, doch er konnte es nicht lassen und hat auch mitgeholfen, wenn er Zeit hatte. Dass er Kinder mag, ist kein Geheimnis, sonst wäre er kein Kinderarzt geworden, doch wenn er von den Waisenhauskindern oder den Kindern, die er behandelt, berichtet, dann strahlen seine Augen regelrecht, was ihn für mich noch schöner macht.

Caleb war in der Vergangenheit nicht glücklich. Das habe ich bei der Testung gemerkt und auch in der Zeit, als er wieder in mein Leben getreten ist. Doch seitdem wir uns angenähert haben, fühle ich am ganzen Körper, dass er meine Gefühle erwidert. Wie ich scheint er nur aus Glück und Liebe zu bestehen und lächelt von einem Ohr zum anderen, wenn wir zusammen sind.

Und jedes Mal, wenn ich denke, dass ich mich nicht noch mehr in ihn verlieben könnte, passiert es doch. Die Renovierung der Innenräume wurde beendet, und die neuen Möbel sind bereits geliefert und aufgestellt worden, was die Kinder aber noch nicht wissen. Heute veranstaltet Morgan hier mit den Kindern ein Picknick – auf dem Gartengelände im Innenhof wurde eine Hüpfburg errichtet. Außerdem gibt es Attraktionen wie Kinderschminken, Masken basteln und noch viele weitere Dinge. Es wurde genug Essen organisiert, sodass alle etwas finden, was ihnen schmeckt und auch wenn es Oktober ist, sind die Temperaturen angenehm warm und daher können die Kinder ohne Jacke herumtollen.

Da der Lärmpegel steigt, stelle ich mich unter einen Baum. Dort trinke ich meine Apfelschorle und beobachte Caleb, der gerade Fußball mit einigen Kindern spielt. Er ist völlig in seinem Element und lacht mit den Kids um die Wette, sodass mein Herz aufgeht und gleichzeitig so schwer wird.

Denn das, was ich für ihn empfinde, macht mir langsam, aber sicher Angst. Es geht nicht nur um die Tatsache, dass ich ihm immer noch nicht gestanden habe, dass ich Sara war, sondern es ist die Intensität meiner Gefühle, die mich so überfordert. Manchmal stehe ich unter der Dusche und reflektiere, was alles passiert ist, und kann nicht anders, als in Tränen auszubrechen, weil mich all das so überwältigt.

Ich selbst war immer schon ein Mensch, der viel fühlt, sodass ich all die Emotionen mithilfe der Musik, der Zeichnungen oder meiner anderen Hobbies verarbeitet habe. Doch das hier ist mit nichts zu vergleichen. Caleb tollt mit den Kindern herum und wirbelt einen Jungen, den ich auf vier Jahre schätze, durch die Luft. Ich verstecke mein amüsiertes Lächeln hinter der Hand, als Pauline auf mich zukommt.

Wir kennen uns schon von einem gemeinsamen Spieleabend, zu dem Morgan und sie uns eingeladen hatten. Dort habe ich Calebs Bruder und seine Schwägerin kennengelernt, nur Xander war leider schon im Bett, weshalb ich noch darauf warte, seine Bekanntschaft zu machen. Ich begrüße Pauline mit einer kurzen Umarmung, ehe wir beide in Calebs Richtung sehen.

»Hast du Spaß?«, fragt sie mich, schaut dabei jedoch weiter geradeaus.

»Ich genieße die Aussicht, die ausgelassene Stimmung und die Atmosphäre«, sage ich, ehe ich mich ihr zuwende. Sie trägt wie ich ein buntes Sommerkleid, doch während meines florale Muster hat, sind auf ihrem kleine Zitrusfrüchte abgebildet, was herrlich zu ihrer hellen Haut und den dunklen Haaren passt.

»Das sehe ich. Caleb ist wirklich in seinem Element. Er wollte immer schon beruflich etwas mit Kindern machen.«

»Ihr kennt euch schon sehr lange, oder?«, frage ich nochmal nach. Bei dem Spieleabend haben wir über so viele Dinge gesprochen, dass ich mich nicht mehr an jede Einzelheit genau erinnern kann.

»Seit unserer Kindheit. Wir wussten, dass uns eine besondere Freundschaft verbindet, doch dass wir einmal eine Familie werden würden, hätte am Anfang wohl niemand gedacht.« Ihr Lächeln ist warm, doch ihr Blick zeigt mir, dass sie in Gedanken versunken ist.

»Es ist schön, wenn man sich seine Familie selbst erweitern kann.«

»Ja, das sage ich auch immer.« Sie wendet sich mir erneut zu. Auf mich wirkt es so, als wolle sie mit mir über etwas reden. Doch offensichtlich weiß sie nicht, wie sie es am besten anstellen soll.

»Weißt du, Sierra«, fängt sie schließlich an und wird sehr ernst.

»Caleb war nach der Trennung von seiner Ex ein Wrack. Sein Ruf war ruiniert und der Schmerz des Verrats war schlimmer als der Liebeskummer.«

»Ich weiß«, sage ich, weil ich mir vorstellen kann, wie verloren er sich gefühlt haben muss. Zwar weiß ich noch immer nicht, wie die Trennung vonstattengegangen ist, aber ich habe gehört, dass Mindy eine Affäre hatte.

»Dann verstehst du sicher auch, dass ich nur das Beste für ihn will und hoffe, dass du es mit ihm genauso ernst meinst wie er mit dir.«

»Das tue ich. Caleb ist der Mann, mit dem ich alt werden möchte. Wir sind zwar noch am Anfang unserer Beziehung, aber ich weiß, dass er und ich füreinander bestimmt sind.« Ganz die Romantikerin, die ich bin, muss ich etwas übertreiben, doch Pauline wirkt nicht so, als würde sie es lächerlich finden, sondern als hätte sie genau das hören wollen.

»Das ist gut. Bitte entschuldige, wenn ich wie eine beschützende Schwester rüberkomme, die dir sagt, dass du ihn gut behandeln sollst, aber ich will ihn nie wieder in dem Zustand sehen, in dem er sich befunden hat.«

»Das kann ich gut verstehen.«

»Schön, dass wir uns da einig sind. Dieser unglaubliche Mann ist eine reine und gute Seele, und ich kann nicht aufhören, ihn beschützen zu wollen. Ich möchte, dass er endlich das Glück erfährt, das er verdient hat.« Sie sieht mich wissend an. Mein Lächeln kommt wie automatisch, doch das schlechte Gewissen in mir wird stärker.

Als zum Essen gerufen wird, geht Pauline zurück zu den anderen, um beim Verteilen zu helfen. Ich will ihr gerade folgen, als feste und starke Arme sich um mich schlingen und mich herumwirbeln. Ich klopfe Caleb auf den Oberarm, weil ich peinlich berührt bin, doch als ich mich umsehe, sind alle auf die Essenstische konzentriert, und die meisten von ihnen stehen mit dem Rücken zu uns. Der große Baum, unter dem ich Schatten gesucht habe, tut sein Übriges und schirmt uns ab.

»Lass mich runter«, beschwere ich mich lachend, doch er wirbelt mich erneut herum, ehe er mich auf dem Boden absetzt und mich mit so viel Freude und Leichtigkeit ansieht, als wäre er selbst noch ein kleiner Junge.

»Oh, warum denn?«, meint er frech und küsst mich auf die Nasenspitze.

»Weil hier Kinder anwesend sind, Caleb.«

»Die gerade alle mit Essen beschäftigt sind, also möchte ich die paar Sekunden nutzen, um mir ein paar Küsse von meiner hinreißenden Freundin zu stehlen«, sagt er und lächelt mich mit einer Intensität an, die ich auch in seinem Kuss spüre. Ich schlinge die Arme um seinen Nacken, während seine Hand auf meiner Hüfte ruht. Er intensiviert den Kuss, während er mich gegen den dicken Baum drückt und sich mit der anderen Hand am Stamm abstützt.

Plötzlich fühle ich mich verwegen, weil wir etwas Verbotenes tun, und vertiefe den Kuss. Auch wenn er schnell und leidenschaftlich angefangen hat, hört Caleb viel zu schnell wieder auf mich zu küssen. Er blickt kurz an mir vorbei, um sicherzugehen, dass uns niemand beobachtet, und schenkt mir noch einen hauchzarten Kuss, ehe er mir eine Strähne hinters Ohr streicht und dort verharrt.

Wir blicken uns tief in die Augen, und wie immer bin ich völlig überwältigt von der Liebe, die ich spüre. Denn es ist klar, dass ich ihm vollkommen verfallen bin. Die Luft zwischen uns lädt sich auf, je länger wir uns ansehen, und irgendwann erreiche ich den Punkt, an dem ich glaube, vor Sehnsucht zu vergehen, auch wenn er direkt vor mir steht.

»Du bist so wunderschön, Sierra.«

Er sieht mich mit einem umwerfenden Lächeln an, das mein Herz zum Stolpern bringt. »Na schön, ich werde nun artig sein«, sagt er und stopft seine Hände in die Taschen seiner dunklen Jeans. Ich blicke so sinnlich wie möglich, gehe einen Schritt auf ihn zu und gehe auf die Zehenspitzen, um ihm ins Ohr flüstern zu können.

»Das hoffe ich doch, denn wenn du jetzt brav bist, dann bin ich es später nicht«, flüstere ich ihm ins Ohr und sehe, wie er daraufhin erschaudert. Ich gehe zur Essensausgabe, doch ich spüre die ganze Zeit seinen Blick im Rücken. Er entfacht eine Hitze in mir, die ich nur schwer kontrollieren kann.

Im Laufe des Tages lerne ich viele Kinder kennen, doch leider konnte Xander nicht am Picknick teilnehmen, weil seine Großeltern schon länger einen Tagesausflug mit ihm geplant hatten.

Nach dem Picknick vergehen weitere zwei Wochen, in denen ich mich völlig im Einklang mit mir fühle. Doch mit dem Glück und der Zufriedenheit wächst auch das schlechte Gewissen in mir, weil ich ihm noch immer nicht reinen Wein eingeschenkt habe. Ich versuche mir immer wieder klarzumachen, dass es sich um die Vergangenheit und meinen Job gehandelt hat, doch es fällt mir schwer, es ihm weiterhin zu verschweigen.

»Wieso bist du so still?«, fragt Caleb und greift über die Konsole hinweg nach meiner Hand. Ich blinzle, um wieder ins Hier und Jetzt zu finden, und drehe den Kopf in seine Richtung. Er trägt ein weißes Poloshirt, das seine gebräunte Haut betont, dazu Jeansshorts und weiße Sneaker. Sein Haar hat er durch Gel in Form gebracht, und er duftet mal wieder unheimlich gut.

»Bist du nervös, weil du meine Eltern kennenlernen wirst?«, fragt er, doch ich schüttle den Kopf.

»Nein, ehrlich gesagt habe ich das Gefühl, sie schon zu kennen, weil du so oft von ihnen gesprochen hast.«

»Waren es zu viele Informationen?« erkundigt er sich vorsichtig, als wäre es ihm unangenehm, dass er mich damit behelligt hat.

»So war das nicht gemeint. Ich mag es, Dinge über deine Familie zu erfahren, und teile dir auch mit, was sich bei meinen Schwestern so tut. Nur dass es bei ihnen nicht so turbulent zugeht – es ist eben etwas anderes, sobald Kinder im Spiel sind.«

»Du hast ja keine Ahnung. Manchmal ist Xander ruhig und kaum wahrzunehmen, weil er sich so ins Spielen vertieft, und dann ist er wie ein rasender Welpe, der Gas gibt und auf seinem Weg alles umstößt, was ihm in die Quere kommt.«

»So oder so werde ich ihn mögen.«

»Und er dich. Ich habe ihm schon viel von dir erzählt und von Bailey natürlich auch.«

»Und? Wen will er eher kennenlernen, den Hund oder mich?«

Er räuspert sich und schweigt.

»Habe ich mir schon gedacht«, sage ich lachend. Jeder, der Bailey kennenlernt, verliebt sich augenblicklich in sie.

»Da sind wir auch schon«, sagt er und drückt auf eine Fernbedienung, die das schwere Eisentor aufschwingen lässt. Wir fahren einen asphaltierten Weg entlang, der von hohen Bäumen gesäumt ist, ehe wir vor einem Anwesen parken. »Du brauchst auch nicht nervös zu sein. Sie werden dich lieben. Pauline und Morgan hast du auch sofort verzaubert.«

»Okay.«

Als ich aussteige, recke ich den Hals und blicke erstaunt auf die Villa vor mir. Anders als die typischen Anwesen in den Staaten, die eher angeberisch wirken, ist Calebs Elternhaus im britischen Stil erbaut. Die Fassade ist aus rotem Backstein, die weiß gestrichenen Fensterläden sehen zwar neu aus, passen sich aber dem Landhausstil an. Überall sind Steintreppen zu sehen, die zu Grünflächen und Beeten führen.

Da ich Blumenliebhaberin bin, geht mein Herz beim Anblick der vielen bunten und unterschiedlichen Blumen auf. Ich staune noch immer, als Caleb nach meiner Hand greift. »Gefällt dir das Haus?«

Ich wende mich ihm zu. »Ich liebe den Stil, die Vorgartengestaltung und die Tatsache, dass ich mich sofort heimelig fühle, seit ich einen Fuß aus dem Auto gesetzt habe.«

»Meine Mutter ist Britin und zum Studieren nach New York gekommen, wo sie Dad kennengelernt hat. Als sie das Haus geplant haben, wollte sie ein Stück Heimat hier in den Staaten haben.«

»Ich denke, das ist ihr gelungen, denn ich habe das Gefühl, als hätte ich amerikanischen Boden verlassen.«

»Es wird sie freuen, wenn du das sagst. Sie liebt Großbritannien und besucht meine Großeltern alle zwei Monate.« Caleb will gerade fortfahren, als sich die Haustür öffnet und seine Eltern nach draußen und auf uns zukommen. Da ich Recherche betrieben habe, weiß ich, wie sie aussehen. Entgegen meiner Aussage spüre ich plötzlich doch etwas Nervosität.

»Was steht ihr denn so rum, kommt endlich rein in die gute Stube. Der Grill ist schon angefeuert«, meint Calebs Mom Brittany überschwänglich und bewegt sich auf mich zu. Sie ist eine zierliche und hübsche Person, die einem sofort sympathisch ist.

»Du musst Sierra sein. Also ich muss sagen, Caleb hat untertrieben. Du bist noch schöner als auf den Fotos, die er uns gezeigt hat.« Wie Rory hat Calebs Mutter blondes Haar: Rechts über ihrer Oberlippe ist ein kleines Muttermal zu erkennen, ihre braunen Augen strahlen eine Wärme aus, die mich mitten ins Herz trifft. Man fühlt sich nicht nur beim Anblick des Anwesens sofort wohl, sondern auch, wenn man die Hausherrin trifft.

»Vielen Dank. Sie sehen auch wunderschön aus.«

»Sie? Darling, das lass mal schön bleiben. Nenn mich Brittany, okay?« Ich nicke zustimmend und werde auch schon ins Haus gezogen.

»Darf ich sie nicht auch begrüßen?«, ruft Mr Barnes, doch Calebs Mom winkt ihm nur kurz zu, ehe sie die Stimme erhebt.

»Später, mein Schatz, wenn sie es sich gemütlich gemacht

hat. Hier draußen ist es viel zu heiß«, sagt sie, obwohl es angenehme sechsundzwanzig Grad hat.

»Ich komme aus dem kühlen Teil in Großbritannien, und alles was über vierundzwanzig Grad hinausgeht, ist mir zu warm«, meint sie im Flüsterton und lässt mir den Vortritt, als wir das Haus betreten. Wir machen eine kleine Führung, und je länger ich durch die hellen Flure und liebevoll eingerichteten Zimmer gehe, desto mehr Lust bekomme ich darauf, mir ein Haus zu kaufen.

Im Wohnzimmer treffen wir wieder auf meinen Freund und seinen Dad, den ich nun auch begrüßen kann. Er empfängt mich zwar nicht so überschwänglich wie seine Mom, doch mit genauso viel Herzlichkeit. Er trägt eine Glatze und hat einen leichten Bartschatten, doch ich sehe Ähnlichkeiten mit Caleb, wenn ich in sein Gesicht blicke.

»Wo ist Morgan?«, fragt Caleb, als ich mich neben ihn setze und er nach meiner Hand greift.

»Xander wollte keinen Mittagsschlaf machen, jetzt haben sie ihn im Park schön müde gemacht, sodass er ihn zwei Stunden später nachgeholt hat. Sie müssten eigentlich bald da sein.«

»Dieser kleine Racker«, meint Caleb lächelnd, und dieses Glänzen in seinen Augen, jedes Mal, wenn er von seinem Neffen redet, lässt mich in Tagträume verfallen. Ich stelle mir vor, wie es wohl wäre, wenn wir in einem Haus wie diesem leben würden. Wie unser Leben und Alltag aussehen würde, wenn wir uns dazu entscheiden sollten, Kinder zu bekommen. Dass mein Freund ein liebevoller Vater sein wird, steht außer Frage. Wenn er mit seinem Neffen über Facetime redet, ist er Hampelmann, Clown und liebevoller Onkel in einem, nur um den Kleinen zum Lachen zu bringen.

Wenn ich ihn dabei beobachte, füllt sich mein Brustkorb mit einer Wärme, die sich schnell in mein Herz schleicht. Ich liebe Caleb. Ich habe noch nicht den Mut aufgebracht, es ihm zu sagen, aber ich tue es.

Als Xander schließlich ankommt, scheint sich alles um ihn zu drehen. Jeder will seine Aufmerksamkeit auf sich ziehen, doch er ist Feuer und Flamme für seinen Onkel Caleb. Die beiden tollen im Wintergarten auf der Puzzlematte aus Gummi herum, spielen Verstecken, essen gemeinsam und kuscheln sich zusammen auf die Couch, wo er ihm aus einem Kinderbuch vorliest und Xander auf seinem Schoß einschläft. Caleb mit seinem Neffen zu erleben lässt mich verliebt seufzen, denn ich kann nicht aufhören mir vorzustellen, wie er als Vater sein wird.

So wie ich ihn kenne, wird er ein Dad mit Leib und Seele sein. Jemand, dem seine Kinder wichtiger sind als seine berufliche Karriere. Sicher würde er viel Zeit mit seinen Kindern verbringen wollen, sich viel im Freien mit ihnen beschäftigen und unzählige Fotos von ihnen schießen. Es ist eine schöne Vorstellung, die mein Herz erwärmt, und während ich mich in dem Tagtraum verliere, kann ich nicht aufhören mir vorzustellen, dass ich die Frau an seiner Seite sein werde. Die Frau, die mit ihm eine Familie gründet.

23. KAPITEL

Caleb

»Wir werden heute endlich Leilani kennenlernen?«, fragen Rory und Chelsea fast gleichzeitig.

»Ja, die beiden sind nun eine Weile zusammen, und er will sie uns vorstellen.«

»Ich bin gespannt, welche Frau Sam in ihren Bann ziehen konnte. So lange, wie er Single war.«

»Irgendwann erwischt es uns alle«, meint Rory.

»Mich mit Sicherheit nicht.« Chelsea verschränkt die Arme vor der Brust und wirkt ziemlich entschlossen, sich so schnell nicht mehr zu verlieben. Zumindest sieht es für mich so aus, als ich in den Rückspiegel sehe.

»Du bist wohl eine dieser Frauen, die sich die Liebe mit Pfefferspray vom Leib halten wollen«, sagt Sierra, und ich verkneife mir ein Lächeln, weil die Vorstellung so lustig ist.

»Ja, ja. Macht ruhig Witze auf meine Kosten. Ich halte es aus.«

»Das will ich doch hoffen.« Rory wischt sich eine Lachträne von der Wange.

»Sorry, Sis, aber du wehrst dich so heftig gegen Gefühle und Männer, die dich kennenlernen wollen, dass es einem wirklich Kopfzerbrechen bereiten könnte.«

»Damit meint ihr wohl euch?«, fragt sie leicht genervt.

»Stimmt. Wir wollen, dass du glücklich bist.«

»Ich bin glücklich und brauche keinen Mann, der mit einer starken Frau wie mir nicht umgehen kann. Viele fühlen sich eingeschüchtert von Frauen, die ein millionenschweres Unternehmen leiten, und dieses Drama brauche ich nicht in meinem Leben.«

»Ausnahmen bestätigen die Regel«, sage ich, doch sie schüttelt nur den Kopf.

»Danke für eure Sorgen, aber sie sind unbegründet. Ich liebe mein Leben, wie es ist.«

»Okay, wir haben verstanden«, sagt Sierra. »Wie dem auch sei. Sam kommt in Begleitung. Elijah wird auch erst später zu uns stoßen, aber das Geburtstagskind wartet schon in der Bar auf uns«, meint meine Freundin. Ich blicke in den Rückspiegel und fange ihren Blick auf, woraufhin sich mein Herzschlag beschleunigt. Während ich auf dem Vordersitz des Taxis sitze, teilen sich die Schwestern die Rückbank.

»Piper und Andrew müssten auch schon dort sein«, meint Rory, woraufhin die anderen Schwestern nicken.

»Sie hat noch einige Personen aus ihrem sonstigen Freundeskreis eingeladen, also wird es eine größere und hoffentlich lustigere Runde. Das Geschenk habe ich besorgt, es liegt hübsch verpackt im Kofferraum«, fügt Sierra noch hinzu. Da Ambers Laptop den Geist aufgegeben hat, hatte Sierra die Idee, dass alle zusammenlegen, um ihr ein Macbook zu kaufen. Auch wenn ich erst seit Kurzem Teil der Clique bin, habe ich mich gern beteiligt und war froh, so herzlich in die Gruppe aufgenommen zu werden.

»Sie wird so was von ausflippen. Vergiss nicht, ihre Reaktion zu filmen, Chels«, meint Sierra im Hintergrund. Ich sehe aus dem Taxifenster schon die Bar, als wir in die Straße einbiegen.

»Amber wird es mit Sicherheit nicht annehmen wollen«, sagt Rory, da sie meinte, dass Amber sehr bescheiden ist und ein teures Geschenk vielleicht zu viel sein könnte.

»Wir werden sie schon dazu zwingen, es anzunehmen«, meint Chelsea lachend.

»Wenn sie jemand überzeugen kann, dann bist das du, unsere CEO«, sagt Sierra und dreht den Kopf, um ihre Schwester anzulächeln. Eine der Tatsachen, die ich an Sierra so mag, ist, dass sie von ganzem Herzen liebt und regelrecht aufblüht, wenn sie in der Nähe ihrer Familie ist. Bei Fremden ist sie anfangs zurückhaltend, doch hier, inmitten der Menschen, die sie liebt, scheint sie wie ausgewechselt.

Als wir mit dem Geschenk die Bar betreten, werden wir überschwänglich von Amber begrüßt, die gerade an der Theke steht und sich mit dem Barmann unterhält. Sie verteilt Gruppenumarmungen, ganz zum Schluss bekomme schließlich auch ich die Gelegenheit, sie in den Arm zu nehmen und ihr zu gratulieren.

»Wir feiern im ersten Stock«, sagt sie schließlich, und wir machen uns alle auf den Weg nach oben, wo bereits einige Gäste auf uns warten. Wir setzen uns an den riesigen ovalen Tisch, der locker Platz für zwanzig Personen bietet und in der Mitte des Raums aufgestellt wurde.

»Dieses Stockwerk ist nur für Feiern gedacht«, meint Andrew, der mir vorhin vorgestellt wurde und sich nun zu mir gesellt.

»Das heißt, nur der untere, kleinere Bereich ist für das Tagesgeschäft vorgesehen?«, frage ich, da es sich wirklich nicht um eine große Fläche handelt.

»Genau. Wobei die meisten Einnahmen durch die Vermietung dieses Raums gemacht werden. Viele Familien leben in Wohnungen, und wenn ein Kindergeburtstag, eine Trauerfeier, eine kleinere Hochzeit und so weiter anstehen, ist oft nicht genug Platz vorhanden, also kommen sehr viele hierher, weil das Essen unglaublich lecker und die Miete dieses Raums sehr günstig ist.«

»Zahlt es sich denn finanziell überhaupt aus, es billig anzubieten?«, frage ich neugierig.

»Der Besitzer ist wegen eines Erbes steinreich und müsste gar nicht arbeiten, aber er ist fast siebzig und hat sein Leben lang davon geträumt, eine Bar zu besitzen.«

»Also eine Win-win-Situation.«

»Richtig«, stimmt er mir zu und zieht sein Jackett aus. Durch die Heizung ist es angenehm warm im Lokal. Andrew sieht mit seiner gebräunten Haut, den schwarzen dichten Locken und der sportlichen Statur aus wie ein Model für italienische Designermode. Er trägt einen Maßanzug, der ihm auf den Leib geschneidert zu sein scheint. Neben ihm fühle ich mich in meinem weißen Hemd und den Jeans eher underdressed.

Als sich der Raum weiter füllt, höre ich Sierra meinen Namen rufen. Ich erkenne Sam, eine blonde zierliche Frau an seiner Seite und Piper, die gerade Amber um den Hals fällt.

»Das Geschenk«, formt sie mit den Lippen, und ich nicke.

»Ich habe Sierra noch nie so glücklich erlebt«, meint Andrew nachdenklich und neigt leicht den Kopf zur Seite.

»Ich hatte den Eindruck, dass sie, bevor sie mich kennengelernt hat, auch glücklich war.«

»Zu einem gewissen Maß ja, aber durch ihren Job wird ihr Glaube an die Liebe auf eine harte Probe gestellt. Es ist ihr immer schwergefallen, sich zu verlieben.«

»Ihren Job? Sie testet doch Haushaltsgeräte, wie kann sie das an der Liebe zweifeln lassen?«, frage ich, doch in dem Moment hakt sich Sierra bei mir unter und gibt mir ein Küsschen auf die Wange.

»Hey, ich dachte schon, du brennst mit dem Geschenk durch«, meint sie lachend und sieht zu Andrew.

»Wolltest du meinen Freund etwa mit geschäftlichen Themen langweilen?«

»Nein, ganz und gar nicht. Wir haben uns nur darüber unterhalten, dass du so losgelöst und glücklich aussiehst.«

»Weil ich es auch bin«, meint sie fröhlich und legt den Arm um meine Hüfte.

»Ich dachte, dass der Job euch Mädels zu zynischen Frauen machen würde, die den Glauben an Beziehungen verlieren, aber das ist zum Glück noch nicht passiert. Bei Rory und dir zumindest nicht. Bei eurer Schwester bin ich mir noch nicht sicher.« Sierra lächelt angespannt und versteift sich an meiner Seite.

»Die bekommen wir auch noch an den Mann. Andrew, wir müssen kurz weiter.« Sie scheint es auf einmal ziemlich eilig zu haben.

»Macht nur, ich brauche auch einen Drink.« Sierra zieht mich mit sich an den großen Tisch, an dem der Großteil der Partygesellschaft bereits Platz genommen hat. Nur Sierra und ich fehlen noch, also verdränge ich die Frage, was genau Andrew gemeint hat.

»Amber«, meint Sierra plötzlich, stellt sich neben ihren Stuhl und blickt zu ihrer besten Freundin. Sie berichtet über den Anfang ihrer Freundschaft und was sie im Laufe der letzten Jahre so erlebt haben, ehe sie wieder auf die Gegenwart zurückkommt. Sie erklärt, dass es schwer ist, dass Amber so oft auf Geschäftsreisen ist, aber auch wenn sie noch länger fortbleiben würde, würde sie immer auf sie warten.

Sie erzählt von Ambers Liebe für Serien und Filme und dass sie ohne ihren Laptop nie und nimmer leben könnte. Und da wir sie alle auf die ein oder andere Art verstehen können, nicken wir, als Sierra auf mich, oder besser gesagt, das Geschenk in meinem Arm deutet. Ich reiche es ihr, woraufhin sie sich wieder Amber zuwendet.

»Wir lieben dich und wünschen dir alles erdenklich Gute zum Geburtstag.« Sie reicht ihr den Karton und wird ganz hibbelig, als Amber anfängt auszupacken. Irgendwie erinnert mich Sierra an Anna aus dem Disneyfilm *Die Eiskönigin*, den ich mir mit Xander häufiger ansehen musste, als mir lieb ist. Als das Geburtstagskind das Geschenk auspackt, blickt Amber ungläubig zwischen dem Karton und ihren Herzensmenschen hin und her, ehe sie sich zu Sierra umdreht.

»Das kann ich nicht annehmen«, sagt sie mit belegter Stimme, was Sierra und Sam mit einem Augenrollen quittieren.

»Und wie du das kannst.«

»Wir haben alle zusammengelegt, somit war es für uns alle gar nicht teuer, okay? Bitte, nimm es an.«

»Aber …«

»Nichts aber. Ich will mit dir facetimen können, und da ich weiß, dass du nicht der Smartphone-Typ bist, ist ein Laptop genau das Richtige.«

»Ach ihr«, seufzt sie, bricht in Tränen aus und drückt Sierra ganz fest. Es ist ein herzergreifender Anblick und lässt mich an Daniel denken. Neben meinem Bruder ist Daniel der einzige Freund, der mich gut kennt und an meiner Seite geblieben ist, selbst als die Gerüchte in Umlauf kamen. Er wusste, dass ich niemals jemanden betrügen könnte, und war an meiner Seite. Das hat unsere Beziehung noch mehr gefestigt und mir vor Augen geführt, um was es in einer Freundschaft gehen sollte.

»Danke, Leute. Ich danke euch wirklich«, meint Amber und macht die Runde, um alle zu umarmen. Sierra bleibt an meiner Seite und wartet auf ihre beste Freundin, die auch mich umarmt.

Die anderen sind schon wieder in Gespräche vertieft.

»Wartet bitte kurz«, sage ich und hindere Amber und Sierra daran, sich zu setzen. Sobald ich ihre Aufmerksamkeit habe, fahre ich fort.

»Amber, ich kenne dich von allen am wenigsten, aber ich weiß, was für eine besondere Freundin du für Sierra bist, und deshalb möchte ich euch beiden ein separates Geschenk geben«, sage ich, greife in die Tasche meines Jacketts, das ich über die Stuhllehne gehängt habe. Ich hole zwei kleine Samtschachteln heraus und überreiche sie den beiden. Neugierig öffnet jede ihre Schatulle und findet ein filigranes Armband mit einem Glasherzen als Anhänger.

»Oh mein Gott, wie schön«, haucht Sierra ergriffen, und auch Amber holt ihr Armband aus der Schachtel. Die beiden stellen fest, dass die Schmuckstücke exakt gleich aussehen.

»Das sind Miss-you-Armbänder. Wenn du Amber vermisst, dann drückst du hier drauf.« Ich drücke auf den kleinen, kaum wahrnehmbaren Knopf auf dem Herzen von Sierras Armband, und das Glasherz in Ambers Hand beginnt zu leuchten.

»Wow«, haucht Amber und drückt auf ihren eigenen Anhänger, woraufhin Sierras Glasherz leuchtet.

»Ich fand es immer so schade, wenn Sierra dich anrufen wollte, weil sie dich vermisst, aber du arbeiten musstest, also dachte ich mir, dass ihr einander so näher sein könntet.«

»Caleb, das ist so wunderbar. Ich danke dir«, flüstert meine Freundin ergriffen, drückt das Armband gegen ihr Herz und küsst mich auf den Mund, ehe sie sich von mir löst, sodass auch Amber sich bedanken kann.

»Was macht ihr da?«, fragt Rory neugierig, und Amber klärt die anderen über mein Geschenk auf. Doch ich kann meinen Blick nicht von Sierra abwenden, die mit den Tränen kämpft und nicht aufhören kann, auf das Armband zu blicken. Amber bedeutet ihr so viel, und nun hat sie die Möglichkeit, ihrer Freundin zu zeigen, dass sie sie vermisst, ohne dabei auf ein Handy angewiesen zu sein.

Nachdem wir die Geschenke an Amber überreicht haben, feiern wir. Wir bekommen drei riesige gemischte Platten. Zwei mit Grillfleisch, Spießen, Soßen, Gemüse, Reis und weiteren Beilagen. Es gibt auch eine vegetarische Platte mit Salaten, gegrilltem Tofu und viel Gemüse. Auch für Gebäck ist gesorgt. Wir langen richtig zu, und alles scheint perfekt berechnet worden zu sein, sodass fast nichts mehr übrig bleibt.

In den nächsten Stunden trinken und lachen wir, lernen einander besser kennen und genießen das Leben in vollen Zügen. Am Anfang habe ich mich noch wie ein Außenseiter gefühlt, weil ich nicht alle kannte, doch die anderen haben mich herzlich aufgenommen, sodass ich schnell das Gefühl habe, ein Teil ihres Freundeskreises zu werden. Rory ist so etwas wie die gute Laune auf zwei Beinen und unterhält uns alle gut, während ihr Freund Elijah, der inzwischen auch dazugestoßen ist, der Ruhigere der beiden zu sein scheint. Ganz offensichtlich himmelt er seine Freundin an. Chelsea lacht und feiert mit uns, doch ich habe das Gefühl, dass sie sich etwas fehl am Platz fühlt. Als wäre sie einsam, auch wenn sie sich in einem Raum voller Menschen befindet.

Andrew und Piper fügen sich gut in die Gruppe ein, da sie unkompliziert und offen für Neues sind. Sam und seine Freundin Leilani turteln miteinander und können die Finger nicht voneinander lassen, was aber jeder verstehen kann. Sierra meinte, dass er anfangs nicht wusste, wie er mit so vielen Gefühlen umgehen sollte, die so neu für ihn waren. Er hatte Angst, dass seine Gefühle einseitig sein könnten.

Ich fühle ein wenig mit ihm mit, weil es mich an die Unsicherheit in Bezug auf Mindy erinnert. Zwar waren wir verlobt und haben zusammengewohnt, doch sie hatte mir schon einige Zeit vor der Trennung das Gefühl gegeben, dass sie mich nicht mehr liebte. Ich war so auf meinen Traum fokussiert, eine Familie mit ihr zu gründen, dass ich den Bezug zur Realität verloren hatte.

Am Anfang dieses Jahres habe ich noch um Mindys Aufmerksamkeit gebettelt, und jetzt bin ich mit meiner Traumfrau zusammen, die mir das Gefühl gibt, angekommen zu sein und wirklich zu leben.

Als die anderen bereits durch den Alkohol angeheitert sind, greift Sierra plötzlich nach meiner Hand, nimmt unsere Jacken und zieht mich durch eine Tür, die nur für das Personal vorgesehen ist. Sie ist so schnell, dass ich kaum protestieren kann. Wir gehen eine Treppe hinauf, an deren Ende sich eine schwere Eisentür befindet, durch die wir schließlich zur Dachterrasse des Gebäudes gelangen. Nur ein schwaches Licht erhellt die Fläche, und ich erkenne anhand der Umrisse, dass dieser Ort wohl eher als Abstellmöglichkeit für leere Kisten und Stühle genutzt wird.

Sierra zieht mich zur Mitte des Dachs, wo wir von Wohnhäusern umgeben zu sein scheinen. Wir ziehen uns die Jacken an. Es gibt nicht wirklich eine Aussicht, da dieses Gebäude kleiner ist als die umliegenden, doch Sierra lächelt, legt ihren Zeigefinger unter mein Kinn und hebt es an, sodass sich mir ein glitzender Himmel offenbart. Staunend blicke ich auf die vielen Sterne, die ich sonst nur bei meinen Eltern beobachten konnte.

»Heute ist unser Glückstag, und wir haben eine wunderbare Aussicht auf die Sterne«, flüstert Sierra. Ich senke den Blick wieder und sehe in ihre Augen, die stärker leuchten als die Sterne.

»Wunderschön«, sage ich, doch die Sterne sind längst vergessen, denn es ist sie, die meine Nacht erhellt und mich zu dem Mann macht, der ich jetzt bin. Wir, hier und jetzt, sind gefangen in einem Moment, den ich niemals vergessen werde, weil mir genau in diesem Augenblick klar wird, dass ich ohne Sierra nicht leben könnte.

»Ich liebe dich«, hauche ich gegen ihre Lippen, wobei ich ihr tief in die Augen blicke, die sich langsam mit Tränen füllen.

»Caleb«, flüstert sie ergriffen, blinzelt die Tränen weg und legt ihre Lippen auf meine, um mir das zu zeigen, was sie noch nicht sagen kann.

24. KAPITEL

Sierra

Soundtrack of the Day:
Harry Styles – Matilda

Ich sitze auf einem Sitzsack, trage Kopfhörer und höre das neue Album von Harry Styles. Es war eine Vorbestellung, die endlich in meinem Plattenladen angekommen ist. Ich konnte nicht bis zu Hause warten, also habe ich Charly, den Besitzer des Schallplattenladens, gefragt, ob ich es hier im Laden anhören kann. Nun heule ich. Ich weine, weil ich ein Musikstück höre, das mich auffängt und das sich wie Heilung anfühlt. Ich verliebe mich in einen Song, der so kostbar und wichtig ist.

Mit geschlossenen Augen lausche ich weiter und versuche, die Schluchzer zu unterdrücken. Plötzlich bewegt sich der Sitzsack, und ich spüre, wie sich Arme um mich legen. Caleb umarmt mich von hinten, weil er wohl den Sturm an Emotionen in mir erkennt. Er hält mich, während ich noch eine Weile weiterhöre. Irgendwann ist das Album zu Ende, und ich habe das Gefühl, als hätte ich gelacht und geweint, aber vor allem gelebt – eine Gefühlsexplosion, die nur Harry Styles in mir auszulösen vermag.

Neben mir liest Caleb ein Buch. Er ist so gefangen in der Geschichte, dass er nicht merkt, dass ich mich zu ihm umgedreht habe. Während ich ihn beobachte, seufze ich verliebt auf. Nach einer Kontrolluntersuchung beim Augenarzt wurde festgestellt, dass sich sein Sehvermögen verschlechtert hat und er eine Brille braucht. Anfangs war es eine Umstellung für ihn, weil er noch nie Brillen getragen hat, weder Sonnenbrillen noch andere Modelle, doch jetzt trägt er sie gern.

Was er dabei nicht bedacht hat, ist, dass ich eine Schwäche für Männer mit Brille habe. Seien es meine Lieblingsschauspieler oder Sänger – ich finde, dass es sie noch attraktiver macht, wenn sie eine Brille tragen. Und so ist es auch bei meinem Freund. In den letzten Wochen haben wir beide viel gearbeitet, sodass wir die wenigen Stunden zu zweit umso mehr zu schätzen wussten. Caleb wird in den nächsten Monaten das Krankenhaus wechseln und eine neue Arbeitsstelle antreten, die besser bezahlt wird.

Ich freue mich, dass er jobtechnisch das macht, was ihn erfüllt und glücklich macht. Auch wir Schwestern haben durch den Umzug nun einiges zu tun. Mittlerweile haben wir alle neuen Möbel im neuen Gebäude, die Arbeitsgeräte sind startklar, und alle Aktenordner, die wir in Papierform hatten, wurden bereits digitalisiert. Ich bin todmüde, wenn ich von der Arbeit komme, sodass ich manchmal auf der Couch einschlafe, aber dank Caleb immer im Bett aufwache. Unsere beiden Wohnungen fühlen sich wie ein Ganzes an.

Vor Kurzem haben wir festgestellt, dass die Trennwand zwischen unseren Schlafzimmern ziemlich dünn ist, sodass wir Bailey hören können, wenn sie beim Gehen mit ihren Krallen auf dem Holzboden Geräusche macht. Doch da wir sowieso von einer Terrasse zur nächsten gehen, fühlt es sich an, als wäre es eine große Wohnung. Die Hausverwaltung hat Caleb angerufen und sich erkundigt, ob die Trennwand von der Baufirma bereits aufgebaut wurde, und da wir beide keine Trennung wollten, haben wir geflunkert und behauptet, dass die Wand bereits hochgezogen wurde.

Caleb denkt immer noch, dass ich Haushaltsgeräte teste. Ich wiederum weiß immer noch nicht, wie Mindy und er sich getrennt haben. Ich hätte fragen können, doch ich wollte nicht mehr in der Vergangenheit graben, sondern mich auf die Zukunft konzentrieren. Doch dass ich nicht ewig so weitermachen kann, ist mir bewusst. Eines Tages müssen wir die Kiste öffnen und die Vergangenheit offenbaren.

»Ich scheine nun interessanter zu sein als die Platten hier.« Ich küsse seine Wange und drehe meinen Oberkörper so, dass ich ihm zugewandt bin.

»Du bist interessanter als alles.«

»Interessanter als Bailey?«, fragt er mich geschockt.

»Manchmal«, sage ich kichernd und küsse ihn erneut.

»Du machst es mir schwer, mich auf das Buch zu konzentrieren.«

»Das ist auch so gewollt.«

»Nun, wenn das so ist.« Er legt das Buch auf den Boden und zieht mich an sich, um mich zu küssen. Ich schlinge meine Arme um seinen Nacken und presse mich an ihn. Doch wir vertiefen den Kuss nicht, da wir uns noch immer im Plattenladen und somit in der Öffentlichkeit befinden. Außerdem müssen wir beide gleich zur Arbeit.

»Ich habe Hunger«, sage ich, was ihn lächeln lässt.

»Du hast immer Hunger, aber dafür liebe ich dich. Weißt du, meine Ex-Freundin hat immer Kalorien gezählt, und ich fand das immer so ungesund, doch wenn ich etwas gesagt habe, bekam ich eine schnippische Antwort, und sie hat so weitergemacht wie zuvor.« Es ist das erste Mal, dass er bewusst Mindy erwähnt, und auch wenn es in einer Beziehung völlig normal ist, über die Menschen zu reden, mit denen man zusammen gewesen ist, trifft es mich hart. Nicht weil ich eifersüchtig auf sie bin, sondern weil der Augenblick der Wahrheit näher rückt.

»Caleb?«, frage ich mit einem Kloß im Hals.

»Hmm?«

»Können wir heute Abend zu Hause essen und uns einfach auf der Terrasse unterhalten?«

»Klar. Das machen wir.« Er blickt auf seine Armbanduhr und dann wieder zu mir.

»Wir kommen noch zu spät zur Arbeit«, meint er, woraufhin ich brumme.

»Ich will nicht arbeiten, sondern mehr Musik.«

»Du musst zu einem Meeting und ich zu einem Hausbesuch. Das dauert nicht ewig.«

»Ich weiß«, gebe ich seufzend zurück und stehe auf. Ich packe die bereits bezahlte Schallplatte in meinen Rucksack, ehe wir uns zum Ausgang bewegen.

»Mein Termin fängt etwas später an, soll ich dich zu deinem Büro begleiten?«, fragt er mich, woraufhin ich erstarre. *Er kann nicht wissen, dass die Agentur keine fünf Minuten von hier entfernt ist, oder?*

»Nein, danke, ich treffe mich vorher mit meiner Kollegin Lindsay im Coffeeshop.«

»Verstehe, dann richte ihr liebe Grüße aus. Bis heute Abend.« Er küsst mich ein letztes Mal und geht auf sein Auto zu, das er direkt vor dem Plattenladen geparkt hat. Selbst als er bereits außer Sicht ist, blicke ich seinem Auto nach, unfähig loszugehen.

»Ich kann nicht ewig so weitermachen«, flüstere ich mir selbst zu und nicke entschlossen. Ich muss es Caleb heute sagen. Alle Geheimnisse und Dinge aus der Vergangenheit müssen heute ans Licht kommen, wenn ich eine Chance auf eine glückliche Zukunft mit Caleb haben will.

Als ich in die Agentur komme, werde ich von Lindsay begrüßt, ehe sie mit ihrer Arbeit weitermacht. Eigentlich hätten Caleb und ich heute Nachmittag frei gehabt, doch unser Job hat uns beiden einen Strich durch die Rechnung gemacht.

Der Eingangsbereich in diesem Gebäude ist nun größer. Es werden genügend Sitzgelegenheiten angeboten, und an der Wand ist ein großer Flachbildschirm befestigt, auf dem unsere Werbespots laufen und Infos zu unserem Unternehmen gezeigt werden.

Ich gehe durch eine Glastür, hinter der mich ein langer Gang erwartet, der zu den Einzel- und Doppelbüros führt, die sich an der rechten und linken Seite befinden. Es folgen ein verglaster Meetingraum und zwei weitere Räume, die jedoch keine Glaswände haben. Im zweiten Stock befindet sich die Personalabteilung sowie der Sicherheitsdienst. In den nächsten drei Stockwerken gibt es weitere Büros unserer Mitarbeitenden, doch mein Ziel ist der verglaste Meetingraum.

Ich bin die Erste, die den Raum betritt, also wähle ich den Platz gegenüber vom Fenster und blicke hinaus auf den wolkenverhangenen Himmel. Ich frage mich, wie Caleb reagieren wird, wenn ich ihm später die Wahrheit sagen werde. *Wird er sauer sein? Verständnis haben? Wird er mit mir Schluss machen oder uns eine weitere Chance geben?* Ich kenne ihn, weiß, wie er tickt, doch Antworten auf diese Fragen sehe ich nicht oder will sie unterbewusst nicht sehen.

Bis jetzt war ich so verliebt, dass für nichts anderes Platz war, und ich denke, dass es Caleb wohl genauso ging. Als Andrew mich auf Ambers Geburtstagsparty fast verraten hätte, musste ich ihn im Laufe des Abends zur Seite nehmen und ihn bitten, nichts von dem wahren Kern der Agentur vor Caleb zu erwähnen. Ich habe ihm erzählt, dass Caleb denkt, dass wir Geräte und nicht die Treue von Menschen testen. Ich habe dies auch bei den anderen getan, doch die Blicke, die ich daraufhin geerntet habe, hätten mich schon wachrütteln sollen.

Viele haben nicht verstanden, wieso ich mich für mein erfolgreiches Unternehmen schäme. Sie können ja nicht wissen, welche Vergangenheit Caleb und mich verbindet.

Die Tür wird geöffnet und Chelsea betritt den Besprechungsraum. Sie kommt auf mich zu und drückt mich, ehe sie sich auf ihren Stuhl setzt. Seit wir im neuen Gebäude sind, wohnt sie praktisch hier, weil noch nicht alles so läuft, wie sie es sich vorstellt.

»Entschuldige, dass ich dich an deinem freien Tag herbeordere, aber wir müssen die Eröffnungsfeier und die Details zu diesem Abend noch besprechen.«

»Schon gut, ich kann die Pause gebrauchen.«

»Pause? Von was?«

»Wohl eher von wem«, gebe ich seufzend zurück, woraufhin Chelsea mich aufmerksam ansieht.

»Willst du es ihm heute sagen?«, fragt sie mich, und ich hebe rasch den Kopf.

»Woher wusstest du das?«

»Es gibt nur wenige Dinge, die dich beschäftigen, seitdem du mit Caleb zusammen bist, und das Geheimnis um Sara und die Agentur ist ein großes.«

»Ich weiß. Mir ist bewusst, dass ich es ihm sagen muss, wenn ich unsere Beziehung festigen will, doch ich habe Angst.«

»Das verstehe ich natürlich. Die Konsequenzen sind unvorhersehbar, und das macht dir zu schaffen – und mir auch. Du bist so glücklich und ausgeglichen, und ich will, dass du für immer so fröhlich bleibst.«

»Ich auch, doch mir ist klar, dass mein Glück von seiner Entscheidung abhängt.«

»Du solltest dein Glück nicht an einem Menschen messen, meine Liebe. Das wäre der falsche Weg.«

»Hmm«, gebe ich nachdenklich zurück, denn es fällt mir schwer, mir das einzugestehen.

»Trefft ihr euch später?«, fragt sie, steht auf und setzt sich auf einen Stuhl neben mich.

»Ja, er wird wohl mit bestelltem oder gekochtem Essen auf mich warten, wie er es immer tut. Er wird Bailey von der Tagesstätte abgeholt haben, Gassi gegangen sein und sie gefüttert haben, sodass ich keine Arbeit mehr habe.«

»Er ist wirklich ein lieber Mann.«

»Er ist mein Traummann. Ich habe als Teenie von einem Mann geträumt, der dieselben Eigenschaften wie Caleb hat, und jetzt, wo ich ihn in meinem Leben habe, will ich ihn nicht verlieren.«

»Ach du«, flüstert Chels und zieht mich in eine feste Umarmung. Hinter meinen Augen brennen Tränen, doch ich halte sie zurück, denn ich will nicht heulen wegen etwas, was vielleicht gar nicht eintreten wird.

»Nach dem Gespräch werde ich schlauer sein, und egal, wie er sich entscheiden wird, ich werde es hinnehmen. Weil ich ihn liebe, und wenn ich nicht diejenige bin, die ihn glücklich macht, dann werde ich ihn weiterziehen lassen«, flüstere ich, das Kinn auf Chelseas Schulter gebettet. Heute geht es um alles oder nichts.

Als ich meine Wohnung betrete, bin ich ein Nervenbündel und völlig angespannt. Bailey begrüßt mich überschwänglich und schwanzwedelnd, also gehe ich in die Hocke und streichle sie. Das mit dem Anspringen haben wir mittlerweile gut im Griff, außer bei Caleb. Sie genießt seine Aufmerksamkeit einfach viel zu sehr. Ich sehe Caleb zwar nicht, aber der herrliche Duft von gebratenem Fleisch dringt in meine Nase und lockt mich auf die Terrasse, wo auf Calebs Seite der Tisch bereits gedeckt ist.

Er hat Steak, Bohnen und einen herzhaften Salat gezaubert. Eigentlich ein traditionelles Essen, doch die Bohnen sind mit Chili verfeinert worden, und der Salat ist bunt und vielfältig. Caleb liebt es zu kochen und hat mich schon mit einigen Köstlichkeiten versorgt.

Er begrüßt mich mit einem Kuss, ehe wir uns an den Tisch setzen und essen. Wobei mein Freund derjenige ist, der reinhaut, während ich nur im Essen herumstochern kann.

»Keinen Hunger?«, fragt er mich und zieht erstaunt die Stirn in Falten, da ich normalerweise ein Genussmensch bin und Essen liebe.

»Nicht wirklich.«

»War es so anstrengend? Das Meeting meine ich.«

»Ja, war es«, lüge ich und fühle mich schrecklich. Das muss einfach aufhören. Ich muss es ihm sagen. Wir räumen den Tisch ab, packen das Geschirr in die Spülmaschine und stellen die Reste in den Kühlschrank. Danach setzen wir uns auf seine Couch, und ohne dass ich ihn stoppen kann, greift Caleb nach meinen Füßen, legt sie sich auf den Schoß und massiert sie.

Ich versichere ihm, dass er das nicht tun muss, doch ich kann nicht anders, als erleichtert aufzuseufzen, als er genau die Stelle erwischt, die sich so gut anfühlt. Ich lehne mich zurück und lasse ihn machen. Calebs Hände scheinen magisch, sodass ich beinahe vergesse, was ich sagen wollte.

Nach der Massage habe ich das Gefühl, als hätte er den Druck, der auf mir gelastet hat, ein wenig von mir genommen. Die Angst ist zwar noch immer da, doch ich bin kein Nervenbündel mehr. Caleb entkorkt eine Flasche Wein und schenkt uns beiden ein Glas ein, doch ich kann nicht trinken, nicht jetzt.

»Caleb?«

»Hmm?«, macht er und dreht seinen Körper in meine Richtung, sodass sich unsere Knie berühren, doch ich rutsche zurück, da ich nicht klar denken kann, wenn er mir so nah ist.

»Wir sind nun ein paar Monate zusammen und doch wissen wir nicht viel über die Vergangenheit des anderen. Es gibt gewisse Dinge, die man wissen muss, damit die Beziehung reifen kann«, setze ich an, doch jedes Wort fällt mir schwer.

»Du hast völlig recht, darüber habe ich auch schon nachgedacht. Natürlich willst du etwas über meine Vergangenheit wissen, denn es gibt viel zu sagen.«

»Caleb, ich …«

»Ich war verlobt und zehn Jahre in einer Beziehung«, unterbricht er mich. In meinen Ohren rauscht es, und die Angst vor dem, was noch kommen wird, lähmt mich, sodass ich nur nicken kann.

»Okay«, sage ich mit letzter Kraft und trinke einen großzügigen Schluck.

»Sie hieß Mindy und wir kannten uns vom College. Wir waren so lange zusammen, dass es natürlich für mich war, sie um mich zu haben. Es war wie Atmen, doch ich merkte nicht, dass ihre Liebe schwand.«

»Oh. Das heißt, sie wollte die Trennung?«

»Ich wünschte, es wäre so einfach gewesen«, meint er, und plötzlich ändert sich seine Miene von ernst zu wütend.

»War es das nicht?«

»Nein. Sie wollte keine einfache Trennung ohne Drama, sondern hat allen erzählt, dass ich sie betrogen habe. Hat falsche Beweise in Umlauf gebracht und somit nicht nur mein Herz gebrochen, sondern meinen Ruf in unserem Freundeskreis und im Krankenhaus zerstört.«

»Wieso sollte sie zu so heftigen Mitteln greifen?«

»Das weiß ich nicht. Sie war kein gehässiger Mensch. Sehr auf sich selbst fixiert, ja, aber eigentlich nie jemand, der anderen vorsätzlich wehtut.«

»Und doch hat sie es getan.«

»Ich weiß, und ich kann mir einfach nicht erklären, wieso. Unsere Beziehung war schon lange vor der Trennung zum Scheitern verurteilt. Alle in meinem Umfeld haben es gesehen, nur ich nicht. Als es dann so unschön endete, war ich der Böse, und sie hatte die Freiheit, die sie wohl so dringend wollte.«

»Und diese Beweise?«

»Sind nicht auf Mindys Mist gewachsen«, murmelt er und mahlt mit dem Kiefer. Er ballt die Hände zu Fäusten, und ich erschaudere, da seine Wut fast greifbar ist und ich ihn noch nie so gesehen habe.

»Sondern?«

»Auf der Proof of Love Agency«, knurrt er und blickt raus auf den dunklen Nachthimmel, was ein Glück ist, denn so kann er den heftigen Schock, den ich erleide, nicht sehen.

»Wer?«, frage ich zaghaft, unfähig, etwas anderes zu sagen.

»Eine Treuetest-Agentur, die mit Mindy unter einer Decke gesteckt hat. Sie haben Beweise gefälscht, die es so haben aussehen lassen, als hätte ich mit einer anderen Frau Liebesgeständnisse und allerlei Unsinn ausgetauscht. Weder kannte ich die genannte Frau, noch habe ich je mit einer anderen Frau geflirtet, als ich mit Mindy zusammen war.«

»Was hast du danach getan?«

»Ich konnte anhand der IP-Adresse beweisen, dass ich diese Nachrichten nicht abgeschickt habe, doch das wollte keiner glauben. Mein Ruf war schon längst ruiniert.« Mein Puls rast unter meiner Haut, je mehr er von dem Albtraum erzählt, den er durchmachen musste. Ich kann nicht fassen, dass diese Mindy die Beweise seiner Treue unter Verschluss gehalten und ihm einen Betrug angehängt hat. Sie hätte einfach Schluss machen können, aber nein, sie hat nicht nur Calebs Herz gebrochen, sondern auch den Ruf unserer Agentur in den Dreck gezogen.

Voller Angst, was Caleb zu meiner Offenbarung sagen würde, hätte ich den Vorfall mit Zoe beinahe vergessen. Vor einigen Monaten hat Wyatt, unser IT-Techniker, rausgefunden, dass unsere ehemalige Mitarbeiterin Beweise gefälscht hat. Er führte eine Routinekontrolle der Server durch und stieß dabei auf Mails zwischen Zoe und einer MC. Nie hätte ich gedacht, dass es sich bei diesen Initialen um Mindy Clayton handelt.

Die Nachrichten waren zwar verschlüsselt, doch wir konnten einige rekonstruieren und Zoe verklagen. Da wir kein großes Aufsehen erregen wollten, sind wir nicht zur Polizei gegangen, denn ein Datenleck könnte das Ende für unseren Ruf bedeuten, da wir für unsere Schweigepflicht und ein professionelles Vorgehen bekannt sind. Doch egal, wie ich es drehe und wende, meine Agentur hat ihm viel Leid beschert, und das kann ich nicht rückgängig machen.

»Es tut mir so leid, dass du das durchmachen musstest«, sage ich mit einem Kloß im Hals. Caleb könnte meine Reaktion als Rührung deuten, doch ich empfinde nur Reue. Ich bereue es, dass Mindy zu uns gekommen ist und wir sie nicht noch besser überprüft haben. Ich bereue es, dass ich diejenige war, die seine Akte in der Hand gehalten hat. Und ich bereue es, dass ich nicht früher mit ihm über Mindy gesprochen habe. Wäre das eher ans Licht gekommen, hätten wir uns trennen können, ohne dass sich unsere Beziehung vertieft hätte.

Doch nun stehen die Dinge anders. Wenn ich Caleb die Wahrheit sage, werde ich ihn verlieren. Er hasst meine Agentur, in die ich all meine Leidenschaft und Energie gesteckt habe, um ihr gemeinsam mit meinen Schwestern zum Erfolg zu verhelfen. Und jetzt wird der Job, den ich so schätze, mir den Menschen nehmen, den ich mehr liebe als je eine Person zuvor.

25. KAPITEL

Caleb

Dicke Tränen rinnen über Sierras Gesicht, als ich ihr von meiner Leidensgeschichte mit Mindy und dieser verdammten Agentur berichte, an die ich bewusst nicht denken wollte. Zuerst habe ich darüber nachgedacht, mich an die Öffentlichkeit zu wenden und diese Agentur an den Pranger zu stellen, doch das hätte meinen Schmerz damals nicht gelindert. Ich musste es durchstehen und heilen, was ich nur mit Sierras Hilfe geschafft habe.

»Wieso weinst du so sehr?«, frage ich sie.

»Ich bin so glücklich, an deiner Seite zu sein, und weine, weil du so leiden musstest.«

»Aber mir geht es durch dich wieder gut.«

»Sag das nicht. Wunden können wieder aufgerissen werden.«

»Ich vertraue dir, Sierra. Du würdest mir niemals so wehtun wie sie«, sage ich und ernte ein Schluchzen, ehe die Tränen wieder fließen. Zwar finde ich es schade, dass sie weint, freue mich aber auch, dass sie mental immer auf meiner Seite ist.

Wie könnte ich nicht glücklich sein? Meine Freundin ist so ergriffen von meiner Vergangenheit, dass sie schluchzt und bitterlich zu weinen beginnt. Ich nehme sie in den Arm und drücke sie fest an mich. Halte sie, während ihr Körper an meinem Oberkörper bebt. Ich streichle beruhigend über ihr dichtes kaffeebraunes Haar und hoffe so, dass sie sich wieder fangen wird.

»Das ist nun alles Teil der Vergangenheit, Sierra. Ich vermisse Mindy kein bisschen.«

»Aber die Agentur hasst du noch?«, murmelt sie an meinem Shirt, und ich nicke.

»Das tue ich. Mir will nicht in den Kopf, wie verzweifelt manche Menschen sein müssen, um zu diesem Stümperverein zu gehen. Sie nennen sich Testagentur, doch sie testen oder überprüfen keine Treue, sondern verbreiten Lügen und fälschen Beweise. Ich möchte gar nicht wissen, wie viele Trennungen sie in den letzten Jahren verursacht haben.«

»Findest du nicht, dass du zu hart mit ihnen umgehst?«, flüstert sie und löst sich aus meiner Umarmung, um mir tief in die Augen zu sehen. Sie ist jetzt nicht nur traurig, sondern todernst.

»Nein. Was sie tun, ist unrecht, und ich hoffe, dass das Karma ihnen das gibt, was sie verdienen.« Sie nickt traurig, ehe sich eine Träne aus ihren Augenwinkeln löst, die ich mit dem Daumen auffange.

»Weine nicht, Sierra. Ich liebe dich, und die Vergangenheit ist hier und jetzt nicht wichtig.« Sierra steht auf und blickt in die tiefschwarze Nacht, ehe sie etwas murmelt, was ich nicht verstehen kann, aber es klingt beinahe wie: »Doch, das ist sie.«

Nachdem ich ihr von Mindy erzählt habe, ist Sierra wie ausgewechselt. Nach dem Gespräch klagt sie über Kopfschmerzen und kündigt an, sofort ins Bett zu gehen. Am nächsten Morgen war sie bereits mit Bailey spazieren, bevor ich überhaupt aufgewacht bin, und ich finde nur noch einen Notizzettel vor, auf dem sie mir mitteilt, dass sie viel zu tun habe und bei ihrer Schwester Chelsea übernachten werde.

Auf meine Textnachrichten reagiert sie nur mit kurzen Antworten, sodass ich ins Grübeln komme. Situationen wie diese kenne ich von meiner Zeit mit Mindy, sodass ich sehr wohl weiß, dass etwas nicht stimmt. Ich habe Sam gefragt, wo Sierra arbeitet, damit ich zu ihr fahren und mit ihr reden kann, aber er meinte nur, dass er eine dringende Operation durchführen muss und mir die Adresse später zuschicken wird. Nun meldet er sich überhaupt nicht mehr bei mir zurück.

Nach drei Tagen ohne Sierra bin ich kurz vorm Durchdrehen. Ich rufe sie an, doch als sie endlich abnimmt, ist es laut, und ich höre Straßenlärm und Stimmengewirr im Hintergrund.

»Hey, wo bist du?«, rufe ich, erleichtert, dass sie endlich abgenommen hat.

»Wir bereiten alles für eine Veranstaltung vor und arbeiten Tag und Nacht.«

»Kann ich vorbeikommen und euch helfen? Ich könnte euch was zu essen mitbringen und dir deine Füße massieren.«

»Das klingt wirklich toll, doch wir wuseln hier mit einem Dutzend Personen durch die Hallen, um alles fertig zu bekommen.«

»Das heißt, du kommst heute auch nicht nach Hause?« Das ist eine Feststellung, keine Frage.

»Nein, ich komme erst in zwei Tagen nach Hause. Übermorgen können wir dann reden.«

»Reden? Stimmt etwas nicht, Sierra?« Ich höre ein Poltern, bevor sie antworten kann.

»Mist, verdammt. Ich muss los und melde mich später«, sagt sie und legt auf, ohne dass ich mich verabschieden kann. Als ich den Arm mit dem Smartphone in der Hand sinken lasse, fühle ich mich in die Vergangenheit versetzt. Ich kann gar nicht an einer Hand abzählen, wie oft mich meine Ex-

Freundin auf dieselbe Weise abgewimmelt hat wie Sierra gerade.

Kaum wandern meine Gedanken in diese Richtung, möchte ich mich selbst ohrfeigen, denn sie sind falsch. Sierra lügt nicht und ist niemand, der einen Menschen an der Nase rumführen würde. Das liegt nicht in ihrer Natur, da bin ich mir sicher. Also lege ich das Smartphone auf die Küchentheke, springe unter die Dusche und lege mich erneut allein ins Bett. Mein letzter Gedanke vor dem Einschlafen gilt Sierra.

Schwer atmend und völlig verschwitzt wache ich auf. Ich reiße die Augen auf und setze mich aufrecht hin. Mein Atem geht schwer, als ich mir mit den Händen den Schweiß vom Gesicht wische. Ich hatte einen Albtraum, sah Sierra überall, konnte sie aber nie erreichen. Egal wie schnell ich rannte, ich bekam sie nicht zu fassen. Der Traum hat mich aufgewühlt und eine Angst in mir geschürt, die mich selbst jetzt noch verfolgt.

Ich schüttle den Kopf und stemple es als wirren Albtraum ab, ehe ich aufstehe, um meine Laufsachen anzuziehen. Ich brauche frische, kalte Winterluft, um alles Negative von mir abzuschütteln und wieder einen klaren Kopf zu bekommen. Ich laufe zum Central Park, wo ich eine weite Strecke zurücklege und erst haltmache, als ich völlig aus der Puste bin. Während ich die Knie auf den Händen abstütze, sauge ich gierig die Luft in meine Lungen.

Die Kälte des Windes spüre ich kaum, da mein ganzer Körper unter Spannung steht. Ich setze mich auf eine Bank, um mich ein wenig auszuruhen, ehe ich nach Hause laufe. Die Sonne scheint, und trotz der kühlen Temperaturen ist es angenehm, im Freien zu sein. Mein Puls wandert langsam in den Normalbereich, als plötzlich ein kleines Kind gegen mein Knie läuft und durch den Aufprall auf den weich gepolsterten Hintern fällt.

Es ist ein kleines Mädchen, das eine gefütterte Regenhose und eine Jacke trägt. Sie kichert, weil sie auf dem Po gelandet ist, und sieht mich neugierig an.

»Hallo«, sage ich, will ihr aufhelfen, doch sie ist flink und steht schnell wieder auf den Beinen. Ich schätze sie auf eineinhalb Jahre, und ihre roten Bäckchen sehen so entzückend aus, dass mir ganz warm ums Herz wird, weil sie so süß ist.

»Bitte entschuldigen Sie. Sie ist noch nicht so geschickt auf den Beinen«, meint ein Mann in meinem Alter und greift nach der Hand der Kleinen, die jedoch nur Augen für mich hat.

»Macht doch nichts. Sie ist wirklich entzückend.«

»Danke schön. Das ist sie wirklich«, meint er und gibt ihr einen Kuss auf die Wange, woraufhin die Kleine fröhlich kichert.

»Sehr sogar«, meint der Vater verträumt und hebt die Kleine in seine Arme, woraufhin die beiden sich winkend von mir verabschieden. Dieser Anblick ist mir so fremd und doch so vertraut, weil ich Morgan und Xander habe. Für meinen Bruder ist sein Sohn der Mittelpunkt der Welt. Ich erhebe mich und laufe wieder nach Hause, da es langsam frisch wird und ich nach einer Dusche lechze.

Als ich das Gebäude betrete, werde ich von der Hausmeisterin Mrs Burns aufgehalten. »Caleb, mein Lieber, entschuldigen Sie bitte, aber es ist erneut passiert. Ihre Post ist bei mir gelandet, was wir ja mittlerweile gewohnt sind.«

»Das stimmt«, gebe ich lachend zurück, da der Postbote unsere Namen häufiger verwechselt, als uns lieb ist. Doch Mrs Burns ist immer so lieb und bringt mir meine Post sofort.

»Leider ist es diesmal anders. Ich war ja zwei Wochen bei meinem Sohn in Chicago, und der Brief wird sicher schon eine Weile bei mir sein. Ich hoffe, dass es nichts Wichtiges war.«

»Machen Sie sich keine Sorgen darum. Ich habe den Brief ja jetzt und werde oben gleich nachsehen, wer ihn geschickt hat, okay?«

»Ist gut, lieber Caleb. Danke.«

»Machen Sie es gut, Mrs Burns.«

»Sie auch, mein Junge, und grüßen Sie mir Sierra ganz lieb.«

»Mach ich«, sage ich, winke ihr zum Abschied zu und gehe mit dem Brief in der Hand hinauf in meine Wohnung. Ich lege ihn auf den Couchtisch, ehe ich genüsslich dusche und mir etwas zu essen mache. Ich telefoniere lange mit meiner Mutter, putze das Bad und sauge Staub, als es auch schon wieder dunkel wird. Es ist siebzehn Uhr, doch die Sonne geht bereits unter.

Als ich den Couchtisch abwischen will, entdecke ich zufällig wieder den Brief, den mir Mrs Burns gegeben hat. Ich nehme ihn in die Hand. Erst jetzt bemerke ich, wie schwer er ist. Ich setze mich auf die Couch und öffne ihn. In dem Umschlag liegt ein weiterer Umschlag, der aber wie eine edle Einladung aussieht. Ich werfe einen kurzen Blick auf das Logo und öffne ihn, woraufhin mir die Einladung zu einer Eröffnungsfeier entgegenfällt, die schon am Samstagabend, also heute, stattfinden soll.

Ich blicke weiter unten auf die digitalen Unterschriften und stutze, als ich den Firmennamen lese.

Proof of Love Agency.

Vor Wut will ich den Umschlag schon zerknüllen, als mir etwas anderes auf der Rückseite der Einladung auffällt. Dort sind die Inhaberinnen der Agentur abgelichtet, die mir sehr bekannt vorkommen. Ich blinzle und werfe einen näheren Blick auf das Bild. Zuerst glaube ich zu halluzinieren oder mich in einem schlechten Film zu befinden, doch nach ein paar Minuten des Schocks trifft es mich wie ein Schlag ins Gesicht. Denn ich kenne die drei Frauen bereits, und eine von ihnen liebe ich sogar. Der Schmerz in meiner Brust wächst und wächst, während ich das lächelnde Gesicht meiner Freundin anblicke. Eine der Inhaberinnen der Agentur.

Ich erhebe mich ungläubig und schüttle den Kopf. Das hier … das kann nicht stimmen. Vielleicht träume ich mal wieder. Ich fahre mir mit den Händen durchs Haar und atme tief ein und aus. Ich muss es wissen. Muss alles noch mal lesen, um mir auch hundertprozentig sicher zu sein. Ich setze mich, greife mit zittrigen Fingern nach dem Papier und lese so lange, bis die schwarzen Buchstaben vor mir verschwimmen. Ich schließe die Augen und lasse den Schmerz zu.

Sierra hat mich belogen.

Das ist alles, was meine Gedanken beherrscht. Die Frau, der ich blind vertraut habe, hat mich belogen, was ihre Arbeit angeht. Sie gehört zu dem Unternehmen, das mein Leben und meinen Ruf zerstört hat. Wobei, so ganz stimmt das nicht, denn sie ist Mitinhaberin der Agentur, die ich so verabscheue. Als ich ihr alles gesagt habe, ihr mein Leid geschildert habe, besaß sie die Frechheit zu weinen, obwohl sie bestimmt bereits wusste, dass sie mich hinters Licht geführt hat.

War alles gelogen? All die schönen Momente der Liebe. Waren sie nur eine Farce? Und wofür? Was hat sich Sierra erhofft, als sie mit mir zusammenkam? Diese Gedanken machen mich wütend und traurig zugleich, und ich kann nicht aufhören, durch meine Wohnung zu tigern und mir Fragen zu stellen, auf die ich jetzt keine Antworten bekomme.

Gegen achtzehn Uhr bin ich ein Bündel aus Wut, Unglauben, Schmerz und Enttäuschung. Da ich ohnehin kein Auge zutun würde, ziehe ich mir stattdessen meinen Anzug an, frisiere mich und schnappe mir meine Schlüssel, da ich jetzt sofort zu Sierra muss. Ich brauche Klarheit, auch wenn sie mich womöglich zerstören wird.

26. KAPITEL

Sierra

Soundtrack of the Day:
Queen – Love of my Life

In diesem burgunderroten Kleid mit dem fließenden Stoff, der bis zum Boden reicht, sehe ich wirklich gut aus. Das kann ich behaupten, ohne eingebildet zu wirken, denn es steht mir hervorragend. Es ist schulterfrei, doch meine langen Haare verdecken meine nackte Haut, sodass es edel wirkt und mir für die Eröffnungsfeier passend erscheint. Ich lege meine Hand auf den Bauch und betrachte traurig mein Spiegelbild. Ich wünschte, dass Caleb hier und jetzt an meiner Seite sein könnte. Er würde nun wohl meine Hand nehmen, mich im Kreis drehen, um mich von allen Seiten in diesem Kleid zu bewundern, ehe er mir einen Kuss stehlen würde, sehr darauf bedacht, meinen Lippenstift nicht zu verschmieren.

Wenn diese verkorkste Vergangenheit nicht wäre, würde er mich in den Arm nehmen und mir ins Ohr flüstern, wie stolz er auf mich ist. Wie sehr meine Schwestern und ich den Erfolg verdienen, weil er weiß, wie hart wir gearbeitet haben. Wir würden ein Erinnerungsfoto machen, das ich auf Social Media posten würde, und Hand in Hand in den großen Saal voller Menschen gehen. Doch diese Wünsche werden sich nie erfüllen, weil die Vergangenheit unserer Zukunft im Weg steht. Jetzt und hier bin ich allein, nervös und traurig, weil meine Beziehung, die mir die Welt bedeutet, ein Ablaufdatum hat.

Seit mir Caleb erzählt hat, dass er unsere Agentur hasst, habe ich das Gefühl, auf Abstand gehen zu müssen. Erstens, weil ich ihm in einem schwachen Moment wohl die Wahrheit gesagt hätte, und zweitens, weil es mir unendlich leidtut, dass mein Unternehmen dazu beigetragen hat, dass ihm wehgetan wurde. Da er weiß, dass wir eine große Feier planen, war es ein Leichtes, mein Fehlen mit der Arbeit zu erklären, doch ich kann mich nicht für immer vor ihm verstecken.

Denn nichts anderes tue ich hier. Am Tag hatten wir wirklich viel in der Agentur zu tun und haben alles für die Feier vorbereitet, doch am Abend wollte ich einfach alles tun, nur nicht in meine Wohnung zurückmüssen. Bailey habe ich in der Tagesstätte gelassen, wo auch Donny ist und von wo wir die beiden am Abend wieder abholen. Als Chelsea und Rory davon erfuhren, was Caleb durchmachen musste und welchen emotionalen Schaden Mindy und Zoe angestellt hatten, hat Chelsea mir einen Platz zum Schlafen angeboten, damit ich mich sammeln und in Ruhe entscheiden kann, wie es weitergehen soll. Seit Tagen schlafe ich in ihrem Gästezimmer, und auch Rory ist Tag und Nacht an meiner Seite, weil sie weiß, dass ich wie ein Hund leide und mich jeden Abend in den Schlaf weine. Wir wissen alle, dass die Eröffnung die Ruhe vor dem Sturm ist und ich ihm nicht für immer aus dem Weg gehen kann, doch ich brauchte Abstand, um meine Gedanken zu ordnen.

Mir war von Anfang an klar, dass ich ihm die Wahrheit sagen muss, und ich habe mich dazu entschlossen, morgen mit Caleb zu sprechen und ihn in alles einzuweihen. Dann haben wir die Eröffnung hinter uns, und ich kann mich ganz dem Trennungsschmerz hingeben, der wohl folgen wird. Ich werde ihm sagen, dass ich Sara war, dass ich die Beweise seiner Treue weitergeleitet habe und Mindy sich alles andere auf illegalem Wege besorgt hat. Ob er mir glauben wird oder nicht, kann ich nicht einschätzen, aber er hat es verdient, die Wahrheit zu erfahren.

»Ich liebe dich, Caleb«, flüstere ich, da es wohl das letzte Mal sein wird, dass ich es sagen kann, denn ab morgen wird mein Leben nicht mehr dasselbe sein. Ich werde den Mann verlieren, nach dem ich mein Leben lang gesucht habe. Leichter Donner erklingt, und ich spüre die Angst vor dem Unwetter in mir nagen. Beinahe ruiniere ich mein Make-up, weil ich gerade die unpassendste Musik höre, die man in meiner Situation hören kann. Rory, die auch ihren Lippenstift aufgefrischt hat, eilt in ihrem azurblauen Etuikleid auf mich zu und greift nach meinem Earpod, um ihn sich ins Ohr zu stecken.

»*Love of my Life* von Queen? Echt jetzt?«, fragt sie aufgebracht und verschränkt die Arme vor der Brust.

»Meine Playlist war auf Shuffle, und dann kam dieser Song.«

»Wir wissen beide, dass es der falsche Song für dich ist. Er ist voller Trennungsschmerz und Reue.«

»Ich weiß«, gebe ich traurig zurück und blicke zu Boden, woraufhin Rory mich in den Arm nimmt.

»Entschuldige, ich wollte dich nicht anfahren. Ich habe nur gesehen, dass du Tränen in den Augen hast. Ich wollte dich einfach ablenken, doch das hat nicht so gut funktioniert. Verzeih mir.« Ich schüttle den Kopf und erwidere ihre Umarmung. Ich brauche sie gerade so sehr.

»Schon gut. Du musst mich nicht mit Samthandschuhen anfassen. Ich weiß, was ich getan habe, und ich verdiene kein Mitleid.«

»Sag so was nicht.«

»Aber es stimmt. Ich hätte es ihm gleich sagen müssen, als

er sich als mein neuer Nachbar entpuppt hat. Aber ich war egoistisch. Ich wollte einmal im Leben rausfinden, ob ich den Traummann für mich gewinnen kann. Wollte einfach glücklich verliebt sein. Doch mir hätte klar sein müssen, dass es im Desaster endet.«

»Es ist in Ordnung, auch mal egoistisch zu sein. Wäre ich es damals nicht gewesen, wäre ich nicht mit Elijah zusammen. Aber es ist noch nichts verloren – was, wenn er anders reagiert, als du glaubst?«

»Ich kenne Caleb. Seine Ex hat sein Leben und seinen guten Ruf durch Lügen ruiniert. Das hat ihn sehr tief getroffen, und er hat mehrmals betont, dass es ihm wichtig ist, dass wir immer ehrlich zueinander sind. Doch ich habe es mit der Wahrheit nicht so genau genommen.«

»Was auch immer er sagen wird, es wird euer Leben verändern. Das kannst du nicht verhindern, aber ich finde es wichtig, dass du nicht gleich den Teufel an die Wand malst, okay?«

»Ich werde es versuchen«, gebe ich mit einem schwachen Lächeln zurück.

»Lass uns diese Nacht überstehen und unsere Agentur feiern. Wir haben hart gearbeitet für diesen Erfolg. Genieß diesen Abend, und morgen kannst du all deinen Mut zusammennehmen und ihm alles beichten.«

»Okay, du hast ja recht.«

»Ich habe immer recht, Sis«, sagt sie frech und zwinkert mir zu, sodass ich nur mit den Augen rollen kann. Die Tür der Garderobe wird geöffnet und Chelsea betritt den Raum. Heute trägt sie die Haare wieder streng zusammengebunden, doch anstatt eines Dutts hat sie eine wunderschöne lockige Hochsteckfrisur, die so gut zu ihr passt, dass wir sie angefleht haben, sich häufiger Locken zu machen und sich diese Frisur selbst zu stecken. Sie sieht in ihrem mit Spitze besetzten langärmeligen grünen Ballkleid im Empirestil einfach wunderschön aus. Sie wird ohne Zweifel die schönste Frau auf dieser Feier sein.

»Wo bleibt ihr denn? Die Eröffnung beginnt gleich.«

»Sorry, wir kommen schon«, sage ich und setze eine professionelle Miene auf. Die Proof of Love Agency ist unser Unternehmen, wir haben so vielen Menschen zu mehr Klarheit in ihrer Beziehung verholfen und haben uns den Arsch aufgerissen, um nun dort zu stehen, wo wir jetzt sind. Es ist Zeit, unseren Meilenstein zu feiern.

Chelsea hält eine Rede darüber, wie unsere Anfänge ausgesehen haben, wie schwer es für uns war, Fuß zu fassen, und dass wir auch häufiger an eine Schließung dachten, doch verbissen weitergekämpft haben. Sie erzählt von unseren Erfolgen und von den Menschen, die aufgelöst zu uns kommen und mit der Wahrheit wieder gehen. Meine älteste Schwester erzählt herzergreifend, wie wichtig es ist, einander zu vertrauen und ehrlich zueinander zu sein, und auch wenn sie nicht über mich spricht, treffen mich ihre Worte hart, und mein steifes Lächeln verrutscht kurz. Ihre letzten Worte gelten unseren Prinzipien, dass Datenschutz alles ist und wir unseren Job ernst nehmen. Das ist uns damals wie heute sehr wichtig. Chels, Rory und ich bedanken uns über das Mikrofon, ehe der Applaus ertönt, der für mich wie der Donner klingt, den ich vorhin in der Garderobe gehört habe. Da ein Sturm angekündigt wurde, habe ich etwas Homöopathisches zur Beruhigung eingenommen, doch das kann den inneren Sturm in mir nicht besänftigen.

Plötzlich blitzt es überall, da auch die Presse anwesend ist und uns laut um ein Foto bittet. Ich werde fast blind von dem ganzen Licht, das mir die Sicht versperrt, und frage mich, wie die ganzen Promis das wohl aushalten, ohne ihr Augenlicht zu verlieren. Rory legt den Arm um Chelsea und deutet mir an, mich auf ihre andere Seite zu stellen, und so lassen wir gefühlt eine Million Bilder von uns machen, und ich lächele so steif, dass meine Wangen zu schmerzen beginnen.

Obwohl die Eröffnungsfeier aufregend ist, kann ich an nichts anders als an Caleb denken. Ich frage mich, was er wohl tut und ob er gegessen hat. Ich will, dass es ihm gut geht und dass er nicht zu verwirrt ist, weil ich mich so rar gemacht habe.

Das Blitzlichtgewitter klingt ab, und ich atme erleichtert aus, als sich die Menge teilt und alle ihrer Wege gehen. Während Rory, Elijah und Chelsea sich mit Menschen unterhalten, die ich nicht kenne, bleibe ich stehen und habe das Gefühl, beobachtet zu werden. Das ist nichts Neues, immerhin sind wir die Gastgeberinnen, aber das hier ist anders. Eine Kellnerin bietet mir ein Glas Champagner an, doch ich lehne dankend ab. Die Leute von der Presse machen die Fläche frei, und dann entdecke ich einen Mann im Anzug, der mich mit seinem Blick zu hypnotisieren scheint.

Da er weiter entfernt steht und ich noch immer keine klare Sicht habe, blinzle ich und kneife ein wenig die Augen zusammen, um diesen Mann zu erkennen, dessen Blick so intensiv ist, dass ich ihn am ganzen Körper spüre. Endlich klärt sich meine Sicht, und als ich den Gast erkenne, ertönt erneut Donner irgendwo draußen. Doch ich habe keine Angst vor dem Unwetter, das dort tobt, sondern blicke in Calebs vor Schock aufgerissene Augen.

Ich bin wie gelähmt, kann nur fassungslos den Mund öffnen und ihn anstarren. Endlich komme ich wieder zur Vernunft, und mir wird klar, wie bizarr das Ganze für ihn wirken muss. Vor ein paar Tagen hat er sich mir anvertraut, mir mitgeteilt, wie sehr er meine Agentur hasst, nur um mich jetzt hier als Inhaberin vorzufinden. Hastig verlasse ich die Bühne und gehe auf ihn zu, um mit ihm zu reden. Ich will zu ihm, muss bei ihm sein, um mich zu erklären, ihm die Wahrheit zu sagen, doch je mehr ich mich ihm nähere, desto wütender wird seine Miene.

Als der Donner erneut über uns kracht, schüttelt er wütend den Kopf, dreht sich um und stürmt aus dem Saal. Ich laufe ihm in den hohen Heels nach, die ich von Anfang an gehasst habe und die mich langsamer machen, und rufe seinen Namen. Doch er läuft weiter und wirkt entschlossen, den Abstand zwischen uns zu vergrößern. *Gott, bitte nicht! Bitte lass es nicht so zwischen uns enden.* Das könnte ich nicht ertragen. Der Eisregen fällt auf mich herab, doch die Kälte ist nichts im Vergleich zu meiner Angst. Diese lässt mir das Blut in den Adern gefrieren.

»Bitte, bleib stehen«, flehe ich über den Regen hinweg, der uns völlig durchnässt, doch das ist mir egal. Mir ist egal, dass mein Make-up verläuft und ich wohl schrecklich aussehen muss, denn ich will diese Sache zwischen uns einfach in Ordnung bringen. Plötzlich donnert es erneut, was mich aufschreien und stehen bleiben lässt. Ich presse mir vor Angst die Handflächen fest auf die Ohren und verfluche meine Phobie, die mich gerade im ungünstigsten Moment heimsucht. Ich blinzle und stelle fest, dass Caleb stehen bleibt und sich mir zuwendet. Entschlossen kommt er auf mich zu, doch durch den strömenden Regen kann ich sein Gesicht kaum ausmachen. Während ich die Arme sinken lasse, mache ich mich gefasst auf seine ungefilterte Wut, die aus jeder seiner Poren zu triefen scheint, als er sich mir nähert.

»Ich bin stehen geblieben, also rede.«

»Es tut …« Für mich ist es wichtig, mich gleich zu entschuldigen, doch er unterbricht mich.

»Nein, warte, eigentlich will ich jetzt reden. Wann hast du beschlossen, mich zum Narren zu halten? Was hast du dir davon erhofft?«

»Es war nur ein Job, und ich wollte dich nie vorführen oder habe mir etwas erhofft. Ich wusste nicht, dass ich mich in dich verlieben würde, Caleb. Doch dann haben wir miteinander geschrieben und viele Nachrichten ausgetauscht, und ich konnte nicht anders, als dir mein Herz zu schenken.«

»Wir haben was?«, ruft er und wischt sich den Regen aus dem Gesicht.

»Auch das wollte ich dir sagen. Ich war Sara, die Frau damals aus dem Coffeeshop.«

»Du warst …? Was?!«, brüllt er, und ich zucke vor Schreck heftig zusammen. Caleb tobt zwar vor Wut, doch ich habe keine Angst vor ihm, mehr vor seinen Worten.

»Ich habe mich im Auftrag von deiner Ex als Sara ausgegeben, um deine Treue zu testen, dabei lernten wir uns besser kennen, und ich habe mich in dich verliebt.«

»Ich war niemals untreu und habe auch nie mit Sara geflirtet. Oder mit dir.«

»Das wissen wir. Alle wussten es, auch Mindy. Doch sie hat sich mit einer ehemaligen Mitarbeiterin zusammengetan und falsche Beweise ausgestellt, denen die anderen geglaubt haben. Aber ich war mir sicher, dass du deiner Partnerin treu bleibst. Ich weiß, dass du so etwas nie tun würdest.«

»All die Monate, in denen ich vorgeführt und gedemütigt wurde, das war alles deine Schuld!« Der Wind peitscht mir ins Gesicht, und ich spüre regelrecht, dass es gleich wieder donnern wird. Wir müssen hier weg und in Ruhe reden, sodass ich mich in aller Form entschuldigen und ihn um Verzeihung bitten kann.

»Caleb, bitte! Lass uns in Ruhe reden. Ah!« Der Donner lässt mich erneut aufschreien, und ich sehe meinen Freund flehend an, doch der Blick, den er mir zuwirft, lässt mich schwer schlucken und mich das Unwetter vergessen. Mittlerweile ist mir auch körperlich bitterkalt, aber ich würde die ganze Nacht hier stehen, wenn er mir nur eine Chance geben würde, es wiedergutzumachen. Ich kenne diesen Gesichtsausdruck. Er ist eisern, entschlossen und voller Resignation. Sein Gesicht zeigt mir, dass ich verloren habe.

»Ich habe dir nichts mehr zu sagen. Ich bin es leid, von allen belogen zu werden, und ertrage es keine Sekunde länger, zum Narren gehalten zu werden. Egal was du sagen willst, es interessiert mich nicht. Mein Leben lang wollte ich eine Partnerin, die loyal, treu und ehrlich ist, und die zwei einzigen Frauen, die ich je geliebt habe, haben mich belogen und stecken sogar miteinander unter einer Decke.«

»Caleb, bitte«, sage ich und kann die Tränen nicht mehr zurückhalten. Ich will vor lauter Verzweiflung auf ihn zugehen, doch er weicht einen Schritt zurück und sieht mich wütend an.

»Es ist vorbei. Ich will nichts mehr mit dir zu tun haben«, sagt er, als es blitzt und donnert, doch diesmal reagiere ich nicht darauf, sondern spüre nur mein Herz brechen, fühle, wie sich ein überwältigender Schmerz in meiner Brust ausbreitet und mich in die Knie zwingt. Ich möchte schreien, ihn noch mal anflehen, doch die Entscheidung ist gefallen. Ich kann nichts anderes tun, als zu weinen und ihm dabei zuzusehen, wie er sich umdreht und für immer aus meinem Leben verschwindet.

27. KAPITEL

Caleb

New York ist gerade so kalt und taub wie alles in mir. Während ich durch die nächtlichen Straßen Manhattans gehe, durchnässt mich der Regen bis auf die Knochen, und die kalten Temperaturen tun ihr Übriges. Doch die Kälte der Nacht ist eine gute Ablenkung von dem Schmerz in meinem Inneren, der mich zu überwältigen droht. Als ich vorhin Sierra auf der Bühne gesehen habe, war ich hin- und hergerissen. Ich war von ihrer Schönheit berauscht, da sie in dem Abendkleid einfach umwerfend ausgesehen hat, doch der Schock und die Wut haben gesiegt.

Dort stand sie, als Aushängeschild der Agentur, die dafür verantwortlich ist, dass mein Leben aus den Fugen geraten ist, und lächelte fröhlich in die Kameras, während vor meinen Augen all die gemeinsamen Erinnerungen abliefen. All die Momente, in denen ich sagte, dass Ehrlichkeit das Wichtigste in einer Beziehung ist. Ich hatte ihr vor ein paar Tagen die Geschichte von Mindy und der Agentur erzählt, und nun musste ich feststellen, dass sie eine der Inhaberinnen dieser Agentur ist.

Als sie mich in der Menge entdeckte, stand ihr der Schock ins Gesicht geschrieben, und ich muss wohl ähnlich ausgesehen haben. Mindy hatte mich verraten, und schlussendlich war es absehbar, dass wir uns trennen würden, doch was mir die letzten Monate klar wurde, war die Tatsache, dass Sierra besser zu mir passte, als Mindy es je getan hat. Sierra brachte genau das mit, was ich in einer Frau suche, und noch so viel mehr. Und gerade, weil ich sie so liebe, tut der Verrat so weh.

Als sie auf mich zuging, wurde ich plötzlich so wütend auf sie, weil sie all das, was wir hatten, mit Füßen getreten hat. Also ging ich, weil ich es nicht ertragen konnte sie zu sehen, weil ich lieber floh, als mir ihre Lügen anzuhören. Sie folgte mir nach draußen, und ich ignorierte sie so gut ich konnte, doch als es erneut donnerte und sie aufschrie, konnte ich nicht weiter. Ich drehte mich um und sah, wie sie vor lauter Angst die Hände auf die Ohren presste.

Das war der Moment, in dem ich nachdachte. Wenn ich jetzt ging, dann würde ich nie Antworten auf die Fragen erhalten, die mich wohl die nächste Zeit beschäftigen würden. Also ging ich wutentbrannt zu ihr. Doch was sie offenbarte, machte mich nur noch wütender. Sie war Sara, weil sie im Auftrag von Mindy meine Treue testen sollte. Dass die beiden sich zusammengetan hatten, machte mich rasend vor Zorn. Ich beendete unsere Beziehung und sagte ihr, dass ich sie nie wieder sehen will.

Ich weiß, dass es die richtige Entscheidung war, einen Schlussstrich zu ziehen, und mein Kopf will immer noch wütend auf Sierra sein. Mein Herz ist gebrochen, und gleichzeitig sehnt es sich nach ihr. Das, was wir hatten, war keine lockere Liebschaft, die man so leicht vergessen könnte. Sierra war die Frau meines Lebens, mit der ich insgeheim schon eine Zukunft geplant hatte. Ich wollte nie wieder von ihr getrennt sein.

Nun stehe ich hier im Regen vor einem 24/7-Markt und versuche diese Stiche in meiner Brust irgendwie wegzuatmen, doch es gelingt mir kaum. Mir ist klar, dass ich mir eine Erkältung einfangen werde, wenn ich hier länger stehen bleibe, also rufe ich mir ein Taxi und fahre nach Hause. Meine Füße werden bleischwer bei jedem Schritt, den ich in Richtung meiner Wohnung mache.

Jeder Winkel meines Zuhauses ist voll von Erinnerungen an Sierra, und mir fällt es jetzt schon schwer, dabei habe ich meine Wohnung noch gar nicht betreten. Ich lege meine Hand auf den Türknauf und atme tief durch, ehe ich reingehe und die Tür hinter mir schließe. Doch ich habe keine Kraft weiterzugehen, also sinke ich zu Boden, ziehe die Knie an den Körper und bette mein Kinn darauf. Innerlich brenne ich, blute, werde in Fetzen gerissen, und doch bin ich vollkommen ruhig, auch wenn ich am liebsten schreien möchte.

Ich schließe die Augen und sehe Sierras Gesicht vor mir. Ich denke daran, wie ich ihr erzählt habe, was die Agentur und Mindy mir angetan haben. Dass sie damals geweint hat, habe ich als Mitgefühl gedeutet, doch nun weiß ich, dass das schlechte Gewissen ihr die Tränen in die Augen getrieben hat. Dass Sierra etwas für mich empfindet, ist mir klar. Diese tiefen Gefühle kann man nicht faken, doch auch wenn ich der Mittelpunkt ihrer Welt wäre, ändert das nichts an der Tatsache, dass sie mich belogen und hintergangen hat.

Dass sie mir verschwiegen hat, dass sie Teil der Agentur ist, ist eine Sache, doch die andere wiegt schwerer. Sie hat mich an der Nase herumgeführt, hat sich als Sara ausgegeben, um meine Treue zu testen. *Ich meine, wer tut so etwas? Wer hat es nötig, die Treue seines Partners zu testen?* In einer Beziehung sollte man miteinander reden und sich Klarheit über die Gefühlslage des anderen verschaffen und nicht irgendwelche Leute beauftragen, die sowieso Lügen verbreiten werden.

Ich liebe Sierra, und das wird sich auch nicht ändern, nur weil wir uns getrennt haben, doch ich kann nicht mit ihr zusammen sein. Zudem habe ich das Gefühl, als würde ich sie gar nicht mehr kennen, als wäre die Frau, mit der ich in den letzten Monaten so viel Zeit verbracht habe, nun eine völlig Fremde. Seufzend lehne ich meinen Hinterkopf gegen die Tür und hänge meinen Gedanken nach, bis die Sonne aufgeht. Morgens stehe ich auf, und mein Körper zeigt mir auf schmerzhafte Weise, dass es keine gute Idee war, die ganze Nacht auf dem harten Boden zu sitzen.

Ich war wie gelähmt, konnte nicht fassen, dass sich die Vergangenheit wiederholt, dass ich wieder derjenige bin, der hintergangen wurde. Ich hinterfrage so viele Dinge, die für mich keinen Sinn ergeben, und ich leide. Ich leide so sehr. Ich schleppe mich mit letzter Kraft ins Badezimmer, streife mir die feuchten Klamotten vom Leib und steige unter die Dusche. Das warme Wasser lockert meine Muskeln und ist eine Wohltat, doch egal wie lange ich darunter stehen bleibe, die innerliche Kälte werde ich einfach nicht los. Es ist, als würde ich alle möglichen Emotionen in einer einzigen Nacht durchleben.

Wut, Trauer, Enttäuschung, Sehnsucht und noch so viele andere Gefühle, die in sich widersprüchlich sind und mich aufwühlen. Ich ziehe mir eine Jogginghose und ein langärmeliges Shirt an und rubble mir die Haare trocken, als ich ins Wohnzimmer trete. Ich habe seit Stunden weder etwas gegessen noch getrunken, also greife ich nach einer Flasche Wasser und trinke sie in einem Zug leer.

Zuerst dachte ich, dass die Taubheit vergeht, wenn ich mich beschäftige, doch es sieht wohl so aus, als würde ich für lange Zeit leiden wie ein Hund. Kaum denke ich an Sierra, beginnt sich der Schmerz in meiner Brust auszuweiten, und ich habe das Gefühl, nicht atmen zu können. Der Grund, wieso ich hier und jetzt aufrecht stehe, ist, dass ich unbedingt frische Luft brauche, da mich die Wände zu erdrücken drohen. Es ist sieben Uhr in der Früh, als ich hinaustrete. Trotz meiner feuchten Haare fröstle ich nicht.

Um ehrlich zu sein fühle ich rein gar nichts. Alles an mir fühlt sich seltsam taub an, und ich frage mich, wie es nun weitergehen wird. Sierras Sachen sind noch bei mir, genauso wie ein Teil meiner Sachen bei ihr ist. *Wie wird es sein, wenn wir einander die Dinge in Boxen verpackt überreichen?* Ich weiß, dass ich gesagt habe, dass ich nie wieder etwas mit ihr zu tun haben will, doch dass wir uns im Haus über den Weg laufen werden, lässt sich wohl nicht vermeiden.

Mit aller Kraft, die mir noch geblieben ist, blicke ich zu ihrer Seite der Terrasse, die so liebevoll und stylisch dekoriert wurde. Es ist gut zu erkennen, dass sie sich hier künstlerisch ausgetobt und ihre kreative Ader ausgelebt hat. Das habe ich so sehr an ihr geliebt, und nun scheint dies alles nichts mehr zu bedeuten.

Ein bekanntes Geräusch erklingt, und ich sehe goldene Pfoten aufblitzen, die auf dem Glas scharren. Ich gehe langsam auf Sierras Terrassentür zu. Ich gehe vor der Glastür in die Hocke und blicke auf diesen entzückenden Hund, der mir so sehr ans Herz gewachsen ist.

Da Bailey die Tür immer von selbst öffnen konnte, hat Sierra ein Schloss angebracht, sodass sie nicht mehr selbstständig auf die Terrasse gehen kann. Bailey scharrt noch immer am Glas, und ich sehe an ihrer Schnauze und der Bewegung ihres Halses, dass sie winselt.

»Hey, meine Schöne«, sage ich, weil ich weiß, dass sie mich hören kann. Meine Annahme bestätigt sich, als sie wild mit dem Schwanz wedelt.

»Ich habe die Zeit mit dir genossen, weil du immer ein braves Mädchen warst. Aber …« Meine Stimme bricht, während ich mit den Tränen kämpfe, aber ich muss mit Bailey reden, denn auch Tiere verstehen uns, wenn auch auf eine andere Weise. Ich werde diese Hündin sehr vermissen und wünschte, ich könnte sie ein letztes Mal streicheln.

»Aber deine Mommy und ich gehen nun getrennte Wege, also werden wir uns so schnell nicht mehr sehen.« Sie neigt den Kopf zur Seite, was mich traurig lachen lässt.

»Mach's gut«, flüstere ich und streiche mit der Hand über das Glas, ehe ich in meine Wohnung gehe und plötzlich sehr müde werde. Ich schließe alle Jalousien in der ganzen Wohnung, gehe ins Schlafzimmer und falle erschöpft ins Bett. Ich verschlafe den Rest des Sonntags.

Die nächsten Tage vergehen wie in Zeitlupe. Seit der Trennung ist nur eine Woche vergangen, doch ich habe das Gefühl, als wären es Monate gewesen. Mein Arbeitsalltag ist immer noch derselbe. Ich bin in der Praxis und arbeite zweimal in der Woche im Krankenhaus, wo ich wahrlich in Arbeit versinke. Egal was getan werden muss, ich übernehme es, denn mir ist jede Ablenkung recht.

Zu Hause fällt mir die Decke auf den Kopf, sodass ich es nur kurz in der Wohnung aushalte. Manchmal gehe ich allein essen, spazieren oder setze mich in ein volles Café, da der Trubel um mich herum mir das Gefühl gibt, nicht allein zu sein. Ich sehe zu, dass ich pünktlich um dreiundzwanzig Uhr im Bett bin, um genügend Schlaf zu bekommen, doch es gelingt mir nicht immer. Vor allem dann nicht, wenn ich Sierra weinen höre.

Seit unserer letzten Begegnung habe ich sie nicht mehr gesehen, doch ich höre sie jede Nacht, wenn sie sich in den Schlaf weint. Ich halte es kaum eine Minute aus, sie anzuhören, und hole mir meine Kopfhörer, um Sierra auszublenden, bis ich irgendwann einschlafe. Ich könnte die Nächte vor mich hin grübelnd dasitzen, mich betrinken oder einfach das tun, was man so nach einer Trennung tut, doch ich bin Kinderarzt.

Ich trage eine große Verantwortung und muss komplizierte Operationen durchführen, da kann ich mir schlaflose Nächte und Dauermüdigkeit nicht erlauben. Auch wenn ich genügend Schlaf bekomme, fühle ich mich nicht wie ich selbst. Das fällt nicht nur mir, sondern auch den Menschen um mich herum auf. Niemand weiß, dass ich mich von Sierra getrennt habe, weil ich mich schäme, den Grund zu offenbaren.

Ich möchte nicht, dass alle sich denken, dass der arme Caleb mal wieder an der Nase herumgeführt wurde. Das könnte ich nicht ertragen. Die Trennung von Mindy hat mich schon hart genug getroffen, doch das mit Sierra ist dreimal so schlimm. Es droht mir den Boden unter den Füßen wegzureißen, weil ich mich in einem Zwiespalt befinde. Einerseits will ich Sierra hassen und all das vergessen, was wir geteilt haben, andererseits ist da dieser kleine Teil in mir, der sich nach ihr sehnt und jede Nacht, wenn er sie weinen hört, zu ihr gehen und sie in den Arm nehmen will.

Dieser Teil vermisst Sierra so sehr, möchte die Zeit zurückdrehen, will wieder dorthin zurück, als ich unwissend und einfach glücklich war. Ich möchte wieder Haut an Haut mit ihr im Bett liegen und den ganzen Sonntag vor dem Fernseher verbringen. Ich will Wandertouren mit ihr unternehmen, um die Schönheit der Natur mit ihrer verschmelzen zu lassen, und großartige Bilder schießen. Ich möchte sie wieder lieben. Ich möchte die Wut loswerden, die unter meiner Haut kribbelt, doch das ist nicht möglich.

»Caleb, geht es dir wirklich gut? Du bist in letzter Zeit sehr abwesend«, fragt mich meine Assistentin, als wir die Praxis schließen. Automatisch setze ich das antrainierte Lächeln auf, das ich in dieser Woche so oft benutzt habe.

»Mir geht es gut, Tina, mach dir keine Sorgen. Ich kränkle nur so vor mich hin«, sage ich, dabei hasse ich es, meine Freundinnen anzulügen.

»Hast du dich etwa von Sierra getrennt?«, fragt Hailee, und die Erwähnung ihres Namens lässt mich kaum merkbar zusammenzucken. Ich denke zwar immerzu an sie, doch ich habe mir nie erlaubt, ihren Namen zu sagen, geschweige denn ihn zu denken. »Wie kommst du darauf?«

»Ich sehe es in deinen Augen. Möchtest du darüber reden?«, fragt Hailee mitfühlend, doch ich schüttle den Kopf – vielleicht etwas zu heftig.

»Nein. Eigentlich will ich gar nicht an sie denken.«

»Verstehe, dann geh nach Hause. Deinen Augenringen nach zu urteilen hast du in den letzten Tagen nicht viel Schlaf abbekommen.«

»Mach ich«, sage ich, doch ob ich wirklich Schlaf finden werde, steht wohl in den Sternen.

Es ist punkt zweiundzwanzig Uhr, als ich Sierras Schluchzen höre. Früher fanden wir es witzig, dass wir einander hören und über die Wand miteinander kommunizieren konnten, doch nun verfluche ich diesen Umstand. *Kann sie nicht aufhören zu weinen?* Es ist eine Woche her, und ich dachte, alle in dieser Agentur seien skrupellos und verlogen, wieso nimmt sie die Trennung dann so sehr mit?

Als ich meine Earpods ins Ohr stecken will, zeigt mir das blinkende rote Licht an, dass die Batterie leer ist. Ich werfe frustriert die Box auf mein Bett und lehne meinen Hinterkopf gegen die Wand. Mit geschlossenen Augen höre ich Sierra zu, während sich alles in mir verkrampft. Ich lasse den Schmerz zu, der sich wie Gift in meinem Oberkörper ausbreitet und sich in meinem Herzen festsetzt. Ich vermisse sie so sehr, dass sogar mir Tränen in die Augen treten, dabei habe ich bisher nicht einmal geweint, weil mir einfach die Kraft dazu fehlte.

Ich fahre mir müde und traurig übers Gesicht und wische so die Tränen von meiner Wange. Das muss aufhören. *Bitte, dieser Schmerz muss aufhören.* Ich kann nicht weitermachen, wenn jeder Gedanke an sie mich in die Knie zwingt. Mein Leben ist nicht mehr, wie es war, und ich bezweifle, dass sich das so schnell wieder ändern wird.

28. KAPITEL

Sierra

Soundtrack of the Day:
Rhys Lewis – No Right To Love You

»Guten Morgen, meine Liebe«, sage ich fröhlich und begrüße Lindsay, die mir zuwinkt. Sie war diejenige, die Caleb die Einladung irrtümlicherweise geschickt hat, die dazu geführt hat, dass er auf der Feier erschienen ist. Ich lächle und gehe durch die hellen Gänge zum Büro meiner Schwester, das Kaffeetablett in meiner Hand. Heute trage ich erneut Heels, wie schon seit über einer Woche. Alle wollten den Grund dafür wissen, da ich selten bis nie hochhackige Schuhe trage. Ich schiebe es auf die Mode, doch der Grund hat mit dem Mann zu tun an den ich nicht denken darf. Als er auf der Party erschienen ist, konnte ich ihn in meinen Heels nicht einholen, ihn nicht überzeugen, und irgendwie habe ich nun das Bedürfnis, mich an die Heels zu gewöhnen, damit so etwas nie wieder passiert.

»Guten Morgen, du Sonnenschein«, sagt Chelsea und erhebt sich, um mir das Tablett aus der Hand zu nehmen. Es ist unser Ding, dass eine von uns jeden Morgen Kaffee für die anderen Schwestern mitbringt. Wir haben vor Jahren damit begonnen, und nun ist es so etwas wie eine Familientradition.

»Morgen, Chels. Du siehst wieder mal heiß aus.«

»Tue ich das?«, fragt sie und blickt auf ihr eher zurückhaltendes Outfit. Sie trägt immer etwas Hochgeschlossenes, Edles, das perfekt zu einer Businessfrau passt. Privat zieht sie sich anders an, doch nach der Arbeit sehen wir uns aktuell kaum noch.

»Und wie, mich wundert es ja noch immer, dass du Single bist. Eigentlich müssten dir die Männer nachlaufen.«

»Gott, bleib mir weg mit Männern. Ich bin ja froh und dankbar, dass Rory und du endlich euer Glück gefunden habt. Mehr brauche ich nicht, um zufrieden zu sein.« Ihre Worte versetzen mir einen Stich, denn ich habe mein Glück verloren. Weil ich nicht die Wahrheit sagen konnte, wurden zwei Herzen gebrochen.

»Aber du kannst nicht ewig allein bleiben, Chelsea«, sage ich, um das Thema von mir wegzulenken.

»Wieso nicht? Wenn es mich glücklich macht, dann werde ich Single bleiben. Für Spaß im Bett ist nicht wirklich ein Mann vonnöten.«

»Ja, aber deine Toys rufen dich nicht an deinem Geburtstag an oder führen dich zu einem schicken Essen aus.«

»Das kann ich mir selbst leisten. Ich brauche niemanden, der mich einlädt.«

»Gott, bei dir ist es echt vergebene Liebesmüh«, murmle ich und ernte ein Kichern meiner Schwester. Ich wünschte, ich könnte zu Wallace fahren und ihm den Hals umdrehen. Ich hasse ihn immer noch für das, was er meiner Schwester angetan und so bei ihr ausgelöst hat. Sie ist wie ein Kühlschrank aus Fleisch und Blut, der keine Gefühle zulässt.

»Gib es auf, Sis. Bei mir ist der Zug abgefahren«, sagt Chelsea und nippt an ihrem Kaffee. Ich greife ebenfalls nach meinem und wärme mir die kalten Finger daran.

»Du wirst als alte Jungfer mit einem Haufen Katzen enden«, sage ich und lache über meinen eigenen Witz, da das Bild in meinem Kopf zu ulkig aussieht.

»Wohl eher mit einem Haufen Hunden. So bin ich viel an der frischen Luft und immer gut beschäftigt.«

»Wie du meinst«, flüstere ich und verdrehe die Augen, als auch schon Rory zu uns stößt und das Gespräch auf die neue Social-Media-Kampagne lenkt, die sie gemeinsam mit ihrem Team entwickelt hat. Da sie bereits in ein paar Tagen online gehen soll, müssen wir sie absegnen. Insgeheim danke ich meiner Schwester dafür, dass sie so voller Tatendrang ist, denn sie spannt andere gern in ihren Marketingbereich ein und lässt mir so keine Möglichkeit, über gewisse Dinge nachzudenken.

»Wir müssen los, die Klientin wartet mit Sicherheit schon auf uns«, meint Chelsea. Wir stehen auf und gehen zum Eingangsbereich, um die Dame persönlich abzuholen und zu dem Raum zu geleiten, in dem das Gespräch stattfinden wird. Miss Marsh ist eine fünfundzwanzigjährige Künstlerin, die mit ihren Gemälden gerade ordentlich die Kunstszene aufmischt.

Wir sitzen im Besprechungsraum einander gegenüber, und ich erkenne, dass sie nervös ist, da sie ständig mit ihren Fingern spielt und es den Eindruck macht, als könne sie nicht still sitzen. Wir erklären ihr, dass wir das Gespräch gern aufzeichnen würden, und als sie zustimmt, bitten wir sie, ihre Geschichte zu erzählen. Unter Tränen berichtet sie uns, dass ihr Freund, mit dem sie seit dem College zusammen ist, sich von ihr distanziert hat. Er hängt ständig an seinem Handy herum und versteckt es, sobald sie in den Raum kommt.

Ich mache mir Notizen für die spätere Prüfung und lausche ihrer Geschichte, die mich tief berührt. Trotz der Tränen bricht ihre Stimme nicht, und ich reiche ihr die Taschentuchbox, die sie dankend entgegennimmt. Während sie all ihre Energie und Liebe in diese Beziehung steckt, scheint er etwas vor ihr zu verbergen. Sie weiß, dass er sie anlügt, und doch kann sie es nicht beweisen, was sie völlig fertigmacht.

Diese Situation erinnert mich ein wenig an Chelseas Geschichte mit Wallace, sodass ich häufiger zur ihr rüberlinse – ihre Miene ist mitfühlend, ihr Auftreten professionell wie eh und je. Sie lässt keine andere Regung zu, und ich wünschte, ich wäre so willensstark wie sie. Als die Klientin von einer Nacht berichtet, in der sie und ihr Freund die Sterne beobachtet und sich geküsst haben, werde auch ich zurück auf meine Terrasse katapultiert, auf der ich unzählige Stunden mit Caleb verbracht habe. Dieser Ort birgt so viele Erinnerungen, dass ich nicht ein einziges Mal draußen war, seit er sich von mir getrennt hat.

Es ist ja nicht so, als hätte ich nicht erwartet, dass er sich von mir trennt, denn ich kenne Caleb, und die Chance, dass er mir verzeiht, war gering, doch wie er es beendet hat, wird mich bis an mein Lebensende verfolgen. Die Wut in seinen Augen, die harten Worte, die er mir an den Kopf geworfen hat, und diese Kälte mir gegenüber haben mich hart getroffen. Dabei verstehe ich seine Wut, denn ich habe sie verdient. Aber ich hatte tief in mir die Hoffnung, dass er trotz der Lüge über seinen Schatten springen und einsehen würde, dass meine Gefühle echt waren.

Dass ich ihn geliebt habe, ihn noch immer liebe und alles tun würde, um wieder mit ihm zusammen zu sein. Vor Caleb habe ich mich häufig zu Hause verschanzt und ging selten aus, doch durch Caleb bin ich aus mir rausgegangen. Wollte ausgehen und unter Menschen sein. Ich habe von ganzem Herzen geliebt und bin mit der Zeit zu der Frau geworden, die ich immer sein wollte.

Während ich vor ihm nur an die Arbeit gedacht habe, wuchs nun der Wunsch in mir, in den nächsten Jahren eine Familie zu gründen und die Großstadt hinter mir zu lassen. Ich konnte schon sehen, wie unsere Kinder mit ihren kleinen Füßchen durch den Garten laufen, während Caleb und ich Fangen mit ihnen spielen. Die Fantasie war so greifbar, so nah, doch nun bin ich allein mit einem gebrochenen Herzen und zerplatzten Träumen.

Nach dem Gespräch fühle ich mich gar nicht gut. In meiner Brust schmerzt es, und das Atmen fällt mir schwer, also gehe ich in die Kaffeeküche, um mir eine Flasche Wasser zu holen. Ich leere sie in einem Zug, dann schließe ich die Augen und verdränge mit aller Kraft jeden Gedanken an Caleb. Ich sage mir als Mantra immer und immer wieder vor, dass das hier nicht der richtige Ort und nicht die richtige Zeit dafür ist. Erst als sich meine Brust nicht mehr zu eng anfühlt, öffne ich die Augen und sehe Elijah vor mir, den Freund meiner Schwester und unseren Investor.

»Ist alles in Ordnung, Sierra?«, fragt er mich, doch ich setze ein Lächeln auf und nicke.

»Klar, ich hatte nur Durst.«

»Bist du dir sicher? Ich erkenne einen Menschen, der leidet, wenn ich ihn sehe.«

»Was? Leiden? Ich? Quatsch. Ich bin nur überarbeitet, denke ich.«

»Wirklich? Für mich macht es den Anschein, als hättest du Liebeskummer.« Diesem Mann kann man einfach nichts vormachen, das habe ich mir schon öfter gedacht. Zuerst will ich verneinen und einfach weiterarbeiten, doch ich sehe die Sorge in seinen Augen und bekomme plötzlich ein schlechtes Gewissen. Ich möchte ihn nicht anlügen.

»Caleb und ich haben uns getrennt.«

»Wirklich? Rory hat gar nichts erwähnt.« Er lehnt sich neben mich an die Küchenzeile und gibt mir das Gefühl, für mich da zu sein.

»Weil sie es nicht weiß. Niemand weiß es, und ich wäre dir verbunden, wenn das so bleiben würde.«

»Aber wieso verschweigst du es? Ihr steht euch so nah, und ich bin mir sicher, dass deine Schwestern für dich da sein werden, wenn du es willst.«

»Das weiß ich alles, aber ich habe keine Kraft mehr, Elijah«, sage ich erschöpft und kann das Seufzen nicht unterdrücken.

»Wenn meine Schwestern um mich herumscharwenzeln und mich mit Mitleid überhäufen würden, wäre das die Hölle für mich.« Ich möchte nicht die arme, naive und kleine Sierra sein. Ich möchte die Sache erst selbst verarbeiten, ehe ich mich anderen anvertraue. Das brauche ich einfach.

»Die letzten Tage warst du der Sonnenschein in Person, obwohl du gelitten hast?«

»Wenn man den Dreh raushat, geht das recht gut.« *Sollte es mir Sorgen machen, dass es mir so leichtfällt, meine Emotionen unter Verschluss zu halten?*

»Okay, ich werde deinen Wunsch respektieren und niemandem von eurer Trennung berichten, aber ich bitte dich, es dir noch mal zu überlegen. Rory und Chelsea wären für dich da, und du müsstest nicht allein mit dem Schmerz zurechtkommen.«

»Das geht schon, danke Elijah«, sage ich und lege ihm die Hand auf die Schulter, ehe ich an ihm vorbei und in mein Büro gehe, wo ich Chelsea und Rory vorfinde, die mir zwei Einladungen zu Pipers Konzert mit den New Yorker Philharmonikern reichen. Sie sind für Caleb und mich, was ich mit einem dankbaren Lächeln quittiere. Innerlich reißt es mich in Fetzen.

Am Tag des Konzerts hole ich mir ein Kleid aus den Tiefen meines Kleiderschranks. Ein bodenlanges Seidenkleid in einem tiefen Orange, das auf der einen Seite einen dünnen Träger hat. Auf der anderen Seite hat es einen langen Ärmel mit Spitzenbesatz, der bis zur Hand geht. Oben liegt es eng an meiner üppigen Brust an, ehe es ab der Hüfte locker zu Boden fällt und mit jedem Schritt mitwippt. Ich habe es auf einem Maskenball getragen, zu dem mich Rory mal geschleppt hat, doch jetzt bin ich froh, es zu haben. Es passt perfekt für einen Abend voller Klassik und neuer Eindrücke.

Seit ich von Caleb getrennt bin, habe ich tagsüber keine Musik gehört, da sie die Kraft hat, mich in die Knie zu zwingen, sollte ich den falschen Song erwischen, also höre ich sie nur zu Hause im Bett, dem einzigen Ort, an dem ich mir zu weinen gestatte. Ich überprüfe mein Make-up. Heute habe ich mich für einen Lidschatten in Erd- und Goldtönen entschieden, während ich meine Lippen mit einem matten pastellbraunen Lippenstift geschminkt habe. Meine Haare habe ich gelockt und trage sie offen. Ich schnappe mir meine Handtasche und öffne die Tür, um rauszugehen, doch ich habe Bailey unterschätzt.

Die kleine Teufelin hat wohl auf der Lauer gelegen, denn nun rauscht sie an mir vorbei und rennt hinaus in den Flur. Ich eile ihr nach, blicke nach rechts und links und sehe gerade noch, wie sie jemanden anspringt, der daraufhin zu taumeln beginnt. Völlig auf Bailey konzentriert ziehe ich sie am Halsband zu mir, doch sie ist außer Rand und Band.

»Entschuldigen Sie, eigentlich hatte sie sich das Anspringen abgewöhnt, außer bei …«, sage ich und verstumme, weil ich fast seinen Namen gesagt hätte. Ich hebe den Kopf, und mein Herz stolpert, als ich Caleb entdecke. Er steht vor mir in braunen Boots, dunklen Jeans und einem cremefarbenen Pullover, der unter dem Wintermantel hervorlugt. Ich muss hart schlucken, als ich in sein Gesicht blicke. Er sieht erschöpft aus, und es wirkt, als hätte er abgenommen, doch wem will ich etwas vormachen? Auch mich hat meine Appetitlosigkeit fünf Kilo gekostet.

»Hallo«, sage ich und ringe mir ein Lächeln ab, obwohl ich am liebsten weinen möchte. Caleb bleibt stumm, mustert mich kurz und schluckt ebenfalls. Seine Miene ist gefühllos und kalt, während mein eigenes Gesicht wohl all meine Emotionen offenbart. Ich möchte, dass er mit mir redet. Er soll irgendetwas sagen, doch er geht an mir vorbei zu seiner Wohnungstür, wobei Bailey sich wieder losreißen will, um zu ihm zu gehen.

»Caleb, warte. Können wir nicht miteinander reden?«, frage ich flehentlich und versuche meinen Hund in Schach zu halten. Alles in mir verkrampft sich, als er mich gleichgültig ansieht, als hätten wir uns nie geliebt.

»Ich denke, das ist keine so gute Idee«, antwortet er und greift nach seinem Schlüssel, doch ich kann ihn nicht einfach gehen lassen.

»Bitte. Lass es mich erklären.«

»Wieso sollte ich? Du hast mich monatelang belogen. Du hast mit meinen Gefühlen gespielt und mit deinem Unternehmen dafür gesorgt, dass ich meine Verlobte und mein berufliches Ansehen verliere.«

»In einigen Punkten magst du recht haben, aber was Mindy angeht …«

»Wieso gibst du dir überhaupt noch Mühe, Sierra?«, fragt er mich, und ich sehe die Erschöpfung in seinen Augen. Zum ersten Mal zeigt er neben seiner Wut auch andere Emotionen.

»Ich liebe dich. Das habe ich damals getan und tue es immer noch. Ich kann dich nicht kampflos aufgeben.« Er sieht mich lange an, während seine Augen glasig werden, als wäre er in Gedanken weit weg. Schließlich schüttelt er den Kopf und wendet sich mir entschlossen zu.

»Dann gebe ich dich auf. Lass mich in Ruhe, und geh mir das nächste Mal einfach aus dem Weg«, sagt er. Dann dreht er mir den Rücken zu, öffnet die Tür und betritt seine Wohnung. Ich stehe bewegungslos da, während ich beobachte, wie die Tür sich hinter ihm wieder schließt. Nach dieser Begegnung fühle ich mich wie in Watte verpackt. Ich bringe Bailey zurück in die Wohnung, steige ins Taxi und treffe meine Schwestern im Konzertsaal. Ich sage ihnen, dass ich allein komme, weil Caleb sich nicht wohlfühlt, doch eigentlich bin ich es, die kurz davor ist, zusammenzubrechen. Vage bekomme ich mit, dass wir unsere Plätze einnehmen, als auch schon die Musik erklingt.

Die sanften Töne der Violinen treffen mich hart. Katapultieren mich wieder in den Hausflur zu Caleb, lassen mich daran denken, wie ich ihn mit aller Kraft um eine Aussprache gebeten habe, mein Herz jedoch erneut mit Worten zerschmettert wurde, obwohl ich versucht habe, es mühsam wieder zusammenzuflicken. *Habe ich mir die Tatsache, dass wir uns vor ein paar Wochen noch geliebt haben, nur eingebildet? War das alles nur ein Traum?* Denn dieser Mann vor mir hatte keinerlei Gefühle für mich. Er wirkte wie ein Fremder. Caleb hat mit mir abgeschlossen, und auch wenn es mir mehr wehtut als alles zuvor, muss ich mich damit abfinden. Wir waren ein Paar, das sich perfekt ergänzt hat, sich geliebt hat und glücklich war. Nun sind wir Fremde, und allein der Gedanke lässt meine Sicht verschwimmen. Ich weine, während ich der traurig schönen Musik lausche, die mich einlullt und mich stumm leiden lässt.

29. KAPITEL

Caleb

Denjenigen, der gesagt hat, dass die Zeit alle Wunden heilt, möchte ich am liebsten am Kragen packen und anschreien. Ein paar Wochen sind vergangen, seit ich Sierra im Flur getroffen und ihr gesagt habe, dass sie mich aufgeben soll. Dabei hat es mich so mitgenommen, dass sie mir zum ersten Mal gesagt hat, dass sie mich liebt. Diese Worte wollte ich unbedingt aus ihrem Mund hören, doch nicht in diesem Zusammenhang. Nicht, nachdem sie mir das Herz gebrochen hat. Und doch ist es geschehen, und ich habe versucht weiterzumachen und zu heilen.

Ich dachte, dass es das ist, was ich wollte und brauchte, doch jetzt bin ich mir nicht mehr so sicher. Ich erwische mich immer wieder dabei, ihre Nummer wählen zu wollen, entscheide mich aber jedes Mal dagegen. Ich wollte die Trennung, wollte den Abstand, doch ich ertrage es nicht mehr, sie jeden Abend weinen zu hören. Denn es zerreißt mich innerlich, weil ich sie so sehr halten möchte, es aber nicht kann.

Ich zweifle nicht an ihrer Aufrichtigkeit, denn ich weiß und fühle, dass sie mich liebt, und das war nie das eigentliche Problem. Vielmehr schreckt es mich ab, dass sie mich belogen hat und Mitinhaberin der Agentur ist, die Menschen nur Leid bringt. Doch was mein Kopf sagt und was mein Herz will, sind zwei unterschiedliche Dinge.

Eines Abends vermisse ich Sierra so sehr, dass ich nach Wochen das erste Mal wieder auf die Terrasse gehe, um in alten Erinnerungen zu schwelgen und vielleicht einen Blick auf sie zu erhaschen. In der langen Zeit, die ich in meinen eigenen vier Wänden verbracht habe, habe ich die Kraft gesammelt, um es auf einen Versuch ankommen zu lassen, die Frau wiederzusehen, die ich so sehr geliebt habe.

Ich öffne die Terrassentür und trete hinaus, nur um in der Bewegung zu erstarren. Denn anstatt Sierras Seite der Terrasse zu sehen, ist dort eine anthrazitfarbene Glaswand, die mir die Sicht versperrt. Blinzelnd blicke ich auf das Glas und gehe langsam einen Schritt darauf zu. Ich lege meine Hand auf die eiskalte Oberfläche. Muss fühlen, dass sie tatsächlich existiert – die Barriere, die Sierra geschaffen hat, um mich auf Distanz zu halten. Sie muss die Hausverwaltung angerufen haben, um sie anbringen zu lassen, ohne dass ich etwas davon mitbekommen habe. Ich sollte mich freuen, weil sie dem Anschein nach endlich einen Schlussstrich gezogen hat, doch das tue ich nicht. Ganz und gar nicht.

Den ganzen Tag über quält mich eine Traurigkeit, die nur schwer abzuschütteln ist. Während meiner Frühschicht im Krankenhaus kostet es mich alle Kraft zu lächeln und meiner Arbeit nachzugehen, sodass ich froh bin, als es endlich siebzehn Uhr ist und meine Schicht endet. Nachdem ich mich umgezogen habe, mache ich mich auf den Weg zu Dr. Clayton, um noch ein paar Formulare bezüglich meiner Kündigung zu unterzeichnen, als ich im Warteraum auf Mindy treffe. Sie ist gerade im Begriff an mir vorbeizugehen, doch es gibt einige Fragen, die mir auf der Seele brennen, also stelle ich mich ihr in den Weg und begrüße sie, als sie gerade die Tür zum Büro ihres Vaters öffnen will.

»Hey, Mindy. Wie geht's dir?«, frage ich freundlich, doch ich bin der Einzige, der lächelt. Sie hingegen wirkt eher genervt, mich hier zu sehen.

»Gut, danke. Wenn du mich entschuldigen würdest«, sagt sie und will an mir vorbeigehen, doch ich lasse es nicht zu. Sie ist mir Antworten schuldig, nachdem sie mein Leben ins Chaos gestürzt hat.

»Gott! Was ist, Caleb?« Ihre Stimme trieft nur so vor Abneigung, sodass ich mich frage, ob ich nur blind war oder nicht sehen wollte, wie sich ihre Gefühle mir gegenüber verändert haben.

»Wie ist deine Beziehung zur Proof of Love Agency?«, will ich wissen und lasse meine Worte nun nicht mehr freundlich, sondern fordernd klingen, was sie kurz die Augen weiten lässt.

»Ich habe sie beauftragt und sie haben geliefert. Wieso willst du das wissen? Es ist vorbei, Caleb, ich habe geheiratet.« Demonstrativ hebt sie die Hand, an der ein Ehering zu erkennen ist. Offensichtlich geht sie davon aus, dass ich eifersüchtig bin, dabei liegt mir absolut gar nichts mehr an dieser Frau.

»Das ist mir völlig egal, du kannst tun und lassen, was du willst, aber ich will wissen, was du mit der Agentur besprochen hattest.«

»Wieso musst du mir so auf die Nerven gehen?«, ruft sie wütend und verengt die Augen zu Schlitzen. *Wer ist diese Frau?* Sie gleicht nicht mal im Entferntesten der liebevollen und einfühlsamen Frau, die ich damals am College kennen und lieben gelernt habe.

»Weil ich die Wahrheit verdient habe, Mindy. Nach all dem Scheiß bist du es mir schuldig.« Sie kocht innerlich wegen meiner Forderung, das sehe ich ihr an. Doch ich kenne Mindy. Wenn sie sich aufregt, dann sprudelt die Wahrheit meist nur so aus ihr heraus. Das hat sich mit Sicherheit nicht verändert.

»Klar, du hast es verdient. Du, der ach so perfekte Caleb Barnes. Weißt du eigentlich, wie es war, mit einer Klette wie dir zusammen zu sein? Du hast mich auf Händen getragen, mich mit deiner Aufmerksamkeit erstickt und Komplexe in mir ausgelöst.«

»Wie bitte?«, will ich wissen, da diese Aussagen in meinen Ohren keinen Sinn ergeben.

»Klar, dass du nicht weißt, was ich meine, du bist es schließlich gewohnt, von allen vergöttert zu werden. Mein Vater war mehr in dich verliebt als ich. Um ehrlich zu sein, war ich die letzten zwei Jahre unserer Beziehung nicht mehr bei der Sache. Ich wollte mich so oft von dir trennen, doch mein Vater hat dich als perfekten Schwiegersohn angesehen und mir untersagt, Schluss zu machen, also musste ich etwas nachhelfen.«

»Inwiefern nachhelfen?«

»Was spielt das jetzt für eine Rolle?«

»Das tut es, verdammt!«, brülle ich und bin zum ersten Mal innerhalb der zehn Jahre, die wir uns kennen, fuchsteufelswild. Ich kann nicht fassen, was ich da höre.

»Ich werde dir mit Sicherheit nichts mehr sagen.«

»Tu es, Mindy«, hören wir plötzlich die Stimme ihres Vaters hinter uns, der mit einem Stapel Akten wohl gerade in sein Büro gehen wollte, doch wir beide versperren ihm den Weg.

»Dad, ich …«

»Sag die Wahrheit, Mindy, oder ich vergesse mich, so wahr ich hier stehe«, sagt er ruhig und kühl, doch Mindy reißt die Augen auf und beginnt panisch zwischen ihm und mir hin und her zu sehen.

»Ich habe deine Treue testen lassen, und natürlich wurden mir Beweise zugespielt, dass du, perfekt wie du bist, auch treu und loyal warst. Doch ich wollte unbedingt, dass Dad einer

Trennung zustimmt, also habe ich eine Mitarbeiterin bestochen, damit sie mir falsche Beweise zuspielt.«

»Warte, was? Du musstest lügen und betrügen, nur um mich loszuwerden?«

»Anders war es nicht möglich. Egal wie sehr ich dich vernachlässigt habe, du wolltest dich nicht von mir trennen.«

»Hatte die Agentur da auch die Finger mit im Spiel?«

»Was? Nein. Die nehmen ihre Sache viel zu ernst.« Sie besitzt sogar die Frechheit, die Augen zu verdrehen. Als wäre es schlimm, seinen Prinzipien treu zu bleiben. Gott, wie naiv ich war, dass ich dachte, mit dieser Frau den Rest meines Lebens verbringen zu wollen.

»Nicht zu fassen.«

»Tu nicht so geschockt. Du hast dich an mich geklammert wie ein Koala.«

»Gott, Mindy. Ich habe dich geliebt, verdammt noch mal. Natürlich wollte ich um uns kämpfen.« *War ich der Einzige von uns beiden, der eine ernste und innige Beziehung im Sinn hatte?*

»Aber ich habe dich nicht geliebt, Caleb. Du wolltest es einfach nicht schnallen.« Ich stehe mit offenem Mund da und sehe sie fassungslos an. Was ist aus der jungen Frau geworden, die ich am College kennengelernt habe, die auf Friedensdemos gegangen ist und der nichts so wichtig war wie die Wahrheit?

»Das reicht jetzt, Mindy. Du kommst sofort mit«, knurrt Dr. Clayton und zieht sie in sein Büro, während ich mich nicht bewegen kann. Bevor er jedoch die Tür schließt, hält er inne.

»Caleb?«, flüstert er, und ich blicke ihn erstaunt an, da er mich im Krankenhaus noch nie beim Vornamen genannt hat.

»Ja?«

»Es tut mir schrecklich leid, wie ich dich nach der Trennung behandelt habe. Wenn ich gewusst hätte, dass meine Tochter so etwas Verlogenes tun würde, hätte ich selbst Nachforschungen angestellt.«

»Okay«, ist alles, was ich sagen kann. Ich kann den beiden nicht verzeihen, kann nicht vergessen, was sie mir angetan haben, doch ich will mich sowieso nicht länger mit ihnen beschäftigen, denn in Gedanken bin ich nur bei Sierra. Ich taumle zurück in die Garderobe, greife nach meinen Sachen und steige in mein Auto. Die Kälte zehrt an mir, und nur halb bekomme ich mit, dass ich meinen Wintermantel im Spind vergessen habe, doch zu rationalem Denken habe ich keine Kraft, wie es scheint.

Ich klammere meine Finger um das kalte Lenkrad und blinzle die Tränen weg. In den letzten Wochen habe ich gedacht, dass Mindy und die Agentur unter einer Decke gesteckt haben, dass Chelsea, Rory und Sierra ein falsches Spiel mit den Menschen treiben, doch nun muss ich erfahren, dass es Mindy allein war, die mich hintergangen hat. Sie war so unglücklich in unserer Beziehung, dass sie zu solchen Mitteln greifen musste, um eine Trennung herbeizuführen.

Unweigerlich suche ich die Schuld bei mir. Hätte ich die Zeichen früher erkannt, dass Mindy nicht mehr mit mir zusammen sein will, hätte ich es eher beenden können, und dieses Chaos wäre niemals entstanden. Doch wenn ich es mir recht überlege, dann hätte ich sonst nie Sierra kennen und lieben gelernt. Ja, sie mag gelogen haben, was die Treuetestung und ihren Job anbelangt, aber genau genommen hat sie nur ihre Arbeit gemacht, und ich schätze, sie hatte wegen unserer Vorgeschichte einfach Angst, mir die Wahrheit zu sagen.

Ich vermisse sie so sehr. Jeden Gedanken an sie habe ich verdrängt, habe weitergemacht, und auch wenn ich heute Morgen diese Trennwand gesehen habe, will ich es doch nicht so enden lassen. Ich war durch meine Wut so geblendet, dass ich

Sierra nie habe ausreden lassen. Jetzt, wo ich den Beweis erhalten habe, dass ihre Worte der Wahrheit entsprochen haben, will ich mit ihr reden und versuchen, unsere Beziehung zu retten. Niemals hätte ich Sierra so gehen lassen dürfen, nie hätte ich ihr all diese harten Worte an den Kopf werfen sollen. Ich muss das wieder geradebiegen, doch wenn ich wieder an die Wand denke, frage ich mich, ob nicht schon alles verloren ist und sie längst mit mir abgeschlossen hat.

Ich fahre nach Hause und läute an ihrer Tür, klopfe, doch niemand öffnet mir. Schließlich greife ich nach dem Telefon und wähle ihre Nummer, doch ihr Handy ist ausgeschaltet. Panik macht sich in mir breit, also google ich die Telefonnummer der Agentur und wähle die Nummer.

»Guten Morgen. Proof of Love Agency, Lindsay am Apparat, wie kann ich Ihnen helfen?«

»Guten Morgen. Hier spricht Caleb, kann ich bitte Rory sprechen?«

»Ähm, die Schwestern sind nicht im Land. Sie sind im Urlaub. Wussten Sie das nicht? Ich meine, Sie sind immerhin Sierras Freund.« *Weiß niemand, dass wir uns getrennt haben? Hat sie es geheim gehalten?* Das schürt Hoffnung in mir, also bedanke ich mich und lege auf. Erneut klopfe ich, und im selben Moment öffnen sich die Fahrstuhltüren. Bailey läuft auf mich zu und springt an mir hoch. Ich begrüße die Hündin, indem ich sie fest an mich presse, denn sie habe ich fast genauso sehr vermisst wie Sierra.

»Sierra, ich …«, sage ich mit einem Lächeln, doch es ist nicht sie, die den Hund ausgeführt hat, sondern eine ältere Frau mit rotem Haar, das aussieht wie das von Chelsea.

»Hallo. Caleb, richtig?«

»Ja genau, Ma'am. Der bin ich. Ist Sierra zufälligerweise zu Hause? Ich muss mit ihr sprechen.«

»Nein, sie ist fort.«

»Wo genau?«

»Sie gönnt sich eine Pause von allem, was so vorgefallen ist«, sagt sie mit scharfem Tonfall, und ich weiß sofort, dass sie die Trennung meint. Ich sehe betreten auf meine Füße und frage mich, wie weh ich ihr wohl getan habe. *Sie hat über einen Monat jeden Tag wegen mir geweint. Wie könnte ich das je wieder kitten?*

»Komm mit rein. Ich sehe, du hast Redebedarf.«

»Darf ich?«

»Natürlich. Ich kenne nur Sierras Seite der Geschichte, möchte aber auch deine hören.« Also folge ich ihr und einer fröhlichen Bailey in diese Wohnung, die voller Erinnerungen steckt – Erinnerungen an die schönste Zeit meines Lebens.

30. KAPITEL

Sierra

Soundtrack of the Day:
Kacey Musgraves – camera roll

Nach dem Konzert, auf dem meine Tränen unbemerkt blieben, melde ich mich krank. Ich kann es nicht mehr ertragen, zu lächeln, wenn ich doch einfach nur weinen will. Bailey und ich verschanzen uns im Schlafzimmer und kuscheln, während ich mich meiner Trauer über den Verlust hingebe. Ich habe gekämpft, doch ich habe Caleb für immer verloren. Diese Tatsache ist nun endlich bei mir angekommen. Als ich die Hausverwaltung angerufen und die Trennwand wieder habe hochziehen lassen, hat sich das irgendwie wie ein Schlussstrich angefühlt.

Trotzdem fällt es mir schwer, loszulassen, denn Caleb verfolgt mich bei allem, was ich tue. Wie oft stand ich kurz davor, einfach aufzustehen, gegen seine Tür zu hämmern und ihn erneut um Verzeihung zu bitten. In schwachen Momenten wollte ich ihm schreiben, ihn anrufen oder Bilder von uns anschauen, die ich in einen Ordner verschoben habe, damit ich nicht unbeabsichtigt über sie stolpere. Auch wenn ich vielleicht übertreibe, brauche ich diese Härte, um weitermachen zu können.

Meine Schwestern erkundigen sich nach mir, und ich schreibe ihnen, dass es mir bald besser gehen wird. Jedes Mal, wenn jemand vorbeikommen wollte, habe ich es verhindert. Niemand soll mich so sehen. Todtraurig, verloren und leer. Eine Trennung ist nie leicht, doch das hier ist ein völlig anderes Level, als ich es mir je hätte ausmalen können. Ich hatte eine gewisse Vorstellung von der Liebe, wusste, dass sie tiefer gehen kann als alles andere zuvor, doch dass ich Caleb so sehr lieben würde, hätte ich nicht erwartet.

Als ich fast drei Wochen zu Hause bin, habe ich mich mit diesem Kokon arrangiert, den ich um mich gesponnen habe. Ich bestelle mir zu essen, gucke Serien, gehe mit Bailey spazieren und versuche, mich nicht jeden Abend in den Schlaf zu weinen. Doch es ist in eine Gewohnheit übergegangen, dass ich nachts von Sehnsuchtsanfällen heimgesucht werde, die in mir das Gefühl auslösen, innerlich zu verbrennen, weil ich Caleb so unglaublich vermisse.

Umso überraschter bin ich, als ich plötzlich höre, wie Bailey bellt, und daraufhin meine Wohnungstür geöffnet wird. Ich stehe auf und sehe, wie Chelsea, Rory und Mom gerade in mein Wohnzimmer kommen und mich besorgt mustern.

»Du siehst ja gar nicht gut aus«, meint Chelsea erschrocken, ehe sich Mom zu mir gesellt und mich fest in den Arm nimmt.

»Mom«, hauche ich mit Tränen in den Augen. Wie oft habe ich mir gewünscht, sie anrufen zu können, mir alles von der Seele reden zu können, doch ich hatte nicht die Kraft, die Geschehnisse noch mal Revue passieren zu lassen. Denn es würde mich direkt in die Vergangenheit katapultieren, und die langsam heilenden Wunden würden wieder schmerzhaft aufreißen.

»Was macht ihr hier?« Ich löse mich von meiner Mutter und sehe die Madigan-Frauen der Reihe nach an.

»Dir geht es nicht besser, also ist das Rettungskommando da«, meint Rory und streicht mir liebevoll über den Oberarm.

»Schön, dass ihr da seid, aber ihr müsst das nicht tun. Ein wenig Arznei, und dann wird es mir besser gehen.«

»Ach was. Jedes kranke Kind braucht seine Mutter, also leg dich hin, und versuch dich auszuruhen, während ich dir deine geliebte Hühnersuppe koche.«

»Ich werde hier aufräumen«, meint Chelsea und rümpft die Nase. Sie als Putzfanatikerin muss in meiner unaufgeräumten Wohnung wohl Schnappatmung bekommen.

»Meine Aufgabe wird es sein, mit diesem wunderschönen Geschöpf spazieren zu gehen«, meint Rory und krault Bailey, die völlig in der Liebkosung aufgeht.

»Ihr müsst das nicht machen.«

»Wir tun es, weil wir es wollen, und nicht, weil wir uns verpflichtet dazu fühlen«, bekräftigt Chelsea, und alle nicken zustimmend. Ich seufze und gebe mich geschlagen, denn auch wenn ich es nicht mag, bemuttert zu werden, bin ich froh, sie alle um mich zu haben. Während ich im Bett liege, ist an Schlaf nicht zu denken. Ich wälze mich hin und her und frage mich, wann ich wohl das letzte Mal ein paar Stunden am Stück schlafen konnte, ohne tränenüberströmt aufzuwachen, weil ich Caleb in meinen Träumen immer und immer wieder aufs Neue verliere.

Irgendwann döse ich ein, höre aber immer noch die Stimmen meiner Familie. Ich bemerke auch, dass sie sich über mich unterhalten. Sie stellen fest, dass ich weder fiebersenkende Medikamente noch etwas gegen Erkältungen dahabe. Außerdem scheinen sie sich Sorgen über meinen Gewichtsverlust zu machen. Als sie beginnen, über Caleb zu reden, kneife ich die Augen fest zusammen und flehe zu Gott, dass er mich endlich in den wohlverdienten Schlaf fallen lässt, doch nichts passiert.

Als meine Mutter die Tür öffnet und mich liebevoll ansieht, vertreibt das ein wenig die Müdigkeit. Durch ihr warmes Lächeln und ihre Anwesenheit fühle ich mich direkt besser. Ich folge ihr vom Schlafzimmer in die Wohnküche zum Esstisch, auf dem schon ein dampfend heißer Teller mit selbst gemachter Hühnersuppe steht. Während Rory und Chels kein Fan von diesem Allheilmittel sind, wie Mom es nennt, liebe ich die unvergleichbare Suppe, die nach zu Hause schmeckt.

Nach dem ersten Löffel fühle ich mich, als würde ich am Esstisch in meinem Elternhaus sitzen und aus dem großen Fenster blicken, während ich dem fallenden Schnee zusehe, wie er alles in ein weißes Kleid hüllt. Der Winter ist meine Lieblingsjahreszeit – ich liebe Skifahren, Eislaufen und lange Schneespaziergänge.

Da ich in Gedanken versunken war, habe ich nicht gemerkt, wie schnell ich die Suppe aufgegessen habe. Mom gibt mir gleich einen Nachschlag, und ich beschwere mich nicht, denn ich habe einen Bärenhunger und bin froh, eines meiner Leibgerichte essen zu können, die mir auch ein klein wenig Trost spenden. Mit vollem Bauch schiebe ich den Teller von mir und blicke ins Gesicht meiner Mutter, die mich amüsiert ansieht.

»Ich habe dich noch nie so schnell essen sehen«, sagt sie und greift nach dem Teller, um ihn abzuspülen und in den Geschirrspüler zu räumen.

»Danke, Mom, es war sehr lecker.«

»Gern geschehen, mein Schatz.« Plötzlich fällt mir der frische Geruch in meiner Wohnung auf, und ich sehe mich um. Es ist aufgeräumt und sauber, und ich stelle fest, dass meine Schwester den Diffuser mit dem herrlich duftenden Öl eingeschaltet hat. Ich sehe Ergebnisse, aber keine Geschwister.

»Wo sind Rory und Chels?«

»Sie holen uns Kaffee und Kuchen«, sagt sie, wischt sich mit einem Geschirrtuch die Hände ab und setzt sich neben mich.

»Sierra, mein Schatz, jetzt wo du gegessen hast und die Arbeit erledigt ist, möchte ich wissen, was mit dir los ist.« Ertappt räuspere ich mich und blicke auf die Tischplatte.

»Ähm … würdest du mir glauben, wenn ich sage, ich bin krank?«, frage ich amüsiert, auch wenn das Thema sehr ernst ist.

»Nur zum Teil. Ich sehe, dass du leidest, aber krank bist du nicht. Also erzähl es deiner Mommy. Was ist passiert?« Sie greift nach meiner Hand und drückt sie leicht.

»Caleb hat mit mir Schluss gemacht«, gebe ich zu, und als ich seinen Namen laut ausspreche, zucke ich zusammen. Seit dem Konzert habe ich ihn nicht mehr ausgesprochen, und damals wie heute tut es weh.

»Oh nein. Sierra, das tut mir so leid. Was war der Grund?«, fragt sie ehrlich neugierig, doch ich lächle traurig, denn sie ahnt noch nicht, dass die Trennung mit meiner Arbeit zusammenhängt. Ich erzähle ihr alles. Begonnen bei der Akte eines Mannes, der kein Foto beilag. Ich schildere ihr, wie ich beim Lesen eine gewisse Verbundenheit spürte, wie er mir vors Auto gelaufen ist, um ein Eichhörnchen zu retten, und wie ich herausfand, dass die Zielperson und der Eichhörnchen-Retter ein und dieselbe Person sind.

In meiner Erzählung halte ich fest, dass ich nie die Absicht hatte, mich in ihn zu verlieben, dass ich professionell sein wollte, aber machtlos gegen die Anziehung war, der wir ausgesetzt waren. Während ich über mein Glück rede, laufen mir Tränen übers Gesicht, doch ich habe keine Zeit sie wegzuwischen, denn sobald ich angefangen habe zu erzählen, kann ich nicht mehr aufhören.

Als ich zum Trennungspart komme, legt meine Mutter schockiert ihre Hand auf den Mund und lauscht mir gespannt. Auch sie verdrückt die ein oder andere Träne und umarmt mich mehr als einmal. Als ich mir alles von der Seele geredet habe, fühle ich mich so viel leichter. Habe nicht mehr das Gefühl, als würde mich die Trauer unter Wasser tauchen, sodass ich keine Luft mehr bekomme.

»Es tut mir so leid, dass du das alles allein durchstehen musstest.«

»Ich wollte es allein durchstehen. Musste auf meine Art und Weise trauern.«

»Das verstehe ich. Doch ich verstehe nicht, wie er dich so anschreien konnte.«

»Auch wenn du es nicht glaubst, aber ich kann seine Reaktion nachvollziehen. Er wurde von den Frauen, die er geliebt hat, hintergangen, und in beiden Fällen war die Agentur involviert. Da ist es klar, dass er wütend und skeptisch wird.«

»Das weiß ich auch, aber ich kann es nicht ertragen, wenn jemand meinem Baby wehtut.« Ich rutsche mit dem Stuhl näher an sie heran, sodass sie mich fest in den Arm nehmen kann. Die Umarmung meiner Mutter hat mir schon als Kind sehr viel bedeutet. Wenn es mir schlecht ging, war sie für mich da und hat mich aufgebaut.

»Was willst du jetzt machen? Du kannst dich nicht für immer in deiner Wohnung verstecken, um dein gebrochenes Herz zu flicken.«

»Ich weiß, wobei es nun etwas leichter ist, jetzt, wo ich jemandem von allem erzählt habe.«

»Wieso hast du es für dich behalten?« Sie trinkt einen Schluck von ihrem Tee, der vorhin schon auf dem Tisch stand und mittlerweile sicher kalt ist.

»Ich war noch nicht bereit, jemandem von Caleb zu erzählen.

Ich brauchte Zeit, um es zu verarbeiten. Glaubst du, die Mädels werden sauer auf mich sein, weil ich es ihnen verschwiegen habe?«

»Ach Quatsch. Sie sind deine Schwestern und wissen, dass du sensibel bist und dazu neigst, dich einzuigeln, wenn es dir zu viel wird.« Ich atme tief ein und aus und fühle mich plötzlich schlapp und müde.

»Willst du es nicht noch einmal mit Schlafen versuchen? Vielleicht kommst du jetzt leichter zur Ruhe, wo du dir alles von der Seele geredet hast.«

»Womöglich. Ich bin gerade ganz schön müde geworden.«

»Na, dann hopp ins Bett. Wir werden das Abendessen zubereiten, sobald du aufwachst.«

»Das kann ich nicht von euch verlangen«, werfe ich ein, doch meine Mutter schüttelt nur den Kopf. Mein Herz wird ganz schwer bei dem Gedanken, dass sie extra aus Colorado angereist ist, weil sie sich Sorgen um mich gemacht hat. Ich hätte es vielleicht nicht gleich zugegeben, aber genau das habe ich gebraucht. Meine Mom an meiner Seite zu haben, um ihr alles anzuvertrauen.

»Hast du auch nicht. Wir machen alles freiwillig, also Ruhe jetzt, und ab ins Bett.« Sie verscheucht mich, und ich gebe lachend nach, gehe ins Schlafzimmer und schlafe ein, sobald mein Kopf das Kissen berührt.

Als ich aufwache, blinzle ich und reibe mir über die Augen, bleibe aber noch liegen, da ich mich zunächst orientieren muss. Ich stelle erfreut fest, dass ich keinen Albtraum gehabt habe, sondern mich ausgeruht und fit fühle. Ich erinnere mich, dass ich Mom gestern alles über die Trennung erzählt habe und dass meine Schwestern meine Wohnung geputzt und sich um Bailey gekümmert haben. Als ich mich genüsslich dehnen und strecken will, fühle ich eine Hand auf meinem Kopf und drehe mich zu Seite, wo ich auf das Gesicht meiner schlafenden Mutter sehe.

Ihre Sommersprossen sind nicht mehr so klar sichtbar wie in den warmen Monaten, doch immer noch da. Sie ist nach wie vor eine schöne Frau. Auf den Fotos aus ihrer Jugend sieht sie genauso aus wie Chelsea. Jetzt, wo ich wieder Menschen um mich herum habe, fühle ich mich etwas besser, auch wenn mein Herz noch immer schmerzt. Doch daran werde ich mich gewöhnen müssen. Die Wunden werden verheilen, doch es wird einiges an Zeit brauchen.

»Worüber grübelst du denn so laut nach?«, fragt mich Mom und erschreckt mich damit.

»Darüber, wie es weitergehen wird.«

»Und zu welchem Schluss bist du gekommen?«

»Dass die Zeit wohl Wunden heilen wird.«

»Hmm … das stimmt, aber wenn man nicht mehr weiter weiß, kann auch ein Tapetenwechsel hilfreich sein.«

»Das stimmt auch. Vielleicht sollte ich verreisen und meine Batterien aufladen, ehe ich wieder arbeiten gehe.«

»Lass uns mal aufstehen und beim Frühstück darüber reden.« Wir stehen auf und gehen in die Küche, wo der Tisch schon üppig gedeckt ist. Chelsea und Rory hantieren beinahe lautlos in der Küche. Ich bin zwar überrascht, dass die beiden noch immer da sind, denke mir aber nichts dabei.

Als Mom uns bittet, einkaufen zu fahren, während sie selbst bei Bailey bleibt, bin ich immer noch nicht misstrauisch. Da ich ständig mit den Gedanken abdrifte, merke ich erst beim Parken, dass wir uns am Flughafen befinden. Die beiden schauen mich freudestrahlend an.

»Was tun wir am Flughafen?«, frage ich verwirrt und blicke von einer Schwester zur anderen.

»Hier bekommst du den besten Kaffee«, sagt Rory amüsiert, doch ich rolle nur mit den Augen.

»Im Ernst jetzt, Leute.«

»Wir fliegen ein paar Tage weg«, meint Chelsea und lächelt mich an.

»Ihr meint, ihr entführt mich?«

»Deine Worte, nicht meine«, meint Rory unbeeindruckt.

»Wohin soll es gehen?«

»Sonne, Strand und Meer«, sagt Chelsea, und ihr Gesicht erhellt sich immer mehr bei der Vorstellung von Urlaub.

»Will ich das denn?«

»Wenn nicht, würde echt was mit dir nicht stimmen«, meint Rory und lacht laut auf.

»Aber wieso wollt ihr mit mir verreisen?«

»Mom hat uns erzählt, was passiert ist.« Chelsea streicht mir übers Haar, um so ihr Mitgefühl auszudrücken.

»Oh«, sage ich und bin insgeheim froh, dass sie es getan hat, so bleibt es mir erspart, alles noch mal zu erzählen.

»Ja, und weil wir alle eine Pause brauchen, nehmen wir uns spontan Urlaub.«

»Ähm … wir haben eine Agentur zu leiten«, sage ich und erinnere sie daran, dass wir gerade umgezogen sind und mehr als genug zu tun haben.

»Wir haben sehr kompetente Mitarbeitende, die uns für ein paar Tage vertreten können«, meint Chelsea und überrascht mich mit ihrer Aussage, denn normalerweise ist sie diejenige, die immer nur an die Arbeit denkt. Plötzlich überkommt mich zum ersten Mal seit langer Zeit etwas anderes als Trauer. Ich spüre Vorfreude und Dankbarkeit, weil ich eine so liebevolle Familie habe.

»Und welches Ziel habt ihr für uns ausgewählt?«, frage ich, woraufhin das Lächeln von Chels und Rory noch breiter wird.

»Miami, Baby«, ruft Rory aus, und ihre Euphorie geht auf mich über. Mir wird klar, dass ich alles überwinden kann, wenn ich meine Familie an meiner Seite habe. Sogar ein gebrochenes Herz.

31. KAPITEL

Caleb

Nach dem Gespräch mit Sierras Mutter weiß ich nicht, was ich fühlen soll. Ich bin hin- und hergerissen, was ich als Nächstes tun soll. Während ein Teil von mir ihr sofort verzeihen und sie fest an sich ziehen will, ist da diese andere Seite, die Angst davor hat, wieder verletzt zu werden. Was ich aber weiß, ist, dass ich unbedingt mit ihr reden muss.

Ich fahre zu Morgan, der sich an meinen mitleiderregenden Anblick schon gewöhnt hat, und spiele so lange mit Xander, bis er an meiner Schulter einschläft. Doch auch wenn mein Neffe mich ablenken kann wie sonst niemand, fühle ich mich rastlos. Zwar wollte ich bei meinem Bruder und Pauline im Gästezimmer übernachten, doch ich halte es nicht länger aus, mich schlaflos hin und her zu wälzen, also nehme ich einen Schirm von meinem Bruder und gehe für einen nächtlichen Spaziergang hinaus in den Regen. Die letzten Tage waren erstaunlich mild für einen New Yorker Winter.

Während ich durch die Straßen spaziere, ignoriere ich die für die Großstadt typischen Sirenen, den Trubel auf den Straßen und den Lärm. Stattdessen beschäftige ich mich mit meinem inneren Dilemma. Übermorgen wird Sierra wieder aus Miami zurück sein, und bis dahin sollte ich mich entschieden haben, wie es weitergehen soll.

Ich liebe Sierra, und um das festzustellen, brauche ich nicht lange zu überlegen, aber da ist immer noch der Zwiespalt in mir.

Wie kann ich mit einer Frau zusammen sein, wenn ich die Werte ihres Unternehmens nicht guten Gewissens vertrete? Mit der Zeit wird mir kalt, sodass ich nach einem heißen Kaffee lechze. Ich gehe in den nächsten Coffeeshop, bestelle mir einen großen Becher Milchkaffee und setze mich ans Fenster. Während ich mir die kalten Finger am Becher aufwärme, blicke ich auf den Stuhl gegenüber von mir. Wäre Sierra hier, würde sie nach meinen Händen greifen, sie an ihre Lippen legen und ihnen Wärme einhauchen.

Dass ihr selbst kalt sein könnte, ist da egal, denn sie denkt immer zuerst an andere. Ich musste sie häufig daran erinnern, sich selbst an die erste Stelle zu setzen, was sie auch schlussendlich getan hat. In unserer Beziehung haben wir jeweils das Beste aus dem anderen rausgeholt. Ich habe mir bewusst Zeit fürs Wandern genommen und in meiner Freizeit Bilder bearbeitet, während Sierra zu ihrer Musik getanzt hat, in ihr Bullet Journal geschrieben, gezeichnet oder einfach entspannt hat.

Wir hatten uns in unseren Wohnungen einen Ort der Ruhe und Kreativität gezaubert, und ohne sie fühlt sich meine Wohnung kalt und leer an. Ich vermisse Sierra so sehr und ärgere mich nun nicht mehr darüber, so zu empfinden, weil ich endlich die Wahrheit kenne. Ich weiß nun, dass Mindy selbst hinter den falschen Beweisen steckte und Sierra und ihr Unternehmen in diesem Punkt keine Schuld trifft.

Nachdem ich meinen Kaffee ausgetrunken habe, bestelle ich mir einen Kakao zum Mitnehmen und setze meinen Spaziergang fort. Draußen habe ich schon immer am besten nachdenken können. Es fühlt sich so an, als würde ich mit jedem gegangenen Schritt auch einen Teil meiner Sorgen hinter mir lassen. Ich habe kein bestimmtes Ziel, sondern möchte mir einfach die Beine vertreten und nach einer Lösung für mein Problem suchen.

Irgendwann geht die Sonne auf und bietet so ein schönes Naturschauspiel, dass ich auf einer Bank im Park Platz nehme und in den Himmel sehe. Es ist fast Ende Dezember, doch ich habe mich dick eingepackt, sodass ich nicht friere. Ich weiß nicht, was ich tun soll, aber was ich weiß, ist, dass ich Sierra so sehr vermisse, dass mir sogar das Atmen wehtut. Mein größter Wunsch wäre es, dass sie jetzt hier bei mir ist. Ich würde sie an mich ziehen, festhalten, während wir den Sonnenaufgang beobachten. Voller Wärme würde ich sie ansehen, ihr sagen, dass ich sie liebe, und ihr einen sanften, zärtlichen Kuss geben, der meine Worte bekräftigen würde.

Eine Träne perlt über meine kalte Wange, als ich auch schon loslasse und zu weinen beginne. Die Tage, in denen ich das Weinen unterdrückt habe, sind Geschichte. Ich erlaube mir hier und jetzt, im herbstlichen Park all das rauszulassen, was mich die letzten Wochen erstickt hat. Ich lasse mich von meinen Gefühlen leiten, und als ich meine Tränen später trockne und wieder in den Morgenhimmel starre, fühle mich zum ersten Mal frei von Trauer.

Mein Kopf ist nun klarer, und meine Emotionen fühlen sich stärker an. Dieser Tränenausbruch hat mir die Augen geöffnet. Nach der Trennung hatte ich viel zu viel Zeit zum Nachdenken, und ich stelle fest, dass ich die jetzige Situation hasse. Ich vermisse Sierra, weiß, dass ich sie liebe, und wenn ich das mit uns wieder einigermaßen geradebiegen will, dann muss ich mir sicher sein, wie es mit uns weitergehen soll.

Irgendwann mache ich mich auf den Nachhauseweg, der nun länger wirkt als zuvor. Vielleicht, weil ich das Trübsal endlich hinter mir gelassen und ein Ziel vor Augen habe. Ich weiß, was ich will, und mit dieser Erkenntnis kann ich hoffentlich auch die letzten Zweifel aus dem Weg räumen. Meine Schritte werden schneller, und auch wenn ich die ganze Nacht unterwegs war, verspüre ich keine Müdigkeit, eher Euphorie.

Als ich in meiner Etage ankomme, gehe ich nicht zu meiner Tür, sondern klopfe an der Tür von Sierra. Einige Augenblicke später öffnet mir ihre Mutter die Tür, und Bailey springt mich mal wieder an. Ich versorge sie mit Streicheleinheiten, sodass sie sich wieder beruhigt, ehe ich mich erneut Mrs Madigan zuwende.

»Entschuldige die Störung, aber ich hätte noch ein paar Fragen, die ich in Bezug auf Sierras Unternehmen stellen möchte.«

»Na, sicher doch. Komm rein, und dann unterhalten wir uns noch mal in Ruhe.« Ihre herzliche und freundliche Art gibt mir die innere Stärke, mich endlich zu entscheiden, was mein nächster Schritt sein wird.

Zwei Tage zu warten, bis ich Sierra wiedersehen kann, fühlt sich beinahe schlimmer an als die letzten Wochen. Mittlerweile habe ich den Groll hinter mir gelassen. Ich sehe ein, dass es ihr Job war, meine Treue zu testen, und dass sie so gehandelt hat, wie es in ihrem Unternehmen üblich ist. Dass sie mir verschwiegen hat, dass sie Sara und eine Mitinhaberin der Proof of Love Agency ist, führe ich auf ihre Angst zurück, dass sie mich nicht verlieren wollte, was ich zum Teil auch verstehen kann. Unsere Beziehung und Liebe ist etwas, das es nur einmal im Leben gibt, und das würden wir alle um jeden Preis behalten wollen.

Im Krankenhaus habe ich nach der Offenbarung von Mindy für den Rest meiner Arbeitszeit um unbezahlten Urlaub gebeten, was Dr. Clayton auch genehmigt hat. Ich habe eine E-Mail von ihm erhalten, in der er sich noch mal in aller Form entschuldigt hat, und selbst Mindy hat sich gemeldet und mich um Verzeihung gebeten. So ist es ein Leichtes für mich, endlich mit der Vergangenheit abzuschließen und nach vorn zu blicken.

Meine Praxis ist heute geschlossen, und danach befinde ich mich im Weihnachtsurlaub, da in zwei Tagen die Feiertage beginnen. Schon früh stehe ich vor dem Gebäude, in dem sich die Agentur befindet. Ich betrete es mit einer Vorfreude, die ich schon seit einer Weile nicht mehr gespürt habe, fahre mit dem Aufzug zu der Etage, auf der sich der Eingangsbereich und die Büros der Schwestern befinden, und werde von Lindsay begrüßt, die mich gut gelaunt in den Besprechungsraum begleitet und mich bittet zu warten.

Die Minuten fühlen sich an wie Stunden, und meine Hände beginnen zu schwitzen. Denn nach all der Trauer und dem Schmerz bin ich dabei, uns eine zweite Chance zu geben. Ich stelle mich an die bodentiefen Fenster. *Alles wird gut. Wir können es schaffen.*

Das sind die Gedanken, die mir durch den Kopf gehen, als die Tür geöffnet wird, Sierra den Raum betritt und die Welt stehen bleibt.

32. KAPITEL

Sierra

Soundtrack of the Day:
Mariah Carey – Always Be My Baby

Seufzend betrete ich das Bürogebäude und bereite mich mental auf die Rückkehr in die Arbeitswelt vor. Die Auszeit daheim und der Kurzurlaub in Miami haben meiner Seele so unglaublich gutgetan. Ich habe mit meinen Schwestern Radtouren unternommen, wir waren schwimmen und im Spa, doch vor allem haben wir miteinander geredet, wie wir es schon lange nicht mehr getan haben. Rory hat uns erzählt, dass sie überlegt, mit Elijah zusammenzuziehen, und dass es bei ihnen so gut läuft, dass sie sich rundum wohlfühlt. Auch wenn ich innerlich an einem gebrochenen Herzen leide, freue ich mich ehrlich für meine Schwester und ihr Glück.

Chelsea erzählte neben der Arbeit, die sie selbst im Urlaub nicht losließ, von Donny und den Ausflügen, die sie mit Andrew gemacht hat. Und auch ich erzählte von all den Dingen, die mich beschäftigen. Natürlich ging es um Caleb, doch ich erzählte auch von den neuen Alben, die ich vorbestellt habe, und der von mir zusammengestellten Liste an Dingen, die sich positiv auf mein Seelenwohl auswirken sollen.

Ich möchte weiterhin neue Dinge ausprobieren und mich

weiterentwickeln. Ich will mehr malen, zeichnen und die Werke weiterverschenken – dass Weihnachten vor der Tür steht, kommt mir da gerade recht. Es fühlt sich gut an, diese Liste überhaupt erstellt und diese Wünsche ausgesprochen zu haben. Ich mag mich körperlich und seelisch vielleicht erholt haben, doch die Sehnsucht nach Caleb wird mir noch eine Weile nachhängen, was aber verständlich ist.

Rory und Chelsea bitten mich, eine Akte mitzunehmen und mich allein auf den Weg in den Besprechungsraum zu machen. Als ich diesen jedoch betrete, fällt mir vor Schock die Mappe aus der Hand. Denn niemand Geringerer als Caleb Barnes steht in unserem Meetingraum. Er trägt einen Anzug ohne Krawatte, hat sich das Haar so gestylt, wie ich es liebe – er sieht damit aus wie eine James-Dean-Kopie –, und hat ein unsicheres, aber ehrliches Lächeln im Gesicht.

»Hey«, sagt er, und allein seine Stimme lässt meine Knie weich werden, sodass ich einen Schritt nach vorn machen muss, um mich an einem Stuhl abzustützen. Ihn hier und jetzt zu sehen ist beinahe zu viel für mich. »Hey«, sage ich, als wir uns gegenüberstehen, und blicke Caleb unsicher an. In seinen Augen sehe ich so viel Wärme, dass ich schwer schlucken muss. Ich will ihm allerhand Fragen stellen, doch er überrascht mich, indem er die Distanz zwischen uns überbrückt. Er raubt mir den Atem, und doch habe ich das Gefühl, innerlich zu vergehen, wenn er mich nicht berührt. Er greift nach meiner Hand und drückt sie, was einen Schauer meinen Rücken hinabrieseln lässt.

»Ich habe dich so vermisst«, murmle ich und blicke ihm tief in die Augen.

»Du kannst dir gar nicht vorstellen, wie es mir ergangen ist. Die Sehnsucht war fast unerträglich.« Tränen sammeln sich in meinen Augen, als Caleb die Hände in meinem offenen Haar vergräbt und mich voller Wärme und Liebe ansieht. Ich nicke unmerklich, als mir klar wird, dass er auf mein Einverständnis wartet, und lasse mich von ihm küssen.

Augenblicklich schlinge ich die Arme um seinen Oberkörper und kralle meine Finger in sein Hemd, weil ich ihn so sehr vermisst habe und nicht fassen kann, dass er leibhaftig vor mir steht. Wir versinken in diesem Kuss, dessen Intensität uns beiden zeigt, wie sehr wir einander vermisst haben.

Als wir die Lippen voneinander lösen, möchte ich ihn am liebsten am Kragen packen und erneut an mich ziehen, doch sobald ich in seine Augen blicke, bin ich gefangen in der Flut an Gefühlen, die uns beide überwältigt.

»Es tut mir so leid, Sierra«, flüstert er und streichelt mit einer Hand zärtlich über meine Wange.

»Nein, mir tut es leid«, murmle ich und kämpfe mit den Tränen.

»Ach, lassen wir das.«

»Was machst du eigentlich hier?«, frage ich unsicher, weil ich dachte, dass er mich nie wiedersehen wollte. Dass er mich wieder küssen wollen würde, hatte ich erst recht nicht erwartet. Es fühlt sich an wie ein wahr gewordener Traum.

»Ich weiß nun über alles Bescheid.«

»Über was genau?«, frage ich und genieße seine feste und warme Umarmung. Nirgendwo ist es schöner als in den Armen dieses Mannes.

»Mindy hat mir erzählt, was sie getan hat. Dass sie Beweise gefälscht hat, um etwas in der Hand zu haben, um sich von mir trennen zu können. Erst als sie es ausgesprochen hat, konnte ich es wirklich glauben. Danach habe ich mir viele Gedanken über uns und deine Arbeit gemacht.«

»Und zu welchem Schluss bist du gekommen?«, frage ich unsicher und zupfe mit den Fingern an meinem Rock herum, um irgendetwas zu tun.

»Dass all das, was passiert ist, zu deinem Job gehört hat. Klar, du hättest nicht lügen sollen, doch das ist dir ja bewusst. Du bist gut in deiner Arbeit und hast getan, was von dir verlangt wurde. Und auch wenn ich bisher kein gutes Bild von der Treuetestung hatte, will ich versuchen, es zu verstehen.«

»Was genau willst du verstehen?«

»Die Arbeit, die ihr hier macht. Ich habe mit Chelsea und Rory gesprochen und sie gefragt, ob es möglich wäre, hier einen Tag lang Praktikant zu sein, damit ich weiß, wie euer Arbeitsalltag hier aussieht, und mir selbst ein Bild machen kann. Ich will dich unterstützen und voll und ganz hinter deinem Unternehmen stehen – ohne Vorurteile.«

»Und sie waren einverstanden?«

»Ja, aber die wichtigste Frage ist, ob du auch dein Okay gibst. Ich will nichts tun, was dich verärgern oder verletzen könnte.«

»Mir bedeutet es sehr viel, dass du es versuchen möchtest, und ich habe nichts dagegen. Ich freue mich eher.«

»Das ist gut, denn ich habe auch bereits die Verschwiegenheitserklärung unterzeichnet und werde dein Schatten sein. Am besten vergisst du einfach, dass ich da bin, und arbeitest wie immer.«

»Wie soll ich denn arbeiten, wenn der Mann, den ich liebe, mir so nah ist?«, frage ich und kann mir ein Lächeln nicht verkneifen. Caleb haucht einen Kuss auf meine Nase und sieht mir tief in die Augen.

»Könntest du es versuchen? Ich möchte wirklich diesen Teil deines Lebens verstehen können.«

Unsere Treuetest-Agentur leistet meiner Meinung nach gute Arbeit, und das werde ich ihm auch zu zeigen versuchen. Ich kann die Vorurteile nicht mehr hören und ertragen. Und wenn er sich bereit erklärt, in meine Welt einzutauchen, dann will ich ihm auch alle Facetten zeigen. Weil ich die Hoffnung habe, dass wir es schaffen können, wieder an den Punkt zu gelangen, an dem wir vor der Trennung gewesen sind. Glücklich vereint.

»Gut, dann komm mal mit mir mit«, sage ich und küsse ihn ein letztes Mal, ehe ich seine Hand nehme und ihn in mein Büro führe.

Einen Tag lang ist Caleb mein Schatten, und auch wenn er mir zwischendurch zuzwinkert, bleibt er im Hintergrund. Es ist ihm ernst mit seinem Plan. Zuerst ist er bei der Besprechung unter uns Schwestern anwesend, ohne auch nur ein Wort zu verlieren. Nach der Besprechung haben wir einen Termin mit einem Klienten, der untröstlich ist, weil seine Frau sich verändert hat, manchmal nachts nicht nach Hause kommt und die Arbeit als Grund vorschiebt. Um diesen Verdacht zu entkräftigen, sollen wir die Treue seiner Frau testen.

Caleb ist dabei, wie wir die Akte aufnehmen, den Fall besprechen und den jeweiligen Mitarbeitenden zuweisen. Danach arbeite ich zwei Stunden lang an einer Testung, für die ich zugeteilt wurde, und kümmere mich um die Anfragen im Personalmanagement.

Nach dem Mittagessen begleitet er mich zu einer Schulung im oberen Stockwerk, wo ich ein paar motivierende Worte an die Mitarbeitenden richte und mich für ihre harte Arbeit bedanke. Da sich während meiner Abwesenheit einige Aufgaben angesammelt haben, gibt es viel zu tun, und irgendwann vergesse ich tatsächlich, dass Caleb hier ist, weil ich voll und ganz in der Arbeit aufgehe.

Als Feierabend ist, leert sich das Büro recht schnell. Als Caleb und ich schließlich allein in meinem Büro sind, zieht er mich in seine Arme und küsst mich zärtlich. Unsere Lippen verschmelzen miteinander, und ich habe das Gefühl, noch nie einen sanfteren Kuss bekommen zu haben.

»Wofür war der?«, frage ich. Er lächelt mich an, und ich schwöre, die Sonne geht gerade in meinem Leben auf.

»Weil ich so unheimlich stolz auf deine Schwestern und dich bin. Keine Ahnung, wie ich mir den Alltag in einer Treuetest-Agentur vorgestellt habe, doch es ist alles völlig anders als erwartet. Ich gestehe, dass ich wegen unserer Vorgeschichte Vorurteile hatte, doch diese sind verflogen, nachdem ich beobachtet habe, wie gewissenhaft und aufrichtig ihr eurer Arbeit nachgegangen seid.«

»Ach Caleb«, murmle ich und kann nichts gegen die Tränen tun, die meine Wange hinabperlen.

»Weine nicht, sondern sei stolz auf dich. Ich bin es auf jeden Fall.«

»Danke, Caleb. Ich danke dir so sehr«, flüstere ich und küsse erneut diesen Mann, der meine ganze Welt verändert hat und endlich versteht, wie wichtig unsere Arbeit ist. Ich bin so glücklich, dass ich meine Arme um seinen Nacken schlinge und ihm ins Ohr hauche: »Ich kann den Rest unseres Lebens kaum erwarten.«

Die weiße Leinwand hat ein neues Gewand bekommen. Anfangs wusste ich noch nicht, wo die Reise hingehen soll, doch als ich anfing, Berge mit Bleistift vorzuzeichnen, war klar, dass ich eine Alpenwiese malen möchte. Ich habe die Skizze sehr schnell angefertigt, weil ich unbedingt mit dem Malen anfangen wollte.

Doch gut Ding will Weile haben, und jetzt, nach drei Tagen intensiver Arbeit bin ich mit den Details immer noch nicht fertig. Es ist nicht perfekt genug, sodass ich immer mehr zeichne, bis die Wiese nur noch aus Blumen besteht. Meine Schürze und meine Kleidung sind voller Acrylfarbe, doch das ist egal, weil ich wie gebannt auf die Leinwand starre. Wenn ich mein

Werk aus einigen Metern Entfernung betrachte, bin ich schon recht zufrieden, doch etwas fehlt noch.

»Du wirst noch ein Loch reinstarren«, höre ich Caleb sagen. Ich drehe mich um und lege die Farbpalette zur Seite. Er kommt in mein Arbeitszimmer, und in der Anzughose und dem weißen Hemd sieht er so verboten gut aus, dass ich kurz abgelenkt bin.

»Ich wünschte, das wäre so. Vielleicht wäre ich dann zufrieden«, sage ich, doch ich habe jetzt nur noch Augen für ihn.

»Es gibt kein perfektes Bild. Ich weiß, du willst immer wieder eines zaubern, doch die Magie liegt in den Makeln der Kunst. Perfektionismus wäre doch langweilig, oder?«

»Du bist aber nicht langweilig«, sage ich und gehe einen Schritt auf ihn zu. Immer noch kann ich der Anziehungskraft zwischen uns einfach nicht widerstehen.

»Findest du mich etwa perfekt?«, flüstert er und legt eine Hand um meine Hüfte, um mich an sich zu ziehen. Augenblicklich werde ich Wachs in seinen Händen. Ich bin froh, dass er mich hält, weil ich sonst ins Taumeln geraten würde.

»Fast, aber das ist genug. Wir sind genug«, flüstere ich und küsse ihn. Ich schmiege mich an ihn, sodass sein weißes Hemd die gleichen Farben annimmt wie meine Schürze, aber das ist okay so. Denn so sind wir. Eine bunte Mischung, die nicht perfekt sein muss, sondern echt.

DANKSAGUNG

In diesem Buch findest du so viel Liebe. Einerseits die Liebesgeschichte des Liebespaares, andererseits auch die Liebe zur Familie und zu Haustieren. Ich bin so unendlich stolz auf diese Geschichte, weil sie mich tief berührt hat und ich mich selbst in das Setting und die Charaktere verliebt habe.

Ohne gewisse Menschen würdest du dieses Buch nicht in den Händen halten. Und diesmal möchte ich bei meinem Mann anfangen. Gegen Ende der Deadline musste ich viel mehr arbeiten als sonst, und mein Mann hat die Kinder und den Haushalt übernommen, damit ich mich vollkommen auf Sierra und Caleb konzentrieren konnte. Danke, mein Schatz, dass du mich immer unterstützt und mir unter die Arme greifst. Ohne dich würde ich keine einzige Deadline schaffen.

Danke an meine Lektorin Silvana Schmidt. Ich liebe unsere Zusammenarbeit und wachse immer selbst über mich hinaus, während ich auch so viel von dir lerne. Danke dir, dass du dich wieder liebevoll um mein Herzensbuch gekümmert und es noch besser gemacht hast.

Danke an das LYX-Team und meine Lektorin Katharina Larue, die immer für mich da sind und mir das Gefühl geben, einen Verlag gefunden zu haben, der sich wie ein Zuhause anfühlt. Ich bin unheimlich stolz, Teil des LYX-Teams zu sein.

Ich möchte mich auch so sehr bei meiner Twitch-Community bedanken, bei meinen Discord-Ladys Ann-Kathrin, Kati, Franzi, Laura Labas, Julia, Simone und so vielen mehr, die mit mir zusammen arbeiten und das Schreiben weniger einsam machen.

Meinen Patreons Jenny und Steffi möchte ich für die Unterstützung danken. Danke für die wunderbaren Gespräche auf Discord.

Und last but not least danke ich euch, meine lieben Leser und Leserinnen. Ohne euch wäre mein Leben so einsam, ohne eure Leidenschaft fürs geschriebene Wort könnte ich nicht meinen Traum leben, und das bedeutet die Welt für mich. Vielen lieben Dank fürs Lesen und dass ihr bei der Geschichte von Sierra und Caleb mitgefiebert habt. Ich hoffe, dass ich euch ein wenig aus dem Alltag nach New York entführen konnte und ihr die Reise genossen habt.

x April

Wie weit würdest du für deine große Liebe gehen?

April Dawson
UP ALL NIGHT

416 Seiten
ISBN 978-3-7363-0967-8

Als Taylor Jensen an ein und demselben Tag nicht nur ihren Job an einen Kollegen verliert, sondern auch ihren Freund beim Fremdgehen erwischt, hat sie von Männern erst einmal genug. Völlig verzweifelt läuft sie Daniel Grant in die Arme, der ihr ein Zimmer in seiner WG anbietet. Einst waren sie beste Freunde, aber ein männlicher Mitbewohner mit sexy Tattoos und einem unwiderstehlichen Lächeln ist das Letzte, was Tae jetzt gebrauchen kann. Doch Dan steht schon lange auf Männer, weshalb das heiße Prickeln zwischen ihnen nichts zu bedeuten hat – oder etwa doch?
»Eine Geschichte, die Mut macht und zeigt, dass jedes Ende ein neuer Anfang sein kann.« LOVINBOOKSWORLD

LYX

Weil sich in jedem Herzen etwas Gutes verbirgt

April Dawson
DARE TO TRUST

432 Seiten
ISBN 978-3-7363-1435-1

Als der Geschäftsmann Hayden Millard seiner ehemaligen Mitschülerin Tori Lancaster gegenübersteht, gerät seine Welt ins Wanken. Schließlich war sie es, die ihm das Leben in der Highschool zur Hölle gemacht hat – auch wenn sie ihn scheinbar nicht wiedererkennt! Als Hayden herausfindet, dass Tori einen Job braucht, bietet er ihr eine Stelle als Assistentin bei seinem Plattenlabel an - um es ihr endlich heimzuzahlen! Doch Hayden merkt schon bald, dass sein Herz ganz andere Pläne hat …

»Diese wundervolle Geschichte zeigt, dass du jederzeit zu dem Menschen werden kannst, der du sein willst.« NADJABOOKDATING

LYX